Thomas Barthélemy

Von kommenden Stürmen

Roman

TELESMA

© 2013 by Telesma-Verlag

Telesma-Verlag
Vogelgesangstr. 91
D-14929 Treuenbrietzen
www.telesma-verlag.de
info@telesma-verlag.de

Graphik & Layout: Holger Kliemannel, Edition Roter Drache,
www.roterdrache.org
Lektorat: Dr. Baal Müller
Die Umschlaggestaltung erfolgte unter Verwendung des Bildes
„Das Innere des Berges II" von Angerer dem Älteren. Verlag und
Autor bedanken sich bei Angerer dem Älteren für seine freundliche
Genehmigung des Abdrucks.
Gesamtherstellung: Jelgava tipografia, Lettland

ISBN 978-3-941094-12-3

Inhalt

PROLOG:

EIN REQUIEM FÜR EUROPA

1

Europa – welch Name voll magischen Glanzes! Die Wiege der Kultur, der Künste und der Wissenschaften – auf immer wird ihr Licht durch die menschliche Geschichte leuchten. Die europäische Zivilisation gilt uns heute als die größte Hochkultur des Alten Zeitalters und ist zugleich ein Mythos voller Rätsel und Widersprüche. Was uns Heutigen des Jahres 2525 von dieser ebenso großartigen wie verblendeten Kultur geblieben ist, sind Beispiele ihrer Architektur, Fragmente ihrer Kunst und Literatur und natürlich die Grundlagen von Wissenschaft und Technik, ohne die unsere Welt nicht denkbar wäre. Wir bezeichnen diese Ära gerne als „Goldenes Zeitalter", aber sie war auch eine blutige und eiserne Epoche. Soviel wir wissen, nannten die ursprünglichen Bewohner ihren Subkontinent seit vielen Jahrhunderten „Europa", „die Schönäugige", nach einer mythischen Prinzessin. Nach der Unterwerfung, Vertreibung oder Assimilation der letzten Europäer wurde der Name nur noch historisch verwendet; die neuen Bewohner bezeichneten die Länder zwischen Afrika und Asien als „Avrupa", „Eurabia" oder „die nördliche Steppe".

Schätzungen zufolge gelten heute nicht mehr als fünf Prozent der damaligen Schriften als überliefert. Zu diesen raren Schätzen gehören die folgenden Aufzeichnungen, die als die „Chronik des Lukas" bezeichnet werden. Sie sind Teil des sensationellen Schriftenfundes vom Berg Mondor Carpatis im ehemaligen Osteuropa.

Bei den Grabungen unter der Burgruine von Mondor in Transilvania stießen wir auf Höhlen und Katakomben, die verborgen und versiegelt die Jahrhunderte überdauert haben. In ihnen entdeckten wir die später weltberühmt gewordene unterirdische Stadt mit Gräbern, Schatzkammern, Wohnungen und sakralen Räumen. Im steinharten Lehm der Wände fanden wir auch Hunderte verschweißter Metallbehälter, die wichtige Bücher und Schriften des Altertums enthielten, den unschätzbaren Textfund von Mondor. Leider war das Papier einiger Bücher derart zerfallen und durch Feuchtigkeit oder Schimmel zerstört, dass es bei der ersten Berührung zerbröselte. So geschah es mir selbst, als ein Buch, dessen Titel „Der Zauberberg" ich bereits entziffert hatte, bei meiner ersten vorsichtigen Berührung zu Staub zerfiel. Doch konnte vieles gerettet werden: Es handelte sich um Dramen und Erzählungen, historische Werke, Biografien und Reiseberichte aus vielen Jahrhunderten; eine Arche des Wissens aus der Alten Zeit. Wir hatten einen Schatz der Überlieferung gehoben, der nirgendwo seinesgleichen findet, und gewannen durch ihn einen völlig neuen Blick auf die Kultur des alten Kontinents.

Glücklicherweise haben unsere Sprachwissenschaftler das Multilangue, die Sprache der letzten Europäer, entschlüsseln können, denn sie ist einfach gebaut und hat ein recht eingeschränktes Vokabular. In ihr sind die folgenden Aufzeichnungen verfasst, in denen ein Autor des Jahres 2066 unter dem Namen „Lukas M-301" in fortlaufenden Notaten aus seinem Leben berichtet.

Der Schreiber Lukas lebte in einer großen Metropolis, die an einem der großen Ströme im Zentrum des Kontinents lag; wo genau, wissen wir nicht. Sie war offenbar Hauptstadt und Verwaltungszentrum des Territoriums Austrasia. Wir erfahren, dass die alte Kaiserstadt Vijana (Wien), die zur damaligen Zeit bereits zu den Emiraten gehörte, etwa drei Tagereisen entfernt war. Etwa sieben Tagereisen weiter östlich befand sich der unabhängige Freistaat Transilvania. Wir wissen aus seinen Aufzeichnungen, dass Lukas zur Zeit der Niederschrift sechsunddreißig Jahre alt war, seine Mutter hatte ihn allein in den Zeiten des Bürgerkrieges aufgezogen, sein Vater kämpfte auf der Seite von Aufständischen und starb in Gefangenschaft. Später wurde Lukas in einem staatlichen Internat umerzogen, erlebte eine Kulturrevolution und arbeitete sich danach im Apparat der Einheitspartei hoch bis in den inneren Kreis der „Mentoren", die so etwas wie Psychotechniker und Volkspädagogen waren. Hier bekam er erstmals Zugang zu verbotenen Gedanken der Vergangenheit, wodurch offenbar eine geistige Wandlung bei ihm einsetzte. Seine Chronik erlaubt uns authentische Einblicke nicht nur in die politischen und kulturellen Zustände der Spätzeit, sondern auch in die Mentalität eines Vertreters der Funktionärskaste, der sich erst zum Renegaten, dann zum Widerstandskämpfer, schließlich zum magischen Krieger und „Psychonauten" wandelte.

Seine Aufzeichnungen stellen wir hier zum ersten Mal in – wie wir hoffen – gelungener Übersetzung vor. Sie sind mehr als eine bloße Schilderung der äußeren Ereignisse von 2066, als die letzten Homelands der Einheimischen zusammenbrachen. Sie eröffnen auch einen Blick auf die Denkweisen und Gefühle der damaligen Menschen. Welche Ängste, welche Hoffnungen bewegten sie? Ahnten sie, was auf sie zukam? Welche Erinnerungen hatten sie noch an ihre Vergangenheit?

2

Eines der großen ungelösten Rätsel der alten Geschichte war Europas ruhmloses Ende. Es ist kaum vorstellbar, wie diese blühenden Länder im Laufe eines Zeitraumes von nur etwa Hundert Jahren aus der Geschichte verschwinden konnten. Aus der Zeit nach 2200 sind keine Inschriften, Denkmäler oder Grabstätten der Indigenen mehr dokumentiert. Die Völkerwanderung brachte immer neuen Wellen von Krieg und Plünderung, Zerstörung und Vertreibung, so dass wir sagen können: Am Ende des 22. Jahrhunderts gab es keine Europäer im alten Sinne mehr. Multilangue wurde nur noch in abgelegenen Regionen gesprochen, aber immer mehr gemischt mit Türkisch, Arabisch, Urdu.

Nach vielen Jahren des mühevollen Entzifferns und Übersetzens können wir nun aus dem Textfund von Mondor die Geschichte der alten Zivilisation rekonstruieren, besonders die der letzten Jahrzehnte vor ihrem rätselhaften Untergang.

Zuerst erfahren wir von mächtigen Reichen, die aufgrund ihrer Flotten zeitweise die halbe Erde beherrschten. Seevölker und Landmächte führten vernichtende Kriege um die Weltherrschaft, aber kein Land errang sie auf Dauer. In diesem „Zeitalter der kämpfenden Reiche" entwickelten die Europäer die Wissenschaften von der Natur und erfanden Maschinen aller Art. Sie wurden reich, reicher als alle anderen Völker der Erde, reicher als die Völker des Südens und Ostens. Dies beschleunigte später ihr Ende.

In ihrer Blütezeit hatten sie die höchsten Gipfel der damaligen menschlichen Kultur erreicht. Ihre Städte, überragt von den Türmen alter Kathedralen, waren von großer Schönheit, erfüllt von den Bauwerken und Denkmälern der Jahrhunderte. In den Häfen ankerten Schiffe, die alle Meere befuhren und Händler und Forscher in die entlegensten Länder brachten. Alle Meere, Gebirge und Wüsten der Erde, selbst die Pole und der Weltraum wurden von wagemutigen Menschen aus Europa erforscht. Mit ihren Wissenschaften und

Technologien schufen sie die Grundlagen aller späteren Zivilisationen. Sie entdeckten viele Naturgesetze, fanden als erste die Prinzipien der Energie und des Antriebs, bauten die ersten sich selbst bewegenden Fahrzeuge, Luft- und Raumschiffe. Sie erforschten die Zusammensetzung der Materie und besiegten viele Krankheiten. Durch Strahlungen sendeten sie Töne und Bilder rund um die Welt.

Aber sie suchten nicht nur nach Erkenntnissen in der Natur, sondern besaßen auch eine eigene Metaphysik. Doch obwohl sie nach höherem Wissen forschten, verfielen sie schließlich dem Zweifel. Die Europäer scheinen damals in einer Art von kollektivem Selbstmord ihre eigene Kultur aufgegeben zu haben; aus der Chronik des Lukas erfahren wir von Bücherverbrennungen und einem Bildersturm. Sie gaben der menschlichen Evolution die Richtung – warum endeten sie zuletzt in Selbstzerstörung? Worin liegen die Gründe für ihren rasanten, ja fast abrupten Untergang, der uns noch immer so rätselhaft und unheimlich anmutet?

3

Während ihrer letzten Blüte hatten die westeuropäischen Völker noch Jahrzehnte des Wohlstands genossen. Allerdings waren sie nicht mehr schöpferisch wie in früheren Epochen. Es wurde nur noch gesammelt, kopiert und erhalten. Trotz des Luxus und Wohllebens ist in jener Spätzeit der Verlust an seelischer Substanz bereits überdeutlich sichtbar: Die Künste wurden anorganisch und mechanisch. Sie brachten viele Schrecken erregende, ja unmenschlich zu nennende monströse Schöpfungen hervor, die in ihrer sterilen Hässlichkeit merkwürdig kontrastierten mit dem sentimentalen und auf verweichlichte Weise moralisierenden Zeitgeist. Dem heutigen Betrachter zeigt sich deutlich ein Verlust der Mitte, ein Abschied von der Natur, ein Kult der Technik. Dieser Stil der Spätzeit offenbart den schnellen Verfall, das Zersplittern klassischen Formen, die Unfähigkeit, Schönes zu schaffen, ja auch nur zu verstehen.

Der Abbruch der Bildung war ebenso deutlich: Wo einst Gipfel der humanen Wissenschaften erreicht worden waren, gab es Hundert Jahre später nur noch Bruchstücke; Kenntnisse und Zusammenhänge gingen verloren, viele Menschen konnten nicht mehr richtig lesen und schreiben. Nur wenige

Spezialisten waren noch in der Lage, Texte, die älter als fünfzig Jahre waren, zu verstehen.

Diese letzten Europäer interessierten sich nicht mehr für geistige Aufschwünge, sie verstanden schon nicht einmal mehr die metaphysischen Probleme, um die man zweihundert Jahre vorher noch gerungen hatte. Ihnen, den Spätlingen der „Goldenen Zeit", ging es nur noch um Geld, Luxus und Genuss. Sie verbrauchten mehr Ressourcen als alle Generationen vor ihnen und häuften mehr Schulden an, als jemals vorher gemacht worden waren. Gleichzeitig verachteten sie die Taten ihrer Vorfahren und interessierten sich kaum für die Zukunft ihrer wenigen Kinder. So zerrissen sie die Kette der Generationen und wurden zu den unglücklichen „Letzten Menschen", wie sie einer ihrer letzten großen Denker nannte.

Wir wissen, dass sich die vielfältigen Völker in der Spätzeit zu einer politischen Union zusammengeschlossen hatten. Diese Union zählte um 2000, zur Zeit ihrer größten Ausdehnung, über zwanzig verschiedene Völkerschaften und Sprachgebiete. Von diesen waren nach den Bürgerkriegen noch sieben übrig, die nun zusammengedrängt in verschiedenen Territorien des Westens lebten. Die freien Staaten Osteuropas, die sich rechtzeitig von der Union getrennt hatten, blieben von den unheilvollen Entwicklungen verschont. Europa teilte sich wieder entlang alter Linien.

Inzwischen hatten sich die Völker in Afrika und Asien in ungeheurer Geschwindigkeit vermehrt und suchten nach neuen Lebensräumen. Als Wüsten und Steppen sich ausdehnten, begannen sie zu wandern: Millionen setzten sich in einem nicht mehr abreißenden Strom in Bewegung, um zu Wasser und zu Lande in das noch reiche Europa zu gelangen. Heerscharen von Fremden standen nun vor den Toren und begehrten Einlass, erst friedlich, später mit Gewalt. Den Europäern nützten ihre Friedensappelle nichts mehr, sie waren reif zum Untergang. Während die westlichen Europäer alterten und wohl auch immer weniger fruchtbar waren, begann die Landnahme neuer Völkerschaften aus den endlosen Steppen Mauretaniens, die vor jungen und hungrigen Menschen überquollen. Die Fremden veränderten schnell das Antlitz der Städte, die sich in gesichtslose, von Millionen verarmten Menschen bevölkerte Brutstätten der Gewalt verwandelten, so wie sie damals überall in den Ländern der wandernden Völker des Südens zu finden waren.

In dieser Zeit breitete sich offenbar eine geistige Epidemie aus, von der kaum jemand verschont blieb. Es war eine Doktrin des Selbsthasses, die sich von oben nach unten durch die Gesellschaft fraß, die pseudomoralische „Korrektheit", die zur Ersatzreligion der letzten Europäer wurde. Sie war das tödliche Gift, das schließlich zu ihrem geistigen Niedergang, zu ihrer Lähmung und Selbstaufgabe führte. Das eigene Erbe wurde verleugnet, die geistigen Leistungen sanken ab, Moralismus und Ideologie beherrschten das Denken, Schuldgefühle und schlechtes Gewissen wurden Staatsdoktrin, und ein unheimlicher Trieb zum Abgrund erfasste die Massen. Die „korrekte" Doktrin leugnete nicht nur Metaphysik, Kunst und Religion, sondern sie zerstörte auch die Familien, denn sie erzwang eine Art von Gleichschaltung der Geschlechter. Bezeichnend war auch das ständige Schwanken zwischen irrealen Projekten der Weltverbesserung und Wellen apokalyptischer Hysterie. Der Grundton jedoch war abergläubische Angst. Überall erschienen Vorzeichen des Untergangs: Manche sahen eine schreckliche Klimakatastrophe kommen, andere glaubten, Kometen würden auf die Erde stürzen, oder es würde Gift regnen. Alles konnte zum bösen Omen werden. Nur die wirklichen Gefahren sah man nicht.

Damals herrschte eine Kaste von Technokraten und Ideologen, die ihre eigenen Völker verrieten. Sie hatten die Macht unter sich in einem System aufgeteilt, das sie „Demokratie" nannten. Es war ein neuer Feudalismus, der später zur Tyrannis entartete und in den Bürgerkrieg mündete. So begann der letzte Akt der Tragödie, das Zeitalter der Cäsaren und der Aufstände. Die Jahrzehnte jener Endzeit muss man sich als traurige Epoche des Niedergangs vorstellen. Die letzten Nachkommen der einst stolzen Völker lebten nun in verkommenen Städten und Favelas. Dies zog Scharen vergnügungssüchtiger Touristen an, und die Homelands erlebten ihre letzte, grelldüstere Blüte als Bordelle.

In jener Zeit also lebte Lukas M-301, der Verfasser der folgenden Aufzeichnungen, der uns einen authentischen, wenn auch subjektiven Bericht aus dem Jahr 2066 gibt, dem Jahr des Untergangs der letzten Staaten des Westens. Die Zunft der Historiker hat sich darauf geeinigt, dieses Jahr als Epochenwende zwischen der Spätzeit und dem Beginn des Zweiten Mittelalters anzusetzen.

4

Schon während der Großen Depression und noch lange vor dem Bürgerkrieg begann aber auch ein neues Zeitalter des Glaubens. Die mächtige Religion der Mauretanier drang in die Metropolen Europas ein und verbreitete sich schnell, sowohl durch Mission als auch durch Terror. Die alte Religion der Römer stand dem hilflos gegenüber, denn sie war innerlich ausgehöhlt. Kaum mehr einer der so genannten Christen glaubte noch an die Schriften der Gründer. Nachdem ihr letztes Oberhaupt, der „Papst", 2046 abgetreten war, wurden die Christen zu einer verfolgten Minderheit.

Auch entstanden zahlreiche neue Kulte; apokalyptische Propheten traten auf, Trance, Ekstase und Raserei wurden zu Massenphänomenen. Religionen aus aller Welt wurden importiert, viele fremde Götter kamen nach Europa. Es wuchs die Sehnsucht nach Erlösung, nach geheimem Wissen und magischer Macht. Ein Tanz alter und neuer Göttinnen und Götter, hoher und niederer Dämonen, erfasste die verarmten und abgestumpften Massen. Man dürstete nach Heilung und spirituellen Höhepunkten und suchte nach Wegen in andere Welten. Die Anhänger der Mysterienreligionen knüpften an Rituale heidnischer Vorzeit an, übernahmen Philosophien aus Asien oder begründeten neognostische Kulte, bei denen sie sich offenbar auf Außerirdische, Besucher aus dem All oder Planetengötter beriefen.

Zu ihnen gehörte auch der magische Geheimbund der amazonischen Psychonauten. Rasch breiteten sie sich unter der Jugend in den Metropolen aus. Sie waren gewaltlos, wurden aber wegen Gotteslästerung und Zauberei verfolgt. Sie selber sahen sich als Pioniere des Bewusstseins, Entdecker neuer innerer Reiche. Aus heutiger Sicht und mit dem Abstand eines halben Jahrtausends können sie als bedeutende Kosmographen und Vorläufer unseres weltumspannenden Ordens von Hyperborea gelten. Sie öffneten als erste die Pforten der Zeit und gelangten in die todesfreien Zonen. Sie begannen, die Spezies zu transzendieren, als die alte Kultur im Sterben lag. Sie begründeten neue Ordnungen, als die alten zerbrachen. Da sie ahnten, dass ihre Welt bald vergehen würde, bewahrten sie viele Überlieferungen in unterirdischen Höhlen wie Mondor Carpatis und retteten sie so durch die dunklen Jahrhunderte.

Der Chronist Lukas entwirft nicht nur ein lebhaftes Gemälde der Endzeit in Zentraleuropa, sondern er berichtet auch ausführlich über seine Begegnungen mit Mitgliedern des magischen Bundes, darunter eine junge Frau aus einem der östlichen Freistaaten. Er erlebt Liebe und Initiation, Vision und Ekstase und wird Schritt für Schritt eingeführt in das große Mysterium der Psychonautik. Er flüchtet zusammen mit anderen Mitgliedern des Bundes aus dem zusammenbrechenden Zentraleuropa in die Berge des Ostens – nach Mondor Carpatis.

Bald darauf verschwanden die letzten sieben Völker des Westens. Legenden aus späteren Zeiten erzählen, einige ihrer Nachkommen seien in den hohen Norden oder auf das Dach der Welt gewandert und lebten dort weiter, jenseits des Eises. Doch sie wurden wohl eher während der Invasionen aufgerieben oder so vollständig unterworfen, dass sie schon nach wenigen Generationen in den neuen Herrenvölkern aufgingen.

Von der stolzen Kultur Europas blieben nichts als traurige Reste. Der Wüstenwind weht nun durch die Ruinen der einst herrlichen Dome und Paläste, in denen nachts die Karawanen rasten. Und Buschland überwuchert Bauwerke, deren Sinn niemand mehr versteht. Es war das Ende eines Zeitalters – und der Beginn seiner Unsterblichkeit im Reich der Legenden. Die Tagebücher des Lukas geben uns eine Fülle neuer Antworten. Und viele weitere Schriften und Fragmente, in alten Sprachen und noch dunkel, harren der Entschlüsselung. Was werden sie uns in der Zukunft offenbaren?

Erstpublikation: „Schriftfunde aus der Spätzeit“, in: „Kulturgeschichte Eurasiens im 21. und 22. Jahrhundert“ von Prof. Condor Bodhisant, Meister des Ordens von Hyperborea, Thesaurus Solaris, Bd. XXVIII, Samarkanda, 2525 A. D.

Erster Teil:

Wir sind die Toten

DER CODEX

6. Januar 2066

Mitten in der Nacht erwachte ich vom Heulen ferner Sirenen. Und wieder
überkam mich diese große Leere, wie so oft in letzter Zeit. Sie wächst, und sie
zehrt an mir. Ich kann mit keinem Menschen sprechen, niemandem vertrauen.
Deshalb habe ich mich entschlossen, aufzuschreiben, was mich bewegt. Vielleicht kann ich so das Nichts besiegen.

Diese Leere – sie ist wie ein Vakuum, das plötzlich entsteht, wie ein unheimlicher Sog. Als sei ein unsichtbarer Feind ganz nah, als sei ich in ein
Niemandsland zwischen zwei Fronten geraten. Das Fluidum des Lebens entweicht, und nur die toten Gegenstände bleiben sichtbar. So müsste sich der
letzte Mensch auf Erden fühlen. Dort, wo die Leere ist, werden die Schatten
länger und dichter. Als würden sie leben.

Sind die Schatten in mir oder außer mir? – Ich weiß es nicht. Ich weiß nur,
dass wir in dunklen Zeiten leben – hier in der Millionenstadt Metrocity Grande,
der Hauptstadt des EU-Nachfolgestaates Austrasia. Obwohl ich im exklusiven
District Norte wohne, dringt der Lärm von Metrocity bis in mein Apartment.
Wenn ich aus dem Fenster blicke, sehe ich auf schmutzige Wohntürme, die
in langer Reihe in den grauen Wintermorgen ragen. Hier und da leuchten
trübe Lichter hinter den Fenstern auf – es scheint heute Energie zu geben –,
und unten im alten Park lodern Feuer, um die sich die Straßenmenschen scharen. In der Ferne erstrecken sich die Favelas bis zur großen Mauer, die unser
Territorium vom benachbarten Emirat trennt.

Mein Privatname war früher Lukas Lindberg, mein Gender-Neutralname:
M-301. M, weil ich zur privilegierten Kaste der Mentoren gehöre. Wir
Mentoren wurden ausgebildet, um immun zu sein gegen die gefährlichen
Gedanken der Vorfahren, gegen die vergifteten Bilder und Schriften der alten Zeiten, die in den unterirdischen Geheimarchiven und Datenbanken des
Ministeriums schlummern. Ich aber bin ein Abtrünniger meiner Kaste, ein
heimlicher Renegat der Partei. Ich führe ein gefährliches Doppelleben, und
nur meine Stellung im Apparat und meine hochentwickelten psychomimetischen Fähigkeiten der Tarnung, die ich lange an der Kriegsakademie trainiert
habe, schützen mich noch.

Meine Eltern starben kurz nach dem Sezessionskrieg und ich kam in ein Umerziehungslager. Später studierte ich Multilangue und gehöre nun zum inneren Zirkel der Partei, zu den Reprogrammierten von Austrasia. Wir sind die anonymen und gesichtslosen Diener des *Codex mental*, der unsere Verfassung und unser Gesetzbuch zugleich ist. Der *Codex* wurde von unseren Vorgängern erschaffen als das große Heilmittel gegen die Gifte der Geschichte und als Damm gegen die trübe Flut der Erinnerungen. So sagt es jedenfalls unsere allmächtige „Partei der Neuen Menschen".

Schwarze Hubschrauber kreisen heute morgen über der Stadt. Wahrscheinlich wieder wegen eines Zwischenfalls am Grenzwall, der fern am südlichen Horizont das Häusermeer zerteilt. Er ist bewehrt mit Wachtürmen, Detektoren und Kameras, denn niemand soll unser Territorium verlassen – und niemand eindringen können. Jenseits der Mauer kann ich den anderen Teil der Stadt erkennen: dort ragen Minarette in den Himmel, neben den stolzen Glaspalästen orientalischer Firmen und Hotels, die nachts in vielen Farben angestrahlt werden.

Früher einmal hieß diese Stadt anders, aber der alte Name wurde in unserer Einheitssprache Multilangue durch einen Neutralnamen ersetzt. Denn die alten Namen sind belastet mit der Geschichte, von der wir uns endgültig losgesagt haben. Wir leben nur noch in der Gegenwart, von der Vergangenheit wissen wir nicht viel, und eine Zukunft haben wir nicht mehr. Ich ahne, dass unser Zeitalter bald enden wird. Wir, die letzten Europäer, leben im Zwielicht am Abend unserer Geschichte, und die Schatten werden von Tag zu Tag länger. Die Anderen, die nach uns kommen werden, warten schon lange auf ihre Stunde.

Das gesellschaftliche Klima in unserer totalitären Demokratie ist aufgeladen mit Misstrauen und Lügen. Die Wahrheit, über die niemand offen zu sprechen wagt und die doch jeder täglich am eigenen Leibe erfährt, wird nur notdürftig von der Propaganda verschleiert: Hunger, Gewalt, Prostitution, korrupte Milizia und Securitate, Energieknappheit. Immer wieder drosseln die Emirate die Nahrungs- und Energiezufuhr, um Tributzahlungen von uns zu erpressen oder politischen Druck auszuüben. Und unsere Führer, allen voran der Gouverneur Hagen, haben uns längst verraten und unterwerfen sich willig den Forderungen der mächtigen Nachbarn.

Ich will von unseren letzten Tagen berichten, damit die Späteren, so sie denn jemals diese Zeilen lesen werden, wissen, wie wir lebten, was wir dachten und wie unser Ende war. Ich spreche vom Ende, denn wir befinden uns seit langem in einer tödlichen Umklammerung. Jeder weiß, dass die Armee des Kalifats vor zwei Jahren von der Donau bis zur Enklave Berlin vorstieß und den ganzen Osten besetzte. Seitdem sind wir von der Polnisch-Baltischen Union abgeschnitten. Allerdings weiß kaum jemand, dass auch die Mauretanier im Süden seit Monaten Truppen rund um unser Homeland zusammenziehen, wie auch um die anderen Homelands der Indigenen in Europa. Wir befinden uns im Belagerungszustand.

7. Januar

Ich verfüge über all diese geheimen Informationen, denn ich arbeite im Ministerium des *Codex und Medien*, kurz *Mincom*, einem schwarzen Stufenturm im Nachkriegsstil des Neo-Khmer. Er überragt den zentralen „Platz der Kulturen der Welt" und ist zwanzig Stockwerke hoch.

Heute Morgen war die Prozedur beim Einchecken wie immer lästig und zeitaufwendig: Vor dem Augenscanner wartete eine lange Reihe von Mitarbeitern. Es folgten die Fingerabdrücke, die Stimmkontrolle und die Durchleuchtung, der Kartenleser und die geheime PIN. Endlich betrat ich das geräumige, von Kameras überwachte Foyer. Überall war Milizia in ihren schwarzen Uniformen zu sehen. Der Aufzug summte nach oben, während leise Musik erklang. Meine Abteilung, der Datenschutz (wir schützen nicht die Daten, sondern wir schützen die Gesellschaft vor den Daten), befindet sich im 13. Stock und ist klein, denn sie befasst sich nur mit der Säuberung alter Daten aus der Vergangenheit, für die sich nur noch eine Minderheit interessiert. Die große Mehrheit der Bevölkerung ist süchtig nach Entertainment und virtuellen Realitäten, besonders den Traummaschinen der neuesten Generation, Phantom 4 und 5. Sie erzeugen künstliche Welten, die realer sind als die Wirklichkeit und die Spieler in kürzester Zeit abhängig machen. Man hörte schon von Phantom-Spielern, die wochenlang in ihren Maschinen blieben, bis sie an Schwäche oder Hunger starben. Niemand stört sich daran, solange nur die Bevölkerung ruhiggestellt und betäubt ist.

In den ersten zehn Stockwerken des *Mincom*-Turms befinden sich die Behörden des *Äußeren Codex*: Volksaufklärung, Infotainment und Communication – kurz *Infocom* – mit Studios und Redaktionen, die TV und Internet produzieren. Täglich werden dort Begriffe und Sätze entwickelt, die als klare Vorgaben für alle Journalisten unseres Staates verbindlich sind. Über ihnen liegen die Büros des *Inneren Codex*: Datenschutz und Reinigung, Memory und Selection.

Das Problem ist, dass diese Abteilungen innerhalb *Mincom* seit langem verfeindet sind. Die *Äußere*, der alle Studios und Redaktionen des Infotainment-Sektors unterstehen, wird geleitet von dem fanatischen Propagandaminister M-01, Josef Radek, dem Sohn des Verfassers des ersten *Codex*. Er ist ein persönlicher Vertrauter von Gouverneur Hagen und wird von manchen als dessen Nachfolger gehandelt. Unsere Abteilung hingegen untersteht M-02, Alexis Sakharov, der dem Partei-Fanatismus kühl gegenübersteht und dessen hauptsächliches Bestreben es ist, das Vivarium zu erhalten und zu schützen. Im uns benachbarten Turm *Minint*, dem Ministerium des Inneren, befindet sich die Exekutionsbehörde für Demokratie und Toleranz, die eine eigene Geheimpolizei unterhält, die fast allmächtige „Securitate". Sie wurde von Radek in seiner Zeit als Brigaden-Chef nach dem Vorbild der gut organisierten Religionspolizei der Gottesstaaten aufgebaut, bevor er in die Volksaufklärung wechselte.

Wer gegen den *Codex* verstößt, landet sehr schnell wegen Hassverbrechen wie Volksverhetzung und Rassismus oder Verstößen gegen Toleranz und Respekt in den Zellen der Securitate. Wer der Blasphemie oder Zauberei überführt wird, kann sogar an religiöse Gerichte auf der anderen Seite des Zauns ausgeliefert werden. Dies kommt praktisch einem Todesurteil gleich; nur wenige kehrten von dort je zurück. Denn in den Gottesstaaten herrscht das religiöse Recht mit seinen grausamen Strafen. Dies ist ein dunkles Kapitel, das niemand anspricht, denn in der Union von Las Americas, dem Zusammenschluss der USA, Kanadas und der lateinischen Länder, wird so etwas natürlich sofort zu Propagandazwecken gegen uns missbraucht. Die Amerikaner versuchen immer wieder, Mitarbeiter von Menschenrechtsorganisationen einzuschleusen, um nach vermissten Landsleuten zu suchen; ja, sie prangern die Zustände in Europa generell an. Nach Meinung unserer Kommissare und Volksaufklärer gibt es Verbrechen gegen die Menschlichkeit allein in Amerika. Immerhin haben wir Europäer eine Verfassung, die auf 2000 Seiten alle Rechte und

Pflichten der Bürger darlegt, während die amerikanische nur 14 Seiten kurz ist, dachte ich, als ich die Schwingtür mit der zerbrochenen Scheibe zum 13. Stockwerk öffnete.

Ich hatte kaum den langen Korridor betreten, als auch schon mein Kollege, der Administrator 366, Grün, aufgeregt auf mich zukam.

„Guten Morgen, M-301, kommen Sie bitte in mein Büro, schon wieder eine neue Direktive aus Brüssel!"

Grün hechelte, und winkte mich in sein Büro. Seine großen dunklen Augen quollen hervor, so wie immer, wenn er entsetzt oder betroffen war. Er war ein kleiner, gefährlicher Mann, der typische Fanatiker und Denunziant.

„301, hören Sie: Es sind wieder Raubdrucke aufgetaucht. Die ganzen Sachen, die in den letzten Jahren aus dem Verkehr gezogen worden sind, Sie wissen schon. Jetzt taucht der Dreck als Raubkopie auf dem Schwarzmarkt auf. Brüssel will sofort Erklärungen: Wo sind die undichten Stellen? Haben wir nicht alles erfasst und vernichtet? Ich will", seine Stimme senkte sich und bekam etwas Verschwörerisches, „ich will eine schöne Aktion für die Medien, eine große Verbrennung, etwas, das wirklich überzeugt, und zwar so schnell wie möglich!"

Unser Ministerium ist zuständig für das Homeland Austrasia, das zu den EU-Nachfolgestaaten gehört, und untersteht daher direkt dem Hochkommissar für Volksaufklärung in der Festung Brüssel. Von dort kommen ständig neue Gesetze und Richtlinien, die umgehend umgesetzt werden müssen. Ich entgegnete Grün mit geheucheltem Eifer:

„Ich werde gleich die schwarzen Listen checken, 366. Wir müssen jeden Verlag, jede Bücherei, jeden Markt kontrollieren, ob nicht doch noch irgendwo vergessene oder geheime Restbestände existieren. Außerdem muss die ‚Freiwillige Mithilfe der Menschen' in den Medien aktiviert werden: Kampf dem Hass, Aufstand der Anständigen, Gesicht zeigen, Metrocity steht auf – Sie wissen schon. Wir brauchen noch viel mehr Hinweise aus der Bevölkerung!"

„Den Raubkopierern muss man auf die Finger klopfen. Das muss auch in den Medien kommuniziert werden!" sagte Grün drohend, „oder sind es die verdammten Amerikaner, die immer wieder die Internet-Bibliotheken auffüllen, die wir löschen? Aber wie kommen sie durch unsere Sperren? Hier muss die EU-Netzpolizei eingeschaltet werden!"

Fast täglich landen Bücher, Zeitschriften und Filme auf den schwarzen Listen des *Codex*, werden für illegal erklärt und zur Eliminierung freigegeben. Andere Werke werden zensiert oder verändert, besonders Werke der Weltliteratur, die man nicht so einfach verschwinden lassen kann. Aus ihnen die volksverhetzenden und rassistischen Passagen zu eliminieren, ist eine meiner Aufgaben. Viele Bücher, besonders aus dem 19. und 20. Jahrhundert, sind voll mit Gedankengut, das man nach unseren Maßstäben des Jahres 2066 als extrem verhetzend und rassistisch bezeichnen muss. Fast alles, was zum Thema Religion vor 2033 erschien, ist sowieso schon lange verboten. Die Partei sagt, dass gerade diese Hetztiraden aus der Vorkriegszeit den schrecklichen Bürgerkrieg ausgelöst haben. Ein weiteres Problem sind historische Werke, die die frühere europäische Sicht auf die Geschichte darstellen. Der *Codex* besagt, dass nicht Europa, sondern der Orient die großen Kulturleistungen der Menschheit hervorgebracht hat und Europa seine kurze Blüte allein dem gestohlenen Wissen aus dem Orient verdankt. Was ihnen großzügig gewährt worden war, wurde von den Europäern geraubt und zur Unterdrückung der ganzen Welt missbraucht. Daher ist die Versöhnung Europas mit den Völkern des Orients die Hauptaufgabe unserer Politik, wie die Partei immer wieder betont. Hier haben wir alle schwere Schuld auf uns geladen, sagen unsere Politiker.

„Also, Mentor-301, um es kurz zu machen", ereiferte sich Grün wieder, „alle illegalen Raubkopien müssen aus dem Verkehr gezogen werden, gerade in der jetzigen Situation. Sie kennen sich doch aus: Durchforsten Sie das Internet, schalten Sie *Euronetpol* ein. Hier ist die Liste aller beschlagnahmten Kopien der letzten Wochen."

Ich sah eine lange Reihe von Namen. Da waren sie wieder, die vergifteten Früchte, die offenbar einfach nicht in Vergessenheit geraten wollten: Angefangen mit dem unsäglichen Nietzsche, über dessen ganze Epigonenschar, weiter die christlichen Heuchler Tolstoi und Dostojewski, die ganzen Neo-Christen des Expressionismus, Döblin, Werfel, Rilke, und die wahrhaft Dämonischen: Spengler, Jünger, Heidegger. Individualisten wie Nabokov, Solschenyzin, Camus und gefährliche Propheten wie Orwell, Huxley, Bradbury, der ganze so genannte Humanismus des 20. Jahrhunderts, Juden, Christen, Freidenker, Philosophen. Eigentlich galt alles bis zur anti-imperialistischen Wende von 1968 als vergiftet von Wahn und Intoleranz. Ich wusste, was Grün wollte: Eine pflichtgemäße PR-Aktion, nicht mehr und nicht weniger. Aber Grüns Eifer würde schon bald erlahmen, und Brüssel war weit. Ich nahm die Liste und ging zur Tür, als er mir hinterher rief:

„Also, sagen wir, in drei Tagen sehen wir uns in der Vernichtung. Sie haben genügend Zeit. Ich will mindestens zehntausend Exemplare von dem Schund brennen sehen – und Sie doch auch! Ich informiere die Sender. Schaffen Sie das, Mentor-301?"

„Ich denke ja, Mentor-366", sagte ich laut und dachte: wieder eines von den symbolischen Autodafés, zu denen er Presse und Fernsehen einlädt, um sich im Scheinwerferlicht als Kämpfer gegen das Böse zu sonnen.

Ich wusste, was ich zu tun hatte. Ich würde einen alten Bekannten anrufen, meinen Partner für solche Fälle, der immer einen Vorrat alter Bücher beschaffen konnte. Sie würden in ein leer stehendes Haus gebracht werden, um dort von einer Securitate-Einheit „entdeckt" zu werden und pünktlich zur Vernichtung bereit zu sein. Für solche Gefälligkeiten wurde der Lieferant von mir in seinen diversen Handelsaktivitäten gedeckt. Ja, genau so würde es laufen, dachte ich. Mittags verließ ich das Ministerium und ging ein paar Blocks weit zu einem schäbigen Telefon- und Internet-Center, um meinen Mann zu kontaktieren. Der sagte sofort zu und versprach, mir schon bald eine Adresse zu schicken, wo das inkriminierte Material gefunden werden konnte. Einige Raubkopien von Filmen würde er noch dazulegen, damit es echter aussah.

15. Januar

Heute Morgen fand ich die verschlüsselte Botschaft auf meinem Multicom: „Alles ist bereit. Adresse: District Centro / Block F 451."

Ich war zufrieden, die Aktion konnte über die Bühne gehen. Sofort rief ich den Verbindungsmann meiner Stelle bei der Securitate an, einen unangenehmen jungen Konvertiten, der stets unzufrieden und bedrohlich wirkte. Er sicherte mir zu, die Einheit werde rechtzeitig vor Ort sein, um das Lager auszuheben. Ich bat ihn noch um etwas Zeit, um die Medien zu benachrichtigen.

Dann rief ich Grün an und sagte: „Es ist unfassbar! Wir haben ein geheimes Lager mit Tausenden verbotener Raubkopien aufgestöbert, und auch noch im District Centro! Die Securitate will den Zugriff sofort. Sagen wir in zwei Stunden – dann sind wir schon um 12 Uhr in den Nachrichten! Was sagen Sie nun?"

Grün war erregt: „Ich werde TV, Media und Fotografen bestellen. Wir bringen die Sache ganz groß raus!" Der übliche Ablauf war so: Die Bücher würden von martialisch uniformierten Spezialeinheiten der Securitate auf Transporter verladen und in die „Arena der Vernichtung" gebracht, eine Kombination von Stadion und Müllverbrennungsanlage. Dort würden sie im Rahmen einer Unterhaltungsshow mit Musik und Spezialeffekten vor dem Publikum feierlich verbrannt werden, zusammen mit anderen verbotenen Dingen. Täglich werden die Listen mit indizierten Gütern länger: Nicht nur geschmuggelter Alkohol oder Zigaretten werden vernichtet, sondern auch Magazine, Fotos, verbotene Zeitungen, alte Bilder und Kunstwerke, die gegen das Bilderverbot verstoßen, anstößige Kleidung, Perücken, Schmuck, Schminke, Kosmetikartikel, verbotene Musik, beschlagnahmte Telefone und Computer, christliche Kreuze – alles, was nach dem *Codex* nicht korrekt ist, wandert ins Feuer.

Grün und ich waren schon am Block F 451 angekommen, an einer ehemals eleganten, nun traurig verfallenen Emigranten-Villa mit leeren Fenstern und eingestürztem Dach, als die schwarz glänzenden Limousinen und Transporter der Securitate mit heulenden Sirenen vorfuhren. Auf den Wagen stand in großen Lettern SECURITATE, darunter: CCC für Corruption Cultur Crime. Ich hasse die Securitate-Agenten. Sie sind überall gefürchtet, allmächtig und agieren voller Willkür. Viele von ihnen waren früher Kämpfer der Anti-Hass-Brigaden, so zum Beispiel ihr früherer Chef, der Agitator Josef Radek, der die Kulturrevolution von 2048 anzettelte. Sie verhaften Menschen auf offener Straße oder bei willkürlichen Razzien in ihren Wohnungen. Sie haben das Recht, überall einzudringen, Tag und Nacht. Wer einmal in ihren Fängen ist, kommt schwer wieder frei. Meist werden willkürliche Anklagen konstruiert, und die Opfer bleiben ohne alle Rechte oft Monate in den Gefängnissen. Die Securitate ist ein Staat im Staate.

Nun tauchten Fernsehteams auf und begannen, sofort live zu berichten. Die Uniformierten stürmten das Haus, Grün und ich blieben beim Wagen. Nach kurzer Zeit kam einer der Männer wieder heraus und verkündete, im Keller sei ein großes Lager mit illegalem Material gefunden worden. Nun wurde eine Kiste nach der anderen herausgebracht. Die Kisten wurden geöffnet und aus ihnen eine Art Pyramide errichtet. Davor postierten sich die Agenten mit gezogenen Waffen. Das war das obligatorische Bild vom Triumph der Staatsmacht, das in jeder Zeitung auf Seite Eins erscheinen würde. Wenn Staatsfeinde verhaftet worden waren, mussten sie gefesselt und mit verbundenen Augen vor dem beschlagnahmten Material knien, während Polizisten ihnen lachend ihre Pistolen an die Schläfen hielten. So liebte es die schwarz gekleidete Securitate. Die Polizisten gruppierten sich fotogen, dann kamen die Fotografen und die TV-Kameras. Mehrere Reporter kamen auf mich zu: „Ein paar Fragen, bitte! Nicht länger als 2 Minuten!"

Ich musste ein Interview über mich ergehen lassen. Der Journalist fragte mich, wer die Polizei informiert habe. Ich sagte, dass es auch diesmal wieder der freiwilligen Mithilfe der Menschen zu verdanken war, dass wir auf den schändlichen Schmutz aufmerksam wurden. Ein anderer Reporter fragte, um was für Material es sich genau handele. Ich erklärte, dass es illegale Nachdrucke toxischer Schriften seien:

„Unkorrektes Material aus dem vorigen Jahrhundert, rechtsabweichlerisch und hetzerisch, rassistisch und menschenverachtend", spulte ich mechanisch ab, während ich dachte: Warum sagst Du nicht: „Schätze des menschlichen Geistes, Ideen und Gedanken aus einer Welt, die ihr niemals begreifen werdet?" Ich begann, mich vor mir selbst zu ekeln.

Das Haus, deren Bewohner wohl schon vor vielen Jahren emigriert waren, sollte nun dem Erdboden gleichgemacht werden, wie in solchen Fällen üblich. Beschlagnahme des Materials und Vernichtung der Wohnung folgten immer direkt aufeinander. Nachdem das ganze Material auf die Transporter verladen war, rückte das Spezialkommando an. Mit Flammenwerfern fackelten sie das Haus fernsehgerecht in wenigen Minuten ab. Schwarzer Rauch stieg gen Himmel, während die Zuschauer jubelten und applaudierten.

Nun ging es in Begleitung der Fernsehteams zur Arena der Vernichtung, der großen Verbrennungsanlage des Kulturpalastes. Aus volkserzieherischen Gründen war die Anlage wie ein Stadion gestaltet, mit einem großen Feuerkrater in der Mitte, umgeben von Tribünen, die schon gut mit Zuschauern gefüllt waren. Besonders Familien kamen gern zu den Verbrennungen, da die Kinder das Feuer liebten, das gewaltig wie ein Hochofen emporloderte. In der Halle waren Kleidung, Kunstgegenstände, Nahrungsmittel, Flaschen, Kosmetika, Zeitungen, Bücher und Mengen elektronischer Geräte aufgestapelt. Nun setzte pathetische Musik ein, und die europäische Hymne wurde gespielt, während die Bücherkisten hereingebracht und vor dem kreisrunden Feuerkrater aufgebaut wurden. Ich blieb in gewissem Abstand hinter einem Schutzgitter, denn

Hitze waberte aus dem Schlund. Lange Flammen schlugen herauf, Männer in Schutzanzügen, die hier arbeiteten wie an einem Hochofen, brachten das Material auf eine Rampe, die abgekippt wurde, um alles in die Flammen zu befördern. Ein Reporter dozierte vor der Kamera lang und breit über den ökologischen Nutzen, der darin bestand, durch die Vernichtung des kulturellen Abschaums noch Energie zu gewinnen.

Da fiel mir ein kleiner alter Mann in einem viel zu weiten, schäbigen Anzug auf, mit schlohweißem Haar und einer großen altmodischen Brille. Er schien mir irgendwie bekannt, aber ich konnte ihn nicht einordnen. Er blieb im Hintergrund, näherte sich aber langsam der Verbrennungsanlage.

Was hat er vor? dachte ich, aber dann ging alles ganz schnell. Behende erklomm der Alte das Gitter, und schon war er oben. TV-Scheinwerfer leuchteten hell, die Kameras liefen. Die Teams erfassten blitzschnell die Situation und richteten die Kameras auf den Mann, der nun über das Gitter geklettert war. Polizisten versuchten, ihn zu erreichen, aber er war schon zu weit oben. Hoch über der Rampe riss er seine Jacke auf und zog einen Packen Flugblätter hervor, die er in einem weiten Bogen auf die Tribünen warf, so dass das Papier auf die versammelten Menschen hinunterregnete. Mit sich überschlagender Stimme schrie er etwas in die Kameras, immer wieder hob er die Arme, aber ich konnte ihn nicht verstehen, denn das Grollen des Flammenofens war zu laut. Entsetzte Schreie, Flüche der Polizisten, da sprang der Mann mit irrem Blick auf die Rampe, auf der gerade Hunderte von Büchern ins Feuer liefen. Ich war vor Entsetzen wie versteinert, und alle schauten zu, wie der Mann langsam in die lodernden Flammen transportiert wurde. Da verstand ich, was er immerzu rief: „Es lebe das Heilige Europa! Es lebe das Heilige Europa!" immer wieder, immer wieder, bis er in die Flammen fiel und regelrecht zu schmelzen begann. Dort unten musste es viele Hundert Grad heiß sein. Sein Haar zischte zuerst auf, dann wurde er schwarz und verbog sich wie eine Wachsfigur. Die Kameras liefen immer noch, als der Einsatzleiter der Polizei zu brüllen anfing: „Kameras aus, sofort Kameras aus!"

Aber es war zu spät: die Bilder waren schon live in den Äther geschickt worden, und zwar direkt in die Hauptnachrichten um 12 Uhr mittags.

Die abgebrühten Medienleute konnten ihre Freude über den Coup nicht ganz verhehlen und grinsten, andere standen mit offenem Mund da und starrten in das Feuer. Mir fuhr ein Stich durchs Herz – da war es wieder, das würgende Gefühl des Ekels, das mich manchmal überkam; diesmal war es stärker als je zuvor. Immer, wenn ich Gewaltszenen blutiger Anschläge im TV sah, Bomben und Attentate, passierte es: zuerst bekam ich Herzrasen, dann fühlte ich einen Druck im Kopf, der immer stärker wurde und zu einem Gefühl furchtbarer Übelkeit wurde. Es war, als würde ich von schweren Steinen langsam zerdrückt. Ich konnte kaum noch atmen und fühlte mich schrecklich elend. Ich musste würgen und bekam keine Luft mehr. Ich hatte immer Tabletten bei mir, die ich nun sofort nahm.

Vor mir lag eines der Flugblätter auf dem Boden. Ich sah mich um, nahm es schnell auf und steckte es in die Tasche. Plötzlich fiel mir ein, woher ich den kleinen Mann kannte: Er war einer der Büroboten im Ministerium gewesen, ich hatte ihn hin und wieder mit einer Karre voller Akten und Papiere durch die Korridore schlurfen sehen.

„Wer war der Mann, wie kam er hier überhaupt herein?" rief der Einsatzleiter hysterisch.

Grün war irgendwie erschüttert, aber wohl eher, weil seine PR-Aktion so schrecklich geendet hatte. Diese Bilder waren ein Skandal, sie mussten genau das Gegenteil dessen bewirken, was er sich erhofft hatte. Ich hatte genug gesehen und ging hinaus an die frische Luft. Noch eine weitere Minute dort drinnen, und ich hätte mich übergeben müssen vor Ekel. Grün rannte hinter mir her: „Sie können nicht einfach gehen, wir müssen noch Statements für die Presse abgeben und…"

„Und ob ich gehen kann, ich muss sogar gehen. Bewachen Sie nur schön ihr großes Feuer, 366."

Während ich durch die kalten Straßen ging, fiel mir wieder ein, dass ich mich mit dem alten Herrn gelegentlich unterhalten hatte. Er war bestimmt schon an die siebzig, also etwa die Generation meiner Eltern. Er hatte mir erzählt, er sei früher Professor für Kunstgeschichte an der Alten Universität gewesen, aber bei einer der großen Säuberungen entlassen worden. Er war dann als Bote im Ministerium untergekommen. Einmal hatte er mir Fotos von seiner Enkelin gezeigt, die seit zwei Jahren als vermisst gemeldet war. Es war ein hübsches Mädchen von zwölf Jahren, das eines Tages einfach verschwunden war. Wie man wusste, wurden die wenigen Kinder, die es bei uns noch gab, oftmals in die Territorien der Gottesstaaten entführt und dort umerzogen. Die Mutter des Mädchens, seine Tochter, hatte sich kurz darauf das Leben genommen. So war der alte Mann allein geblieben. Ich fühlte mich unendlich traurig, während ich nach Hause ging. Der Winterhimmel färbte sich blutigrot, und in der Ferne hing noch ein Rest schwarzen Rauches in der eisklaren Luft.

Ich betrat mein Apartment, schloss die Tür hinter mir und ließ mich in den Sessel fallen. Dann nahm ich das Flugblatt aus der Manteltasche und las:

AUFRUF!

Mitbürger, denkt an die Zukunft Eurer Kinder! Die seit 20 Jahren herrschende Einheitspartei hat uns nicht nur die Freiheit gestohlen, sondern sie verkauft uns stückweise an unsere Feinde, die erst dann zufrieden sind, wenn unsere Kultur restlos zerstört ist! Die Kommissare der Sozialtechnokraten haben im Laufe der letzten zwanzig Jahre einen Überwachungsstaat errichtet, der nur mit den totalitären Regimes des 20. Jahrhunderts vergleichbar ist. Sie sprechen jeden Tag von Toleranz, Menschenrechten und Demokratie, aber sie handeln nicht danach. Wir haben keine Gedankenfreiheit mehr, unsere Medien werden zensiert, Menschen wegen der kleinsten Vergehen, in der Gesinnung oder im Privatleben, angeklagt und verurteilt. Die Spürhunde der Securitate schnüffeln überall herum, täglich bauen sie ihr Spitzelsystem weiter aus. Die Menschen, die von ihnen eingekerkert werden, landen oft auf der anderen Seite der Mauer. Dort verschwinden sie in Lagern, wo sie wie Sklaven vegetieren. Diese Tatsachen werden systematisch verschwiegen. Beteiligt euch nicht an der „Freiwilligen Mithilfe der Menschen", es ist ein anderes Wort für Denunziation!
Die Menschen Austrasias stehen mit dem Rücken zur Wand: Gefesselt sind unsere Hände, verbunden unsere Augen! Ergreifen wir die letzte Chance und wehren wir uns! Versammeln wir uns, empören wir uns, schleudern wir den Machthabern der Partei den Ruf nach Freiheit ins Gesicht!
Heute rufen wir euch auf: Unterstützt die Freiheitliche Liga. Im September sind so genannte Wahlen. Wir nehmen an, dass sie wieder gefälscht werden sollen, doch diesmal werden unabhängige Beobachter aus Las Americas, Indien und Japan vor Ort sein. Dafür haben wir gesorgt! Denkt daran: Viele von uns haben im Bürgerkrieg unter unsäglichen

Opfern für die Freiheit unseres christlichen, humanistischen Europa gekämpft, und Zehntausende sind gestorben, vertrieben und verschleppt
worden! Die unheilige Allianz der Eurokraten und Sozialtechnokraten
mit den Ex-Brigaden-Terroristen, ihr Verrat und ihre Ausverkaufspo-
litik haben uns die Hälfte unseres Landes gekostet und uns Verrohung
und Elend gebracht. Wir wollen keinen Gottesstaat! Wir wollen ein
starkes Bündnis mit den amerikanischen und osteuropäischen Völkern!
Nur gemeinsam können wir dem Untergang entgehen!

Nieder mit Ron Hagen und seiner Diktatur!
ES LEBE DAS HEILIGE EUROPA!

Unterzeichner:
Leo Korngold, Georg Landauer und viele andere Mitglieder der Freiheitlichen Liga

Georg Landauer? Etwa Landauer, der beste Freund meines Vaters? Er war
Professor der Anthropologie und Philosophie gewesen, klassisch gebildet; mein
Vater hatte sich mit ihm oft Nächte lang unterhalten. Er war ein Mann, der
noch Klassiker zitieren konnte: Goethe, Shakespeare, Dante, Platon, Homer.
Landauer war damals zwischen vierzig und fünfzig gewesen, also musste er
jetzt über siebzig sein. Wo war er die ganze Zeit über gewesen?

Das Flugblatt hatte mich aufgerüttelt! Unser Land ist tief gespalten, die
Menschen sind erschöpft und haben resigniert. Die Gegner vor den Toren sind
hingegen stark und zahlreich, und sie werden täglich mehr. Sie sind jung und
kampfbereit, gestärkt von einem uns fremdartigen Denken, in dem eine strenge
familiäre Hierarchie herrscht und der Mann seine Ehre kämpferisch verteidigt.
Wer dort Moral und Sitte verletzt, wird mit dem Tode bestraft; es gilt allein
das religiöse Gesetz, das mit unbarmherziger Grausamkeit exekutiert wird. Es
ist viele Jahrhunderte alt und noch immer so stark wie am ersten Tag. Lange
hatten sie vor den Mauern von Byzanz gewartet, bis die alte Kaiserstadt fiel.
Lange hatten sie vor Wien gewartet, bis Wien fiel und zu Vijana wurde. Lange
warten sie nun schon vor den Toren der letzten Enklaven. Und die Europäer?

Viele der Jüngeren starben im Bürgerkrieg oder emigrierten, bevor die
Grenzen geschlossen wurden. Übrig sind die vielen verarmten, alten Menschen,

deren Anblick auf den Straßen mir jedes Mal das Herz zusammenzieht, wenn ich sie sehe. Diese Alten wirken wie aus der Zeit gefallen, wandelnde Überlebende aus einer anderen Epoche, der *Goldenen Zeit*. Was haben sie gesehen, was erlebt? Heute leben sie nur noch für das nächste warme Essen und hoffen, den nächsten Winter zu überstehen. Die Anzahl der Selbstmorde unter den Älteren nimmt ständig zu, so dass Selbstmord wieder unter Strafe gestellt wurde. Trotzdem gibt es viele, die einfach aus den Fenstern springen, in die kalten Flüsse, vor Bahnen und vor Busse – oder die einfach aufhören zu atmen. Man findet sie leblos in ihren Wohnungen, umgeben von alten Möbeln und den Bildern ihrer Lieben aus einer fernen, besseren Zeit. Die Abschiedsbriefe dieser Menschen, oft im alten Deutsch geschrieben, sind nicht nur persönliche Abschiedsbriefe, sondern sie sind mehr: der Abschied einer Kultur, eines Volkes, das keine Zukunft mehr hat.

Aber was kann die Liga noch erreichen? Höchstens neue Aufstände, neue Blutbäder. Auch daran musste man denken, wenn man die Lage in Westeuropa bedachte. Ich fühlte Kälte im ganzen Körper und warf mich zitternd aufs Bett. Immer wieder sah ich das Bild des alten Professors vor mir, wie er langsam ins Feuer fiel, rufend, uns alle aufrufend, bis er verkohlte. Das Bild hatte sich in mein Gehirn eingebrannt. Ich fiel in einen unruhigen Schlaf und hatte einen seltsamen Traum.

Ich schien ganz wach zu sein, denn ich konnte klar denken. Mir war, als ob ich empor schwebte, immer höher, bis in den Weltraum. Unter mir sah ich die Erde liegen mit ihren Ländern und Meeren, über die weiße Wolkenfelder zogen. Ich befand mich Tausende von Meilen über der Welt in der schweigenden Stratosphäre. Dann kam ich in eine Art Raumstation oder Observatorium hoch oben im Orbit, wo ich auf eine Gruppe von Wesen traf, die mir weise und überlegen erschienen. Wer sie waren, konnte ich nicht erkennen. Sie waren freundlich zu mir und sagten, sie seien Freunde der Menschen. Sie unterzogen mich einer Art von Initiation. Sie sagten, ich müsse lernen, meine Energie besser zu kontrollieren. Dann zeigten sie mir die Energiezentren meines Körpers. Das wichtigste von ihnen öffnete sich, das Zentrum des Herzens. Sie zeigten mir außerdem, wie ich ohne Angst auf negative Energien reagieren könne. Immer wieder hörte ich Stimmen mit warmer und positiver Ausstrahlung. Auch weibliche Präsenzen waren unter ihnen. Schließlich wurde ich in ihre Mitte aufgenommen und in ihren Kreis eingeführt: Sie ließen mich aus einem

Fenster ins All schauen, um einen Sternennebel zu betrachten. Ich sah ein weißes Licht von vielen Lichtjahren im Durchmesser, das sich langsam der Erde nähere, wie sie mir sagten. Wenn es uns erreicht haben würde, würde ein neues Zeitalter beginnen. Dann erklärten sie mir noch, Magie sei bei ihnen wie bei allen höher entwickelten Wesen eine gewöhnliche Fähigkeit, eine Kraft zur geistigen Wirkung. Zum Schluss wurde mir sehr ernsthaft und deutlich gesagt: „Verschwende niemals deine Energie, denn wir befinden uns in einem Krieg! Der Gegner ist stark, und wir brauchen all unsere Kraft! Du wurdest auserwählt. Bald wirst du Menschen treffen, die dir deinen weiteren Weg zeigen werden. Und auch uns wirst du wieder begegnen!"

Als ich erwachte, lag Dunkelheit über der Stadt. Ich erschrak: Der Traum war so voller Wirklichkeit gewesen, dass ich glaubte, die ganze Zeit wach gewesen zu sein. Erst langsam begriff ich, dass ich geträumt hatte. Seit meiner Jugend hatte ich immer wieder Träume gehabt, in denen ich meinte, in einer anderen Wirklichkeit zu erwachen. Oft sah ich bekannte Orte und traf Menschen, die mir seltsam vertraut waren. Solche Träume waren wie verschollene Erinnerungen – doch woran? An eine andere Zeit? Wenn ich erwachte, bemerkte ich, dass eben noch Verständliches keinen Sinn mehr ergab, Namen oder Worte, die nachklangen, bedeutungslos wurden. Immer wieder hatte ich in diesen Träumen eine prächtige Stadt von wunderbarer Schönheit gesehen. In ihrer Mitte ragte ein stufenförmiger Turm bis in den Himmel. Aber wenn ich versuchte, empor zu steigen, wurde ich von einem elenden Schwindelgefühl gepackt und bekam Angst abzustürzen. Manchmal sah ich große weiße Vögel den Turm umkreisen, die mich mit wissenden Augen beobachteten. Ich traf dort auch einen Lehrer, der mir Schriftrollen zeigte, die mit fremdartigen Hieroglyphen bedeckt waren, welche ich im Traum jedoch gut lesen und verstehen konnte. Er schien mir nahe zu stehen, aber ich vergaß jedes Mal, ihn zu fragen, wer er sei.

Wie wenig wir doch über unsere Träume wissen. Mediziner und Psychologen haben Gehirn und Psyche erforscht, aber wie jene Welten im Geist entstehen, kann niemand erklären. Wer schreibt die Drehbücher, wer führt die Regie?

Ich duschte, verzehrte mit Heißhunger etwas „Synthochick", Huhnersatz mit Reis, eines unserer beliebten Einheitsessen, und schaltete den Fernseher ein. Alle Kanäle waren voll von den Bildern und Berichten über das Autodafé:

„Tragödie: Bei einer Säuberungsaktion gegen Schmutz und Schund, die vom Ministerium des *Codex* gemeinsam mit der Securitate heute Mittag durchgeführt wurde, schlich sich ein offenbar geistig verwirrter Mann ein. Er rief wirre Parolen, verlor den Halt und stürzte in die Flammen." Es folgte die Ansprache eines subalternen Funktionärs. Die Phrasen prasselten herab – sie waren so hohl wie immer:

„…Warnung an Rechtsabweichler und Rassisten: Sie schüren den Unfrieden in der Gesellschaft, sie sind verantwortlich für die Tragödie … den Kampf gegen den Populismus der extremistischen Freiheitlichen Liga verstärken … gemeinsam mit den Menschen für eine gerechtere Welt … ein Aufruf zum Aufstand der Anständigen … die Freiwillige Mithilfe der Menschen stärken: Bürger zeigen Gesicht … Courage im Kampf gegen die Intoleranz … friedliche Zusammenarbeit mit unseren Nachbarn …" Dann erfuhr man: Die Polizei hatte in einer Blitz-Operation „reaktionäre Elemente" verhaftet. Die neueste Gefahr waren so genannte „Mystiker", Anhänger geheimer Kulte aus dem Ausland, die angeblich die Jugend verführten. Der übrige Abend war mit stundenlangen Diskussionen angefüllt, in denen ältliche graue, vom System bezahlte, Intellektuelle darüber beratschlagten, was gegen all die gefährlichen Verschwörungen zu tun sei.

8. Januar

Grün ist selbstverständlich wütend wegen der gestrigen Pannen, aber er muss zugeben, dass ich nichts dafür kann. Schon heute Morgen waren alle Berichte so geschnitten, dass nichts mehr von dem Unglücksfall zu sehen war. Alle Live-Berichte von gestern waren gelöscht. In den Morgennachrichten sah alles bestens aus, und man war auch in Brüssel mit unserer Arbeit hoch zufrieden. Mittags hatte sogar ein Kommissar angerufen und uns gelobt.

Grüns Laune verbesserte sich: „Wenn wir so weitermachen und wirklich immer wieder solche Bilder liefern", er senkte die Stimme, „natürlich ohne solche Zwischenfälle – werden Sie und ich, 301, irgendwann einmal die Karriereleiter nach oben purzeln. Wer weiß? Straßburg? Brüssel? Al-Parisi?"

Ich glaube, Grün sieht sich schon als Vize-Gouverneur oder Kommissar in einem Riesenbüro mit schallgedämpften Türen und zwei Sekretärinnen im Vorzimmer, in einem Glaspalast einer dieser streng bewachten

Bürokratenmetropolen, die umgeben sind von kilometerweiten schmutzigen Slums, was aber nicht weiter stört, da man sich dort nur mit Hubschraubern bewegt. Allerdings hat Alexis Sakharov, der Chef-Administrator der inneren Abteilung und unser aller Vorgesetzter, dabei noch ein gewichtiges Wort mitzureden ...

Am Abend ging ich zu Fuß nach Hause, da es zurzeit mal wieder keinen Treibstoff für die Sammeltaxis gibt. Ich folgte also eine gute Stunde dem breiten „Boulevard der Gerechtigkeit" entlang dem Ufer des Flusses, der sich bleigrau und träge gen Westen wälzt. Hier reihen sich die großen Stufentürme der Ministerien aneinander. Wie riesige graue Grabstelen ragen sie in den rauchigen Himmel, Tag und Nacht bewacht von Milizia. Hier liegt das Regierungszentrum von Austrasia. Einer der Türme ist der Sitz des Gouverneurs Ron Hagen, unseres Führers, Sohn des Hochkommissars Viktor Hagen, der im Krieg von der Festung Brüssel aus die Truppen der Union zum Sieg führte. Die anderen Türme heißen: *Minex, Minint, Mintec, Ecomin, Minsecur*. Oft erscheinen mir diese gewaltigen gläsernen Stufentürme im Stil der Neo-Khmer bedrohlich, dann wieder erhaben, besonders, wenn sich an klaren Tagen die untergehende Sonne blutigrot in ihnen spiegelt und Schwärme schwarzer Helikopter von ihnen langsam in den Abendhimmel aufsteigen. Ich bin froh, dass der Turm von *Mincom* sicher ist, noch nie ist in ihn eine Granate eingeschlagen.

Ich ging also langsam den breiten Boulevard hinauf, während es dunkelte. Trauben von Menschen standen an den Straßen und warteten auf eine Transportmöglichkeit. In den verhärmten Gesichtern standen Resignation und Hoffnungslosigkeit geschrieben. Ich drängte mich durch die Menge elender Menschen, die nach irgendeiner Gelegenheit suchten, um auch diesen Tag zu überleben. Man sieht nur wenige Kinder, dafür sehr viele Greise. In abgerissenen Mänteln schlurfen sie durch die Straßen und suchen nach etwas Verwertbarem. Ob einige von ihnen sich noch an die *Goldene Zeit* erinnern können? Ich würde sie gern danach fragen.

Die Einkaufszentren, in denen alle Arten von Waren, meist aus Asien, angeboten werden, waren hell erleuchtet und geöffnet. In vergitterten Stahlbehältern standen Fernseh- und Musikanlagen, Satellitenantennen und Computer, Parfümfläschchen und Luxus aller Art, bewacht von schwer bewaffneten Privat-Milizias. Hinter Panzerglasscheiben lagen Schmuck, Gold, teure

Uhren, Mode, edle Alkoholika und andere Luxusartikel zu unerschwinglichen Preisen. Aufschriften in türkischer und arabischer Sprache lockten mit Rabatten und Sonderpreisen, denn in unserem Territorium konnten Touristen aus den Nachbarländern zollfrei einkaufen. Wir haben zwei Währungen: den Euro, für den die Menschen Grundnahrungsmittel wie Reis, Kartoffeln und Bohnen auf Bezugsschein kaufen können, und den Dirham, für den man alles andere bekommt, in den Internationalen Einkaufszentren und auf dem Schwarzmarkt. Auf der anderen Seite der Straße war ein überfüllter Straßenmarkt, auf dem verhärmte Menschen in langen Reihen nach Lebensmitteln anstanden. In den Seitenstraßen boten Händler lebende Tiere, billige Kleidung, illegale Drogen oder ihre eigenen Schwestern und Töchter feil. Auf dem Boulevard patrouillierten Uniformierte mit Hunden und scharfen Waffen. Langsam fuhr eine große weiße Limousine vorüber, mit dunklen Scheiben und dem Kennzeichen der Emirate. Sie hielt an, eine Tür wurde geöffnet, man verhandelte kurz, dann sprangen mehrere Mädchen hinein, eigentlich noch Kinder. Der Wagen rollte davon, wahrscheinlich zu einem der großen Hotelpaläste, in denen nur ausländische Touristen zugelassen sind.

Am „Platz der Märtyrer" bog ich nach Norden ab. Auch hier waren die abendlichen Straßen wie immer überfüllt von dicht gedrängten Menschenmassen: Händlern, Prostituierten, Schleppern und Taschendieben. Im Gedränge konnte man schnell den Überblick verlieren und Opfer eines Überfalls werden. Aus Läden und Fenstern tönte laute Musik, in den Höfen wurden Feuer entfacht. Noch war es ein friedliches Gewimmel, denn an jeder Straßenecke standen Posten der Milizia. Später in der Nacht wird es gefährlicher, besonders in den dunklen äußeren Distrikten, oder wenn die Energie ausfällt, was urplötzlich geschehen kann.

Die trostlose Stadtlandschaft von Metrocity Grande bedeckt einen beträchtlichen Teil des Homelands. Entlang der Boulevards stehen endlose Reihen immergleicher Wohnblöcke, dazwischen wuchert ein Gewirr unzähliger elender Hütten. Auch sieht man viele ausgebrannte Ruinen, die notdürftig wieder bewohnbar gemacht wurden. Dort leben die Armen dicht gedrängt. Die Metrocity Grande erstreckt sich am Strom entlang und nach Norden bis zu den Wäldern. Im Westen bildet der große Fluss die Grenze zum Emirat Al Colonia. Nur eine einzige Straße führt nach Colonia und weiter zur Festung Brüssel. Eine weitere Straße führt nach Burgund und nach Aquitania, den

Homelands im ehemaligen Frankreich, das zum Emirat Al-Parisi wurde. Im Süden liegen weitere Emirate, die den Mauretaniern tributpflichtig sind. Und so sieht es im ganzen früheren Westeuropa aus. Im Süden sind viele Wälder verbrannt, dort haben sich Karst und Steppe ausgebreitet. Auch bei uns werden die Sommer trockener und heißer. Die große Steppe reicht nun vom Hindukusch bis an die Donau.

10. Januar

Im District Norte, wo ich wohne, leben hauptsächlich privilegierte Parteimitglieder: Administratoren, kurz *Admins*, Mentoren, Sozialtechniker, Volkspädagogen und Geheimpolizisten, also die ganze Kaste der Sozialtechnokraten. In unseren Wohntürmen funktionieren Wasser, Energie und Medien fast immer. Und wir haben das Privileg, im Complex-Markt einkaufen zu können, so dass wir nicht hungern müssen. Der District ist umgeben von einem bewachten Zaun, und es gibt nur wenige Eingänge. Auf der anderen Seite waren früher Parks mit Spielplätzen, Wasserbecken und Sportplätzen, aber heute ist es dort genau so verkommen wie überall in Metrocity Grande: Schmutz und Abfall sieht man überall, die elenden Straßenmenschen sammeln Müll oder verbrennen ihn nachts in großen, stinkenden Feuern. In den zugewucherten Gebieten, die früher einmal Parks waren, ist es gefährlich, doch die Milizia lässt sich hier öfter blicken als anderswo. Es gibt Gegenden in der Metrocity, in die sich selbst schwerbewaffnete Milizia nicht hineintraut.

Im Complex bekommt man gegen Devisen hin und wieder echten Kaffee, Tabaco, und sogar manchmal Dosenfleisch – Dinge, die sich die meisten Menschen in der Metrocity nicht leisten können. Sie versuchen, das Lebensnotwendige auf Schwarzmärkten zu ergattern. Unser Geld heißt Euro, aber die schmutzig-bunten Fetzen sind nach zwei Inflationen fast nichts mehr wert, für hundert Euro bekommt man ein staubiges Brot, der höchste ist nun der Hunderttausend-Euro-Schein. Wer kann, kauft importierte Waren für harte Devisen wie russische Rubel oder eurabische Dhiram.

Nach dem Krieg war die Stadt eine Trümmerwüste, danach wurde sie nur teilweise wieder aufgebaut, denn es gab viel weniger Menschen als früher. Damals wurden die hohen Wohntürme errichtet, die in geraden Reihen hintereinander aufragen bis zum Horizont. Zwischen ihnen haben Tausende von Armen ihre Favelas mit unzähligen Hütten und Verschlägen errichtet.

Die Älteren erzählten früher immer, dass vor sechzig oder siebzig Jahren, in der *Goldenen Zeit*, die Straßen voller Autos und gut gekleideter Menschen gewesen seien; überall habe es Geschäfte gegeben, in denen man alles einkaufen konnte, was das Herz begehrte, wie zum Beispiel frisches Obst, Milch, schöne Schuhe, Spielzeug für die Kinder, neue Bücher und tausend feine Dinge mehr. Die Straßen waren damals sauber und die Eingänge der Häuser ohne Metallgitter und Sicherheitsschleusen. Der Müll wurde abgeholt, und Energie war stets verfügbar. Es gab Kinos, sogar Theater und Museen, und die Kirchen waren keine ausgebrannten Ruinen, sondern Orte der Stille voller Schmuck und prachtvoller Bilder. Mir erschien das immer wie ein Traum. Als ich ein Kind war und meine Eltern mir von dieser Zeit erzählten, konnte ich mir vieles gar nicht vorstellen. Später sah ich alte Filme im Vivarium. Meine Eltern sind nun lange tot. Mein Vater wurde verhaftet, als ich vierzehn Jahre alt war, gegen Ende des Krieges, und ist seither verschollen, meine Mutter starb wenige Jahre später im kalten Hungerwinter von 2048.

Ich wurde geboren im Jahr 2030, acht Jahre vor Ausbruch des Bürgerkriegs, in einer Großstadt westlich von hier, die heute zu einem Emirat gehört. Die erste Erinnerung meines Lebens ist zugleich auch die schönste: Ich muss noch sehr klein gewesen sein, es ist ein Sommermorgen. Ich sitze zwischen meinen Eltern auf einem Sofa, vor uns ein Frühstückstisch mit einer weißen Leinendecke, darauf Kaffee, Butter, Brot und Eier. Draußen läuten die Glocken einer Kirche. Diesen herrlichen Klang, rhythmisch, erhaben und harmonisch, werde ich nie vergessen. Manchmal höre ich ihn im Traum. Später wurden die Glocken verboten. Der Krieg begann, es kamen Soldaten, Panzer, Flugzeuge, dann Geheimpolizisten und Kommissare. Mein Vater war verschwunden. „Er ist in die Wälder gegangen, um für unsere Freiheit zu kämpfen", sagte meine Mutter zu mir. Ich war damals acht Jahre alt.

11. Januar

Im Ministerium des *Codex*, *Mincom*, wo ich arbeite, befindet sich gleichsam das Gehirn unseres Staates, hier laufen alle Fäden zusammen, hier wird Kulturpolitik oder, besser gesagt, Propaganda gemacht. *Mincom* kontrolliert hundert TV-Kanäle, das Netz, Elektronik, Datakom und Telekom. Hier werden alle Bilder und Informationen produziert, gesäubert, gefiltert, neutralisiert und neu formatiert, bevor sie ausgegeben und gesendet werden. Von hier kommt alles, was die Menschen in Austrasia von morgens bis nachts sehen, hören, lesen und fühlen sollen – nichts außer *Mincom* ist erlaubt. Und weil die Menschen viel TV, Entertain, Infotain und Games wollen, gibt es viel Arbeit für *Mincom*.

Darüber hinaus muss alles, was vor dem Multikulturellen Frieden von Vijana entstand und nicht verboten ist, aus den alten Sprachen übersetzt, gesäubert und neu formatiert werden. Die Partei sagt: Vor der Kulturrevolution gab es viele falsche Worte, Bilder und Ideen, die gefährlichen kulturellen Viren. Sie können ansteckend sein und die Bevölkerung vergiften, so dass Gleichheit und Gerechtigkeit und damit auch die Freiheit in Gefahr geraten. Die Viren lauern überall, besonders in alten Büchern und Filmen, ja, sie verstecken sich tief in den Gedanken oder Erinnerungen der Menschen selbst, um plötzlich hervorzukommen und die Jungen und Unschuldigen zu infizieren. Deshalb ist die wichtigste Aufgabe von *Mincom* der Kampf gegen diese mentalen Infektionen. Zum Schutz vor kulturellen Viren wurde deshalb von Soziologen, Politologen, Linguisten und Neuroprogrammierern unser *Codex* erschaffen, der bis zum heutigen Tag ständig erweitert und verfeinert wird.

12. Januar

In *Mincom* habe ich Zugang zu den Geheimarchiven des inneren Zirkels. Im „Vivarium", wie wir dieses Archiv nennen, lagern Tausende verbotener Schriften, Bücher, Bilder, Filme und Dokumente aus der Vorkriegszeit. Jedenfalls die, die noch erhalten sind. Denn vieles, allzu vieles, ist in den letzten fünfzig Jahren verloren gegangen. Schon seit dem Kulturbruch nach der Jahrtausendwende gerieten immer mehr alte Schriftsteller in Vergessenheit. Danach, während der Diktatur der Kommissare, wurden ungezählte Bücher verboten. Im Bürgerkrieg brannten ganze Universitäten und Bibliotheken aus, und während der mauretanischen Invasion wurden Kirchen und Museen geplündert und angezündet. Was übrig blieb, fiel der Kulturrevolution und dem Bildersturm während der Schreckensherrschaft der Anti-Hass-Brigaden zum Opfer. Seit der Einführung von Multilangue verloren die Jüngeren die

Fähigkeit, noch etwas in den alten Sprachen zu verstehen. Trotzdem wurden viele Schriften und Bilder gerettet und zu Forschungszwecken in den tiefen Gewölben unter *Mincom* archiviert, in unserem labyrinthischen „Vivarium".

Den meisten Austrasiern sind die alten Zeiten gleichgültig. Man kennt noch einige Geschichten der Eltern und Großeltern, über Aufstände und Kriege und natürlich über die legendäre *Goldene Zeit,* aber all das andere – was hat es noch mit uns zu tun? Wir leben in einer harten Gegenwart und müssen jeden Tag um unser nacktes Überleben kämpfen – was interessiert uns die Kultur früherer Zeiten? Außerdem kann solches Interesse schnell Verdacht erregen. „Altes Denken" und „rückwärts gewandte Anschauungen" stehen unter Strafe. Die Vergangenheit soll vergessen und aus dem kollektiven Gedächtnis der Menschen gelöscht werden. Der Kulturverlust der letzten dreißig Jahre war total; heute herrschen die allgegenwärtige Propaganda und die Unterhaltungsindustrie, das allmächtige Opium des Volkes. Eines Volkes, das kaum mehr existiert.

Es gibt noch Nachfahren der indigenen Urbevölkerung, der Deutschen, zu denen auch meine Eltern gehörten. Offiziell wurde Deutschland nach dem Krieg durch den Friedensvertrag von Vijana aufgelöst und in Territorien aufgeteilt. Ihren Namen, der ihnen zu einer unerträglichen Last geworden war, hatten die Deutschen schon vorher bei der Einführung des Multilangue in der EU freiwillig aufgegeben. Sie nannten ihre Region fortan Austrasia, nach dem Namen des Landes aus der Zeit der Merowinger. In den Medien darf das Wort „Deutschland" nicht erwähnt werden. Es steht im *Codex* auf der Liste der toxischen Begriffe. Erst spät fand ich heraus, welche Zivilisation hier einmal blühte. Fast genau dort, wo heute unser Homeland liegt, befand sich noch vor zweihundert Jahren ein längst vergessenes Königreich namens Preußen. Es war ein Schatzhaus der Künste und Wissenschaften und wurde regiert von mächtigen Königen. Die Armee war gut organisiert und so stark, dass das kleine Land sich überall Respekt verschaffen konnte. Die Könige bauten Schlösser, Universitäten und Museen, von denen namenlose Reste erhalten sind. Hin und wieder sehe ich in der Metrocity alte Grundmauern und Fassaden, umgestürzte Säulen und Statuen, die aus jener Zeit stammen müssen.

Nun schreiben wir also das Jahr 2066, das zwanzigste Jahr der Herrschaft von Ron Hagen, dem Gouverneur von Austrasia, dessen voller Titel lautet: „Gouverneur, Vize-Eurokrator, Demokratischer Führer der Menschen". Wir benutzen immer noch die alte Zeitrechnung, obwohl kaum noch jemand weiß, worauf sie sich eigentlich bezieht. Ich fand es heraus: Es war die Geburt des Galiläers, dessen alte Religion nun schon seit Jahrzehnten geächtet ist. Wir zählen Tage und Jahre, aber sie unterscheiden sich kaum voneinander, denn wir leben im Stillstand. Es scheint, als wäre irgendwann vor zwanzig Jahren die Zeit angehalten worden. Neue Technologien gibt es noch im Bereich der virtuellen Medien und der Überwachung. Aber die meisten Überwachungskameras auf den Straßen sind längst verrottet. Entwicklung gibt es in anderen Teilen der Welt: Ich hörte, dass im Staatenbund Asia-Pacific fast alle Organe des menschlichen Körpers inzwischen künstlich hergestellt werden können oder dass die Energie für Millionenstädte dort von Bakterien erzeugt wird! So etwas ist bei uns nicht möglich. Seit dem Ende des Krieges leben wir in der „Sub-Moderne", ein Begriff, der offiziell mit Stolz verwendet wird, drückt er doch das Ende früherer Verschwendung und Umweltzerstörung aus. Natürlich weiß jeder, dass wir nur versuchen, so gut wie möglich mit den Resten der Vorkriegstechnik über die Runden zu kommen. Außerdem hängen wir am Tropf der Emirate, durch deren Öl und Devisen wir allein überleben.

13. Januar

Eingekreist sind wir schon lange, aber wann zum finalen Schlag ausgeholt wird, wissen wir nicht. Manche im Ministerium erwarten eine Invasion irgendwann im Sommer. Nach geheimen Berichten stehen inzwischen 300.000 mauretanische Soldaten im Süden. Wir sind nicht viele, sie hingegen verfügen über unermessliche Ressourcen an Menschen und Energie. Sie brauchen nur einen Vorwand, um uns anzugreifen. Immer wieder hören wir aus Al-Parisi und Istanbul Vorwürfe, dass von uns, den Homelands, zu viele moralisch zersetzende Einflüsse ausgingen. In der Tat sind wir seit Jahren Magneten für Touristen aus den Emiraten und dem Kalifat Avrupa, denn bei uns gibt es noch immer mehr Freiheiten als in den streng religiösen Gottesstaaten. Fürchten sie, dass der Funke auf sie überspringt? Andere im Ministerium vermuten, dass Mauretania und Avrupa, das wir Eurabia nennen, noch zögern, weil sie sich keineswegs einig sind über die endgültige Aufteilung der Beute. Werden die Mauretanier die westlichen europäischen Homelands okkupieren, von Asturia über Aquitania bis Burgund? Und wird unser Territorium Austrasia von den Armeen des Kalifats überrollt werden?

Eine Tatsache ist außerdem: Wir haben keinen einzigen Verbündeten mehr. Unsere Kommissare sind um die halbe Welt gereist und haben um Unterstützung geworben – ohne Erfolg. Weder in Asien noch in den beiden Amerikas interessiert man sich noch für das Schicksal der letzten Europäer; man hat uns längst abgeschrieben. Dies ist natürlich unsere Schuld, denn die Union von Las Americas wurde von uns ja schon vor dreißig Jahren zum „Erzfeind und Großen Teufel" erklärt. Die Freistaaten im Osten Europas haben mehr Glück, denn sie werden vom mächtigen Russischen Reich beschützt. Unsere einzigen Waffen waren in den letzten Jahren nur noch gute Worte, geschickte Diplomatie, Geld und politische Unterwürfigkeit. Denn schon lange sitzen wir genau so wie alle Enklaven des ehemaligen Europa in der Falle. Unsere einzige Hoffnung sind die ständigen Verhandlungen der Gouverneure mit den Vertretern des Kalifats in Istanbul. Natürlich erfährt die Bevölkerung wenig von der bedrohlichen Lage, deshalb wird sie mit der üblichen Propaganda berieselt: „Freundschaft der Kulturen", „Toleranz und Vielfalt", „Friede der Religionen". Dies ist eine der zentralen Aufgaben unseres Ministeriums.

16. Januar

Früher, lange vor dem Bürgerkrieg, lebten die Menschen besser als wir, sie dachten und sprachen anders als wir, einige von ihnen waren unsere Vorfahren. Aber sie waren auch schuld an all dem späteren Elend – so sagt es die Partei. Nichts soll mehr an sie erinnern, ihr Andenken wurde eliminiert. Unsere technische Neutralsprache Multilangue wurde während der Herrschaft der Kommissare aus den letzten sieben lebenden Sprachen des alten Europa geschaffen und ist nicht belastet durch übermäßig viele Worte und Begriffe oder eine komplizierte Grammatik. Vor allem ist sie nicht kontaminiert: Durch Multilangue sind die meisten Erinnerungen an die Vergangenheit ausgelöscht worden. Der Mentor für Gerechte Sprache drückte es einmal so aus:

„Multilangue ist kurz, klar und gerecht. Was bedeutet ‚gerechte Sprache'? In ihr gibt es kein ‚männlich' und ‚weiblich' mehr, kein ‚besser' und ‚schlechter', kein ‚gestern' und kein ‚morgen'. Es gibt überhaupt keine Gegensätze mehr, denn sie diskriminieren. In Multilangue ist alles gleich, einfach und korrekt: Das ist das Denken der neuen Zeit."

Dies erinnert an das Große Manifest der „Partei der Neuen Menschen", vor vierzig Jahren formuliert vom Chef-Ideologen und Aktivisten der Anti-Hass-Brigaden, Carlos Radek, in seinen jugendlichen „Frühen Schriften" (2026):

„Der Neue Weg ist der Weg der Gleichheit, der Abschaffung aller Unterschiede zwischen den Menschen. Welch herrliche neue Welt! In naher Zukunft wird es keine Völker mehr geben, keine Rassen, keine Geschlechter, nur noch Neue Menschen! Gleiches Denken, gleiches Reden, gleiches Tun! Und Gerechtigkeit! Wir schauen voller Hoffnung in die Zukunft und verachten die barbarische Vergangenheit. In ihr war nur Ausbeutung des Menschen durch den Menschen. Die Willigen werden wir erziehen, und sei es unter Schmerzen. Die anderen müssen für immer schweigen!"

Die Anti-Hass-Brigaden waren besonders radikale Kampftruppen, die aus den Straßenkämpfern der Jahrhundertwende hervorgegangen waren. Unter der Diktatur der Kommissare und dem Eurokrator Batista wurden sie zu inoffiziellen Todesschwadronen des Regimes, die jeden Widerstand mit Terror und Mord erstickten. Die schwarz vermummten Brigaden kamen meist nachts aus ihren Verstecken, legten Feuer und jagten Menschen. Sie höhlten die Fundamente der *Goldenen Zeit* aus, in der sie wie Parasiten lebten, sie waren die Vorboten der kommenden Tyrannis. Sie hassten nichts mehr als ihr eigenes Volk, ihr Vorbild war ein Diktator aus Asien, der die Hälfte seines Volkes ermorden ließ, die Menschen aus den Städten vertrieb, die Intelligenz vernichtete und alle anderen zu Sklaven machte. Die Anti-Hass-Brigaden hatten ähnliche Ideen: Ihr Ziel war die Zerstörung der bisherigen Zivilisation. Nach dem Bürgerkrieg beherrschten sie die verwüsteten Städte Mitteleuropas und inszenierten die Kulturrevolution. Sie ermordeten während ihrer Terrorherrschaft Tausende so genannter „Rechtsabweichler". Mit den Mauretaniern verstanden sie sich prächtig, denn beide einte ein absoluter Wille zur Macht. Ich vermute, dass einige ehemalige Brigade-Aktivisten in unserem und in anderen Ministerien in guten Positionen sitzen.

20. Januar

Immer wieder schlagen irgendwo Granaten und Raketen ein, die von jenseits des Grenzzauns kommen, und häufig kommt es zu Attentaten. Man darf sich nie lange an öffentlichen Orten aufhalten, denn Bomben können überall explodieren, besonders an Vergnügungsstätten wie Cafés, Restaurants oder Kinos. Die Täter gehören zu fanatischen Terrorgruppen. Sie morden aus religiösen oder politischen Gründen oder sind einfach Amokläufer. Wir haben aufgegeben, noch danach zu fragen, und jeder hofft nur, dass es ihn nicht trifft. Durch Bomben und Attentate sterben in den Territorien der Rest-EU jährlich etwa fünftausend Menschen, was nicht viel ist, verglichen mit den Zeiten des Bürgerkrieges. Deshalb wurden um unser Homeland hohe Mauern gezogen, die mit Sperranlagen und Wachtürmen gesichert sind. Es gibt Straßen, die die Homelands miteinander verbinden, aber das Reisen ist gefährlich. Wer es sich leisten kann, fliegt mit dem Helikopter. Seit dem Frieden von Vijana 2046 ist es verboten, das eigene Homeland zu verlassen, außer mit einem Permisso aus wichtigem Grund. Nur Mitglieder der EU-Nomenklatura, also Kommissare und ihre Beauftragten, können in andere Territorien reisen.

Flüchtlinge werden meistens schon in den Emiraten gefasst, nur wenigen gelingt die Flucht in die östlichen Freistaaten, nach Transilvania oder in den Polnisch-Baltischen Bund. Permissos für eine offizielle Ausreise werden nur sehr selten erteilt. Der Grund ist, dass die Abwanderung aus Austrasia enorm hoch war. Öffnete man die Grenzen, begänne eine unaufhaltbare Auswanderungswelle. Allerdings werden viele wegen religiöser oder politischer Verbrechen Verurteilte gegen Devisen an die Emirate ausgeliefert, wo sie als Arbeitssklaven verwendet oder nach Afrika weiterverkauft werden. Hierbei interessiert man sich hauptsächlich für Frauen und Kinder. Daher schmilzt die Bevölkerung der Homelands immer weiter zusammen und ist heillos überaltet. Man reist nur, wenn man muss, denn es ist gefährlich und teuer. Ich selbst habe bisher nur eine Reise gemacht. Ich bin den großen Fluss entlang nach Süden gefahren, in das Homeland Helvetia, wo die Aufständischen sich in den vierziger Jahren lange verschanzt hatten. Dort in den Bergen gab es keine Steppenvölker. Es gab sogar noch Anhänger des Galiläers, die im Verborgenen den ehrwürdigen, alten Kult ausübten. Einige Kirchen fand ich noch unzerstört. In ihnen sah ich zum ersten Mal Bilder des alten Gottes, die mich im Innersten berührten.

1. Februar

Heute in *Mincom*: Besprechung mit Propagandaminister Radek und den höheren Admins. Der Minister kam direkt aus Brüssel vom Rat der Kommissare und berichtete von neuen Leitlinien, die wir so schnell wie möglich umzusetzen haben. Der politische Druck von Seiten des Kalifats nimmt stetig zu. Sie erpressen uns, weitere religiöse Gesetze einzuführen und härter gegen so genannte „Unmoral" und „Zauberei" vorzugehen und drohen unverhohlen mit einer Invasion. Sie bezeichnen unser Land als „Pestbeule des Satans" und unsere Existenz als „Beleidigung der Rechtgläubigen". Wir haben keine Wahl, außer zu tun, was sie verlangen. Es wird also eine neue Säuberungswelle geben, um die „korrupten Elemente" auszumerzen. Dabei geht es um Glücksspiel, Alkohol, Prostitution, Missachtung der Ehegesetze und − natürlich − um Religion in allen Spielarten.

Unser Chef-Mentor Sakharov gab mutig zu bedenken: Warum beschränke man dann nicht den Tourismus aus den Emiraten, der mit seinen Devisen die Korruptionserscheinungen erst auslöse und am Leben halte? Der Minister hielt ihm kurz und bündig entgegen, dass hier schon lange mit zweierlei Maß gemessen werde: Wir seien nun einmal für die moralische Fassade zuständig. Was die Touristen machten, dürfe uns nichts angehen, sie seien für uns tabu, denn wir bräuchten dringend ihre harten Devisen. Sie seien per Dekret niemals die Schuldigen.

Als die Konferenz beendet war, sah ich, wie mein Kollege Grün sich unterwürfig dem Minister Radek näherte. Ich beobachtete, wie sie miteinander redeten und setzte meine antrainierte Fähigkeit der psychomimetischen Intuition ein. Ich konnte fühlen, dass sie konspirierten, dass sie einen Plan verfolgten und ein gemeinsames Ziel hatten. Und dieses Ziel war gegen Alexis Sakharov gerichtet. Der hingegen schien nichts zu bemerken …

Die Milizia wird also wieder einmal die Straßen, Märkte und Elendsviertel durchkämmen, die kleinen illegalen Händler und Prostituierten verhaften, Versammlungen von Anhängern der Untergrundkulte auseinandertreiben, Wohnungen durchsuchen und sich dabei bereichern, so gut es eben geht. Nur die Touristen sind für sie unberührbar. Für uns in *Mincom* bedeutet eine Säuberung: Durchsetzung des *Codex mental* in allen Bereichen der Kultur, also Kampf gegen verbotene Bücher, Filme und Musik, gegen toxische und infektiöse Gesinnungen und Gedanken, und gegen die Vielzahl der Kulte, Sekten und geheimen Religionen im Untergrund.

3. Februar

Schon seit dem Ende der Aufklärung um 2000 blühten verkappte Religionen, Glaube und Aberglaube in Europa wieder auf. Im Krieg waren sie für viele Elende der einzige Trost. Einige Kulte wurden von Einwanderern aus ihren Heimatländern mitgebracht, andere entwickelten sich aus Mischungen alter Religionen mit neuer Magie und Mystik. So entstand eine Vielzahl exotischer Mysterienkulte, die zwar verfolgt werden, im Untergrund aber umso intensiver gedeihen.

Zu ihnen gehört ein besonders düsterer Kult, der sich explosionsartig ausgebreitet hat: die Verehrung der Todesgöttin Santa Muerte aus Mexiko. In geheimen Kellern und dunklen Kapellen stehen die lebensgroßen Bilder der Gottheit, menschliche Skelette, angetan mit dem grünen Mantel und der goldenen Krone der Himmelskönigin, davor Opfergaben aller Art, hauptsächlich süße Speisen, Alkohol und Tabak. Santa Muerte ist die Göttin der Armen, der Prostituierten, der Gangs und der Bettler und wird in monotonen Gebeten um Schutz, Geld und Liebe angerufen: *„Santa Muerte, Santa Muerte, no se soporte, no se soporte …"*, klingt die eintönige Litanei. Aber auch Hass und Mordwünsche sind nachts zu hören im flackernden Kerzenschein der versteckten Kapellen in den Favelas. Man munkelt, dass der Santa Muerte auch schon Menschen geopfert wurden. Ihre Anhänger erkennt man an Amuletten und Tätowierungen, meist von Schlangen und Totenköpfen.

Auch die magischen Kulte der Karibik und Westafrikas haben die Städte erobert, und nachts hört man die Trommeln der Conga dröhnen. Priester und Gläubige tanzen sich in Ekstase, brechen zuckend und mit rollenden Augen zusammen und weissagen die Zukunft. Während Opfertiere geschlachtet werden, deren Blut die Gläubigen berieselt, sprechen die Geister der Toten durch die Besessenen. Danach können sie sich an nichts mehr erinnern.

Daneben gibt es noch immer viele Anhänger des Galiläers, die sich heimlich in ihren kleinen Kirchen und Kapellen treffen, oft unter Lebensgefahr, da sie den besonderen Hass fanatischer Gegner auf sich ziehen. Immer wieder gehen Kirchen in Flammen auf und werden Christen auf offener Straße erschlagen.

Wer ein Kreuz offen zeigt, ist in Lebensgefahr. Die Christen hatten schon vor der Abdankung des letzten Papstes den besonderen Hass der Sozialtechnokraten und Pseudo-Ökologen auf sich gezogen. Seit der Kulturrevolution sind alle Kirchen geschlossen, und die Christen werden verfolgt wie am Anfang ihrer Geschichte. Weiter gibt es verschiedene Orden von Bettelmönchen, die allem Weltlichen entsagt haben, durch die Straßen der Städte ziehen und den baldigen Weltuntergang prophezeien. Mönche und Nonnen mit kahl rasierten Schädeln erbauen sich Tempel mit goldenen Götterbildern, wo ihre Mantras und Gebete ertönen. Man sagt ihnen übersinnliche Kräfte nach, und auch hier blüht Magie.

Als gefährlichster aller Kulte gilt eine geheimnisvolle Gemeinschaft, die sich in den letzten Jahren im Untergrund verbreitet hat. Von der Propaganda werden sie als „Mystiker" oder „Zauberer" bezeichnet; sie selbst nennen sich „Bund vom Amazonas", da ihr Kult dort entstanden ist. Sie treffen sich in verlassenen Dörfern, in Wäldern oder in den Kellern und Katakomben der Städte. Ihr „Sakrament" ist ein heiliger Trank, der aus psychoaktiven Dschungelpflanzen gebraut wird. In Trance nehmen sie angeblich Kontakt mit höheren Welten auf. Sie sollen auch christliche Heilige verehren, was sie in den Augen der Partei noch gefährlicher macht.

4. Februar

Ich erinnere mich noch gut an die Kulturrevolution, die im Jahr 2048 begann, zwei Jahre nach dem Friedensschluss von Vijana. Ich war damals achtzehn Jahre alt. Die Trupps der Anti-Hass-Brigaden zogen durch die Häuser auf der Suche nach Menschen mit falscher Gesinnung. Wer illegale Kulturgüter besaß oder verdächtig war, mit den Konföderierten sympathisiert zu haben, wurde verhaftet und von „Volksgerichten", die auf dem „Platz der Toleranz" tagten, verurteilt. Dort wurden nicht nur Unmengen von Büchern, Bildern, Möbeln, Kleidern und allem, was an die Vergangenheit erinnerte, Nacht für Nacht unter dem Jubel der Brigaden verbrannt, sondern auch die Gefangenen selbst. Glücklich waren jene Verurteilten, die in Lager geschickt wurden; schrecklich war das Schicksal derer – und ich werde diese Anblicke niemals vergessen – die als so genannte „Rechtsabweichler" und „Traditionalisten" auf den großen Scheiterhaufen starben. Damals war die alte Zivilisation an ihr Ende gelangt, und es begann, wie mir heute scheint, ein neues finsteres Mittelalter. Seitdem schläft die Vernunft, und Ungeheuer regieren. Nach einem Jahr der Terrorherrschaft wurden die Brigaden endlich entmachtet. Der Gouverneur Viktor Hagen löste sie auf und integrierte sie in den neuen Staatsapparat.

In dieser Zeit begann auch die Verfolgung der Religionen. Die Pogrome sollten die Bevölkerung einschüchtern und jede Opposition unterdrücken. Mystizismus und Blasphemie wurden zu Kapitalverbrechen erklärt. „Mystiker" und „Zauberer" waren für die politischen Führer in den Homelands und die Geistlichen in den Emiraten eine ständige unsichtbare Bedrohung, eine nicht fassbare Verschwörung, die angeblich überall getarnte Anhänger hatte. Sie wurden zum Feindbild der staatlichen Propaganda, und jeder Unfall, jeder Anschlag und jede Umweltkatastrophe wurden zuerst ihnen in die Schuhe geschoben. Viele Tausende hat man in den letzten Jahrzehnten wegen Blasphemie und Religionsverbrechen verfolgt. Trotzdem sind die „Mystiker" offenbar nicht auszurotten, im Gegenteil, sie scheinen sich immer weiter auszubreiten.

7. Februar

Wie alle fünf Jahre sind auch in diesem Herbst wieder die Wahlen zum Volkskongress. Die Propaganda-Kampagne der Partei soll bald beginnen und den ganzen Sommer über weiter gesteigert werden. So wird die Bevölkerung auf eine gemeinsame ideologische Richtung eingeschworen, ganz unabhängig vom Wahlergebnis, das längst feststeht. Natürlich kommen fast alle Kandidaten aus der Partei der „Neuen Menschen". Verschiedenen Administratoren stehen zur Wahl. Diese bilden den Volkskongress, von dem die Kommissare ernannt werden. Bei uns in Austrasia regiert der allmächtige Gouverneur Ron Hagen, zugleich Vorsitzender der Partei. Bei den letzten Wahlen errang er 93,9 Prozent aller Stimmen. Außer der Einheitspartei gibt es nur Splitterparteien wie die Altsozialisten, die Pseudo-Ökologen, die Parteien verschiedener Minderheiten und die Freiheitliche Liga. In der Praxis regiert Hagen wie ein absoluter Herrscher. Er stützt sich auf die Technokraten und Soziologen, sowie auf Milizia und Securitate, mit deren Hilfe er sein System der Überwachung und Kontrolle geschaffen hat, das jede Opposition im Keim erstickt. Nur die Liga wagt es, das System Hagen immer wieder zu kritisieren. Ihr Vorsitzender ist der verfemte Schriftsteller Leo Korngold, der mit einem Buch über seine

Kriegserlebnisse bekannt geworden war und viele Jahre in Lagerhaft verbringen musste. Bei den letzten Wahlen von 2061, die natürlich manipuliert waren, bekam die Freiheitliche Liga 1,9 Prozent der Stimmen. Sie ist die einzige echte Oppositionspartei und wird entsprechend diffamiert und verfolgt. *Mincom* hetzt jeden Tag aufs Neue gegen sie, erklärt ihre Mitglieder zu Verrätern und spricht ihnen alles Menschliche ab. Immer wieder werden Anschläge auf Wohnungen und Büros der Liga-Anhänger verübt. Trotzdem wird die Liga nicht verboten, denn sie ist notwendig, um das System zu stabilisieren. Korngold stellt für die staatliche Propaganda das ideale Feindbild dar. Ich bewundere den Mut des alten Mannes. Laut geheim gehaltenen Umfragen sind seit einiger Zeit stark wachsende Sympathiewerte für die Liga zu verzeichnen.

14. Februar

Die staatliche Agitation von *Mincom*, an der meine Kollegen täglich mitarbeiten, nimmt langsam Fahrt auf. Man verteufelt den politischen Gegner, um sich umso strahlender von ihm abzuheben. Es kommt zu ersten Ausbrüchen von Gewalt. Als ich heute über den „Boulevard der Gerechtigkeit" nach Hause ging und zum „Platz der Märtyrer" gelangte, sah ich dort eine Ansammlung von vielleicht zweitausend Menschen. Zu ihnen sprach der zweiundsiebzigjährige Korngold, mittlerweile ein gebeugter, schmaler Greis. Seine Stimme, die überraschend laut über den Platz hallte, kündete von kultureller Freiheit, freiem Reisen und dem Recht der Austrasier auf menschenwürdige Lebensbedingungen. Dann forderte er freie und gerechte Wahlen.

Während der Rede sammelten sich in einer Nebenstraße Hunderte schwarz vermummter Gestalten. Es waren die inoffiziellen paramilitärischen Milizen des Regimes. Sie trugen schwarze Jacken, Masken und Kapuzen und traten in Formation auf, hasserfüllt schreiend, Angst einflößend, gewalttätig. Mit langen Knüppeln bewaffnet, stürmten sie auf den Platz, wo sie begannen, wild um sich zu schlagen und die Zuhörer Korngolds mit Steinen zu bewerfen und zusammenzuprügeln. Ich ging schnell meines Weges, denn solche Zusammenstöße enden oft mit Toten.

Kurz darauf sah ich im TV die Nachrichten. Sie zeigten Bilder von Korngold ohne Ton, Gruppen seiner Anhänger, dann wüste Schlägereien. Dazu wurde berichtet unter dem Titel: „Kundgebung der Liga endet mit Gewalt":

„Leo Korngold und seine wenigen Anhänger versuchten heute wieder einmal, im Zentrum von Metrocity Grande ihre wirren und reaktionären Parolen zu verbreiten. Ihr Aufmarsch scheiterte jedoch schon nach kurzer Zeit am Zorn empörter Mitbürger. Um die unerträglichen Hetztiraden zu unterbinden, hatten Bürger die freiwilligen Brigaden herbeigerufen, die schnell zur Stelle waren, um den Spuk zu beenden. Sie wurden von Korngold-Anhängern brutal angegriffen, setzten sich jedoch mutig zur Wehr. Dabei wurden drei Korngold-Anhänger tödlich verletzt." Ein Funktionär sagte dazu: „Ein weiterer Sieg unserer wehrhaften Demokratie, der uns mit Stolz erfüllt!"

Kurz darauf die nächste Nachricht:

„Wegen der neuerlichen Umtriebe rassistischer Elemente in Metrocity Grande haben die Emirate heute beschlossen, ab sofort alle Energielieferungen einzustellen. Deshalb ist in den kommenden Tagen mit Energieausfällen zu rechnen. Die Bevölkerung ist aufgerufen, die Schuldigen zu bestrafen!"

Dann folgte ein Interview mit einem *Minint*-Funktionär:

„Es kann nicht sein, dass eine kleine Gruppe Rechtsabweichler das Ansehen unseres Territoriums im Ausland schädigt. Ich fordere einen verschärften Kampf gegen die nationalistischen Verbrecher um Korngold und seine Liga und gegen alle, die sie unterstützen! Jeder anständige Mitbürger ist aufgerufen, sich zu beteiligen! Es ist unerträglich, dass diese Volksverhetzer noch immer frei herumlaufen!"

Diese Art der Propaganda mit ihrer anklagenden Sprache, ihrer selbstgerechten Moral und ihren Verdrehungen der Wirklichkeit kennen die Austrasier seit zwanzig Jahren, und entsprechend gering ist das Interesse daran. Und natürlich blieb es gewöhnlich bei solchen leeren Phrasen, denn man brauchte die Liga schließlich noch in der Zukunft. Es folgte der nächste Bericht:

„Gouverneur Hagen wird morgen in Istanbul, der Hauptstadt des Kalifats von Avrupa und Eurabia, erwartet, um dort freundschaftliche Gespräche mit geistlichen und weltlichen Führern zu führen."

Diese Reise wurde schon lange erwartet. Hagen muss verhandeln, um die drohende Invasion zu verhindern. Aber unsere Verhandlungsposition ist denkbar schlecht, und der Preis könnte zu hoch sein. Das Problem ist, dass von den Homelands zuviel Anziehung ausgeht, die im Kalifat zu ernsthaften Problemen führt. Die Anzahl der Touristen von dort wächst ständig. Sie kommen zu uns, trinken Alkohol und genießen unser Nachtleben, das freier ist als alles, was sie aus ihren Heimatländern kennen. Auch hört man, dass die Kulte aus dem Untergrund in den Emiraten immer mehr Anhänger finden. Hierdurch wird ihr Lebensnerv bedroht, das religiöse Gesetz. Wenn Hagen aus Istanbul zurück ist, wissen wir mehr.

15. Februar

Der Friede von Vijana, oder der „Multikulturelle Friede", wie er auch genannt wurde, brachte nach sieben schrecklichen Kriegsjahren eine neue Zeit. Nichts sollte nun mehr an die Vorfahren und ihre Geschichte erinnern. Die Nationen des westlichen Europa samt ihren Namen, ihren Sprachen und ihrer Geschichte wurden von der Landkarte getilgt, und das Gebiet der ehemaligen Union wurde neu aufgeteilt: In die Homelands für die Indigenen und in die neuen Territorien für die zahllosen Einwanderer aus Afrika und Asien, wo seither strenge religiöse Gesetze gelten. Im Südwesten entstanden die mauretanischen Emirate, im Südosten das Kalifat von Avrupa oder Eurabia. Diese Aufteilung erschien gerecht, denn die Anzahl der eingeborenen Europäer hatte im Krieg drastisch abgenommen, während die neuen Völker in weiten Gebieten längst die Mehrheit stellten. Und der Bürgerkrieg hatte erwiesen: ein Zusammenleben der verschiedenen Völker und Kulturen war auf Dauer nicht möglich. Millionen wurden umgesiedelt, andere flüchteten freiwillig in die Homelands, während die neuen Territorien sich schnell mit den aus Afrika und Asien einströmenden, schier unerschöpflichen Massen von Einwanderern füllten. Ein Jahr später wurde der *Codex mental* in den Homelands eingeführt. Im gleichen Jahr wurde auch endgültig die alte galiläische Religion verboten. Kurz darauf kam es zum Bildersturm: Kirchen und Museen wurden geplündert und niedergebrannt, die alten Bibliotheken und Universitäten geschlossen.

16. Februar

Meine Eltern wurden um die Jahrtausendwende geboren, in der legendären *Goldenen Zeit*, als in Europa noch tiefster Frieden herrschte und niemand ahnte, was die nahe Zukunft bringen würde. Erste Vorzeichen der kommenden Stürme wurden übersehen; man lebte vor sich hin und glaubte, es würde immer so weitergehen. Die Fassade war noch glänzend, doch sie war dünn wie

Papier; hinter ihr hatten längst Fäulnis und Verwesung ihr zerstörerisches Werk begonnen. Deshalb brauchte es nur wenige Wochen, um die ganze *Goldene Zeit* zu beenden. Im „schwarzen Herbst" von 2018 kollabierten beinahe über Nacht fast alle Banken und mit ihnen das Finanzsystem der Union. Das war das abrupte Ende der reichen Epoche.

Während der folgenden Inflation und Depression brach der Gegensatz zwischen der verarmten Bevölkerung und den Oligarchien auf, die parasitär die Gesellschaft überwuchert hatten. Die Verarmung der Massen und die arrogante Politik der Kommissare und ihrer Handlanger führten zu Bürgerkriegen in nahezu allen Ländern Europas. Gleichzeitig wurden die Kämpfe zwischen den Einheimischen und den bereits in großer Zahl eingewanderten Mauren schärfer ausgetragen. Es begann eine Zeit der Wirren. Überall in Europa kam es zu Aufständen, Besetzungen und Plünderungen, die nicht mehr enden wollten. Die Demokratien zerfielen, und es schlug die Stunde der Demagogen. Fast unmerklich glitt ein Land nach dem anderen in einen erst unterschwelligen, dann offenen Bürgerkrieg. Freiheit und Wohlstand zerfielen schneller, als man es je für möglich gehalten hatte, und eine ganze Generation stand plötzlich vor dem Nichts. Die Eurokraten und Pseudo-Ökologen hatten nicht nur unvorstellbare Schulden angehäuft, sondern auch die Substanz zerstört, von der die Menschen in der Krise hätten zehren können: ihre alte Kultur, Familie, Religion.

Nun begann ein Kampf aller gegen alle: Die entwurzelten Gruppen der zersplitterten Bevölkerung kämpften gegeneinander: die Enteigneten kämpften gegen die, die noch etwas besaßen, die Massen wurden aufgehetzt gegen Außenseiter, die Jungen stritten mit den Alten, Religionen und Ideologien bekämpften sich in ganz Europa. Jeder glaubte, der andere sei schuld an seinem Elend. Viele Regionen machten sich selbständig und verteidigten ihre Territorien gegen den Zentralstaat. Milizen und Banden beherrschten weite Landstriche, die Union zerfiel. Das war es, was die Eurokraten am Ende mit ihrer Politik der Vermischung aller Völker erreicht hatten: das blutige Zerreißen der falschen Vielfalt. Babylon, erbaut auf leeren Versprechungen, auf Lügen und unermesslichen Schulden, fiel, und die Sprachen der Menschen verwirrten sich. So steuerten die Länder Europas erst in die Anarchie, dann in die Tyrannis.

Nach Jahren des Chaos endete die Krise mit der Machtergreifung des Kommissionspräsidenten Batista in Brüssel. Dort sammelte er seine Kohorten, und es gelang ihm, die Union mittels Gewalt, Erpressung und Überredung wieder herzustellen. Batista war ein fanatischer Sozial-Ökologe der alten Schule; er verschmolz alle Parteien zur Einheitspartei „Neue Menschen", schuf einen hochtechnisierten Überwachungsapparat und baute die Union zu einem Imperium aus. Er hatte Charisma, versprach eine goldene Zukunft und machte die Technokraten zu seinen willigen Helfern. Er erließ eine neue Verfassung und schuf einen zentralen Bundesstaat, beherrscht von Gouverneuren unter seiner Führung. Aber Freiheit und Wohlstand waren dahin, Europa war ein Völkergemisch geworden, einzig zusammengehalten von Batistas Militär und Geheimpolizei. Unter ihm wurden die Technokraten zu einer Art Feudaladel, die ihre Posten vererbten. Er selbst erklärte sich 2038 zum „Eurokrator Batista I. und Hohen Kommissar auf Lebenszeit". Da er nun offenbar so etwas wie eine Dynastie begründen wollte, verübte einige Zeit später eine Gruppe entschlossener junger Offiziere einen Bombenanschlag auf seine Autokolonne und tötete ihn und viele seiner Gefolgsleute. Gleichzeitig sammelten sich Rebellen in den Wäldern, aber auch in den Großstadtdschungeln, entschlossen, die Freiheit wiederherzustellen und die zentralistische Diktatur der Gouverneure und Kommissare zu stürzen. 2038 erklärten alle autochthonen Regionen die Sezession, den Austritt aus der Union, und gründeten eine eigene „Konföderation Freies Europa". Die Partisanen, unterstützt von der Bevölkerung, verschanzten sich auf dem flachen Land und eroberten viele Städte zurück. Als die Zentralregierung ihre Armeen entsandte, begann der siebenjährige Sezessionskrieg.

20. Februar

Mein Vater hatte Medizin studiert und zehn Jahre lang als Arzt an Krankenhäusern im Westen des Landes gearbeitet. Viele seiner Freunde waren im Widerstand aktiv: Intellektuelle, Künstler, Wissenschaftler. Schon am Ende der *Goldenen Zeit* hatte die junge Generation erkannt, dass sie keine Zukunft mehr haben würde, dass ihr die Eurokraten, die Tyrannen der Korrektheit, alles rauben würden: Freiheit, Zukunft, Identität, ja sogar die Länder ihrer Vorfahren, ihr Erbe. Und ihr dafür nur drückende Steuern, Unsicherheit und Gewalt gaben. Zuerst formierten sich die indigenen Einwohner Europas in denjenigen Regionen, die von der Masseneinwanderung noch weitgehend verschont geblieben waren. Sie bildeten so genannte „Geheimarmeen", um ihre Gebiete zu schützen. Dann gründeten sich Gruppen und Bewegungen im Untergrund. Sie hatten viele Namen: „Résistance", „Reconquista", „Identitäre", „Schattenarmee", „Heimatmiliz", „Sezession", „Waldgänger". Sie bestanden aus Menschen aller Schichten und Generationen. Sie kämpften um nichts anderes als um ihre Freiheit und die Zukunft ihrer Kinder. Auf ihrer Seite standen viele Einwanderer, die aus den religiösen Diktaturen geflohen waren.

Als sich die Schattenarmeen formierten, hielt es mein Vater für seine Pflicht, als Mediziner dabei zu sein. So ging er eines Tages in die östlichen Wälder. Unsere Stadt blieb die ganze Zeit über von Unionstruppen besetzt, die Kämpfe fanden weiter östlich statt. Daher verloren meine Mutter und ich jahrelang jeden Kontakt zu ihm.

Irgendwann vor Kriegsende kehrte er krank und unter falschem Namen nach Hause zurück, bald darauf wurde er von der Securitate abgeholt und verschwand spurlos. Ich war damals vierzehn Jahre alt. Es war eine Nacht im Sommer 2044, als ein schwarzer Wagen vorfuhr, in dem schon andere Verhaftete saßen. Uniformierte befahlen ihm, einen Wintermantel einzupacken, seinen Ehering abzugeben und mit ihnen zu kommen. Meine Mutter weinte wochenlang. Ich habe alles deutlich vor Augen, als wäre es erst gestern geschehen.

Ihm erging es wie Hunderttausenden von Europäern, die im Bürgerkrieg auf Seiten der aufständischen Konföderierten gekämpft hatten. Ich weiß bis heute nichts über sein Schicksal und kann nicht zuviel nachforschen, denn das könnte zu gefährlich werden. Ich weiß, dass mein Vater David hieß und 1998 geboren wurde, also noch in der *Goldenen Zeit*. Er hatte viele Bücher in der alten Sprache „Deutsch" besessen, die er verstecken musste, als sie verboten wurden. Bei der Flucht aus dem Westen ließen wir sie zurück. Einige wenige Bände hatte er aber in die Wälder mitgenommen. Nach seiner Verhaftung fand ich sie in einem Koffer, der in einem Mauerloch im Keller versteckt war. Es waren Gedichtbände von alten Dichtern mit klangvollen Namen, die ich noch nie gehört hatte, wie Hölderlin, Eichendorff, George, Trakl, Rilke, Benn.

22. Februar

Nach dem Verschwinden meines Vaters lebte ich mit meiner Mutter in einem Sozialturm, und es ging uns verhältnismäßig gut: Wir wurden nie bei einem Terroranschlag verletzt, und die Securitate ließ uns in Ruhe. Als ich achtzehn war, wurde meine Mutter jedoch schwer krank. Ich glaube, sie hatte das Verschwinden meines Vaters nie verwunden. Es herrschten schreckliche Kälte und Hunger in jenem Winter, und sie starb bald darauf. Ich wurde eingegliedert in eines der Internate im neuen Homeland. Dort lernten wir Multilangue, Polito, Sozio, Öko und trieben viel Sport. Ich hätte in der Schule gern etwas über die Vergangenheit erfahren, über die Kultur von damals, die alten Mythen und Erzählungen, aber all das war verboten. Danach an der Hochschule blieb uns als Wahl: Techno, Energie, Pharma, Chemo, Medico, Inform. Ich wählte Inform und schloss als einer der besten ab. Daher kam ich zu *Mincom*. Hier hatte ich trotz meiner vielen Arbeit Zeit, eigene Untersuchungen anzustellen. So forschte ich nach meinem Vater – ohne Erfolg. Doch über Widerstandsgruppen, die „Geheimarmeen", und Kreise, die ihnen nahestanden, konnte ich manches in Erfahrung bringen.

Da gab es zum Beispiel die „Waldgänger", Partisanentrupps, die in den tiefen Wäldern des Ostens operierten, aber auch bereit waren, jederzeit in den Städten zuzuschlagen. Die Waldgänger unterstellten sich keinem Kommando, nur ihrem eigenen, aber sie operierten immer so, als seien sie in feste Kommandostrukturen eingebunden. Mit einem Wort: Sie waren immer zur richtigen Zeit am rechten Ort. Es gelang ihnen, die Unionstruppen vier Jahre lang irrezuführen und aufzureiben. Sie sprengten Depots und Transporte, lockten Truppen in Hinterhalte, ja sie ließen wahrscheinlich mehrere hohe Unionsoffiziere töten, die nachts in ihren Betten von Partisaninnen, die als Mätressen oder Huren getarnt waren, umgebracht wurden. Und immer blieben die Waldgänger unsichtbar. Erst als die Invasionsarmee des Kalifats ins Land kam, zogen sie sich vor der Übermacht zurück. Ob mein Vater einer der legendären Waldgänger war, werde ich wohl nie erfahren. Insgeheim wünsche ich es mir.

In dem alten Lederkoffer mit den Habseligkeiten meines Vaters fand ich später ein schmales Buch, in blaues Leinen gebunden, mit dem Titel: „Der Waldgang". Vorn war in den dunkelblauen Stoff ein doppeltes V in Gold geprägt. Unter diesem Zeichen hatten die Aufstände hier in Mitteleuropa begonnen. Einige der Konföderierten sollen sogar eine blaue Fahne mit dem goldenen VV geführt haben. Ich erinnerte mich, immer wieder an verborgenen Orten jenes doppelte V gesehen zu haben. Es war in Bäume geritzt oder auf Steine am Straßenrand gemalt; erst vor kurzem sah ich es wieder an der Fassade eines einst prächtigen, nun verfallenen Gebäudes. Das blaue Buch versteckte ich gut, denn es ist verboten und hoch toxisch. Den Namen seines Autors fand ich auf der schwarzen Liste der gefährlichsten Schriftsteller aller Zeiten. Er ist gelöscht und darf nicht einmal mehr erwähnt werden. Schon ihn einzugeben, kann zu Alarm im System führen.

28. Februar

Ja, die *Goldene Zeit*, sie muss wunderbar gewesen sein. Es war die Zeit des alten Europa mit seinen vielfältigen Völkern und Sprachen. Hier in Metrocity Grande wurde das Deutsche noch ganz rein gesprochen, weiter westlich das alte Frankofon. Meine Mutter hat das Deutsche noch beherrscht und versucht, es mir heimlich beizubringen, aber ich habe es später im Internat vergessen, denn es war uns streng verboten, alte Sprachen zu sprechen. In jener Zeit belauschte ich manchmal Menschen, die heimlich das alte Deutsch miteinander sprachen, ein Verbrechen, für das sie Lagerhaft riskierten. Wer kann heute noch Texte in dieser Sprache lesen? Alles ist längst vernichtet oder bestenfalls in Multilangue übersetzt.

In der *Goldenen Zeit* lebten die Menschen in großer Freiheit und in unvorstellbarem Luxus und Verschwendung. Es soll Supermärkte gegeben haben, die die Hälfte ihrer Lebensmittel vernichteten, wenn sie nicht verkauft worden sind. Wer etwas nicht mehr brauchte, der warf es weg und kaufte einfach etwas Neues. Überall gab es die besten Restaurants, Einkaufszentren mit Waren aller Art und Supermärkte, die täglich neu aufgefüllt wurden mit frischen Lebensmitteln aus aller Welt. Für uns Heutige ist das alles unvorstellbar, und ich frage mich, wie so eine Versorgung organisiert werden konnte. Meine Eltern besuchten oft Konzerte und Ausstellungen und konnten sich alle Bücher kaufen, die sie lesen wollten. Meine Mutter erzählte mir von Reisen in ferne Länder und an tropische Meere, die sie mit meinem Vater zusammen gemacht hatte, als sie beide sehr jung waren.

Die Partei sagt uns, dass dieser Reichtum nur möglich war durch die Ausbeutung der Länder Asiens und Afrikas. Aber wenn Asien ausgebeutet worden ist, warum ist Asia-Pacific heute viel reicher als wir? Und warum sind die armen Länder in Afrika heute noch ärmer als damals?

Meine Eltern mussten später im Zuge des Bevölkerungsaustausches ihre Heimatstadt im Westen verlassen und flüchteten auf die andere Seite des Flusses. Damals entstand unser Homeland Austrasia. Im Westen erstrecken sich nun die Emirate von Al-Colonia und Al-Parisi bis ans Meer.

Ich frage mich immer wieder, warum diese Epoche so plötzlich endete. Äußerlich war der Anlass natürlich der weltweite Wirtschafts- und Währungszusammenbruch von 2018. Aber dem gingen Krisen voraus, die sich in immer höheren Wellen verschärften. Ein wichtiger Grund war die Einführung der gemeinsamen Währung in Europa, ein Fehler, an dem die so genannten Eliten aus Verblendung und Unfähigkeit festhielten, bis es zu spät war. Die skrupellose und zynische politische Klasse jener Epoche hatte jede Beziehung zu den Menschen verloren, von denen sie gewählt wurde und führte einen heimlichen Krieg gegen die eigenen Völker. Aber wieso? Es scheint, die Politiker hatten einen Teufelspakt mit der Finanzindustrie geschlossen, von der sie zum Schluss erpresst wurden. Die Banken mästeten sich an den Zinsen, die der Staat den Bürgern in Form von ständig steigenden Steuern abpresste. So wurde die Mittelklasse enteignet. Außerdem hatten die neuen Herrschenden aus den Misserfolgen ihrer Vorgänger gelernt: Als „Bourgeoisie" waren sie revolutionärem Zorn ausgesetzt gewesen. Wenn sie sich jedoch die Maske der Ökologen und Sozialisten aufsetzten, sich selbst zu Wortführern der Gerechtigkeit und des Fortschritts machten? So wären sie unangreifbar. Also brachten sie die Medien unter ihre Kontrolle und inszenierten, um von ihren Lügen abzulenken, einen lächerlichen Kampf gegen die „Rechtsabweichler", der immer heftiger und schriller geführt wurde, je schlechter die Dinge liefen. Die meisten Menschen ließen sich einschüchtern, und nur wenige durchschauten das System, das auf Lüge und Betrug basierte. Es zerstörte rasend schnell erst die Freiheit, dann den Wohlstand und zum Schluss die ganze Gesellschaft. Die neo-feudalen „Fürsten des Fortschritts" machten Schulden, die niemals mehr zu bezahlen waren, und sie rechneten zynisch mit der Verarmung kommender Generationen – uns Heutigen. Außerdem öffneten sie die Schleusen der beginnenden Völkerwanderung, die zu schrecklichen religiösen Kämpfen und zum Großen Krieg führte. Ihnen verdanken wir unser heutiges Elend. Wären sie doch nie geboren worden!

5. März

Ich begann also, bei *Mincom* in der inneren Abteilung für Datenschutz und Sicherheit zu arbeiten, und lernte, mich streng an den *Codex* zu halten, der allerdings ständig geändert und immer komplizierter und widersprüchlicher wurde. Ursprünglich war der *Codex* das Programm der „Partei der Neuen Menschen", dann die Verfassung der Union. Später wurde er immer mehr erweitert zu einer möglichst allumfassenden Sammlung von Normen, Vorschriften und Gesetzen. Tausende von ihnen kommen jedes Jahr hinzu, dazu Listen, Änderungen, Interpretationen. Schließlich wurde der *Codex* zu einer negativen Enzyklopädie: Er enthält alle kontaminierten und toxischen Wörter, Sätze und Satzteile, Ausdrücke, Wendungen und Beschreibungen, Bilder und Symbole, die wir in der täglichen Arbeit ausmerzen und durch korrekte Begriffe ersetzen müssen. Dies betrifft Tausende Werke und Lebensläufe von Menschen vergangener Epochen. Die große Säuberung hört niemals auf.

Der *Codex* besteht heute aus drei Teilen: dem *äußeren Codex*, der alles enthält, was der „Partei der Neuen Menschen" entspricht und korrekt ist, dem *inneren Codex*, der alles Verbotene beschreibt, und dem *geheimen Codex*, der offiziell gar nicht existiert, da er selber verboten ist. Er umfasst die Listen der hoch toxischen Originaltexte und Dokumente, die im Vivarium, dem unterirdischen Datenspeicher, tief unter dem Ministerium, gelagert werden. Nur immunisierte Mitarbeiter haben direkten Zugang zu ihm, ein kleiner Zirkel von Eingeweihten oder „Reprogrammierten". Sie geben die Informationen gesäubert an andere staatliche Stellen weiter. Ich qualifizierte mich durch Immunisierung zum Mentor und gehöre seit einigen Jahren zum Kreis der Eingeweihten. Mein Chef Sakharov, Administrator im inneren Zirkel und im Geheimarchiv, ermöglichte mir persönlich diesen Aufstieg. Dies hatte Vorteile und auch Nachteile. Man vertraut mir an höchster Stelle, aber man beobachtet mich nun auch genau. Seitdem konnte ich Gebrauch machen vom *geheimen Codex*, von den verbotenen und verborgenen Schätzen und geistigen Giften, die im Vivarium schlummern. Und das hatte weit reichende Folgen für mich.

6. März

Das Vivarium zu beschreiben, ist Hochverrat und daher lebensgefährlich. Ich tue es trotzdem. Man kann das Vivarium vergleichen mit einem der Hochsicherheitslabore aus früheren Epochen, in denen besonders infektiöse Virenstämme gezüchtet wurden. Es liegt in den weit ausgedehnten Kellergewölben unter *Mincom* und ist hermetisch von der Außenwelt abgeschlossen, gesichert durch massive Stahltüren und künstlich klimatisiert. Es enthält nicht nur viele tausend Originalbände in verschiedenen alten Sprachen, die meisten im alten Deutsch, sondern auch Zeitungen, Zeitschriften und eine unübersehbare Sammlung von Filmen und Bildern aller Art, im Original oder gespeichert auf unterschiedlichen Datenträgern. Ich fand hier unzählige von Spielfilmen, Dokumentationen und Materialien aus alten TV-Archiven, die kopiert oder beschlagnahmt worden waren. Im Vivarium arbeiten nur wenige Mentoren, daher bin ich oft allein und habe Ruhe, um Informationen zu sichten. Ich sitze im Dunkel und schaue gebannt auf die großen, transparenten, leuchtenden Bildschirme, auf denen sich nach dem Einschalten die verführerischen Werke vergangener Zeit entfalten. Es kann ein Buch sein, das wie von Geisterhand vor den Augen erscheint, oder ein Film, ein Musikstück oder eine Folge zahlloser Fotos oder Gemälde. Hinausbringen kann ich nichts, denn der Ausgang wird immer von Milizia bewacht.

Um Mentor zu werden, musste ich immunisiert werden. Die Immunisierung funktionierte wie eine geistige Impfung. Die erste Stufe war Nahrungs- und Schlafentzug. Dadurch geschwächt, bekam ich Injektionen einer psychotropen Substanz. Danach wurde mir in mehreren Sitzungen, die wahrhaft schrecklich waren, zwangsweise toxisches Material zugeführt. So wurde ich gezwungen, nächtelang Filmsequenzen mit Kriegs- und Massenmordszenen anzusehen, unterlegt mit Musik der jeweiligen Epoche. Als ich vor Übelkeit zusammenbrach, wurden mir Abschnitte und ganze Kapitel aus alten Schriftstellern vorgelesen. Danach gab es wieder Filme, diesmal nachgestellte Spielfilme mit immer grausamer werdenden historischen Szenen, untermalt mit alter Musik. Nach einigen Wochen dieser Prozedur setzte bei mir ein ungeheurer Ekel ein, der sich bis zum Nervenzusammenbruch steigerte. An diesem Punkt bezeichnet man die Immunisierung als erfolgreich. Die Idee zu dieser Methode stammt übrigens aus einem toxischen Film, der vor etwa hundert Jahren gedreht wurde und dessen Titel, glaube ich, lautet: „Mechanische Orange". Ein treffender Name für das ganze Vivarium, das eigentlich ein Paradies-Garten voller mechanischer Früchte ist.

Nach der Immunisierung empfand ich nichts als Ekel und Verachtung für alles Alte, besonders aus dem letzten Jahrhundert. Ekel vor der Sprache, die ich nicht verstand – nicht einmal in der Übersetzung; Ekel vor den lächerlichen Moden und grotesken Gewohnheiten der damaligen Menschen, Verachtung für die aufdringlichen Gefühle und Probleme ihrer angeblichen Kunst, die uns so fern lagen.

Dass meine Immunisierung nach einer gewissen Zeit nachzulassen begann, bemerkte ich zuerst beim Hören der so genannten klassischen Musik. Sie erschien mir eines Tages nicht mehr gekünstelt, lärmend und hysterisch wie zuvor, sondern ich fühlte in ihr so etwas wie eine universale Sprache, die ich verstehen konnte. Und so erging es mir auch mit anderen Werken: All die Dramen und Romane, die Bilder und Kunstwerke, die philosophischen und religiösen Ideen der Vergangenheit wurden allmählich lebendig. Ich lernte bald, Querverbindungen zu ziehen, und sah nach einiger Zeit, dass sich in diesem Wissens- und Kunstkosmos alles aufeinander bezog. Über Jahrhunderte, ja Jahrtausende hinweg hatten die Menschen Europas sich miteinander unterhalten wie in einem universalen Raum, in dem sie ein zeitloses Gespräch der Geister führten. Dieses Reich der Gedanken und Bilder, der Mythen und Ideen besaß offenbar viele verschiedene Provinzen, manche lagen nah beieinander und tauschten sich in Freundschaft aus, andere waren sich nicht so freundlich gesonnen, aber es gab keine Grenzen. Ich verstand zum ersten Mal, was Freiheit des Geistes bedeutet hatte. Die Menschen von damals hatten in einer immer wieder erneuerten, immer wieder veränderten Zeitlosigkeit gelebt; wir hingegen leben in einer höllischen ewigen Gegenwart. Als ich dies begriff, wurde ich zum Doppelgänger meiner selbst, zum Dissidenten, zum Gesinnungsverbrecher.

15. März

Heute Abend besuchte ich das Bizniz Center im District Norte, wo es nicht nur Complex-Märkte gibt, sondern auch interessante Restaurants und Bars. Ich stieg die breiten Treppen hinauf auf die oberste Plattform, wo sich ein weiter

Blick über den Fluss und nach Süden auftat. Unter mir lag die riesige Stadt mit ihren blinkenden Lichtern, und über ihr glitzerten die ewigen Sterne im Nachthimmel: Orion, Sirius, die Plejaden, die ich lange ansah, denn ich liebe ihren Glanz.

Als ich wieder hinunter schlenderte, kamen mir einige fröhliche ausländische Touristen mit jungen Begleiterinnen entgegen. Für sie ist alles hier eine Art Spiel, und sie genießen die sexuellen Annehmlichkeiten unseres Landes. Ich folgte ihnen unauffällig und stand auf einmal vor dem Eingang des „Golden Empire", einer Entertain Bar, die ich lange nicht mehr besucht hatte. Sie ist vielleicht der angenehmste Ort hier in Norte. Die Getränke kosten ein kleines Vermögen, deshalb sind dort nur Ausländer und wohlhabende Parteileute zu finden: Intellektuelle, undogmatische Funktionäre, ausländische Künstler und neugierige Touristen. Man kann Tabaco rauchen und Vino trinken, während im Hintergrund stilvolle Musik erklingt. Der Raum ist indirekt beleuchtet und im nostalgischen Stil der Jahrhundertwende eingerichtet: Eine lange, blau leuchtende Bar, Möbel aus edlem Holz, Leder und Stoffen. Hier bedienen die Kellnerinnen in geschlitzten chinesischen Kleidern, und an der Bar werden verschiedene Sorten edler importierter Alkoholika wie Rum und Whisky ausgeschenkt, die man sonst nirgendwo findet. Auch unser einheimisches Bier und die Vinos, die wir noch produzieren, sind hier frei erhältlich.

Auch an diesem Abend waren wieder viele Touristen aus den Emiraten da, die es genossen, sich verhältnismäßig frei und ungezwungen bewegen zu können, mit Frauen zu sprechen und zu tanzen, so wie es bei uns noch möglich ist. Manche trugen ihren weißen Burnus, andere waren im westlichen Stil gekleidet, und alle waren nach unseren Maßstäben unermesslich reich. Das hatte zur Folge, dass die meisten weiblichen Gäste ihnen zulächelten und kokette Blicke zuwarfen oder sie auch gleich umtanzten und umschwärmten. Wenn einer der Touristen es wollte, konnte er jederzeit eine der Damen mit in sein Hotel nehmen. Das ist die Metrocity Grande bei Nacht. Ich setzte mich in eine der Nischen, lauschte der afrikanischen und karibischen Musik und beobachtete die Gäste.

Gerade nippte ich an meinem teuren transilvanischen Vino, als plötzlich mein alter Schulfreund Marcos vor mir stand. Zuerst traute ich meinen Augen nicht, aber er war es wirklich! Er war gut gekleidet, so wie früher, und hatte immer noch sein gewinnendes Lächeln. Eine herzliche und wache Freundlichkeit ging von ihm aus. Ich sprang auf und umarmte ihn. Wie viele Jahre hatten wir uns nicht gesehen? Ich hatte ihn vollkommen aus den Augen verloren und glaubte eigentlich, dass er schon längst ausgewandert sei. Nun war die alte Sympathie sofort wieder da. Er erzählte, dass er schon seit fünf Jahren auf sein Permisso zur Ausreise nach Las Americas wartete, wo seine Familie lebte. Aber es war ihm immer wieder verweigert worden, und seine Mutter war in der Zwischenzeit gestorben. Nun setzte er seine letzte Hoffnung auf einen neuen Kontakt in *Minint*. Er hat mittlerweile den zwölften Antrag gestellt. Plötzlich bemerkte ich hinter seinem Lächeln eine tiefe Hoffnungslosigkeit.

Wir sprachen hauptsächlich über Belangloses, denn die Bars werden überwacht und abgehört, und überall sitzen Securitate-Leute. Unsere Freundschaft hatte im Internat begonnen. Wir erinnerten uns an die alten Zeiten dort und später auf der Partei-Hochschule. Marcos war immer ein Außenseiter gewesen. Es hieß, sein Vater sei im Krieg verschollen – so wie auch meiner. Das brachte uns zusammen. Marcos las damals heimlich Bücher in der alten Sprache, was streng verboten war. Seiner Mutter und seinen Geschwistern war rechtzeitig die Flucht in die Union von Las Americas gelungen, das Land des Erzfeindes. Von dort bekam er regelmäßig Geld geschickt, so dass es ihm besser ging als den meisten von uns, weshalb er seine Freunde fast immer einladen konnte. Er war großzügig und charismatisch, dabei auf eine gewisse Art altmodisch. Nach dem Studium trennten sich unsere Wege. Ich ging zu *Mincom*, aber er bekam wegen der Emigration seiner Familie niemals eine Anstellung im Apparat. Warum ließen sie ihn nicht gehen? Er schüttelte nur stumm den Kopf. Er lud mich ein, ihn demnächst in der alten Villa seiner Familie am Stadtrand zu besuchen. Dort könnten wir in Ruhe sprechen. Ich bin sehr neugierig auf ein Wiedersehen mit ihm und will ihn so bald wie möglich besuchen.

20. März

Heute Morgen geriet ich auf dem Weg ins Ministerium in eine groß angelegte Kontrolle der Securitate. Der Zentralbahnhof, wo alle umsteigen müssen, die in Metrocity Grande ankommen oder in einen anderen Distrikt fahren wollen, war überall abgesperrt. Martialisch aussehende Einheiten von Milizia und Securitate kontrollierten Papiere. ID-Nummer, Arbeitsausweis, Aufenthaltsausweis, Gesundheitsnummer, Steuernummer, Fingerabdrücke und biometrische Daten wurden mit Computern abgeglichen. Die Prozedur dauerte viele Stunden, der Bahnhof war überfüllt, alle Züge standen still, kein Mensch durfte hinaus, und wer es doch versuchte, wurde sofort verhaftet. Kinder weinten, die großen Hunde der Milizia bellten wütend, und der Großteil der Menschen verharrte ängstlich und stumm in den Warteschlangen, von Bewaffneten bewacht. Lautsprecherdurchsagen dröhnten durch die Halle, auf den großen Bildschirmen lief die Endlospropaganda einfach weiter. Ich beobachtete, wie DNS-Proben genommen wurden, auch suchte man anscheinend nach Schriften, Drogen und verbotenen religiösen Symbolen. Viele Menschen wurden verhaftet und brutal in große bereitstehende Transporter gestoßen. Sie schrieen und riefen ihre Namen; Familien wurden getrennt. Was diese Menschen, nach einer kurzen Gerichtsverhandlung mit der immergleichen Anklage „Soziale Gefährlichkeit", erwartet, sind Jahre in Arbeitslagern oder überfüllten Gefängnissen. Viele kehren nicht zurück. Auch ich wurde untersucht, musste meine Taschen öffnen und die Inhalte der Jacke ausbreiten. Als der Soldat meinen *Mincom*-Ausweis sah, winkte er mich durch. Ich frage mich, wonach sie wirklich gesucht haben. Solche Kontrollen hat es seit Jahren nicht mehr gegeben.

Kaum war ich in meinem Büro angekommen, stand schon mein Kollege Grün in der Tür und ließ mich wissen, dass ich sofort zum Administrator Sakharov kommen solle. Grün ist der einzige in unserer Abteilung, vor dem ich mich in Acht nehmen muss. Er schnüffelt überall herum, und ich glaube, er hat irgendeinen Verdacht geschöpft, was mein Doppelleben angeht. Doch er ist kein Mentor, sondern nur ein kleiner Schreibtischtäter, daher hat er keinen Zugang zu meinen Arbeitsbereichen in den Archiven des Vivariums. Trotzdem versucht er alles, um mehr über mich herauszufinden.

Sakharov, ein kleiner, drahtiger Mann mit kurz geschnittenem grauem Haar, dem Profil eines Raubvogels und klugen dunklen Augen, eröffnete mir, dass die lange geplante Säuberungswelle sofort anlaufen solle. Gouverneur Hagen hatte nach seiner Rückkehr aus Istanbul und Beratungen mit dortigen religiösen Führern einen ersten Operationsplan ausarbeiten lassen: die Kampagne „Krieg gegen Blasphemie". Den Vorgeschmack davon hatte ich am Morgen schon bekommen. Sakharov fasste kurz zusammen:

„Unter der Jugend hat sich in letzter Zeit ein neuer Kult ausgebreitet, der sich ‚Bund vom Amazonas' nennt. Die jungen Leute treffen sich nicht mehr in den staatlichen Bars, sondern an verborgenen Orten wie Kirchenruinen und

Friedhöfen zu nächtlichen Ritualen, bei denen sie eine mysteriöse, stark psychoaktive Substanz konsumieren, die wohl ursprünglich aus den Wäldern am Amazonas stammt und die sie ‚Vinho' nennen. Dazu singen sie merkwürdige Lieder und fallen in tiefe Trancezustände, in denen sie über Stunden verharren – fast wie tot. Sie behaupten, ihren Körper zu verlassen und in jenseitige Welten zu reisen. Es ist wie eine Massenhysterie. Die Substanz wird offenbar aus dem Hafen von Amsterdam ins Homeland geschmuggelt. Die Milizia tut ihr Bestes, um die Transporte zu stoppen, aber die Droge scheint das Land regelrecht zu überschwemmen. Weil der Kult auf die Emirate und nach Eurabia übergreift, ist man dort zunehmend beunruhigt."

Sakharov erklärte mir weiter, dass Hagen zwei Fliegen mit einer Klappe schlagen wolle: Erstens könne er den Eurabiern einen Gefallen tun und zweitens mit einer Propaganda-Kampagne die öffentliche Meinung im Wahlkampf zu seinen Gunsten beeinflussen. Für letzteres sei unser Ministerium zuständig, besonders die äußere Abteilung für Infotainment und Propaganda. Die Innere, also wir, sollte ihnen die entsprechenden Informationen besorgen.

Zum Schluss sagte Sakharov zu mir: „Finden Sie also mehr über diesen Vinho heraus, M-301: Wer sind die Hintermänner, wie können wir sie packen? Ich erwarte in Kürze einen Bericht von ihnen." Er fuhr sehr leise fort: „Im Gegensatz zu Minister Radek und der äußeren Abteilung sind vielen in der Inneren solche Kampagnen schon lange gleichgültig. Es gibt sogar Stimmen, die sich solchen Pogromen und Verfolgungen widersetzen. Deshalb wird die innere Abteilung abwarten." Er machte eine Pause und sah mich mit einem unergründlichen Blick an: „Niemand weiß, wie lange alles noch so weiterläuft wie bisher. Die Dinge können sich manchmal sehr schnell ändern. Auf neue Situationen muss jeder von uns vorbereitet sein!"

23. März

Sakharovs Bemerkungen von gestern zeigen mir, dass sich in *Mincom* ein Machtkampf anbahnt zwischen dem äußeren und dem inneren Sektor. Radek ist als Herr über die Medien einer der mächtigsten Männer in Austrasia, denn er kontrolliert die öffentliche Meinung. Unser Sektor, der innere und geheime, ist ebenso mächtig, aber im Verborgenen, denn wir kontrollieren alle Archive, Speicher und Server und die Datenströme nach innen und außen. Wir sind die Macht im Hintergrund. Das Vivarium, das Gehirn von Austrasia, ist über geheime und streng gesicherte militärische Leitungen mit Informationsquellen aus der ganzen Welt verbunden. Noch halten wir den hoch empfindlichen Nervenknoten des Landes in unseren Händen.

Mir ist auch klar geworden, dass Grün von Radek als Spion auf uns angesetzt wurde. Ich sah ihn heute mit einem der persönlichen Assistenten Radeks sprechen. Eine Frage, die mich beschäftigt, ist: Sollte Sakharov zu den Sympathisanten des Widerstandes gehören? Auszuschließen wäre es nicht. Radek weiß womöglich schon mehr als ich. Wahrscheinlich hat er deshalb Grün als Schnüffler in unsere Abteilung gesetzt.

24. März

Seit heute ist mir alles klar. Aber von Anfang an: Ich saß gegen Abend im Vivarium, in der Abteilung für Religion und Kultus, um nach Material über die amazonischen Kulte zu suchen. Da stand plötzlich Admin Sakharov hinter mir. Ich erschrak, denn ich hatte ihn nicht kommen hören.

Er lächelte verbindlich und sagte: „So spät noch am Bildschirm, Lukas?" Ich nickte etwas verwirrt. Er fuhr fort:

„Ich darf dich doch Lukas nennen? Ab heute bin ich für dich Alexis – unter vier Augen, in Ordnung?"

„Natürlich … Alexis", stammelte ich, denn ich war zu überrascht, um etwas anderes zu antworten.

„Gut, Lukas, hör' mir zu. Ich bin gekommen, weil wir nur hier in vollkommener Sicherheit sprechen können. Es geht um eine ernste Sache. Wie du vielleicht schon weißt, hat Admin Radek seine Augen und Ohren fast überall."

Ich nickte und sagte halblaut: „Grün …?"

„Grün – unter anderen. Hinter den Kulissen bahnt sich ein Kampf an, bei dem es für uns um alles oder nichts geht. Radek will die Macht im ganzen Ministerium und besonders im Vivarium übernehmen. Das würde ihm praktisch die Verfügung über alle Daten im Staat geben." Er schaute mich abwartend an.

Ich antwortete: „Das wäre in jeder Beziehung katastrophal!"

Er nickte: „Ja, das wäre ein Unglück. Du kennst meine Einstellung, ich war immer ein treues Mitglied der Partei – und bin es immer noch …" Er zögerte, bevor er fortfuhr, „aber ich fühle mich persönlich verantwortlich für das Vivarium und werde es schützen gegen jede Macht der Welt. Denn es ist mehr als nur eine Sammlung verbotener Kunst oder verfemter Ideen, es ist die Überlieferung von allem, was in diesem Land und auf diesem Erdteil einmal geschaffen worden ist. Egal, wie wir heute dazu stehen mögen, wir haben die Pflicht, es zu bewahren und der Zukunft zu überliefern. Wir haben kein Recht, späteren Generationen das zu verwehren, was wir vielleicht aus politischen Gründen heute verbieten. Die Zeiten ändern sich und mit ihnen die Menschen. Radek könnte es sogar zerstören wollen, ihm traue ich alles zu."

Ich sah ihm in die Augen und erkannte, dass er ehrlich sprach. Er erwartete von mir, dass ich verstand – und ich verstand ihn genau. Ich kam ihm entgegen, indem ich fest und überzeugt sagte:

„Ich werde immer und unter allen Umständen das Vivarium verteidigen. Ich weiß, auf welcher Seite ich zu stehen habe!"

Er lächelte: „Ich wusste, dass ich auf dich zählen kann, Lukas. Denn ich glaube, in dir einen der unseren erkannt zu haben. Du bist nicht mehr einverstanden – so wie ich und viele andere." Er sah mich offen an.

Ich nickte: „Die Propaganda, die Lügen, die falschen Parolen – wer will sie noch hören? Der Zynismus ist unerträglich, die Unterdrückung nimmt immer mehr zu, die Menschen sind verzweifelt, und wir – welche Rolle spielen wir in dieser Tragödie?"

Wenn Sakharov mir eine Falle gestellt hatte, war ich jetzt erledigt. Er aber sagte: „Wir stehen nicht allein. Wir haben Verbündete in anderen Ministerien und in der Armee. Unser Ziel ist es, Austrasia als freies Land wieder herzustellen. Wir glauben, dass Hagen einen historischen Verrat plant und so etwas wie die Übergabe unseres Landes an Eurabia aushandelt. Deshalb müssen wir vorher zuschlagen!"

Ich blickte ihn erstaunt an. So weit war es schon gekommen? Das hatte ich nicht erwartet. Er schien meine Gedanken zu lesen und fuhr fort:

„In unseren Schubladen liegen fertige Pläne für eine schnelle Machtübernahme. Und zwar für den Fall, dass Hagen die Souveränität Austrasias aufgibt und einem kalten Anschluss an Eurabia zustimmt. In diesem Fall würden wir die Operation Waldgang auslösen: Zuerst die Mobilisierung der Milizen und Polizeieinheiten unter treuen Offizieren, dann die Verhaftung von Hagen und seinem Stab sowie der gesamten Regierung, soweit sie nicht mit uns zusammenarbeitet, weiter die Besetzung aller strategischen Punkte im Land und die Sicherung der Grenzen. Schließlich die Mobilisierung der gesamten Bevölkerung für den Abwehrkampf gegen eine mögliche Invasionsarmee."

Ich fühlte mich das erste Mal seit vielen Jahren wieder lebendig.

„Eine Befreiung solchen Stils – dafür würde ich alles tun!" rief ich. Ich hätte ihn umarmen können, und auch er lächelte, da er die heikle Situation endlich gemeistert hatte.

„Entscheidend ist, wer das Vivarium kontrolliert, denn es ist das Gehirn von Austrasia. Das Vivarium ermöglicht jede Kommunikation nach außen und ist zugleich das Gedächtnis des Apparates. Deshalb muss es mit höchster Präzision gesichert werden. Wenn es bei einem Kampf zerstört würde, wäre dies das Ende aller weiteren Operationen. Deshalb haben wir unauffällig drei Sperrkreise um das Vivarium angelegt, die von loyalen Einheiten gesichert werden." Er fuhr fort: „Aber noch ist nichts entschieden. Führe unauffällig dein Doppelleben weiter, Lukas. Der Tag X kann schnell kommen, vielleicht später oder auch gar nicht. Ich werde auf dich zählen!"

Bei dem Wort „Doppelleben" zuckte ich zusammen. Er hatte mich also schon lange durchschaut! Wir sahen uns in die Augen und umarmten uns spontan. Ich spürte die schwere Waffe, die er am Körper trug.

28. März

Ja, es ist wahr, ich führe ein Doppelleben. Es ist ein perfektes Doppelleben, denn ich habe in meiner Ausbildung bei *Mincom* gelernt, verdeckt zu operieren: Mentale Kontrolle und Mentale Intuition. Da ich die Funktion des Apparates kenne, fällt es mir nicht schwer, mich zu tarnen und so zu verhalten, dass jeder Verdacht von mir abgelenkt wird. Und weil ich zu den Reprogrammierten gehöre, genieße ich gewisse Freiheiten – man vertraut mir. Natürlich werde ich überwacht, wie jeder, aber ich gelte als zuverlässiger Administrator, der ich ja auch lange war. Ich lebte früher mit einer Frau aus der Partei zusammen – als ich sie kennenlernte, war ich dreiundzwanzig –, aber nach fünf Jahren trennten wir uns. Ich wollte kein Kind in die Welt setzen, dessen Zukunft die Sklaverei sein könnte. Bald nach der Trennung wurde ich zum Reprogrammierten des inneren Zirkels und lebe seitdem allein. Dies hat Vorteile, was mein Doppelleben betrifft.

Dieses Leben begann, als meine Immunisierung nachließ. Als ich im hochtoxischen Bereich recherchierte, stieß ich auf detaillierte Berichte über die Geschichte Europas, die mir damals vollkommen unbekannt war. Unser Geschichtsbild war dürftig: Wir hatten gelernt, dass Batista der Vater des modernen Europa gewesen ist. Er hatte die Union aus inneren Wirren und Krisen herausgeführt, die durch Rassismus und Nationalismus verursacht worden waren. Nach dem Mord an Batista begann der Krieg, angezettelt von den Rassisten der Heimatarmeen. Nach schrecklichen Leiden und Grausamkeiten kamen uns die Völker Mauretaniens und Eurabias zu Hilfe und erhielten zum Dank große Gebiete, die wir nicht mehr benötigten. Unsere Homelands wurden eingerichtet, und seither leben wir in Frieden.

Aber dann sah ich erstmals Berichte aus dem Zeitalter lange vor Batista über die Nationen Europas, die hier einst geblüht hatten. Ihre Zivilisation erschien mir atemberaubend. Ich sah viele Filme, las unzählige Bücher und begriff, welche Kultur und welcher geistige Reichtum hier vor Jahrhunderten existierten. Ich glaubte der offiziellen Propaganda nicht mehr, dass die frühere Geschichte Europas moralisch verwerflich gewesen sei. Man sagt uns, die Regierungen früherer Zeiten hätten die Welt geknechtet und ausgebeutet, die Fremden verachtet und die Völker aufgehetzt. Die Vertreibung der Europäer aus ihren Siedlungsgebieten sei die gerechte Strafe dafür gewesen, und das göttliche Recht der Emirate sei unbestritten. Dagegen sah ich jeden Tag, dass wir Menschen zweiter Klasse in unserem eigenen Land geworden waren. Irgendwann erkannte ich, dass wir belogen und betrogen werden von einer politischen Klasse, die schon lange mit unseren Feinden verbündet ist. Heute ahne ich, dass sie uns bald ganz ans Messer liefern wird.

Damals fand ich nicht nur viele alte Beschreibungen der Vergangenheit, sondern auch einige wenige einer möglichen Zukunft. Unter anderen fiel mir ein Roman in die Hände, der seit Batista verboten und als hochtoxisch klassifiziert ist. Er war von den Rebellen in Multilangue übersetzt worden. Sein Titel: „1984". Das Buch war im Jahr 1948 geschrieben, praktisch hundert Jahre vor der Kulturrevolution, die es in grauenvoller Wirklichkeit beschreibt: die Propaganda, die Gleichschaltung, die Methoden der Partei, die Doktrin und die neue Sprache, das Elend nach dem Krieg, Hunger und Verkommenheit in den Städten. Nur erwähnt es an keiner Stelle die Gotteskrieger und nennt die feindliche Macht Eurasia statt Eurabia. Für mich steht fest: Der Autor war ein

Visionär, er hatte unsere Zeit gesehen! Er beschrieb alles so täuschend echt, dass mir immer wieder kalte Schauer den Rücken hinunterjagten. Es schien, als sei er mit einer Zeitmaschine hundert Jahre in die Zukunft gereist oder als habe er durch einen langen dunklen Tunnel in unsere Epoche geblickt. In der Mitte des Buches steht der Schlüsselsatz: „Wir sind die Toten!" Die Worte hallten noch lange in mir nach. Hatte ich sie nicht schon einmal irgendwo gehört?

30. März

Ich glaube, dass Viele so denken wie Sakharov und ich, nur wagt keiner, sich zu erkennen zu geben; die Angst vor Spitzeln und Verrätern ist zu groß. Hatte Sakharov nicht von einer Operation „Waldgang" gesprochen? Das geheimnisvoll klingende alte deutsche Wort erinnerte mich plötzlich wieder an den Titel des vergilbten blauen Buches, das mein Vater hinterlassen hatte.

Gab es die legendären Waldgänger immer noch – und war Sakharov einer von ihnen? Das schmale blaue Buch – ich musste es unbedingt wieder finden! Gestern suchte ich lange und entdeckte es endlich gut versteckt unter alten Fotos und Papieren. Ich schlug die vergilbten Seiten auf und sah eine Widmung auf dem Deckblatt: „Für David, am 9. November 2018 von Onkel Jonas. Dieses Buch stammt aus der Bibliothek Deines Großvaters. Er hat es sehr geschätzt."

Mein Vater hatte das Buch von einem Verwandten an seinem zwanzigsten Geburtstag geschenkt bekommen – ausgerechnet in der „Schwarzen Woche", dem Beginn der dunklen Zeit. Das Buch, das so brüchig war, dass es fast auseinander fiel, ist 1952 in Frankfurt am Main gedruckt worden, vor über hundert Jahren. In der Nacht versuchte ich, mithilfe eines Wörterbuches, einige Passagen zu übersetzen, was mir sehr schwer fiel. Das Wörterbuch Multilangue-Deutsch bot mir für zehn, zwanzig verschiedene Wörter des Textes immer dieselbe Vokabel in Multilangue an, und viele Wörter waren überhaupt nicht verzeichnet. Aber ich konnte den Sinn erahnen. Es ist ein Buch des geistigen Widerstandes. Immerhin verstand ich das Motto auf der ersten Seite: „Jetzt und hier." Beim Durchblättern fand ich offenbar von meinem Vater markierte Zeilen, deren Klang allein schon wie schwerer alter Wein auf mich wirkte. Ich will sie hiermit der Nachwelt überliefern:

„In einer Millionenstadt leben zehntausend Waldgänger … das ist eine gewaltige Macht. Sie ist zum Sturze auch starker Zwingherren hinreichend."

*

„Waldgänger aber nennen wir jenen, der, durch den großen Prozess vereinzelt und heimatlos geworden, sich endlich der Vernichtung ausgeliefert sieht. Das könnte das Schicksal vieler, ja aller sein − es muss also noch eine Bestimmung hinzukommen. Waldgänger ist also jener, der ein ursprüngliches Verhältnis zur Freiheit besitzt …"

*

„Zwei Eigenschaften werden also beim Waldgänger vorausgesetzt. Er lässt sich durch keine Übermacht das Gesetz vorschreiben, weder propagandistisch noch durch Gewalt. Und er gedenkt sich zu verteidigen, indem er … den Zugang offen hält zu Mächten, die den Zeitlichen weit überlegen sind."

*

„Die Aufgabe des Waldgängers liegt darin, dass er die Maße der für eine künftige Epoche gültigen Freiheit dem Leviathan gegenüber abzustecken hat."

*

„Der Widerstand des Waldgängers ist absolut, er kennt keine Neutralität, kein Pardon, keine Festungshaft."

*

„Was seinen Ort betrifft, so ist der Wald überall. Wald ist in den Einöden wie in den Städten, wo der Waldgänger verborgen lebt."

*

„Den Waldgang kann auch die kleinste Minderheit, ja selbst der einzelne verwirklichen. Hier liegt die Antwort, die die Freiheit zu geben hat. Und sie behält das letzte Wort."

*

„Der Panzer der neuen Leviathane hat seine Lücken, die ständig abgetastet werden, und das setzt sowohl Vorsicht wie auch Kühnheit voraus."

*

„Zahllose leben heute, welche die Zentren des nihilistischen Vorgangs, die Tiefpunkte des Malstromes, passiert haben. Sie wissen, dass dort die Mechanik sich immer drohender enthüllt, der Mensch befindet sich im inneren einer großen Maschine, die zu seiner Vernichtung ersonnen ist."

*

„Dem Machtkampf geht Bilderabgleichung und Bildersturz voraus. Das ist der Grund, aus dem wir auf die Dichter angewiesen sind. Sie leiten den Umsturz ein, auch den Titanensturz. Die Imagination und mit ihr der Gesang gehört zum Waldgange."

*

„… ist es wichtig zu wissen, dass jeder Mensch unsterblich ist und dass ein ewiges Leben in ihm seine Stätte aufgeschlagen hat, die unerforschtes und doch bewohntes Land für ihn bleiben, ja, die er leugnen mag, doch welche keine zeitliche Macht zu brechen imstande ist."*

---

* Aus Ernst Jünger: *Der Waldgang*

67

FRÜHLING IN AUSTRASIA

1. April

Gestern habe ich Marcos besucht. Er wohnt noch im alten Haus seiner Familie in den Hügeln oberhalb der Stadt. Nach dem Tod seines Vaters und der Emigration seiner übrigen Familie bewohnt er die baufällige Villa mit Löchern im Dach und abgeblätterter Fassade seit Jahren ganz allein. Sie verbirgt sich hinter einer alten Steinmauer und dichten Rhododendronbüschen und ist umgeben von einem verwilderten Garten, der von hohen alten Bäumen beschattet wird.

Marcos empfing mich herzlich und lächelte entschuldigend, während er mich durch das verfallene Gebäude voll alter Möbel und Antiquitäten aus der Vorkriegszeit führte. Das ehrwürdige Haus zeugte von vergangenem Reichtum, doch fiel es nun allmählich in sich zusammen. Die hohen Stuckdecken waren von hässlichen Wasserflecken gezeichnet, und lange Risse durchzogen die Wände. Das ganze obere Geschoss war unbewohnbar; Marcos selbst wohnte im Souterrain, wo er außerdem seine geheime Bibliothek versteckte. Die hölzernen Treppen knirschten so sehr, dass ich glaubte, sie würden unter meinen Füßen einstürzen.

Er erzählte, dass er vom Verkauf der Bilder und Antiquitäten an Händler aus Osteuropa und Asien lebe und das Haus sich zusehends leere. An den Wänden zeugten rechteckige helle Stellen noch von den Gemälden, die dort einst gehangen hatten.

Wir setzten uns in den großen Salon, der zum Garten hinausging, an dessen Ende ein rostiger Eisenzaun mit einer Pforte zu sehen war. An der Wand hing eine Reihe von Bildern mit zwergenhaften Menschen inmitten monumentaler umgestürzter Säulen und überwucherter Bögen titanischer Ruinen: die Ansichten Roms von Piranesi.

„Gleich hinter dem Garten beginnt der ehemalige Zentralfriedhof – heute ein unheimlicher und verwüsteter Ort", erklärte Marcos. Mich schauderte etwas, während er so sprach, aber er fuhr lächelnd fort:

„Keine Sorge, man gewöhnt sich daran. Die Toten sind ruhige Nachbarn, friedlicher als die Lebenden." Marcos hatte eine Flasche edlen Vinos geöffnet, und wir stießen klingend die Gläser aneinander – aber worauf sollten wir trinken?

„Auf alte Zeiten?" fragte ich aufmunternd, aber er entgegnete: „Lass uns lieber auf den Frieden trinken." Er verharrte nachdenklich und fuhr fort: „Und dass er noch etwas dauern möge." Ich fühlte einen Stich im Herzen.

Wir sprachen eine Weile über die *Goldene Zeit*, die wir beide ja nur vom Hörensagen kannten, und den langen Frieden, den sie Europa gewährt hatte – es ist eines der Lieblingsthemen von uns Menschen in den Homelands. War es nicht eine perfekte Welt gewesen? Aber wie hatten erst der Wohlstand, dann die Freiheit und zuletzt der Frieden verschwinden können? Wir wussten es nicht, denn der Krieg hatte ja schon begonnen, als wir noch Kinder waren. Es tat gut, wieder einmal frei zu sprechen. Auf mein Fragen erzählte mir Marcos noch einmal seine Familiengeschichte:

„Vor dem Krieg war mein Vater Kurator am Kunstmuseum. Im Krieg schloss er sich keiner der kämpfenden Parteien an; so konnten wir überleben. Als der Bildersturm begann, wurden alle Museen geschlossen, so auch seines. Die Brigaden forderten: Alle Darstellungen von Menschen, insbesondere erotischer und religiöser Art, gleichgültig aus welcher Epoche, sollten vernichtet werden. Mein Vater und seine Kollegen waren verzweifelt und entschieden sich, die wertvollsten Werke in Sicherheit zu bringen. Bei Nacht und Nebel transportierten sie Hunderte von Kisten mit unschätzbaren Kunstwerken an geheime Orte. Schnelles Handeln war nötig, denn Schlimmstes stand zu befürchten. Mithilfe der Schattenarmee, deren Reste damals noch existierten, brachten sie die Kunstwerke in den Osten, nach Polen und nach Transilvania. Schon wenige Wochen später rottete sich der Mob zusammen, stürmte das Museum, legte Feuer, plünderte und zerstörte, was übrig war. Meine Familie kam nur knapp mit dem Leben davon. Später wurde mein Vater vor ein Volksgericht gestellt und in einem der üblichen Schauprozesse wegen Kollaboration mit dem Widerstand verurteilt und danach deportiert. Die Rettungsaktion war die letzte große Tat der Schattenarmee. Kurz darauf löste sie sich auf. Noch lange konnte man vergilbte Fahndungsplakate mit den Gesichtern ihrer Anführer an Häuserwänden sehen, aber keiner von ihnen wurde je gefasst. Ich habe sie immer bewundert! Meinen Vater sah ich nie wieder, meine Mutter und meine Schwester konnten in einen der damals noch freien Häfen im Norden fliehen und erhielten in Las Americas politisches Asyl. Ich kam zur Umerziehung in ein Internat."

„...wo wir uns begegnet sind", ergänzte ich. „Sie wollten aus uns, den Kindern von so genannten Staatsfeinden, willige Funktionäre ihres Systems machen. Aber wie ich sehe, haben sie ihr Ziel verfehlt." Marcos lächelte melancholisch und erhob noch einmal sein Glas: „Auf verfehlte Ziele!"

Dann gab ich ihm zu verstehen, dass ich seit Jahren das System innerlich ablehnte. Ich deutete auch an, dass es interne Widerstandsgruppen gäbe und schon bald etwas Entscheidendes passieren könne. Marcos fragte, was ich meine. „Wenn Hagen mit äußeren Feinden konspiriert, werden sie alles auf eine Karte setzen."

Marcos fragte mich rundheraus, ob ich mit einem Krieg in nächster Zeit rechnete. Ich antwortete:

„Wir sind eingekreist und abgeschnürt; das ist richtig. Wir befinden uns in einem Belagerungszustand. Noch wissen wir nicht, ob der Gegner nur blufft, oder ob er den letzten Schritt wagen wird. Das Spiel findet hinter den Kulissen statt."

„Und noch steht die Mauer. Aber ich sage dir: Sie wird fallen, früher oder später. Das ist das Ziel der anderen Seite, und auch der politische Wille bei uns – ich ahne es. Irgendwann wird auch hier Eurabia sein." Er sah nun ungeheuer müde aus.

Nach einer Pause begann er, über die Zeit vor dem Bürgerkrieg zu sprechen:

„West- und Mitteleuropa waren damals wie ein großes Museum, die Schatzkammer der Welt. Keiner macht sich heute noch einen Begriff davon, dass Länder wie Italien, Frankreich, aber auch Deutschland und Österreich, die wohl höchste Konzentration an Kunst besaßen, die es jemals auf diesem Planeten gab. Schau dich um: In Amerika ist das meiste importiert, abgesehen natürlich von der indigenen Kunst. Der Orient hat schon wegen der Bilderverbote niemals Vergleichbares hervorgebracht, es bleiben noch Indien und China. Aber auch dort gab es nicht diese Fülle an Werken über Jahrtausende hinweg. Doch schon während des Krieges war allen klar, dass das neue Europa ein Land ohne Bilder sein würde. Überall wurde geplündert, und unzählige Kunstobjekte wurden von den Brigaden nach China, Japan, Nord- und Südamerika verschoben. Mit dem Erlös wurden Waffen beschafft und afrikanische Söldner gekauft. Wohl auch deshalb gewannen die Unionisten schließlich die Oberhand." Er vermute, dass neunzig Prozent der Kulturgüter verloren seien. Allerdings wisse er auch, dass Tausende von unschätzbar wertvollen Werken heute gut versteckt in Bergwerksstollen und Grotten im Osten lagerten. Ich sagte: „Wer diese Schätze bewahrt, bewahrt unsere Geschichte."

Marcos antwortete, und seine Stimme kam von weither:

„Unsere Geschichte – ja, die ist zu Ende, ein Zeitalter von zweitausend Jahren und mehr. Die Menschen hier werden vielleicht physisch überleben, aber ohne Gedächtnis. Man hat das Eigene doch längst aufgegeben und vergessen. Ist es nicht so wie 1453 in Konstantinopel? Nur dass wir keinen christlichen Kaiser haben, der im letzten Kampf auf der Stadtmauer fällt, sondern bloß einen feigen Diktator."

Er lachte bitter: „Später einmal werden Heerscharen von Archäologen kommen, um die spärlichen Reste auszugraben. Wir werden ein verschollenes Atlantis für zukünftige Generationen sein, so wie das Reich der ‚Rhomäer', der Oströmer, das mit seinen goldenen Städten versank und uns nur noch in Träumen erscheint."

Nun kam er auf sein Lieblingsthema zu sprechen, den Untergang Roms. Schon im Internat hatte er alle erreichbaren Bücher über den Fall des Römischen Reiches verschlungen. Das Imperium, das tausend Jahre überdauert hatte – die für alle Zeiten vorbildliche Zivilisation, märchenhaft reich, voller Pracht und mythischer Größe, unbesiegbar, alle Völker vereinend und der Menschheit eine große Zukunft verheißend – wurde zerstört von jungen barbarischen Völkern. Und das zweite Rom, Byzanz, existierte noch weitere tausend Jahre als christliches Reich. Doch am Ende bestand es nur noch aus wenigen Städten und Inseln, als seine Feinde zum Todesstoss ansetzten und die alte Kaiserstadt in Feuer und Blut versank. Marcos glaubte, genauso würde es auch uns ergehen. Er prophezeite das baldige Ende der europäischen Homelands und Enklaven, denn sie seien nicht mehr überlebensfähig. Ich widersprach ihm zögernd, aber nicht sehr überzeugt:

„Es wird irgendwie weitergehen. Die Welt wird nicht tatenlos zusehen, wie wir untergehen."

„Ich glaube, es ist ein Naturgesetz, dass irgendwann jede Zivilisation vergeht. Wenn sie alt geworden ist, stehen Barbaren bereit, sie zu übernehmen. Auch unser Ende steht bevor; es ist nur der letzte Akt einer langen Periode des Niedergangs: geistige Auflösung, Substanzverlust, Verfall der Künste, Verachtung der eigenen Geschichte, des Heiligen – all das begann doch schon im zwanzigsten Jahrhundert. Es war ein langer Marsch in den Abgrund, angeführt von Narren und Rattenfängern. Erst erklärte man Gott für tot, dann die Seele, die Kunst, das Volk, die Familie, dann hatte man keine Kinder mehr. Die *Goldene Zeit* hat ihren eigenen Untergang ausgebrütet. Das Bild des Menschen zerfiel damals in tausend Stücke. Familie, Gesellschaft und Volk verloren ihren Zusammenhalt. Die Künstler hatten nichts mehr zu sagen, beanspruchten zwar Originalität, brachten aber nicht einmal mehr Epigonales zustande. Die damalige Kunst nahm den Bildersturm schon um hundert Jahre vorweg. Das einzige, was noch blühte, war ein negativer Mythos aus Schuld und schlechtem Gewissen. Und während der Kulturrevolution warfen die Nachfahren freiwillig ihr kulturelles Erbe in die lodernden Scheiterhaufen. Man war geistig ausgezehrt, und das Erbe der Vorfahren war unerträglich schwer geworden."

Er schien nun weit entfernt zu sein, und ich lauschte weiter seinen Worten, während draußen der Wind in den Kronen der alten Buchen rauschte:

„Die Frage ist doch längst nicht mehr, ob wir untergehen werden, sondern nur noch, wie es geschehen wird. Wird es ein langsames Absterben sein, ein Hinabfallen von Stufe zu Stufe wie in Westrom und Italien zur Zeit der Goten? Oder eine plötzliche Enthauptung wie bei den Azteken?" Ich entgegnete:

„Ich sehe, du hast viel Zeit für historische Studien."

„Ja, ich habe viel gelesen in letzter Zeit, denn wer die Geschichte kennt, versteht die Gegenwart. Die grundlegenden Kräfte sind immer die gleichen, auch wenn die Ergebnisse unterschiedlich ausfallen. Hast du von dem Buch gehört ‚Der Untergang des Abendlandes'?"

„Der Titel kommt mir bekannt vor, es steht auf einer der schwarzen Listen."

„Lies darin, es ist lehrreich." Nach einer Pause fuhr er fort:

„Es ist immer eine Tragödie in drei Akten: Erst der Abschied der Götter, dann die Herrschaft der Cäsaren und des Geldes, zum Schluss der Barbarensturm. Danach beginnt die dunkle Zeit, die Wolfszeit. In ihren letzten Kämpfen werden die Reste der Kulturvölker aufgerieben: Das tausendjährige Rom hatte auch unter den Goten noch Bäder und Bibliotheken, eine funktionierende Infrastruktur und Verwaltung, doch es war nicht mehr die Stadt der Römer. Nun passierte jedoch folgendes: Das Imperium war verschwunden, aber seine Religion blieb und überwand die Sieger. Der christliche Gott rettete zwar nicht das Reich der Römer, aber aus dessen Ruinen wuchs ein geistiges Reich empor, die Kirche. Sie beherrschte die Welt besser als vorher die Legionen, indem sie die Barbaren glauben ließ, sie besäße die einzig passenden Schlüssel zu den Pforten der Ewigkeit, den gültigen Zugang."

„Und wo stehen wir? Sind wir wie die Römer oder wie die Azteken?"

„Wer den gültigen Zugang hat, den Schlüssel für die Pforten, ist am Ende siegreich. Die Azteken verloren alles, denn sie glaubten, ihre Götter seien vor dem stärkeren Gott der Spanier geflohen. Wir haben unseren Gott schon vor langer Zeit vertrieben, nun steht ein grausamer, fremder Gott vor den Toren. Und schlimmer noch: wir haben unsere Vernunft aufgegeben."

„Das klingt nach einem neuen Mittelalter!"

„Ja, ein zweites Mittelalter zieht herauf", sagte Marcos bestimmt.

Ich fragte: „Was bedeutet das denn: Mittelalter? Auslöschung der Vernunft, Zerstörung der Zivilisation?"

„Mittelalter ist der Rückfall von einer erreichten und scheinbar gesicherten zivilisatorischen Blüte in archaische Zustände, die mit einem Verlust von Wissen und Kulturtechniken einhergehen …"

Ich ergänzte: „… und dem Triumph neuer Religionen?"

Marcos sann darüber nach, dann antwortete er:

„Ja sicher, der Glauben siegt am Ende immer. Die menschliche Vernunft beruht auf einem schwankenden Grund. Schon vor fünfzig Jahren begann eine verkappte Religion zu herrschen: die ideologische Korrektheit. Man sprach nicht mehr mit den Andersdenkenden, sondern man ächtete sie als Ketzer. Auch der Ökologismus von damals hatte religiöse Züge: Sünde, Buße, Reinigung, Ablasszahlung. Man wollte wieder starke Glaubenssysteme. Denn der letzte Mensch will nicht mehr denken, sondern einer höheren Macht gehorchen. Die zweite Religiosität – sie erscheint in der Endzeit jeder Zivilisation. Deshalb wird die Religion der Mauren siegen, so wie vor zweitausend Jahren die des Galiläers in Rom siegte …"

Ich spürte, dass Marcos hoffnungslos dem Pessimismus verfallen war. Er tat mir leid, denn aus dieser Depression schien es keinen Ausweg mehr zu geben. Irgendetwas in mir empörte sich jedoch gegen diese Vorstellungen:

„Aber noch leben wir, und die Überreste unserer Kultur existieren! Haben wir nicht auch einen Mythos, der uns unsterblich machen wird und der vielleicht sogar eines Tages unsere Gegner überwinden wird?"

„Ja, natürlich hatten wir einen Mythos: Das Sacrum Imperium, das Heilige Reich. Es war allein diese Idee, aus der Europa entstand. Das Reich Gottes als Abglanz auf Erden, als große Erwartung, als Utopie. Das war die Idee Europas, der Sinn seiner Geschichte. Italien und Deutschland waren ausersehen, Europa zu führen, aber sie zerbrachen und zersplitterten, aus vielen Gründen. Dies war der Verlust der Mitte. Europa vereinte sich am Ende, aber es war nur eine leere Hülle ohne Kern. Deshalb zerfiel es so schnell. Das Reich ist jetzt wieder ganz Idee geworden. Es existierte ja schon immer in einer anderen Sphäre. Vielleicht wird es einmal wieder auferstehen – in einer anderen Zeit und an einem anderen Ort."

Er schien jetzt in eine Art Trance zu sein, sein Blick ging durch mich hindurch in unendliche Fernen. Draußen war es Nacht geworden, die Flammen der Kerzen flackerten im sanften Frühlingswind, der durch die geöffneten Fenster wehte. Marcos erschien mir wie ein einsamer Wanderer in den Bergen, der dem Abgrund schon viel zu nah ist und trotzdem immer höher steigt. Nach einer Pause sprach er weiter, als habe er die Lösung eines Rätsels gefunden:

„Es ist wahr: Die Belagerung ist undurchdringlich. Alle Auswege sind versperrt, aber ein Weg bleibt uns noch: der Gang hinter die Mauer der Zeit. Wir stehen vor schweren Pforten, die noch verschlossen sind. Wenn unsere Zeit endet, werden sie sich öffnen. Dann werden wir das zeitlose Reich betreten, das Innere Reich – Imperium Internum, Imperium Sacrum."

Mir wurde kalt, als hätte mich ein Toter berührt, und ich fühlte einen Sog, der mich hinweg zog aus der Wirklichkeit. Marcos war inzwischen völlig in seiner Traumvision versunken:

„Die letzten Ägypter, die letzten Römer, die verschollenen Stämme Israel, die Maya, Avalon und Shambala – sie alle sind spurlos verschwunden. Wohin? In die Länder jenseits der Zeit?"

Ich meinte zu verstehen, was er sagen wollte: Wenn eine Kultur an ihr historisches Ende gelangt, transzendiert sie die Zeit und geht in ein zeitloses Reich der Idee ein, in dem sie für immer weiterlebt. Waren nicht Römer und Griechen als Lehrmeister Europas unsterblich geworden? Hatten sie nicht Jahrtausende nach ihrem Verschwinden noch weiter gelebt? Und waren nicht die Ägypter deren Lehrer gewesen?

Aber Marcos meinte es buchstäblich:

„Sie verließen die Welt und bauten ein anderes Reich, ein größeres Reich, ein ewiges Reich. Es liegt nicht auf dieser Welt."

Ich warf ein: „Die Barbaren wollten doch nichts anderes, als Römer zu sein, und glaubten noch Jahrhunderte später, das ewige Rom weiterzuführen. Vielleicht werden die Steppenvölker irgendwann unsere Kultur fortsetzen. Schon lange benutzen sie unsere Technik und Wissenschaft."

„Damals waren die Barbaren wie Kinder, die Rom bewunderten. Heute aber stehen sich zwei Kulturen gegenüber, die beide eine lange Geschichte haben. Es ist ein Machtkampf, bei dem es darauf ankommt, welche Kultur den stärkeren Mythos besitzt. Wir haben unseren Mythos schon lange freiwillig aufgegeben. Unsere weltgeschichtliche Zeit ist nur noch gestundet, sie läuft jetzt ab. Wir sind die Toten! Die beiden Amerikas werden leben, China und Russland werden leben. Wir können nur noch versuchen, unser Erbe zu sammeln und zu bewahren für die Nachwelt."

„Und wie retten wir es durch die dunklen Zeiten, die kommen werden? Schriften zerfallen, Völker sterben aus. Nur Mönche und Verbrecher werden überleben. Wer hat das gesagt? Ich habe es vergessen ..."

Marcos sah mich plötzlich hellwach und durchdringend an:

„Es müsste ein geheimer Bund sein, ein Orden, der so stark ist, dass er jeden Untergang überlebt! Er müsste durch etwas zusammengehalten werden, das stärker ist als der Tod, so wie damals die frühe Christenheit."

Ich musste an den mysteriösen Bund vom Amazonas denken, von dem Sakharov gesprochen hatte, und fragte ihn:

„Hast du von dem Bund der Amazonier gehört? Weißt du etwas über sie?"

Er antwortete vorsichtig: „Ich hörte von ihnen. Sie sind wie die Gnostiker – Seelenreisende, Psychonauten. Ihr Mythos scheint stark zu sein, denn sie werden immer zahlreicher."

„Die Partei ist misstrauisch geworden und beginnt wieder mit Verfolgungen."

„Niemand kann sie unterdrücken, denn sie operieren mit magischen Mitteln. Vielleicht besitzen sie einen der Schlüssel, die die letzten Pforten öffnen. Es kann sein, dass sie die Vorboten eines kommenden Zeitalters sind."

Wir waren ganz in unserer traumhaften Stimmung versunken. Ich wechselte das Thema und brachte es auf den alten Waldgänger. Marcos kannte seine

Schriften. Er sagte, dass er ihn für einen der größten Schriftsteller des vorigen Jahrhunderts halte.

„Der alt gewordene Waldgänger sprach von den Titanen, die zur Erde zurückkehren werden. Ich glaube, sie sind schon da. Alle Götter werden verschwinden, auch der Gott der Wüste. Ungeahnte Kräfte werden die Erde erschüttern und ein neues Erdzeitalter wird anbrechen. Vielleicht werden Länder im Meer versinken und neue aus der Tiefe heraufkommen. Und warum sollte nicht auch der Mensch noch einige Schritte weitergehen im Rhythmus der Erde? Was heute anbricht, ist nur ein Mittelalter, ein Interregnum, auf das eine Wiedergeburt folgen wird. Die Geschichte ist noch lange nicht an ihrem Ende angelangt. Ich glaube an ein neues Zeitalter des Menschen, an neue Reiche – vielleicht irgendwo im Osten.“

Nun schwiegen wir beide und hingen den starken Bildern nach, die in uns aufstiegen. Langsam erhob sich Marcos, ging zum Bücherregal und holte ein Buch heraus. Er fragte:

„Kennst Du Schilling? Er war ein Mythopoet des vorigen Jahrhunderts. Zu seiner Zeit nur wenigen bekannt, erkannten wir in ihm erst später den letzten großen Magier deutscher Zunge. Ich lese Dir jetzt Verse im alten Deutsch. Du wirst nicht alles verstehen, aber Klang und Rhythmus allein genügen:

Geh zu den Hyperboreern,
Jenseits von Wasser und Land
Hebt sich, Sängern und Sehern
Dunkel aus Träumen bekannt,
Halle, von Harfen durchtönte,
Schlafender Ritter Castell,
Labt sich Hirsch, der gekrönte
Am elysäischen Quell.

Wenn dich die Wasser umfangen,
Wenn dir die Küste verschwimmt,
Bleibst Du, von Schleiern verhangen,
Lichtem Ziele bestimmt,
Fährst du fernhin durch hohe
Abende, sonnig und klar,

Stehn die Schatten in Lohe
Unterm Wind der Gefahr.

Kommen die Schwäne gezogen,
Die dir der Lichte verhieß,
Trenn dich von Brünne und Bogen,
Ritter vom Goldenen Vlies,
Dunkel sind deine Farben,
Aber dein Aug ist blau,
Schenkst du, Schnitter, die Garben,
Schlägst du, Adler, den Pfau.

Geh zu den Hyperboreern,
Drifter im Nachen Apolls,
Kehr, wenn die Nebel sich nähern,
Heim an die Schwelle des Golds,
Weinlaub auf dämmernden Schläfen,
Asche von Eden bestaubts,
Heil aus den brennenden Häfen
Fahren wir, heiteren Haupts.*

Ich war verzaubert: das war die letzte Klassik, die Vollendung, der Gesang an der Mauer der Zeit. Durch ihn musste sich die Pforte einmal öffnen, auch wenn der Sänger noch tausend Jahre wartete. Ich liebte den Klang unserer alten Sprache, er war so schwer und zugleich erhaben. So muss das kunstvolle alte Latein einem Barbaren im Ohr geklungen haben, der zum ersten Mal die Verse des Vergil vernahm. Meine Eltern verstanden diese Sprache noch. Was hatten wir verloren!

Beim Abschied lud Marcos mich ein zu einem Fest in der ersten Mainacht, an dem er seinen Geburtstag und gleichzeitig, wie er hoffte, seinen Abschied feiern wollte. Er glaubte fest daran, bis dahin sein Ausreise-Permisso zu bekommen.

---

*Aus: Rolf Schilling: *Schwarzer Apoll*

8. April

Heute verbrachte ich den ganzen Tag im Vivarium, um mehr über den ama-
zonischen Kult herauszufinden. Dort stehen mir Millionen von Daten zur
Verfügung, aus entferntesten Zeiten und Ländern. Ich fand auf einer Info-
Plattform einen geheimen Bericht, den der amerikanische Botschafter vor fünf
Jahren aus Brüssel nach Washington gesandt hatte:

„Die Homelands sind nichts anders als Vasallen Eurabias und zahlen
hohe Tribute, um sich die kümmerlichen Reste ihrer Freiheit zu erhalten. Die
christlichen Kirchen sind seit 2048 unterdrückt, ebenso wie die Juden und
Buddhisten. Neue Kulte im Untergrund entstehen überall, trotz wiederkeh-
render Wellen der Verfolgung. Seit einiger Zeit beunruhigt ein merkwürdiges
Phänomen die Staaten der Rest-EU: Ein Trancekult meist junger Menschen
um eine Substanz namens Telepathin, auch „Vinho“ genannt. Es wird in
Brasilien legal produziert und konsumiert und gelangt wahrscheinlich auf dem
Seeweg über die großen Häfen auf den Kontinent. Es steht zu befürchten,
dass die Regime der Gottesstaaten und die EU-Gouverneure irgendwann Las
Americas die Schuld geben, indem sie behaupten, wir überschwemmten ihre
Länder mit einer gefährlichen Droge, um ihre Jugend zu verderben.“

Das brachte mich auf die nächste Spur: Brasilien. Ich arbeite mich also
weiter durch die Archive des Vivariums und stieß im Sektor XXX auf weiteres
Material, jedoch „klassifiziert nur für Mentoren mit Spezialauftrag“. Es war
ein Artikel über ein altes Buch aus dem Jahr 2006 mit dem Titel ‚Das Molekül
aus dem Regenwald':

„Seit Jahrhunderten benutzen die Indios in den Wäldern des oberen
Amazonas einen heiligen Saft für religiöse Zwecke, den sie Ayahuasca oder
Yagé nennen. Er wird gewonnen aus zwei Dschungelpflanzen, die mitein-
ander kombiniert werden. Später entstand unter den Kautschuksammlern,
Goldsuchern und Abenteurern im Regenwald ein Kult, der sich entlang der
großen Dschungelflüsse immer weiter ausbreitete, bis er die Städte erreichte.
Seine Anhänger behaupten, unter Einfluss des sakralen Trankes, den sie ‚Vinho
negro', Schwarzer Wein, nennen, mit Geistern und Toten zu kommunizieren.
Das Ayahuasca-Trinken war zuerst eine Praxis der Indios, die erzählten, sie
hätten es von den alten Inkas gelernt, dann der einfachen Bauern, später auch
der Künstler und Intellektuellen. Es drang allmählich aus den Wäldern in die

Favelas der großen Städte vor, wo es afrikanische und katholische Elemente in sich aufnahm. Bald interessierten sich auch Nordamerikaner und Europäer für den Kult, da bei ihm eine bislang unbekannte psychoaktive Substanz verwendet wurde. Seit Mitte des vorigen Jahrhunderts wurde das Ayahuasca von westlichen Wissenschaftlern erforscht, die es ‚Telepathin' nannten. Sie isolierten das zugrunde liegende Molekül und fanden heraus, dass es im Gehirn selbst, und zwar in der Zirbeldrüse (Amygdala), produziert und gespeichert wird. Seit der Jahrtausendwende wird das Molekül in Untergrund-Laboratorien weiter verbessert. Aus dem Vinho entwickelten sie ein Konzentrat, dass ‚Esencia de Soma' getauft wurde. Diese klare Flüssigkeit soll schon in kleinen Dosen zu telepathischen Erscheinungen, starken Visionen und außerkörperlichen Erfahrungen führen.

Der Kult vom Amazonas breitete sich aus und wurde zu einer modernen techno-gnostischen Bewegung, deren spirituelle Autoritäten ‚Padrinhos' oder ‚Madrinhas' genannt werden. Die Eingeweihten kennen zahlreiche schlichte, aber melodische Hymnen und Lieder, die sie inspirativ aus der Geisterwelt oder dem ‚Astral', wie sie sagen, empfangen. Sie verehren eine ‚Königin der Wälder', die Heiligen San Lazaro (der von den Toten zurückkehrte) und San Juan (der an einem Fluss taufte). Außerdem beschwören sie afrikanische Gottheiten, die aus dem Umbanda-Kult bekannten Orishas. Sie glauben an ein baldiges Ende der Welt infolge großer Katastrophen und an das jüngste Gericht. Sie begrüßen den Tod, denn er ist für sie der Übergang in ein besseres Leben, aus dem sie nicht wiederzukehren wünschen."

Soweit der Bericht aus dem Jahr 2006. Ich suchte weiter und fand ein paar ihrer Hymnen: einfache Lieder mit klaren Texten, die bei längerem Zuhören eine hypnotische Wirkung entfalteten, meist in portugiesischer Sprache. Es gibt auch phantastische visionäre Malerei, die in Hunderten von Bildern die Welten des Dschungels, der Geister und der Tiere darstellt. Ich fühle Neugier und irgendeine Art von Anziehung, ja Faszination bei dem Gedanken, dass hinter unserer Realität noch andere Wirklichkeiten liegen könnten, womöglich bewohnt von Wesen, die wir uns nicht vorstellen können. Ich ertappe mich bei dem Wunsch, diese Substanz einmal im Selbstversuch anzuwenden.

14. April

Heute gab ich Sakharov meinen fertigen Bericht zum Thema „Mystiker", den
er an die Äußere Abteilung weitergeben wird. Er ist lang und ausführlich, besteht aber zu neunzig Prozent aus Luft. Ich hielt ihn recht allgemein und betonte, dass die Zentren dieses Kultes weit entfernt in den beiden Amerikas liegen.
Ich erläuterte die Substanz und betonte, dass es sich dabei um eine natürliche
Dschungelpflanze handele, die Halluzinationen, nicht aber komatöse Zustände
oder gar den Tod herbeiführe. Weiter behauptete ich, die Hintermänner und
Drahtzieher operierten von den Mittelmeerhäfen und von Afrika aus, denn
der Kult sei auch in Westafrika verbreitet. Er stelle für die Mauretanier eine
weit größere Gefahr dar als für uns. Ich erwähnte noch Statistiken, die besagen, dass in Austrasia viele Jugendliche durch Gewalt und Alkohol sterben,
aber niemand durch den so genannten Vinho. So kam ich zu dem vorläufigen
Ergebnis, dass ich die Gruppen der „Mystiker" für ungefährlich halte und daher zu Gelassenheit rate. Derzeit gäbe es gravierendere Probleme, zum Beispiel
die aus Russland importierten Tolchok-Substanzen, die zu schrecklichen
Gewaltexzessen, Morden und Selbstmorden führen. Sakharovs Kommentar
war: „Dein Bericht ist sehr informativ und sehr nichtssagend. Kompliment!"

1. Mai

Gestern war also Marcos' Geburtstagsfest. Als ich seine alte Villa erreichte, war
es schon dunkel. Die Blätter der hohen Buchen rauschten im Wind. Über ihnen
stand ein weißer Vollmond am klaren Nachthimmel. Ich betrat den Garten,
und mehrere helle Scheinwerfer leuchteten auf. Nach mehreren Überfällen
hatte Marcos das einsam stehende Haus mit einer Alarmanlage gesichert.
Gefahr bestand aber weiterhin, und auf die Polizei war keinerlei Verlass. Es
konnte vorkommen, dass sie erst Stunden später eintraf. Auch wurde sie der
vielen Entführungen und Geiselnahmen nicht mehr Herr. Angesichts dieser
Lage hatte sich Marcos vor einiger Zeit eine Waffe zugelegt. Ausgerechnet
er, der weltfremde Träumer, hatte das Schießen lernen müssen. Als ich den
Kiesweg zum Haus hinaufging, sah ich fröhlich plaudernde Gäste auf der
Terrasse. Die unteren Räume waren hell erleuchtet, viele Gäste waren gekommen. Erstaunlich, was für Leute Marcos kennt: Sie sahen aus wie Künstler,

Individualisten; einige erkannte ich gleich als Ausländer. Im Vestibül, das von hohen Säulen gesäumt war, stand Marcos, elegant wie immer, in ein Gespräch vertieft.

Ich begrüßte ihn: „Herzlichen Glückwunsch zum Geburtstag, mein Lieber, Gesundheit und viel Glück! Besonders wünsche ich dir, dass du bald in dein gelobtes Land auswandern kannst." Bei einem befreundeten Schwarzhändler hatte ich eine absolute Rarität aufgetrieben, eine Flasche echten kubanischen Rums, zwölf Jahre alt, die ich ihm nun überreichte mit den Worten:

„Dieses Elixier aus der Neuen Welt versüßt dir die Zeit des Wartens!"

Er strahlte: „Danke, mein Freund. Ich werde den edlen Tropfen genießen, in der Bibliothek beim Blättern in alten Folianten …"

Er witzelte gerne über die vielen alten Bücher, die er geerbt hatte. Ich fragte ihn nach seiner Ausreise-Erlaubnis. Er sagte, dass sie so gut wie sicher sei, nur eine Instanz in *Minint* müsse noch zustimmen. Sie hätten ihm versichert, dass er das Permiso bis zum 1. Juni bekomme. Sobald er zum so genannten „Interview" ins Ministerium zitiert werde, habe er nur 48 Stunden, um auszureisen. Nachdenklich sagte er:

„Wenn ich fahre, wird der Staat das Haus samt Inventar beschlagnahmen. Was wird mit meinen persönlichen Gegenständen und Sammlungen geschehen?" Ich versprach ihm, sie ins Vivarium zu überführen.

Die milde Mailuft wehte erfrischend von den Bäumen herab. Solange es diesen Zauber des Frühlings noch gibt, sind wir nicht ganz verloren, dachte ich. Mir fiel eine Gruppe von Gästen auf, die im Fackelschein auf der Terrasse standen und plauderten. Es waren zwei interessant aussehende Männer und eine atemberaubend schöne Frau. Mir war sofort klar: Sie waren nicht von hier. Marcos stellte sie mir als Besucher aus Osteuropa vor. Die Frau hieß Zoe, eine Malerin aus Transilvania. Sie hatte kastanienbraunes langes Haar, kluge grüne Augen und leicht gewölbte Wangenknochen. Sie faszinierte mich auf den ersten Blick. Wir lächelten uns an und waren uns sofort sympathisch. Ein Mann mit asiatisch anmutenden blauschwarz glänzenden Haaren, die ihm bis auf die Schultern fielen, stellte sich vor als Sandor Csoma, ein ungarischer Ethnologe. Er hatte tiefschwarze, unergründliche Augen und ein Gesicht wie von Sonne und Wind gegerbt, ledern und mit Hunderten feinster Fältchen; sein Haar trug er zu einem Pferdeschwanz gebunden. Er wirkte irgendwie alterslos. Auf der Brust und an Armen und Händen trug er Amulette und silberne Ringe mit schamanischen oder indianischen Motiven. Ich kam mit ihm ins Gespräch, und er erzählte, dass er adelige ungarische Vorfahren habe und in einem Schloss in den Wäldern der Karpaten lebe. Er habe sein Leben lang Forschungsreisen nach Zentralasien unternommen:

„Eurasien ist die Zukunft. Immer wieder zieht es mich auf der Seidenstraße nach Osten: das goldene Samarkand, die erbarmungslose Wüste Takla Makan, die grünen Hügel des Altai, der Weltberg Kailash. Ich glaube, dass dort in den unermesslichen Weiten zwischen Sibirien und dem Himalaya eine Kultur der Zukunft entsteht, die ihre Wurzeln im Uralten hat. Es sind die Wurzeln des Weltenbaumes. Dort irgendwo soll ja auch das verborgene Zentrum der Welt, das Reich von Shambala, liegen. Vielleicht ist es ein Symbol, vielleicht ein magischer Ort? Viele suchten nach seinen verborgenen Eingängen, aber niemand kehrte je von dort zurück. Ich sah alte Karten in tibetischen Klöstern. Die Mönche sagen, Shambala läge im hohen Norden. Ich werde weiter suchen …“

Ich lauschte ihm gebannt. Die Grenzen unseres kleinen Territoriums schienen sich aufzulösen im größten Kontinent der Erde: Eurasien. Ich kannte einige Reiseberichte, aber Csoma sprach aus eigener Anschauung. Dann fragte ich ihn, warum er nach Austrasia gekommen war. Er antwortete, er wolle Marcos' Bücher- und Kunstsammlung kaufen. Soll ich ihm glauben? Ich denke, er hat beste Kontakte, denn der Export von Kunst ist schwierig. Während ich mit ihm sprach, fühlte ich um ihn eine Aura, die ich nicht durchdringen konnte.

Neben ihm stand ein anderer Mann mit freundlich blitzenden blauen Augen, scharf geschnittenem Gesicht und kurzen grauen Haaren. Er war kleiner, aber drahtig und athletisch, trug eine einfache, militärisch wirkende Jacke über einem blau-weiß-gestreiften Hemd, wie es die russischen Soldaten früher trugen. Ich begrüßte ihn.

„Nenn mich Capitan“, sagte er, „so nennen mich alle.“ Dann erzählte er, er arbeite als Reiseführer und käme dabei viel herum. Er lachte fröhlich. Er und Sandor schienen gute Freunde zu sein.

Zoe war inzwischen von einem älteren bärtigen Osteuropäer mit einer dicken Brille in ein Gespräch verwickelt worden in einer Sprache, die ich nicht verstand. Ich schaute immer wieder zu ihr hin, und sie erwiderte meine Blicke. Diese Leute aus den Freistaaten hatten eine ganz andere Ausstrahlung als die Einheimischen. Sie wirkten freier, selbstbewusster und fröhlicher. Es ist immer angenehm, mit ihnen zu sprechen, so lange sie ihre Überlegenheit nicht direkt zeigen. Die osteuropäischen Touristen werden von unseren Behörden respektiert, denn wir sind auf ihre Devisen und Hilfslieferungen dringend angewiesen. Sie können frei reisen und sind natürlich viel wohlhabender als wir. Hin und wieder kommen welche zu Besuch in unsere Regionen, als Botschafter einer besseren Welt.

Sandor sprach weiter, während der Capitan zuhörte und sich dabei köstlich zu amüsieren schien:

„Hier im Westen sieht man viel Armut und spürt Gefahr. Für uns ist das bedrückend, denn wir sind Freiheit gewohnt. Über den ideologischen Wahnsinn der Rest-EU wird bei uns schon seit Jahrzehnten gespottet. Du müsstest mal die Karikaturen in unseren Zeitungen sehen ..." Seine Augen blitzten munter.

Er konnte frei reden, während ich schweigen musste. Er fuhr gnadenlos fort:

„Dass Europa vom Westen her verfaulen würde, war vorhersehbar. Früher war der Westen einmal reich und schaute auf uns herab, nun ist es umgekehrt. Ihr wart ja so fortschrittlich, aber jetzt seid ihr am Ende. Bei euch gibt es gar keine Völker mehr; nur noch Bevölkerungssplitter sind übrig, überaltert und ohne Identität. Wir zurückgebliebenen Osteuropäer dagegen bleiben uns selbst treu, führen ein traditionelles Leben und sprechen noch unsere eigenen Sprachen."

Er meinte es nicht böse, sondern lächelte gewinnend:

„Und seitdem wir die EU verlassen haben und unsere Grenzen gut bewachen, leben wir wie in einer großen Familie." Er sah mich selbstbewusst an. Ich wusste natürlich, dass die Menschen in Osteuropa ein stolzes nationales Eigenleben führten und die Politik Brüssels mit Verachtung straften.

„Auch wenn Westeuropa endgültig untergeht, können wir mit Hilfe von Mütterchen Russland noch lange durchhalten. Du glaubst gar nicht, wie viele Emigranten aus Westeuropa inzwischen bei uns leben, besonders jüngere."

Ich fragte ihn, ob Kunst und Kultur dort zensiert würden wie hier.

„Die Polen, Ungarn oder Rumänen würden sich so etwas niemals gefallen lassen. Wir sind stolz auf unsere Traditionen. Bei uns hat diese ,Korrektheit' wie bei der Partei der Neuen Menschen keine Chance! Die Leute hassen das geradezu!" Er sagte die Wahrheit, die wir nicht aussprechen durften.

Ich wechselte das Thema und fragte ihn: „Gibt es bei euch eine staatliche Verfolgung spiritueller Gruppen?"

Zoe horchte auf und sah herüber. Auch der Capitan schien mich mit seinen Augen durchleuchten zu wollen.

Sandor schwieg eine Weile, bevor er antwortete: „Mystische Gemeinschaften gibt es überall. Nur im Westen werden sie verteufelt, weil das System einen Feind braucht. Den wahren Feind dürft Ihr nicht einmal beim Namen nennen, deshalb muss ein Ersatz her. Bei uns gibt es Freiheit für alle, natürlich auch für spirituelle Richtungen."

Ich fragte ihn rundheraus: „Ist bei euch der Kult um das Telepathin bekannt, dessen Anhänger behaupten, übernatürliche Kräfte zu besitzen und mit Geistern und Toten zu sprechen?" Im selben Moment wurde mir klar, wie dumm diese Frage klang.

Er antwortete sehr höflich: „Was ich weiß, ist, dass vor über hundert Jahren in Ungarn ein Molekül mit diesem Namen synthetisiert wurde. Später gab es ein Einweihungsritual, das manche mit den antiken Mysterien von Eleusis verglichen haben. Aber Spiritismus? Wer kann dazu schon etwas sagen?" Er lächelte höflich, entschuldigte sich und ging davon. Der Capitan, der sich königlich amüsiert hatte, während er zuhörte, trat näher und sagte:

„So etwas fragt man nicht, Señor. Was wollen sie denn wissen? Soll ich ihnen etwas über Geister erzählen?" Er lachte in sich hinein und fuhr fort: „Ich bitte Sie, darüber spricht man doch nicht in Gesellschaft – schon gar nicht hier." Er kicherte, ja er lachte mich regelrecht aus, und ich fühlte mich wie ein Dummkopf. Er senkte verschwörerisch die Stimme und fuhr fort:

„Im Vertrauen gesagt, die Toten sind überall. Sie sind um uns herum und sogar in uns. Und wenn ich bedenke, dass gleich da drüben ein alter Friedhof ist ..." – er konnte vor Lachen kaum noch sprechen – „... und die Geister, werter Herr, die Geister, die kommen und gehen sowieso, wie es ihnen gefällt. Die haben jede Menge übernatürliche Kräfte, mehr als Sie glauben!" Jetzt konnte er nicht mehr an sich halten und lachte sich halbtot über seine eigenen Scherze. Ich schaute mich um, um zu sehen, ob jemand meinen peinlichen Auftritt mit angesehen hatte.

Im Salon sprach Zoe immer noch mit dem älteren Herrn, der aussah wie ein Schriftsteller oder Gelehrter. Ich wagte nicht, ihr Gespräch zu unterbrechen, und setzte mich auf die Steintreppe zum Garten. Das helle Licht des

Mondes schien auf Büsche und Bäume. Mir schwirrte der Kopf. Ich sog die frische Nachtluft ein und schaute hinaus in die Dunkelheit. Da bemerkte ich einen Schatten hinter mir und sah mich um. Zoe stand neben mir und lächelte:

„Ein kleiner Nachtspaziergang gefällig?"

Ich bejahte, und so gingen wir hinaus in den Garten. Über uns zog sich das Band der Milchstraße durch den endlosen Raum, und der Mond stand groß und unverwandt am schwarzen Nachthimmel. Wir gingen eine Weile schweigend nebeneinander her; ich schaute sie von der Seite an, sie war hoch gewachsen, hatte langes Haar, ein wunderbares Lächeln und zog mich magisch an. Hier im Halbschatten sah sie aus wie eine Prinzessin aus vorzeitlichen Inka-Geschlechtern, dachte ich.

Schließlich fragte ich sie etwas verlegen, was sie als Künstlerin mache. Sie lächelte nur und sah mich direkt an. Ich spürte ein seltsames Prickeln und hatte das Gefühl, sie schaue in mich hinein, als sei ich durchsichtig. Mir war, als würde eine feine Sonde in mein Nervensystem und Sonnengeflecht eindringen. Sie wusste natürlich längst, dass ich im Ministerium arbeitete und bei uns bildende Kunst praktisch verboten ist – und sie antwortete kurz und rätselhaft:

„Symbolismus – verschollener Stil – Bilder aus der unsichtbaren Welt."

Über uns leuchteten die Sterne im klaren Nachthimmel. Sie sah lange hinauf und sagte dann unvermittelt:

„Glaubst du nicht auch, dass es noch viele andere bewohnte Welten gibt?"

Ich sah sie erstaunt an. In unserem Chaos hatte ich völlig verlernt, an andere Dinge als Politik, Attentate, Polizei und Bürgerkrieg zu denken. Sie fuhr fort:

„Nun – hast du nicht davon gehört? Es wurde wieder ein Planet entdeckt, Begleiter einer Sonne, die unserer gleicht, etwa achtzehn Lichtjahre entfernt. Er soll größer sein als die Erde, aber die gleiche Zusammensetzung und Atmosphäre haben. Und er kreist genau in der Zone, in der Leben entsteht. Sie nennen ihn Super-Erde. Welch phantasieloser Name!"

„Wie es dort wohl aussieht?" entfuhr es mir.

„Vielleicht gibt es dort Ozeane, größer als auf der Erde, die rot schimmern, weil in ihnen viel Eisen gelöst ist. Vielleicht ist der Himmel dort dunkelblau, weil die Atmosphäre dichter ist, und die Sonne müsste dann riesig sein und dunkelorange. Und große schlanke Gräser reichen bis zum Himmel, und die Städte dort sind aus gewaltigen Steinen errichtet. Vielleicht erbauten sie dort riesige Pyramiden. Und auch die Tiere sind riesengroß, so wie hier in der Epoche der Dinosaurier – aber nicht so hässlich, sondern wohlgestaltet, intelligent und friedlich."

„Und wie sehen dort die Menschen aus?" fragte ich sie lächelnd.

„Oh – die Menschen sind größer als wir, haben dunkle Augen, eine blau schimmernde Haut, und ihre Ohren sind länger. Vielleicht sehen sie so aus wie die Inder sich ihre Götter vorgestellt haben?"

Ich lachte, aber sie fuhr ernsthaft fort: „Und vielleicht sind sie ja früher schon einmal auf der Erde zu Besuch gewesen."

„Und warum gingen sie wieder?"

„Das kann ich nicht sagen. Auf jeden Fall gibt es dort draußen viel mehr Leben, als wir uns überhaupt vorstellen können."

Ich dachte: Sie ist von ihren Phantasiewelten ja ziemlich überzeugt. Augenblicklich sagte sie, als würde sie direkt auf meinen Gedanken antworten:

„Du glaubst, ich denke mir einfach etwas aus? Falsch, Herr Volksaufklärer. Das Lügen ist doch dein Beruf. Ich hingegen weiß genau, wovon ich spreche!" Sie schaute mich ernst an und eine schmale Falte zog sich über ihre schöne Stirn.

„Gedanken lesen kannst du also auch?" entgegnete ich, „ich bin entzückt."

„Nun, Gedanken lesen ist bei uns eigentlich etwas ganz Normales, so wie lesen und schreiben."

„Was meinst du mit ‚bei uns'? In Transilvania?" Sie blickte mich spöttisch an:

„In Transilvania – und auch anderswo. Du wirst es vielleicht auch noch lernen. Wenn nicht in diesem Leben, dann im nächsten. Manche sind schneller und manche eben langsamer. Aber keine Sorge, es gibt genug Zeit für alle im Universum!" Nun lachte sie leise. Ich schwieg und versuchte nachzudenken. Aber ich war zu verwirrt. Dann fragte ich leise:

„Weißt du etwas über einen bestimmten Bund von Mystikern?" Sie ging sofort auf Distanz:

„Es gibt keine Mystiker. Ich bin nur eine arme Malerin aus Transilvania. Frag mich etwas anderes! Es ist kühl, lass uns hineingehen."

Damit war das Gespräch beendet. Als wir in den Salon zurückkamen, verabschiedeten sich gerade einige Gäste, andere unterhielten sich gedämpft;

orientalisch-spirituelle Klänge erfüllten die Räume. Marcos sprach angeregt mit einer schwarzen Schönheit, der bärtige alte Schriftsteller tanzte allein und ziemlich angetrunken vor sich hin. Sandor und seine Freunde saßen in bequemen Sesseln, vor ihnen stand eine dampfende Wasserpfeife. Marcos kam auf mich zu und sagte:

„Du Glückspilz, so eine Frau trifft man nur einmal im Leben!"

Ich fragte ihn: „Kennst du ihre Bilder?"

„Ihre Bilder, ihr Buch, natürlich. Sie hat eine Enzyklopädie phantastischer Länder illustriert. Ein wirklich faszinierendes Buch, sehr gesucht, schwer zu bekommen, nur auf Russisch und Ungarisch. Sie und mehrere andere Autoren haben die Beschreibung einer anderen, phantastischen Wirklichkeit gestaltet, mit Abbildungen der Länder, Berge und Meere, der Pflanzen und Tiere, der Städte und Feste, einfach allem. Und sie hat die Illustrationen dazu gemacht. Das Buch heißt ‚Gondwana'. Es ist edel gestaltet und wurde nie in Multilangue übersetzt. Zoe ist eine echte Künstlerin. Ich will ihr Buch in Las Americas herausbringen. Die Leute dort lieben so etwas."

In diesem Moment streifte jemand an meiner Seite entlang, ich wandte mich um und sah gerade noch, wie Zoe hinausging auf die menschenleere Terrasse. Die Vorhänge wehten im Nachtwind, der Mond war untergegangen, die Fackeln waren erloschen.

„Entschuldige mich einen Moment", sagte ich zu Marcos. Ich betrat ebenfalls die dunkle Terrasse und ging zu ihr. Wir lächelten uns an und gingen wortlos hinaus in den dunklen Garten. Und unter den hohen Bäumen, deren Laub im Nachwind rauschte, küssten wir uns.

2. Mai

Es scheint, ich habe mich verliebt! Zoe sieht nicht nur atemberaubend aus, sie ist intelligent und hat Gefühl, ja Zauber, Magie. Ich muss sie wiedersehen! Viel zu lange habe ich einsam und ohne Liebe gelebt, in der eiskalten Neon-Welt von *Mincom*, im Stadtdschungel von Metrocity Grande. Das Leben hat plötzlich neuen Glanz, ich fühle mich seltsam heiter. Die Lichter der Welt leuchten heller und ich liebe die Menschen wieder. Jeder Ort, jeder neue Tag, ist aufgeladen mit magischem Licht. Und das mitten in einem der unglücklichsten Orte der Welt, genannt Metrocity Grande. Habe ich doch noch menschliche

Regungen und bin nicht vollkommen abgestorben in tödlicher Vereisung des Herzens?

Ich frage mich, wie ich Zoe wiederfinden kann. Was weiß ich überhaupt über sie? Ich kenne ihren Namen und weiß, dass sie in einer kleinen Stadt in Transilvania geboren wurde. Sie mag, ihrem Äußeren nach zu urteilen, fünfundzwanzig bis dreißig Jahre alt sein. Spät in der Nacht, nachdem sie und die anderen Transilvanier sich verabschiedet hatten, sprach ich noch mit Marcos und versuchte, mehr über sie zu erfahren. Er behauptete, sie zum ersten Mal gesehen zu haben. Sie sei eine Freundin des Forschers Sandor Csoma. Ich fühlte, wie Eifersucht in mir aufstieg. Ich fragte ihn nach irgendwelchen Anhaltspunkten, die mich zu ihr führen könnten. Da fiel ihm etwas ein:

„Warte, ich denke, ich habe etwas für dich.". Er suchte in seinen Papieren und fand ein Kärtchen mit einer Adresse.

„Die Handelsfirma der Transsilvanier. Sandor Csoma wickelt über sie alle seine Geschäfte ab."

Ich las:

HUNYADI ENTERPRISES
IMPORT EXPORT TRANSILVANIA
Metrocity Grande, District Este, IX. Block 1045 – 1046

Es handelte sich offenbar um einen Großhandel für Produkte aus dem Osten. So weit ich wusste, wurden von dort hauptsächlich Holz, Textilien, Wein und Nahrungsmittel importiert. Und Kunst und Antiquitäten wurden exportiert. Die Adresse liegt irgendwo am Hafen, im District Ost, wo Lagerhäuser und Fabrikruinen stehen, zwischen einem Industriegebiet und einer alten Autobahn.

4. Mai

Ich lag noch lange wach und dachte an den Abend bei Marcos, an Zoe, und auch an den undurchsichtigen Sandor. Dann muss ich wohl eingeschlafen sein, denn ich träumte, wieder in Marcos Garten zu sein. Es war Nacht, die Bäume glänzten im Mondlicht. Eine Gestalt löste sich aus der Dunkelheit und kam näher. Es war Zoe. Lächelnd kam sie auf mich zu und stand vor mir. Sie sagte nichts, sondern schaute mich nur an, hob wie in Zeitlupe ihren rechten Arm, wandte sich langsam zur Seite und deutete in die Dunkelheit, aus der nun ein seltsamer Ton kam, der immer lauter wurde …

Ich fuhr hoch – es war das Telefon, das summte, mitten in der Nacht. Benommen schaltete ich ein. Am anderen Ende der Leitung hörte ich die brüchige Stimme eines alten Mannes. Er sagte, er heiße Georg Landauer und sei ein Freund meines Vaters gewesen. Mit leiser und hastiger Stimme bat er mich, ihn sofort aufzusuchen, noch in dieser Nacht. Er habe ein altes Versprechen einzulösen und mir etwas Wichtiges von meinem Vater zu übergeben.

Ich kannte Landauer aus Kindertagen. In den letzten Jahren vor dem Krieg, als ich noch zur Schule ging, war er oft bei uns zu Gast gewesen. Ich erinnerte mich wieder an sein freundliches Lächeln, seine blitzenden blauen Augen hinter der dicken Brille, seine warme und tiefe Stimme. Oft hatte er lange und ernste Besprechungen mit meinem Vater gehabt. Nun bat er mich also um eine Zusammenkunft. Ich solle ihn besuchen, so schnell es irgend ginge, es bliebe nicht viel Zeit. Natürlich rechnete ich mit einer Falle, doch ich sagte trotzdem sofort zu. Er nannte mir eine Adresse in einer dunklen Vorstadtgegend, in der kaum jemand wohnte. Hier gab es hauptsächlich verfallene Wohnblocks und stillgelegte Fabriken.

Es war nach Mitternacht, als ich auf die Straße ging und ein Motorradtaxi anhielt. Als ich die Strasse nannte, erhöhte der Fahrer den Preis um ein Vielfaches, denn die Gegend sei gefährlich. Tatsächlich brannten dort Feuer auf den Strassen, um die zerlumpte Gestalten standen. Dort war das Elend groß, viele Arme ernährten sich von streunenden Hunden und Katzen, die sie in selbst gebauten Fallen fingen. Auch hier waren die überdimensionalen Plakate mit den Parolen der Partei zu sehen: „Toleranz – Vielfalt – Gerechtigkeit", „Ron Hagen führt uns in die Zukunft!", „Wir bauen das bunte Europa!"

Endlich fand ich das Haus, zahlte und bat den Fahrer zu warten. Ich stieg durch ein dunkles Treppenhaus hinauf und kam in eine schäbige dunkle Wohnung. Selbstverständlich hatte ich meine Waffe schussbereit bei mir, aber hier bestand keinerlei Gefahr: In einem spärlich beleuchteten Hinterzimmer fand ich einen alten, gebrochenen Mann – Landauer! Ich erschrak, aber seine hellen blauen Augen leuchteten auf, als er mich sah. Er erkannte mich sofort wieder. Als ich ihn vor über zwanzig Jahren zuletzt gesehen hatte, war er ein gesunder Mann um die vierzig gewesen, nun starrte ich in das zerstörte Antlitz eines kranken Greises.

„Willkommen in meiner kargen Hütte", sagte er und lächelte unmerklich, „komm herein, Lukas. Du siehst gut aus. Wie geht es dir?"

Ich erzählte kurz von mir, er nickte zerstreut.

„Der *Codex* … ja. Wären doch die Philosophen Könige oder die Könige Philosophen!" Er schaute mir in die Augen; ich erschrak wieder, denn ich blickte in zwei flackernde Augen, die Schreckliches gesehen haben mussten. Er sprach sehr leise. Die letzten zwanzig Jahre hatte er in verschiedenen Lagern zwischen Bosnien und Libyen verbracht. Erst vor kurzem war er schwer krank entlassen worden und zurückgekehrt. Atemlos, mit leiser, manchmal versagender Stimme, berichtete er mir, wie er zusammen mit meinem Vater zu den Rebellen gegangen war, wie sie vier Jahre bei den konföderierten Armeen in den Bergen verbracht hatten, bis mein Vater verwundet wurde und nach Hause zurückkehrte. Kurz darauf war mein Vater denunziert und von der Securitate abgeholt worden. Landauer war später ebenfalls in Gefangenschaft geraten. In einem der großen Gefangenenlager auf dem Balkan begegneten sich die beiden durch einen glücklichen Zufall wieder. Da war mein Vater aber schon von der tödlichen Krankheit gezeichnet. Mein Herz wollte brechen, als der alte Mann mir in dem traurigen, nur von einer flackernden Kerze erhellten Raum vom Ende meines Vaters berichtete. Er kramte unter der Matratze ein in Plastikfolie eingewickeltes Heft hervor und gab es mir mit den Worten:

„Das sind die letzten Aufzeichnungen deines Vaters. Ich habe sie zwanzig Jahre lang gehütet, denn ich habe ihm schwören müssen, sie an dich weiterzugeben, wenn es irgend möglich sei. Ich bin froh, dass ich meinen Schwur erfüllen kann. Gib Acht, es sind auch Fotos dabei." Ich dankte ihm tief bewegt und nahm das Heft an mich. Er fuhr fort:

„Später wurde ich von einem Kommando der Brigaden in den Süden deportiert. Viele meiner Mitgefangenen wurden vor laufenden Kameras enthauptet. Auch ich hatte schon hundert Male mit dem Leben abgeschlossen. Nach einem weiteren Jahr der Verhöre wurde ich zu zwanzig Jahren Zwangsarbeit verurteilt. Nur eines hat mich am Leben gehalten: die Wahrheit über den Wiener Frieden." Er benutzte den alten Namen von Vijana. Er machte eine Pause, ich verstand nicht.

„Jeder weiß, was damals beschlossen wurde", sagte ich.

„Aber nicht alles. Hast du je von der Bodensee-Konferenz gehört?" I c h verneinte.

„Sie fand kurz nach dem Wiener Frieden statt und dauerte nur einen Tag, weil man sich einig war – dann wurde das geheime Bodensee-Protokoll verabschiedet. In ihm wurde die stufenweise Selbstauflösung Westeuropas vereinbart, die bis 2066 abgeschlossen sein soll. Es besagt, dass dann alle EU-Nachfolgestaaten mit Eurabia vereinigt werden sollen. Die erste Stufe waren die hohen Reparationen, die Europa wirtschaftlich ausbluten ließen. Es folgte die Einführung des religiösen Rechts für alle, Gläubige wie Ungläubige. Der letzte Schritt kommt in diesem Jahr: zuerst die Wahlen, die Teil der demokratischen Fassade sind und die Ron Hagen sicher sein kann zu gewinnen. Danach ist der Weg zum Anschluss frei. Hagen und seine ganze Mannschaft sind seit vielen Jahren gekauft. Sie werden konvertieren, und hohe Positionen sind ihnen sicher. Alles wurde damals schon bis ins letzte Detail besprochen und beschlossen, besiegelt und bezahlt. Die Konferenz wurde heimlich gefilmt von jemandem, der später in den Widerstand ging und alle Dokumente an einem geheimen Ort versteckte. Im Lager, kurz vor seinem Tod, verriet er mir das Versteck. Und tatsächlich habe ich nach meiner Entlassung alles so gefunden, wie er es beschrieb."

Triumphierend hielt der alte Herr seine zitternde Hand mit einem unscheinbaren Speicher-Stick empor.

„Dieses kleine Ding könnte Geschichte machen! Auf diesem Speicher sind Filmmitschnitte der Konferenz, alle schriftlichen Protokolle, alle Teilnehmer, alle Verträge. Es soll mehrere Kopien dieser Daten geben. Was aus ihnen wurde – keine Ahnung. Ich habe das gesamte Material kopiert und an Korngold und verschiedene Journalisten und Politiker im In- und Ausland weitergegeben; diesen Speicher gebe ich dir. Wenn das Material bekannt wird, ist es der Beweis für eine unfassbare Verschwörung und könnte Hagen den Kopf kosten." Er versicherte mir, in dem Videomitschnitt sei deutlich zu sehen und zu hören, wie Hagen und seine Leute, unter ihnen auch Propagandachef Radek, mit Vertretern Eurabias und Mauretanias den Verrat in allen Einzelheiten aushandelten.

„Du musst alles tun, um diesen Verrat zu verhindern! Aber warte ab, was die anderen unternehmen. Werde erst als letzter aktiv."

Ich verabschiedete mich von ihm mit Tränen in den Augen, denn ich wusste, dass ich ihn nicht wiedersehen würde. Ich war ihm unendlich dankbar und bot ihm Hilfe an, aber er lehnte ab. Zum Schluss sagte er noch, dass er observiert werde und wahrscheinlich nicht mehr lange zu leben habe. Mir schien, als habe er mit seinem Leben abgeschlossen. Er sprach wie ein lebender Toter. Seine letzten Worte waren:

„Und nun geh mit Gott, mein Sohn!" Diesen Satz hatte ich in meinem ganzen Leben noch nie vernommen, er berührte mich tief im Herzen.

Als der Morgen graute, kam ich endlich nach Hause und öffnete vorsichtig das Päckchen. Darin lag ein blaues Notizheft, dessen vergilbte Seiten mit fast unleserlicher Bleistiftschrift eng beschrieben waren. Zwei alte Fotografien fielen heraus. Ich betrachtete sie: Auf der einen sah ich meinen jungen Vater, meine Mutter und mich selbst als Baby in besseren Tagen. Meine Eltern sahen jung und glücklich aus, allerdings mit einem seltsam ernsten Gesichtsausdruck. Die Batista-Diktatur hatte ja schon begonnen. Auf der Rückseite stand: Sommer 2034, mit Lukas im Schwarzwald. Meine Eltern waren damals genau so alt gewesen, wie ich es heute bin. Auf dem zweiten Bild war mein Vater zu sehen, älter und offensichtlich abgemagert. Er trug eine blaue Uniform mit einem Abzeichen, auf dem ich die Abkürzung ‚III. FKO' entziffern konnte. Am Ärmel trug er eine weiße Binde mit dem roten Kreuz. Er lächelte und hielt eine Zigarette in der Hand. Im Hintergrund waren verkohlte Ruinen zu sehen. Neben ihm stand Landauer, ebenfalls lächelnd, seine Waffe umgehängt. Auf der Rückseite stand: „Der lange Marsch: Pause bei Dresden, 3. XI. 2043." Dann schlug ich das Notizbuch auf und versuchte mit klopfendem Herzen, die winzige, fast verloschene Schrift meines Vaters auf dem rauen Papier zu entziffern. Ich brauchte ein Vergrößerungsglas, um die Zeilen zu lesen, und gebe sie hier vollständig wieder:

Meine geliebte Frau Katharina,
mein geliebter Sohn Lukas!

Ich bete zu Gott, dass ihr gesund seid und in Frieden und in Freiheit lebt. Wo ihr auch seid, wenn ihr diese Zeilen jemals lesen solltet, ich hoffe, euch geht es gut.

Ich schreibe diese Zeilen in einem Gefangenenlager der tatarischen Milizen irgendwo in den Bergen des Balkans, ich glaube im Kosovo. Heute hat es den ganzen Tag geschneit, und ein eiskalter Wind pfeift um die Baracken. Mir geht es nicht gut, ich habe Fieber und blutigen Husten und leide unter der grässlichen Kälte und dem Hunger. Seit meiner Verhaftung im Juli dieses Jahres bin ich nie mehr richtig gesund geworden. Wie ihr wisst, wurde ich bei den Kämpfen um Nürnberg verletzt – es war ein Schuss durch die Lunge – und schlug mich zu euch in unser Haus nach Frankfurt durch. Das III. Freiwillige Korps (Ost), das ich als Arzt begleitete, operierte als ziemlich verlorener Haufen in den Wäldern zwischen Harz, Thüringen und Bayern. Die Gegner, Eurofor-Söldner und mobile Anti-Hass-Brigaden, hatten sich in Leipzig und Berlin festgesetzt. Als ich nach Hause kam, hatte ich bereits Tuberkulose und andere Infektionen. Doch ich wurde denunziert, vor ein so genanntes Volksgericht gebracht und nach fünfminütiger Verhandlung zu lebenslänglicher Zwangsarbeit in den Emiraten verurteilt. Der Richter hieß Josef Radek, er war ein Kommissar der gefürchteten Spezialeinheit „Sozialer Schutz SS-101" der Anti-Hass-Brigaden. Als ich abgeführt wurde, rief er mir nach: „Eigentlich machen wir mit euch Extremisten kurzen Prozess, aber du kommst in den Kosovo, damit du langsamer stirbst!"

Wochen später wurde ich in dieses Sammellager gebracht. Hier traf ich glücklicherweise meinen Freund Georg Landauer wieder, an den ihr euch sicher erinnert. Ich werde ihm heute noch diese Zeilen übergeben und hoffe, dass sie euch einmal erreichen werden.

Ich weiß, ich habe nicht mehr lange zu leben. Was ich am meisten bereue, ist, dass ich euch zu Beginn des Krieges allein ließ, um mich den Milizen anzuschließen. Ich wollte so schnell wie möglich zu euch zurückkehren und habe ja nicht geahnt, dass der Krieg so lange dauern würde! Wir alle glaubten fest daran, mit der Unterstützung unserer europäischen Freunde nach kurzem Kampf einen neuen deutschen Staat gründen zu können. Er sollte frei sein, demokratisch und wieder uns gehören. Wir kämpften in kleinen beweglichen Verbänden, die zur Schattenarmee der Mittelgebirge gehörten. Wir wollten die Oligarchen verjagen und alle Verräter, die unser einst blühendes Land zerstört hatten. Die alte Verfassung sollte wieder eingesetzt werden und unser Volk in einer Konföderation mit den anderen Völkern Europas friedlich zusammenleben. Unser Vorbild war ein todesmutiger Tyrannenmörder aus früheren Tagen, dessen letzte Worte waren: „Es lebe das Heilige Deutschland!"

Wir kämpften vor Leipzig, und wir lagen in Weißenfels, Naumburg, Weimar, Merseburg, Quedlinburg. Ich sah zum ersten Mal die Dome, Kaisergräber, Domschätze und fühlte den Kraftstrom, der ungebrochen durch die Jahrhunderte zu uns fließt. Die tiefe Frömmigkeit, Ehre und Treue der Ritter und Könige – dies alles wurde lebendig. Ich wusste: Das sind Traditionen, die wir niemals aufgeben dürfen, hier sind unsere Wurzeln. Ich spürte, wie unendlich gut mir diese Verbindung tat, mich mit Kraft erfüllte, mich heilte. Vor solch großer Geschichte verblasst das Elend unserer Zeit. Ich fühlte das Herz des „Heiligen Deutschland": In den tausendjährigen Kaiserdomen, die ich noch vor ihrer Zerstörung sah, in den tiefen Wäldern, auf Bergen und Burgen, wo wir uns verschanzten, fühlte ich manchmal den schweren, unendlich langsamen Herzschlag des uralten Reiches, das schlief, aber nicht tot war. Würde es noch einmal erwachen und wiederkehren in die Geschichte – als ein erneuerter Bund der christlichen Völker? Es war dieser Traum, der uns beseelte. Warum dachten wir so? Die Antwort versuche ich hier zu geben, damit du mich verstehst, mein Sohn. Sie ist – mein Leben:

Ich wuchs behütet auf in den letzten Jahren der reichen Zeit, unter den Türmen des alten Domes am Rhein, der damals noch keine Ruine war. Du kannst dir nicht vorstellen, wie schön unser Land einmal war. Freiheit, Frieden und Wohlstand herrschten noch immer. Doch dunkle Ereignisse warfen bereits ihre Schatten voraus: Ich erinnere mich, dass unter den Älteren oft Streit um Einwanderer entbrannte und gefährliche fremde Religionen. Besonders heftig wurde um den Bau von Moscheen gestritten. Meine Eltern erzogen mich ganz im Sinne der liberalen Epoche. So wurde auch ich zu einem von Millionen Mitläufern der politischen Ideologie der „Korrektheit", die damals die Gesellschaft durchdrungen hatte. In jener Zeit, die sich für frei hielt, aber es längst nicht mehr war, breiteten sich Geldgier, Lüge und Verrat aus. Ich bekam alles, was man für Geld kaufen konnte: eine gute Ausbildung, teure

Kleidung, Elektronik, Reisen. Doch es ging immer schneller bergab. Überall nahm die Gewalt der Fremden zu, ein Freund von mir wurde auf offener Straße totgeprügelt. Es war erschreckend, im Prozess mit anzusehen, wie die damalige Justiz sich weigerte, uns noch irgendwie zu schützen. Die Richter versuchten, uns die Schuld zu geben, und ließen die Mörder frei. Ich begriff: Die alte Generation bestand aus Feiglingen und Heuchlern, die uns offenkundig verrieten. In jenen Jahren starben Tausende aus meiner Generation durch heimtückische Gewalt, und niemanden schien es zu interessieren. Auch die Zeitungen logen, bis sie nicht mehr gekauft wurden. Dann wurde das Geld knapp, denn mein Vater wurde arbeitslos. Und es kam der Herbst 2018: Zuerst brachen die Banken, dann die Staaten zusammen, denn die Politiker hatten alles verspekuliert und verschleudert. Die „schwarze Woche" – ich war gerade zwanzig Jahre alt geworden – beendete schlagartig unseren Wohlstand: Das Geld war plötzlich nichts mehr wert, wir verarmten. Das einzige, was weiter wuchs, war der Einfluss und die Anzahl der Einwanderer, die die politische Klasse ins Land schleuste. In der Krise wurde schlagartig deutlich, dass die Europäische Union vor dem Abgrund stand. Ich erinnere mich, dass einige Jahre zuvor ein älterer Ökonom und Politiker mit einem Buch großes Aufsehen erregt hatte, in dem er den Niedergang präzise voraussagte, aber er wurde heftig beschuldigt, die Gesellschaft zu spalten.

Dabei konnte man mit Händen greifen, wie die politischen Führer Europas sich von ihren Völkern ab- und den Fremden zuwandten. Wir wussten: Wir waren die letzte Generation, die noch etwas ändern konnte. Bald würden wir zu wenige sein. Nach allen Voraussagen würde unser Land um 2050 nicht mehr uns gehören. Es bildeten sich Keime des Widerstandes. Später gingen aus ihnen die Rebellengruppen der Sezession hervor. Ein Manifest, eine geistige Kriegserklärung, elektrisierte unsere ganze Generation. Niemals werde ich den unverwechselbaren Sound vergessen – es war der Sound der kommenden Stürme:

„Ihr wollt wissen, wer wir sind? Woher wir kommen? Was uns bewegt? Wir werden es euch verraten: Wir sind der Wandel der Zeit, wir sind der

Wind der Bewegung, die nächste Generation. Wir sind die Antwort auf euch, und das Versagen eurer Utopie."

Meine Generation fühlte sich verraten von den Älteren, die nicht nur im Reichtum gelebt, sondern uns auch noch ungeheure Schulden hinterlassen hatten, die wir niemals würden abtragen können. Sie waren unfähig, uns Orientierung zu geben; sie gaben uns nur hohle Phrasen und Lügen. Sie hatten erst Religion, Staat und Familie und zum Schluss den Wohlstand zerstört; sie erpressten uns mit ihrer abgestandenen, verlogenen Moral, während wir zusehen mussten, wie uns unsere Länder und Städte genommen wurden. Wir aber wollten unser Land und unsere Identität nicht aufgeben. Tief mussten wir graben, um unsere Wurzeln wieder zu finden. Und wir fanden unsere Geschichte wieder, die großartige Kultur, die unsere Vorfahren geschaffen hatten. Wir wollten echte Werte. Wir forderten unser Erbe zurück.

Auch meine Eltern waren mit dem Strom geschwommen und hatten immer wieder dieselben korrupten Politiker gewählt, die dem Land so unendlich schadeten. Aber ich kann sie nicht verantwortlich machen, denn sie waren manipuliert von der allgegenwärtigen, subtilen Propaganda, wie alle anderen auch. Und sie wurden hart gestraft: In der Batista-Diktatur lebten sie als verarmte Rentner und starben bei dem schrecklichen Weihnachtsanschlag von 2038.

Das Schlimmste war die Entrechtung, die uns widerfuhr, der schleichende Verlust von Freiheit und Identität. Wir wurden immer mehr zu Bürgern zweiter Klasse degradiert: Wir sollten uns nicht mehr wehren können. Als ich zweiundzwanzig wurde und die Jahre des Chaos begannen, begriff ich endlich, was passierte. Zu dieser Zeit studierte ich Medizin in Heidelberg. Danach arbeitete ich als Arzt an verschiedenen Krankenhäusern. Das Gesundheitssystem war ein Albtraum. Uns fehlte es an allem, die Krankenhäuser waren ständig überfüllt, Medikamente waren überteuert, viele arme und alte Menschen mussten abgewiesen werden. Wir hatten Anweisung, junge Einwanderer den alten Einheimischen vorzuziehen. Diese Alten wollte der Staat loswerden, sie kosteten zuviel und waren überflüssig. Dies empörte mich zutiefst. Ich musste immer mehr arbeiten für immer wertloseres Geld. In dieser Zeit wurdest Du geboren, Lukas.

In den Jahren unter Batista erfuhren wir, was Diktatur heißt. Gleichschaltung und Gesinnungsterror beherrschten das verarmte Europa. Eines Tages verkündete der Gouverneursrat in Brüssel, Europa müsse „verdünnt" werden und brauche daher weitere fünfzig Millionen Einwanderer aus Afrika. Sie setzten ihren Plan schneller in die Tat um, als wir für möglich gehalten hatten. Systematisch wurden Millionen von Afrikanern in diejenigen Gebiete gebracht, in denen einheimische Europäer noch in der Mehrheit waren: also in kleine Städte, ländliche Gebiete, Randprovinzen. Wir wussten damals noch nicht, dass dahinter ein großer Handel stand: Menschen gegen Öl. Europa nahm die verarmten Massen Nordafrikas auf, die bereit waren, für Hungerlöhne zu arbeiten, und bekam dafür billiges Öl geliefert. All dies erfuhren wir erst später.

Am 20. Juli 2038 starb der selbst ernannte „Eurokrator" Batista durch ein Attentat der Rebellen. Daraufhin erklärten die europäischen Regionen, in denen die einheimischen Bevölkerungen noch größere Bevölkerungsanteile stellten, ihren Austritt aus der Union und ihre Unabhängigkeit. Die Europäische Konföderation war geboren. Was für ein berauschendes Gefühl: Endlich, nach zwanzig Jahren Chaos und Unterdrückung, waren wir wieder frei! Ich ging als Arzt zu den Freiwilligen Kämpfern in die östlichen Wälder. Wir lebten in den Bergen, die Unterstützung der Bevölkerung war großartig. Es gelang uns, mehrere Provinzen zwischen Elbe und Oder zu befreien. Die Zentralregierung in Brüssel warb Söldner aus Afrika und Asien an, aber wir konnten weite Landstriche halten. Die Söldner verbrannten Dörfer und verschleppten die Bevölkerung. Aber am schlimmsten waren die fanatischen Kämpfer der Anti-Hass-Brigaden, unsere eigenen Landsleute. In meiner Kindheit jagten sie so genannte „Faschisten" und waren gewöhnliche Schläger und Brandstifter. Kaum war die Zivilisation in sich zusammengefallen, wurden sie von einer geradezu mörderischen Raserei ergriffen. Ich erlebte alles mit, als Arzt und als Soldat. Ich habe Schreckliches gesehen. Es gibt nicht Grausameres als den Bürgerkrieg.

Nach sechs Jahren wurde ich verwundet und schlug mich inkognito in die Heimat durch, wo die Volksgerichte der Brigaden wüteten. Ich sah euch, meine Lieben, wieder, aber viel Zeit blieb uns nicht mehr. Immer wieder sehe ich dich, mein Lukas, vor mir, mit deinen fragenden Augen, an jenem Tag, als ich verhaftet wurde. Nie werde ich deinen Blick vergessen, als ich sagte, dass ich bestimmt bald zurückkäme. Es ist anders gekommen. Trotzdem glaube ich an die Freiheit und an unser Land. Europa hat nicht fünfhundert Jahre für seine Freiheiten geblutet, nur um sie jetzt in fünfzig Jahren zu verlieren. Daran müsst ihr immer denken!

Lukas, ich bitte dich zum Schluss: Sorge für deine Mutter. Ich bereue unendlich, euch damals verlassen zu haben Bei der Heimatarmee habe ich viele echte Christen getroffen und wurde dadurch selber zu einem. Die nach uns kommen, beten zu einem anderen, grausameren Gott; sie werden kein Erbarmen mit uns haben! Deshalb kämpfe! Und Katharina, ich liebe dich für immer und ewig. Einmal sehen wir uns wieder! Ich vertraue auf Gottes Führung, tut ihr dies auch! Gott segne euch und schenke euch ein Leben in Frieden und Freiheit!

Euer David, irgendwo bei Pristina, am 3. Dezember 2044

Geboren im Überfluss, endete mein Vater mit sechsundvierzig Jahren krank und verzweifelt in einem Lager des Balkans! Meine Mutter und ich hofften noch lange, dass er zurückkehren würde. Sie sprach nur wenig in den letzten Jahren, die ihr blieben, bis zum Hungerwinter 2048, als ich sie eines Tages tot in der Küche liegend fand. Danach kam ich ins Umerziehungslager und ins Internat, wo ich meine Kindheit vergessen musste. Nun erlebte ich alles noch einmal und musste lange weinen. Welches Unglück in unserer Zeit! Wer sind die Schuldigen? Die Politiker, Ökologen, Soziologen, Euro-Technokraten und wie sie alle hießen, die unsere Länder in den Bürgerkrieg geführt hatten? Oder die Geheimpolizei und die Milizen, die uns Jahrzehnte lang unterdrückt hatten? Wer hat das System begründet, das schließlich in die Katastrophe führte? Man muss weit zurückgehen in die Vergangenheit, um die Wurzeln des Übels zu finden. Ich denke, sie liegen am Ende des vorigen Jahrhunderts, als inmitten der reichen Zeit der Wahn des Selbsthasses um sich zu greifen begann.

5. Mai

Ich habe letzte Nacht keine Sekunde geschlafen. Ich bin immer noch aufgewühlt von dem Treffen mit Landauer und von den Zeilen meines Vaters. Er
schrieb, dass er von Josef Radek verurteilt worden war! Ein Irrtum war ausge-
schlossen, es musste sich um den Minister handeln! Heute Morgen begab ich
mich sofort ins Vivarium, um weitere Informationen über ihn zu suchen und
fand bald heraus, dass er seine Karriere während des Krieges in der berüchtig-
ten Abteilung SS-101 der Brigaden begonnen hatte. Im Krieg war er einer der
schlimmsten Hetzer gewesen und hatte immer wieder mit den widerwärtigsten
Worten zu Pogromen und Massenmorden aufgerufen und sich an solchen auch
selbst beteiligt. Radek ist der Typ des pervertierten Intellektuellen, der unter
bestimmten Umständen zum politischen Verbrecher wird. Ob er sich an meinen Vater erinnert? Wahrscheinlich nicht, denn er schickte viele Hunderte in
den Tod oder in die Lager. Ich fand auch heraus, dass Grün damals mit Radek
eng zusammengearbeitet hatte. Während der Säuberungen erstellte Grün lange Listen mit Namen von Regimekritikern und ihren Familien, die dann von
den Brigaden heimgesucht wurden. Sie hetzten die Öffentlichkeit und ihre
Nachbarn gegen sie auf, prügelten sie zusammen, zündeten ihre Häuser an
und zerstörten ihre Existenzen. Ich schwor mir heute einen heiligen Eid, eines
Tages mit Radek abzurechnen, der meinen Vater in den sicheren Tod geschickt
hat. Diese Verbrecher habe ich jahrelang durch meine Arbeit im Ministerium
unterstützt. Damit muss jetzt endgültig Schluss sein!

Dann nahm ich den Speicher, den Landauer mir gegeben hat, wie ein
kleines Heiligtum aus der Tasche und schloss ihn an meinen Computer an.
Ein Logo erschien auf dem Bildschirm. Ich klickte und da war es: Bodensee-
Konferenz, 20. Oktober 2046.

Es gab etliche Video-, Foto- und Textdateien in Multilangue sowie auf
Englisch, Arabisch und Türkisch. Die Videos enthielten Erklärungen von jedem der einundzwanzig Teilnehmer zur Besiegelung des Bodensee-Protokolls:
Die, wie es hieß, Transformation Rest-Europas in den nächsten zwanzig Jahren
bis zur friedlichen Integration in eine mediterrane Wirtschaftszone. Es sprachen Vertreter Eurabias, Mauretaniens und der Rest-EU. Fast jeder der europäischen Vertreter bekleidet heute noch Posten mit hoher Entscheidungsmacht
in Kommission und Exekutive.

Die einzelnen Bereiche, so genannte „Kapitel", waren genau festgelegt: Wirtschaft, Kultur, Religion, Verteidigung, Außenpolitik, Innenpolitik, Recht, Propaganda und psychologische Steuerung. In allen Kapiteln gab es nur ein Ziel: den schrittweise, aber unumkehrbar und gnadenlos vollzogenen Abbau der europäischen Identität und Kultur. Parallel hierzu sollte die orientalische Rechtsordnung in allen Bereichen ständig weiter einfließen. Alles sollte vom Dauerfeuer gleichgeschalteter Medien begleitet werden, um den psychischen Widerstand in der Bevölkerung zu brechen. Die Parolen aus der Vorkriegszeit wurden zu unumstößlichen Glaubenssätzen der Partei erhoben: Jede Kritik ist Rassismus, Beharren auf eigenen Werten unmoralisch, Ablehnung der fremden Religion intolerant. Es folgten lange Analysen und Strategiepapiere. Sie nannten es „Bodensee-Prozess". Ich brauchte Stunden, um alles zu sichten. Und ich war erschüttert! Dass alles damals schon so klar und eindeutig beschlossen worden war, hätte ich mir niemals träumen lassen! Auch ich hatte oft gedacht, dass die Rest-EU auf tönernen Füssen stand, aber ich glaubte doch an die Entschlossenheit der Partei, alles für die Existenz der Homelands zu tun. Dass das Ende eine längst beschlossene Sache war, bestärkte mich in meinem Entschluss zur Abkehr von dieser falschen Ordnung der Selbstzerstörung.

Draußen wird es hell, und die Welt sieht anders aus als vorher. Ich frage mich: Was soll ich tun? Ich könnte die Öffentlichkeit alarmieren, die wenigen unabhängigen Medien im Untergrund, die es gibt. Das würde unser Homeland, vielleicht ganz Europa aufrütteln. Vielleicht würde die Freiheitliche Liga die Wahlen gewinnen. Aber Landauer hatte gesagt, ich solle warten. Wenn die Liga die Informationen hat, wird sie sie auch einsetzen. Und ich bin nur in der Reserve. So hat Landauer es sich wohl gedacht.

Aber wenn nun alles gefälscht war? Solche Dokumente kann man schwer fälschen; zuviel Insiderwissen, zu viele Details. Es sah verdammt echt aus. Nun wird mir klar, was die Invasionsgerüchte bedeuten: Eurabia marschiert auf, um uns zu zwingen, den Vertrag zu erfüllen! Und Hagen soll die Bevölkerung vorbereiten und den reibungslosen Ablauf der Übernahme garantieren. Sakharov und die Leute des Widerstandes ahnen, was gespielt wird. Ein Aufstand der Bevölkerung und gleichzeitiger Putsch des Apparates sind unsere letzte Chance! Aber Eurabia steht bis an die Zähne bewaffnet an den Grenzen unserer Staaten. Sie haben Tausende junger Kämpfer und eine Reservearmee, die sich über halb Asien und Afrika erstreckt. Was haben wir? Etwas Technik und nicht viele

Soldaten. Nur Völkerrecht und Verträge garantierten uns den Frieden. Wenn sie nicht mehr gelten, stehen die Tore für eine gewaltige Streitmacht offen. Ich fühle mich wie ein Bewohner Trojas in der letzten Nacht. Das hölzerne Pferd steht schon in der Stadt. Irgendwann muss ich handeln, auch wenn es meinen Untergang besiegelt.

6. Mai

Die erste Nachricht von *Mincom* heute Morgen versetzte mir einen solchen Schlag, dass mir übel wurde: Landauer ist tot! Er wurde in einem Wald, etwa eine Stunde vor der Stadt, an einem Baum erhängt aufgefunden; alle Spuren deuten angeblich auf Selbstmord. Die Ermittlungen der Polizei wurden bereits nach wenigen Stunden abgeschlossen. Auf diese Weise werden bei uns gewöhnlich Gegner des Regimes aus dem Weg geräumt. So ähnlich hatte ich es erwartet, aber nicht so schnell.

Ich ging ins Vivarium, von wo ich unbeschränkten Zugang zum globalen Datennetzwerk habe, und wartete. Wenn Landauer die Daten noch an unabhängige Journalisten oder an Korngold und die Liga übermitteln konnte, müssten die brisanten Protokolle irgendwann im Netz auftauchen. Ich durchsuchte alle Informationen aus dem freien Internet, von ausländischen und überseeischen Sendern, von Untergrund-Netzwerken in den anderen EU-Territorien – nichts. Im TV plätscherten unwichtige Meldungen dahin. Ich dachte: Journalisten brauchen eine gewisse Zeit, um die Sache zu verifizieren, Stimm- und Bildanalysen, andere Quellen und so fort. Keiner will einem *hoax* aufsitzen. Bloß keine voreilige Veröffentlichung, das kann bei solch brisantem Material den Kopf kosten. Die Zeit verging, es war zwölf Uhr. Und plötzlich war es da: Gleichzeitig im Internet und in allen freien ausländischen TV-Sendern:

Verschwörung aufgedeckt:
Haben sich Teile der EU-Administration des Hochverrates schuldig gemacht?

Ein überraschend aufgetauchtes geheimes Zusatz-Dossier des Abkommens von Vijana deutet auf eine Verstrickung höchster EU-Politiker in einen politischen Skandal, der in seiner Tragweite wohl einmalig sein dürfte. In einer geheimen Konferenz am Bodensee soll im Oktober 2046 bereits ein detaillierter Plan ausgearbeitet worden sein, die Rest-EU an Eurabia und Mauretania anzuschließen. Noch in diesem Jahr soll der Anschluss vollzogen werden, mit friedlichen oder militärischen Mitteln. Die Echtheit des Materials wurde heute Morgen von Geheimdiensten und Beobachtern sowohl in Las Americas als auch im Russischen Reich bestätigt. Noch untersuchen weitere unabhängige Experten die Dokumente. Sollte sich deren Echtheit erweisen, wäre das eine beispiellose Staatskrise in der Geschichte der EU-Nachfolgestaaten. Die politischen Folgen sind derzeit noch unabsehbar.

Nun überschlugen sich die Meldungen, und ich schaute auf den Bildschirm und musste unwillkürlich lächeln. Nun sprach Korngold, der offenbar im Besitz der Protokolle ist. Zuerst würdigte er Landauer und nannte seinen „Selbstmord" einen Auftragsmord des Regimes. Er verkündete, dass Landauer ihm die brisanten Bodensee-Protokolle wenige Tage vor seinem Tod noch habe übergeben können. Er kündigte an, das Material werde zum Sturz der Regierung Hagen führen. Ein Filmausschnitt aus der Bodensee-Konferenz wurde eingeblendet, in dem man überdeutlich sehen und hören konnte, wie Hagen und seine Leute kalt lächelnd aushandelten, dass die Homelands mit Eurabia vereinigt werden sollten. Dafür erhielten er und andere Kommissare und hohe Administratoren der Partei die Zusage lukrativer und privilegierter Positionen auf Lebenszeit. Ich schaltete zu Mincom: Dort stellt man alles als eine Fälschung dar, eine Verschwörung der Reaktion mit dem feindlichen Ausland.

Heute Nachmittag hielt Korngold eine flammende Rede auf dem Platz der Toleranz. Er rief zum passiven, gewaltlosen Widerstand auf und beschwor Freiheit, Demokratie und das Selbstbestimmungsrecht der Austrasier. Er fordert freie Wahlen und sofortige Verhandlungen mit den Staaten von Las Americas und Osteuropa über politische und militärische Zusammenarbeit. Er beschwor die internationale Gemeinschaft, unserem Land beizustehen. Am Abend sammelte sich eine unübersehbare Menschenmenge in den Straßen der Metrocity Grande. Sie fordert die Absetzung Hagens und sofortige Neuwahlen.

Vielen wird nun klar, dass sie ihr Leben lang belogen und betrogen worden sind. Auch in anderen Homelands erhebt sich die einheimische Bevölkerung und blockiert die Zentren der Städte in Helvetia, Burgund, Aquitania und

Asturia mit Demonstrationen. Die Menge demonstriert vor Behörden und Regierungsgebäuden, Milizia marschiert auf, es soll geschossen worden sein. In Asturia sind Gebäude der verhassten EU-Kommission in Flammen aufgegangen. Morgen früh soll ein Generalstreik in allen Rest-EU-Staaten beginnen. Es ist, als sei ein Kessel explodiert, der jahrelang unter Druck gestanden hat. Die Lage könnte schnell außer Kontrolle geraten, auch für Ausländer. Die Regierung wird die Städte abriegeln und die Milizia brutal gegen alle Feinde der Partei vorgehen lassen. Ich muss Zoe suchen!

7. Mai

Im Morgengrauen steckte ich meine Waffe ein und machte mich zu Fuß auf den Weg in den District Este, um Zoe und die Transilvanier zu finden. Schon auf dem Ring-Boulevard geriet ich in eine flüchtende Menschenmenge. Hinter ihr her jagten Wagen der Milizia, die über die Köpfe hinweg schoss, Menschen wurden von Querschlägern getroffen. Ich lief um mein Leben und konnte über eine Brücke in Richtung der alten Autobahn entkommen. Dort sprang ich hinten auf einen rostigen alten Lastwagen, der langsam über die leere Piste tuckerte. Kolonnen von Militärfahrzeugen kamen uns entgegen, Milizia, Polizei und auch Panzer. Jetzt wurde es ernst.

Nach langem Suchen in der Hafengegend fand ich endlich die Firma „Hunyadi Enterprises" in einem großen Lagerschuppen. Auf dem Parkplatz standen etliche Lastwagen mit ausländischen Kennzeichen der östlichen Staaten. Durch eine offen stehende Tür betrat ich die Halle und rief laut hinein, aber offenbar war niemand da. An den Seitenwänden stapelten sich Möbel, Teppiche, Kisten mit Textilien aus Russland und China, Kartons mit Dosen, Kisten mit Flaschen und vieles mehr. Ein Arbeiter tauchte auf, den ich fragte, ob er Sandor Csoma kenne. Er sah mich misstrauisch an, nickte kurz und brachte mich in ein Büro, in dem ein älterer Mann hinter einem Schreibtisch hockte. Ich stellte mich als ein Bekannter von Sandor vor. Der Mann sah müde auf, aber bevor er antworten konnte, wurde die Tür geöffnet und herein kam Zoe. Sie lachte, als sie mich sah, und sagte:

„So schnell also, Herr Volkspädagoge!" Ich fühlte mich unbehaglich. Sie führte mich in den hinteren Teil des Gebäudes. Dort gab es Werkstätten und

Wohnräume, Reparaturbetriebe und Ateliers von Handwerkern und Künstlern aus Transilvania.

In diesem Moment hörten wir draußen Motorenlärm, kreischende Bremsen, laute Befehle. Zoe wurde bleich und sah mich erschrocken an – zum ersten Mal sah ich Angst in ihren Augen. Ich schüttelte verzweifelt den Kopf und rief: „Ich habe nichts damit zu tun!" Aber sie lief davon. Ich ging zurück zum Eingang, während ich meinen blauen *Mincom*-Ausweis aus der Jacke holte. Schon kamen mir Uniformierte entgegen, die laut schreiend mit Waffen herumfuchtelten. Sie riefen: „Milizia – Securitate – Zollkontrolle! Alle auf den Boden!"

„Wir räuchern den ganzen Laden aus", brüllte ein befehlender Securitate-Offizier. Ich hob die Hände mit dem blauen Ausweis und rief laut: „*Mincom*, M-301, verdeckte OP!"

Der Mann, Typ Schreibtischtäter und Ex-Brigaden-Kommissar mit einer Brille, die seine kalten Augen hervortreten ließ, und dem pockennarbigen Gesicht eines Reptils, sah erst mich an, dann auf die Papiere in meiner Hand. Ich zischte ihn an:

„Sie zerstören mit Ihrer Aktion alles. Pfeifen sie Ihre Leute zurück!" Ich gab ihm meinen Ausweis. Er studierte das blaue Regierungsdokument mit den goldenen Sternen der EU.

„*Mincom*, eh?" sagte er mit etwas mehr Respekt in der Stimme. Ich hatte ihn am Haken.

„Rufen Sie sofort meinen Vorgesetzten Chef-Admin Sakharov an und bestätigen Sie meine Anweisung!" Er, vorsichtig werdend:

„Sakharov, eh? Hohes Tier, eh?"

„Sie bekommen einen Riesenärger, wenn Sie nicht verschwinden. Ziehen sie Ihre Leute ab!" Er dachte nach:

„Aber hier ist jede Menge illegales Material …" Ich antwortete leise:

„Glauben Sie, das sehe ich nicht? Wir decken das ganze Netzwerk auf, organisiert bis in die Emirate", log ich. Er schaute wieder auf meinen Ausweis, dann auf mich. Mein Herz schlug mir bis zum Halse, denn ich pokerte hoch. Schließlich, nach einer kleinen Ewigkeit, sah er mich enttäuscht und wütend an und gab seinen Leuten den Befehl: „Aktion beendet, Rückmarsch in die Kaserne!" Bevor er ging, zischte er mir noch einmal zu:

„Wir kommen wieder. Und wenn hier irgendetwas faul ist, bringe ich dich vors Volksgericht!"

Die Soldaten zogen sich zurück. Als sie abgefahren waren, suchte ich nach Zoe. Ich fand sie mit den anderen, unter ihnen auch Sandor, verschanzt in einem der Kellerräume. Ich erklärte, was passiert war, versicherte ihnen eindringlich, dass ich mit dieser Milizia-Aktion nicht das Geringste zu tun hatte und dass die Soldaten nun weg seien. Aber die Lage sei explosiv und weitere Razzien in den nächsten Tagen nicht auszuschließen. Sie sollten sich so schnell wie möglich in Sicherheit bringen. Die Männer liefen ins Lager, um ihre Waren in den Lastwagen zu verstauen. Einen Augenblick war ich mit Zoe allein: „Vertraust Du mir?" Traurig sah sie mich an; ein bitterer Zug spielte um ihren Mund:

„Immerhin hast du uns vor der Verhaftung gerettet."

„Ihr seid hier nicht mehr sicher", sagte ich voller Sorge. „Draußen auf den Straßen wimmelt es von Soldaten. Alle Grenzen sind zu, ihr müsst einen sicheren Ort finden."

Sie hob die Schultern: „Ich kenne keinen …"

„Wenn du willst, kannst du fürs erste mein Gast sein, in der sicheren Zone im District Norte."

Wieder schaute sie mich so an wie in der Nacht bei Marcos, als würde sie mich durchleuchten, und ich fühlte erneut das seltsame Prickeln im ganzen Körper. Dann nickte sie. Die Männer hatten die Lastwagen mittlerweile beladen und stiegen ein.

„Wohin fahren sie?" fragte ich Zoe.

„Es gibt noch andere Verstecke weiter draußen im Umland", antwortete sie. Dann küsste sie mich kurz und sagte nur: „Danke!"

8. Mai

Es ist Nacht, und endlich sind wir in Sicherheit in meinem Apartment. Wir haben mehrere Stunden gebraucht, um zu meiner Wohnung zu gelangen – erst zu Fuß durch endlose leere Straßen, dann mit einem Fahrer, dem ich eine horrende Summe Dhiram zahlen musste. Wir fuhren einen langen Umweg durch die äußeren Bezirke, denn in der Stadt war kein Durchkommen. Die Massendemonstrationen des Morgens waren von bewaffneten Milizias und Soldaten aufgelöst worden, aber die Straßenkämpfe gingen weiter. Am Abend wuchs die Menge wütender Menschen wieder an und besetzte alle großen

Plätze im Regierungsviertel. Sie riefen: „Nieder mit den Kommissaren!", „Weg mit den Verrätern!", „Hagen an den Galgen!" Auch Gegendemonstranten sollen aufmarschiert sein. Ich hoffe, dass es nicht zu einem Blutbad kommt.

Der Posten am Eingang zum District Norte musterte uns durchdringend und studierte gründlich meine Papiere, bevor er uns endlich passieren ließ. Von Ferne drang der Lärm von Schüssen, Sirenen und knatternden Hubschraubern durch die Nacht. Dazwischen erklangen Explosionen und Schreie, manchmal näher, dann wieder weiter entfernt.

In der Nacht erzählte ich Zoe von meinem Vater, dem Arzt und Freiheitskämpfer in den Wäldern. Und vom Auftauchen Landauers. Von dem Abschiedsbrief und dem Bodensee-Protokoll, ja sogar von Sakharov und vom Widerstand. Und auch von meinem Auftrag, etwas über die Mystiker herauszufinden. Ich vertraute ihr rückhaltlos. Zum Schluss sagte ich, dass ich mich dem Widerstand anschließen werde, um zu kämpfen, so wie es mein Vater getan hatte. Sie schaute mich traurig an und sagte leise:

„Dann wirst du sterben."

„Woher weißt du das?" fragte ich sie. Nach einer Pause fuhr sie fort:

„Weißt du, es gibt zwei Arten von Kampf: den realen, der auf der hell angestrahlten Bühne stattfindet, mit Schießen und Töten und Blut. Und den magischen Kampf, der im Hintergrund ausgetragen wird. Der Krieger in der Realität siegt entweder physisch, oder er unterliegt. Er kämpft mit Mitteln, die auch sein Gegner benutzt: Waffen, Bomben, Propaganda. Deshalb ist er berechenbar. Er wird irgendwann vielleicht siegen oder gefangen werden oder sterben. Das hängt von vielen Zufällen ab. Der magische Krieger hingegen macht sich unangreifbar, denn er kennt Methoden, die seine Gegner nicht verstehen. Er kämpft auf der inneren Ebene." Ich verstand sie nicht.

„Was meinst du mit ‚innerer Ebene'?"

„Auf der inneren Ebene zu sein, heißt, aus der Zeit, aus dem hellen Strom der Ereignisse herauszutreten. Der magische Krieger steht verborgen im Dunkel hinter der Bühne und sieht das Geschehen wie einen Film oder ein Theaterstück ablaufen. Aber er sieht noch mehr: Er sieht nicht nur das, was gerade passiert, sondern auch das, was im Formlosen wartet, er sieht die wahrscheinlichen Ereignisse der Zukunft. Alles, was wird, bereitet sich im Verborgenen vor. Der magische Krieger tut sozusagen einen Blick in das Drehbuch. Er sieht die Kraftströme, ihre Quellen, ihre zukünftigen Kreuzungspunkte. Er kann sie nutzen oder ihnen ausweichen, je nachdem. Um auf der inneren Ebene zu operieren, muss man lernen, sich abzuschirmen, unangreifbar zu sein, unsichtbar zu sein und nach innen zu schauen."

„Und was kann man mit dem magischen Kampf erreichen?"

„Man kann angemessen und richtig handeln, weil man das Werdende sieht. Früher nannte man es das Schicksal. Die Vorfahren in grauer Vorzeit wussten davon. Die Germanen nannten es *Werdandi* oder *Weird*. Die Seher und Seherinnen, die es sahen, waren heilig."

In ihren Augen lag Wissen und Überzeugung. Sie fuhr fort:

„Auf der inneren Ebene kann man siegen, selbst wenn man auf der äußeren unterliegt. Es gab Menschen, die starben und deren Ideen doch siegreich waren."

Ich fragte: „Bist du eine magische Kriegerin?" Sie schien einen Augenblick nachzudenken. Dann richtete sie sich auf und sagte vorsichtig:

„Zu meinen Vorfahren gehören die berühmten weißen Hexen der Karpaten. Ich komme sozusagen aus einer Hexen-Dynastie." Sie lachte. „Ich muss wohl gewisse Fähigkeiten geerbt haben." Wir schwiegen lange, während von ferne das Chaos des Aufstandes zu hören war. Mir war, als öffnete sich eine Tür und ich würde eine neue unbekannte Welt betreten. Nun lächelte sie und sah mir direkt in die Augen:

„Auch ich gehöre einem magischen Bund an." Ich starrte sie an und wusste nicht, was ich sagen sollte. Sie zögerte etwas, dann fuhr sie fort: „Ich vertraue dir, deshalb sollst du alles wissen. Ja, ich gehöre zu dem weit verzweigten magischen Bund vom Amazonas. Ich bin eine ‚Mystikerin', wie ihr sagt, ich lebe in beiden Welten." Sie wartete auf meine Reaktion.

Irgendwie hatte ich es geahnt. „Ich weiß nicht viel davon", sagte ich. „Was heißt das: Du lebst in beiden Welten?"

„Wer einmal das Sakrament genommen hat, der verändert sich. Es ist, als würden alle Zellen des Körpers neue Informationen aufnehmen. Das Sakrament öffnet die Pforten nach innen, in die zweite Wirklichkeit − und sie schließen sich nicht mehr. Wir vom Bund sind ständig in beiden Welten anwesend. Selbst wenn wir unsere Körper aufgeben müssen, macht uns das nicht allzu viel aus, denn unser organischer Körper ist nicht unser echtes Selbst. Wir alle besitzen noch einen zweiten Körper, der viel dauerhafter ist." Ich verstand nichts mehr und fragte:

„Was für einen zweiten Körper?"

„Er heißt bei uns der Plasma-Körper, denn er besteht aus einer Substanz, die anorganisch und formbar ist wie flüssiges Gas. Wir nennen sie das Plasma. Es ist ein Mittelding zwischen Geist und Materie. Früher nannten die Weisen es Äther, Chi, Prana, Mana – es hat eigentlich tausend Namen, die Menschen wussten schon immer davon. Es ist meist unsichtbar und doch eine starke Kraft. Aus dem Plasma ist die zweite Wirklichkeit geformt …"

Sie sprach weiter, und ich lauschte gebannt ihren Worten. Draußen in der nächtlichen Stadt begann der Aufstand, aber für mich war das alles plötzlich ganz weit entfernt. Die Energie war abgeschaltet; wir saßen im Kerzenschein. Ich war verstummt, und ihre Stimme war von feierlichem Ernst, während ihre grünen Augen von innen zu leuchten schienen:

„In Amazonien entdeckten die ersten des Bundes die innere Dimension, die sie ‚Astral' nannten. Sie erforschten die Wege dorthin, die Pforten und Eingänge, und sie wussten sie zu nutzen. Sie waren Abenteurer und Entdecker im Astral und lernten seine Gesetze kennen. Alle Reiserouten unseres Lebens führen uns irgendwann zurück in die innere Welt, besonders, wenn wir unsere letzte Reise antreten. Ich habe großen Respekt vor dem Sakrament, denn es fordert alles von dir und verändert dein Leben für immer."

Irgendwann in dieser Nacht liebten wir uns und lagen dann still auf dem Bett, während draußen der Lärm verebbte. Später fiel ich in einen tiefen Schlaf und hatte einen jener klaren, hellsichtigen Träume:

Ich stand vor dem Portal eines Schlosses irgendwo in einem anderen Land. Dann trat ich ein: Das Innere war prunkvoll eingerichtet, schien aber unbewohnt. Ich durchschritt staunend Zimmerfluchten und dämmerige Säle, auf der Suche nach etwas, das ich nicht kannte. Wie aus dem Erdboden gewachsen stand plötzlich ein altmodisch gekleideter Mann vor mir. Ich erschrak, und er wich zurück und sagte:

„Berühre mich nicht, denn wir befinden uns in verschiedenen Welten." Mir war klar, dass er ein Toter war. Ich ging weiter und kam in einen hell erleuchteten Ballsaal, in dem ein rauschendes Fest gefeiert wurde. Ich wurde dem Gastgeber vorgestellt, einem eleganten, amüsanten Mann, der mich an den Capitan erinnerte. Mir schien, er hatte dieses Fest arrangiert, das auch mir sehr gefiel. Er bot mir etwas zu trinken an, eine glitzernde, weiße Flüssigkeit. Nachdem ich getrunken hatte, reichte er mir ein Schriftstück. Es war ein Vertrag, den ich unterschreiben sollte. Und ich tat es gerne. Ich signierte, indem ich ein kleines Pentagramm mit roter Tinte in die untere Ecke des Papiers zeichnete. Dabei dachte ich, dass es sich zum Glück nicht um mein Blut handelte, denn das hätte einen unlösbaren Pakt bedeutet. Dann fiel mir ein, dass ich noch das Datum eintragen müsse. Seltsamerweise hatte ich es vergessen und fragte einen der Anwesenden. Da begannen alle zu lachen. Immer lauter lachten sie mich aus, wovon ich erwachte, während ich noch ihre Worte hörte: „Wir sind doch die Ewigen, wir haben keinen Kalender!"

12. Mai

Milizia und Polizei haben die Lage in Metrocity Grande anscheinend unter Kontrolle gebracht, vorläufig zumindest. Es ist auf jeden Fall ruhiger geworden. Es gibt aber Gerüchte, dass einige Städte weiter im Osten in den Händen von Rebellen sind. In den staatlichen Medien von *Mincom* wird darüber natürlich nichts berichtet. Hunderte wurden verhaftet, an Straßensperren stehen Militärposten, die alle Passanten und Autos kontrollieren.

Zoe hat keine Verbindung zu ihren Landsleuten. Seit Tagen hat sie das Apartment nicht mehr verlassen, ich versorge sie mit allem, was sie braucht. Am Abend essen wir zusammen, hören Musik und lieben uns. Ich habe nie eine Frau wie sie gekannt. Sie ist wundervoll.

Gestern sprachen wir wieder die ganze Nacht hindurch, und sie erzählte mir mehr aus ihrem Leben. Sie gehört zu der ungarischen Volksgruppe der Szekler in Transilvania und wurde in einem kleinen Städtchen tief im Bogen der Karpaten geboren. Von ihrem Vater, der ein Ikonenmaler und Restaurator war, lernte sie malen und zeichnen. Viele Jahre lang half sie ihm dabei, ein bizarres Schloss zu restaurieren, das einsam in Bergwäldern liegt, die seit alters her ,der Geisterwald' genannt werden. Später studierte sie Malerei in Clausenburg und konnte als Porträt- und Ikonenmalerin durch den Tourismus ihr Geld verdienen. Sie liebt die bildende Kunst über alles und kann sich ein Leben ohne Malerei nicht vorstellen. Sie sagt, Künstler malen nur dann ein wahres Bild, wenn sie es aus einer anderen Wirklichkeit herüber bringen.

Ich erfuhr von ihr, dass in Transilvania eine für uns unfassbare Freiheit des Denkens und der Kultur herrscht. Die russische Schutzmacht ist kaum zu spüren. Die Verbindungen nach Kiew, Moskau, Krakau, Riga, Petersburg sind stark. In Transilavania ist sogar wieder die alte deutsche Kultur zum Leben erwacht, wie auch weiter im Norden, in der Bukowina. Nirgendwo grenzt das Land direkt an das Kalifat, denn Walachia, ein ehemaliges Kriegsgebiet, das sehr entvölkert sein soll und heute von starken russischen Kräften besetzt ist, liegt dazwischen. Das einzige, was die Transilvanier fürchten, ist, so zu werden wie wir. Die Regierung dort verhindert allerdings strikt die Ausbreitung der Ideologie der „Neuen Menschen".

14. Mai

Gestern Abend begann Zoe davon zu sprechen, wie sie zu den Amazoniern kam: Vor etwa drei Jahren nahm ein Freund sie mit zu einem geheimen Treffen. Sie feiern ihre sakralen Feste, die sie „Passagen" nennen, in verlassenen Dörfern, leeren Fabrikhallen, stillgelegten Bahnhöfen oder im Sommer inmitten der riesigen Wälder. Jedes Mal kommen Hunderte von Menschen zusammen. Sie bleiben mehrere Tage, essen, trinken, singen und machen Musik. Die Hymnen vom Amazonas, früher einfache Lieder mit drei oder vier Strophen, wurden weiter entwickelt zu endlosen Gesängen, die einen in Trance versetzen. Dazu tanzen sie stundenlang und trinken immer wieder den heiligen Trank, den Vinho negro. Es ist ein schwarzer Pflanzensaft, der abscheulich bitter schmecken soll und zuerst starke Übelkeit hervorruft. In Transilvania, in der Polnisch-Baltischen Union und in Russland ist er weit verbreitet. Außerdem gibt es eine chemisch reine Form des Wirkstoffs als weiße Essenz, genannt Esencia de Soma, die schon in kleinsten Mengen wirkt.

An dem Abend, als Zoe ihre erste Passage durchlief, fand das Fest in einer alten Dorfkirche in den Bergen statt. Sie trank mehrere Becher des Vinho; danach tanzte sie die ganze Nacht hindurch, während sich ihr Geist immer weiter öffnete. Mehr wollte sie darüber nicht erzählen, denn Eingeweihte dürfen mit Außenstehenden niemals über ihre Erfahrungen sprechen. Ich fragte sie nach dem Grund für dieses Verbot, und sie antwortete:

„Weil sonst ein Riss im Geist entsteht, durch den fremde Gedanken, auch unbewusste, eindringen können. Sie zerstören den Schutz, die Unerreichbarkeit. Ein Mensch mit einem Riss im Geist ist sichtbar für seine Gegner, auch wenn er es nicht ahnt."

In jener Nacht begegnete sie auch Sandor Csoma. Über ihn sagte sie: „Seit dieser Zeit sind wir gute Freunde. Sandor ist wie ein Zugvogel. Er bleibt nie lange an einem Ort." Ich fragte sie nicht weiter.

Sie erzählte, dass sich nach ihren ersten Passagen ihre Art zu malen veränderte. Sie begann, Visionen aufzuzeichnen: nicht nur Berge, Wald und Flüsse, sondern auch die Wesen, die sie darin sah: Flussnymphen, Luftgeister, Gnome, Baumwesen, magische Tiere, astrale Wesen, farbige Städte und wilde Götter in den Wolken. Ihre Bilder wurden farbiger und waren nun durchzogen von Wellen und Wirbeln; die Gegenstände wurden leuchtend und durchsichtig.

Sie berichtete noch lange von den Amazoniern: viele sind jung, einige kommen sogar aus den Emiraten. Nicht alle haben gute Passagen, es kann manchmal sehr unruhig werden. Besonders Anfänger geraten oft in dunkle Bereiche. Wenn sich ihr Geist öffnet und sie das erste Mal in ihrem Leben eine höhere Wirklichkeit schauen, reagieren viele mit Angst oder sogar mit Panikanfällen. Jede Passage wird von einem „Capitan" und zwei „Navigatoren" geleitet. Wer Probleme hat, bekommt sofort Hilfe. Die Amazonier stellen sich eine Passage vor wie eine gemeinsame Fahrt in einem hell erleuchteten Flussdampfer über den nächtlichen Amazonas. Hatte nicht der Capitan, den ich bei Marcos kennen gelernt hatte, gesagt, er sei Reiseführer?

Ich gestehe, dass ich von der naiven Mystik des Kultes fasziniert bin, aber ich kann das alles nicht ganz ernst nehmen. Das Gehirn wird stimuliert und erzeugt Halluzinationen, die bestenfalls Phantasien aus dem Unbewussten sind. Niemand hat bis jetzt eine andere Wirklichkeit gesehen, außer in Träumen. Und die Wesen, die diese inneren Welten bevölkern sollen, sind natürlich Projektionen der Psyche. Trotzdem sind solche Erfahrungen interessant, zeigen sie doch, welche unbewussten Kräfte im menschlichen Geist wirksam sind. Ich denke, die Erfahrung einer anderen Realität ist immer eine Projektion von Wünschen, eine Objektivierung unserer Psyche.

15. Mai

Die Rebellen bekommen immer mehr Zulauf und besitzen mehr Waffen, als man bisher annahm. Der harte Kern ist eine Gruppe von ehemaligen Kämpfern aus dem Bürgerkrieg und jungen Studenten. Sie nennen sich „Die Unsichtbaren". Und unsichtbar waren sie auch bisher. Niemand wusste von ihrer Existenz, obwohl sie Stützpunkte im ganzen Homeland angelegt haben. Die Bevölkerung steht jetzt schon zum großen Teil hinter ihnen, auch sollen sich ihnen Einheiten der Milizia angeschlossen haben.

Die Unruhen sind seit einigen Tagen abgeebbt. Aber überall tauchen nun Flugblätter dieser neuen Widerstandsgruppe auf. Und das mysteriöse „W" erscheint an Häuserwänden und auf Plakaten. Der Widerstand ist, wie es scheint, gut organisiert, man hört von Überfällen auf Waffendepots der Milizia. Die Freiheitliche Liga ruft hingegen zu Gewaltlosigkeit auf und führt ihren Wahlkampf weiter. Immer mehr Informationen über das Bodensee-Protokoll durchbrechen die elektronischen Schranken und kursieren in den Netzen. *Mincom* erwägt die Totalabschaltung, aber es ist bereits zu spät. Die Regierung hat den Ausnahmezustand verhängt. Ab Sonnenuntergang herrscht Ausgangssperre. Nachts ist die Stadt wie ausgestorben, kein Mensch ist auf den Straßen, alle Märkte sind geschlossen, nur ab und zu brausen Kolonnen von Militärlastwagen über die leeren Boulevards. Eine unheimliche Spannung liegt über dem Land. Keiner weiß, wann es wieder losgeht. Ich fahre morgens zu *Mincom* und mache meine Arbeit. Sakharov sieht mich vielsagend an, aber er äußert sich nicht. Das Regierungsviertel mit den großen Türmen gleicht einem Heerlager von Bewaffneten mit Panzern und Artillerie.

Heute gab Sakharov mir zu verstehen, dass er mich im abhörsicheren Vivarium treffen wolle. Dort sagte er:

„Grün ist gefährlicher als ich dachte. Er schnüffelt überall herum. Wenn ich mein Büro verlasse, folgt er mir und kreuzt unerwartet meinen Weg in den langen Korridoren. Manchmal taucht er an den ungewöhnlichsten Orten im Ministerium auf, nur um mich mit falscher Freundlichkeit zu grüßen und wieder zu verschwinden. Mit Sicherheit werden unsere Büros abgehört. Mach dich auf alles gefasst, Lukas! Der Feuerzauber kann schneller beginnen, als wir denken. Zurzeit ist der Aufstand scheinbar unter Kontrolle, aber eine zweite Welle wird folgen. Ein General, der auf unserer Seite steht, sagte mir, dass etwa fünfzig Prozent der Einheiten in der Stadt bei der ‚Operation Waldgang' dabei sind." Ich sah ihn zweifelnd an.

„Ich weiß, das ist nicht genug."

„Wir müssen Radek und seine Propaganda sabotieren. Er versprüht Tag und Nacht sein Gift. Wir müssen den Hauptgenerator des Ministeriums stoppen, oder ihn direkt ausschalten, dann wäre Funkstille."

„Das ist eine Option, aber erst am Tag X. Dann wird hier sowieso scharf geschossen. Wir haben drei Einheiten der Grenzschutz-Infanterie in der Nähe des Ministeriums jederzeit einsatzbereit, um das Vivarium zu schützen. Radek ist im Moment nicht angreifbar, er hat Tag und Nacht seine Leibwachen um sich ..."

19. Mai

Ich resümiere nüchtern: Die Amazonier sind moderne Mystiker, die einen halluzinogenen „heiligen" Trank zu sich nehmen und in veränderten Bewusstseinszuständen in „andere Welten" reisen. Sie öffnen Pforten ihrer Wahrnehmung, hinter denen für sie konkrete Phänomene liegen. Aber handelt es sich dabei um Realitäten oder nur um phantastische Illusionen? Heute fragte ich Zoe, mit welchen Mitteln die magischen Krieger kämpfen. Sie erklärte mir:
„Der magische Kampf ist ein Kampf auf der inneren oder geheimen Ebene. Im Traum oder in Trance lauert man dem Gegner auf. Wenn er träumt, ist er hilflos. Dann greift man ihn blitzschnell an mit der festen Absicht zu siegen. Man versetzt seinem Energiekörper einen Schlag, wodurch Energie entweicht. Wenn der Angriff gelingt, wird der Gegner einige Tage später so geschwächt sein, dass er fällt und nicht weiß, warum. Was der Anlass sein wird, kann nicht vorhergesagt werden; es ist auch gleich. Vielleicht wird er einen Unfall haben, plötzlich krank werden oder im Kampf sterben. Wenn sein Energiekörper besiegt wurde, wird seine Niederlage in der Wirklichkeit nur eine Frage kurzer Zeit sein. Aber Vorsicht! Wenn du selbst auf der inneren Ebene verletzt wirst, wirst du es sein, der geschwächt ist." Sie hielt inne, als hätte sie zuviel gesagt –
„Aber du musst den Vinho trinken, um all das zu verstehen ..."

20. Mai

Ich gebe zu, dass mich diese Konzepte faszinieren. Trotzdem frage ich mich immer wieder, ob sie nicht nur Illusionen oder Träume sind. Aber woher wissen wir denn, was wirklich ist? Wenn wir in einer perfekten Illusionswelt existieren würden, würden wir es nie erfahren, denn sie wäre ein in sich geschlossenes System, das behauptet, wirklich zu sein, und alles andere als Illusion definiert. Und wenn unsere Realität, von einer höheren Wirklichkeit aus betrachtet, auch nichts anderes wäre als eine virtuelle Schöpfung, ein Traum? Ähnliches sagen Jahrtausende alte Schriften der Hindus und Buddhisten. Und sind nicht künstliche virtuelle Welten denkbar, in denen Wesen existieren, die sich selbst für wirklich halten? Die Frage ist doch: Was ist wirklich? Und was bedeutet Illusion? Ist ein Traum weniger wirklich, nur weil er irgendwann endet? Auch unser Leben endet irgendwann …

Als ich mit Zoe darüber sprach, antwortete sie mit großer Ruhe, als wollte sie einem Kind etwas erklären:

„Für uns gibt es eine klare Evidenz dafür, dass die zweite Welt genauso wirklich ist wie diese: Sie ist nämlich bevölkert von Wesen, die nicht nur einen freien Willen besitzen, sondern uns weit überlegen sind. Wir begegnen dort immer wieder intelligenten Wesenheiten, die wir ‚die Verbündeten' nennen. Ohne sie wären wir nichts. Ohne sie könnten wir uns in der zweiten Wirklichkeit nicht sehr weit bewegen. Sie sind zweifellos real, denn sie besitzen ein selbständiges Eigenleben, das von unserem Denken völlig unabhängig ist. Wenn du ihnen sagen würdest, sie seien deine Illusionen, würden sie in olympisches Gelächter ausbrechen und antworten: Und woher weißt du, dass du keine Illusion bist?"

Zoe hatte recht: Woher wollen wir eigentlich wissen, dass wir nicht in einer komplexen und totalen Illusion leben, in einer Matrix, die in sich geschlossen ist?

25. Mai

Ich habe lange über Zoes Schlussfolgerungen nachgedacht. Der Beweis für die Wirklichkeit einer parallelen Welt oder Dimension wäre, dass in ihr selbstbewusste Wesen existieren, mit denen sich kommunizieren lässt. Natürlich ist das überhaupt nichts Neues, sondern im Gegenteil die älteste Erzählung der Menschheit. Seit Urzeiten sprechen Menschen mit Wesen aus anderen oder höheren Sphären: mit Geistern, Engeln, Göttern. Solcher Glaube war Jahrtausende lang die Grundlage menschlichen Denkens, bis spätere Generationen ihn immer weniger ernst nahmen. Die Namen verblassten, die Gestalten wurden zu bloßen Kunstfiguren. War es möglich, dass sich hinter all diesen Mythen doch reale Wesen verbargen? Wesen, die den Menschen in der Geschichte immer wieder erschienen sind – unter unzähligen Masken und in tausend Verkleidungen? Und wenn ja, wer sind sie wirklich? Wer oder was ist hinter ihren Masken?

Zoe sagt, diese Wesen gäbe es nicht nur seit unvordenklichen Zeiten, sondern sie existierten viel länger als wir, ja, sie hätten einen nicht geringen Anteil an unserer Erschaffung und Entwicklung. Die Amazonier sagen, diese „Verbündeten" oder „Unsterblichen" seien eine höhere kosmische Spezies auf der Stufenleiter der Intelligenz, die den Kosmos erfüllt. Diese Wesen hätten die organische Evolution seit Äonen hinter sich gelassen. Sie bevölkerten das Universum in ungeheurer Menge, seien sogar zahlreicher als wir. Wir dagegen seien so etwas wie Larven, die ausgebrütet werden. Einige der kosmischen Wesen stünden uns näher als andere. Diese wollten uns helfen auf unserem schweren Weg der Entwicklung. Deshalb nennen die Amazonier sie die „Verbündeten". Sind sie es, die hinter den Masken der alten Götter steckten? Welch seltsam einfache und zugleich fremdartige Vision des Universums! Wird in ihr nicht die Essenz aller Religionen nüchtern und klar ausgedrückt? Natürlich glauben die Amazonier auch an ein höchstes Wesen und Sein jenseits aller Formen. Aber dass es zwischen dem höchsten Geist des Universums und der fast animalischen Spezies Mensch noch andere, womöglich ungeahnt viele Formen und Stufen geben muss, scheint mir doch denkbar zu sein.

26. Mai

Ich bin viel im Vivarium und lese in alten Schriften. Je weiter man in der Vergangenheit zurückgeht, desto lebendiger wirken die Götter. In den ältesten Schriften der Menschheit sind Götter vollkommen reale Wesen, die mit den Menschen sprechen und ihnen Gesetze geben. Und es scheint sogar, dass solche Wesen einmal oder auch öfter auf der Erde anwesend waren. Die konkrete Präsenz indischer und ägyptischer Gottheiten ist nicht zu leugnen, auch nicht die des israelischen Gottes. Wer waren sie? Woher kamen sie? Und warum sind sie verschwunden? Kehren sie womöglich irgendwann zurück?

Heute Abend setzte Zoe mir geduldig auseinander, dass die Amazonier keine neue Religion gegründet haben und auch keine alten oder neuen Götter verehren. Sie besuchen vielmehr den Ort, an dem die Religionen entstehen, gleichsam das Quellgebiet des großen Kraftstromes, der uns Menschen als „das Heilige" in tausend Masken erscheint. Und sie stehen anscheinend mit so etwas wie höherer Intelligenz in Kontakt.

„Wir kehren eigentlich zurück zu den Ur-Erfahrungen der Menschheit. Wir haben keine schriftlichen Lehren oder Dogmen. Wir wissen nur, dass die geistige Welt unendlich groß ist und unzählige Bereiche hat. Menschen, die Visionen oder Kontakte mit der anderen Seite hatten, erschufen daraus Religionen. Aber diese sind nur Ausschnitte. Stell Dir einen Bretterzaun vor, durch den verschiedene Betrachter zu verschiedenen Zeiten auf eine Landschaft blicken: Jeder sieht ein anderes Bild, bei Tag oder bei Nacht – und vielleicht Gestalten, die zufällig vorübergehen. Seinen kleinen Ausschnitt hält er dann für die einzige Wahrheit. Er beschreibt sie in seinen heiligen Texten, um die sich die Schriftgelehrten noch Jahrhunderte später streiten. Wir dagegen gehen hinüber auf die andere Seite des Zauns und erkunden die mysteriösen Landschaften und Wesen dort. Viele Wege führen hinüber, denn das Universum ist unendlich."

27. Mai

Vor einigen Wochen fragte ich Zoe schon einmal, ob ich an einer Passage teilnehmen könne. Heute sagte sie unvermittelt, während sie mich aufmerksam musterte:

„Du weißt, dass die Nacht von Johannes, San Juan, am 23. Juni ein hoher Festtag des Bundes ist? Jedes Jahr findet in dieser Nacht eine große Passage statt. Wenn du willst, kannst du dieses Mal teilnehmen. Aber bitte stell mir keine weiteren Fragen, bevor es so weit ist."

Ich frage mich, woher sie ihre Informationen erhält. Sie geht nie aus, und niemand besucht uns, da es viel zu gefährlich wäre. Gibt es tatsächlich telepathische Verbindungen der Amazonier untereinander, wie behauptet wird? Auf meine Fragen entgegnete sie nur: „Alles ist gut. Du musst mir vertrauen!"

Ich will einen Passierschein für sie besorgen, damit wir bei einer Kontrolle keine Probleme bekommen, wenn wir das Haus verlassen.

3. Juni

Habe heute den Passierschein für Zoe bei einem Vertrauten besorgt, der mir noch etwas schuldete. Als ich von der Dokumentenstelle, wo so etwas gegen eine gewisse Summe kein Problem ist, zurückkam, stand plötzlich Minister

Radek vor mir. Er ist ein schmächtiger Mann mit fanatisch leuchtenden Augen und einer sonoren, fast hypnotischen Stimme. Er scheint mich genau zu beobachten. Freundlich, ja, fast zuvorkommend bat er mich, ihn in sein Büro zu begleiten. Dort, hinter schallgedämpften Türen in einem luxuriösen Raum, in dem auf dreißig oder vierzig in die Wand eingebauten Bildschirmen die TV-Programme aus aller Welt flackerten, bot er mir einen Sessel an, während er sich hinter seinem riesigen Schreibtisch aus edlem Holz verschanzte. Ich fühlte seinen lauernden Blick auf mir. Dann sagte er in freundlichem Ton:

„Es soll Leute im Ministerium geben, die sich manchmal nicht so loyal verhalten, wie es erwartet wird. Die vielleicht sogar verbotene Kontakte pflegen oder sich so sehr mit geistigen Giften beschäftigen, dass man nicht mehr ganz sicher sein kann, ob sie noch für uns oder schon gegen uns arbeiten." Er machte eine lange Pause und beobachtete mich genau. Ich blieb äußerlich völlig ruhig und machte mich psychomimetisch unberührbar, so wie ich es an der Akademie gelernt hatte. Er kannte diese Schulung natürlich und fuhr fort:

„Solche Leute, die es mit Sicherheit bei uns gibt, könnten ihre Loyalität auf verschiedene Weise bezeugen. Sie könnten sich als treue Parteigenossen erweisen, indem sie besonders eifrig unseren Grundsätzen gemäß handeln würden."

„Das bedeutet?" fragte ich zurück.

„Das könnte bedeuten, lieber Lukas, dass Sie aus Ergebenheit und Treue gegenüber der Führung unseres Staates ein wachsames Auge auf alle Umtriebe hätten, die womöglich gegen diese Führung gerichtet sind. Ich höre, dass auch auf höheren Ebenen die Opposition wächst."

Er vermutet etwas, aber er weiß nichts Genaues, dachte ich und spürte seine lauernde, kalte Intelligenz fast körperlich. Doch ich empfand keine Angst, denn die Technik der psychomimetischen Unerreichbarkeit schirmte mich ab. Er wurde ungeduldig und setzte wieder an:

„Es gibt Meinungen, die besagen, dass im Inneren Codex nicht alles so ist, wie es sein sollte …" Nun musste ich reagieren.

Ich sagte zweideutig: „Im inneren Codex kann ich keine Probleme erkennen. Wie wir nun wissen, ist seit zwanzig Jahren gelogen worden, aber nicht bei uns."

Er durchbohrte mich mit seinem Blick, schoss von seinem Sitz empor wie eine Schlange und schlug mit der flachen Hand auf den Tisch:

„Es gibt Verräter, Verschwörer, die die Partei von innen zerstören wollen. Mit ihnen werden wir nach Strich und Faden aufräumen." Dann, einschmeichelnd: „Und Sie, lieber Lukas, könnten uns dabei helfen." Er ging langsam um den Schreibtisch herum und kam auf mich zu. Der Mann hatte etwas von einem Reptil.

„Arbeiten Sie mit mir zusammen, liefern Sie mir Informationen."

Ich sah ihm in die Augen, die kalt und grau und irgendwie leblos funkelten. Ich verstärkte meinen mentalen Schutzschild weiter und sagte langsam:

„Ich habe Aufgaben zu erledigen, zu denen es nicht gehört, inoffiziell Informationen weiter zu geben. Es könnte mir als Verrat angelastet werden."

Wir wussten beide, dass jede Abteilung in jedem Ministerium strengsten Geheimhaltungspflichten unterlag. Ich spürte, wie er zurück zuckte, und dachte: Du oder ich? Diese Entscheidung steht bald bevor. Der Hass sprühte aus ihm heraus, als er antwortete:

„Nun gut, wir werden ja sehen, wer hier einen Fehler gemacht hat." Ich erwiderte, äußerlich eiskalt, aber innerlich aufgewühlt:

„Die Lage ändert sich von Tag zu Tag. Aber jeder steht an seinem Platz, um für unser Land zu kämpfen." Ich grüßte knapp, drehte mich um und ließ ihn stehen. Ich weiß, dass er mich seit diesem Moment überwachen lässt und bei der kleinsten Schwäche zuschlagen wird. Ich weiß auch, an einem nicht allzu fernen Tag werde ich ihn töten. Er hat meine Eltern auf dem Gewissen und meine Familie zerstört.

17. Juni

Es ist drückend heiß, und seit zwei Wochen liegt über der Stadt gespannte Ruhe. Das Leben scheint still zu stehen. Immer wieder sieht man große Gruppen von Menschen, die mit Gepäck beladen zu Fuß oder auf alten Lastwagen die Stadt verlassen. Sie flüchten vor den Kämpfen, die mit Sicherheit zu erwarten sind. Auch im Ministerium herrscht erwartungsvolle Spannung. Alle Straßen- und Bahnverbindung nach Westen und Osten sind unterbrochen.

Aus den anderen Homelands erreichen uns schlimme Nachrichten. In Asturia verwüsten maurische Krieger das Land, die Bevölkerung flüchtet zu den Häfen am Atlantik und hofft, auf rettende Schiffe aus den südlichen Bundesstaaten von Las Americas zu gelangen. Aquitania hat ein Abkommen mit den Emiraten geschlossen, das seine Grenzen garantieren soll. Dafür ver-pflichtet es sich, an das Emirat von Al-Parisi eine Friedenssteuer zu zahlen, die die Hälfte des Staatshaushaltes ausmacht. In Helvetia haben Rebellen den Gouverneur getötet und eine regionale Regierung ausgerufen, die mit den Widerstandsgruppen bei uns Kontakt aufnahm. Das Russische Reich hat starke Streitkräfte an die Donaugrenze entsandt. Was passiert mit uns? Wird es Krieg geben?

VINHO

24. Juni

Gestern war es soweit – wir fuhren mit einem angeheuerten Fahrer nachts über menschenleere Boulevards in eine unbekannte, verfallene Gegend, in die selbst die Milizia sich nicht traut. Es ging viele Meilen den Boulevard des Opferfestes hinauf, zwischen finsteren Sozialblocks, grell beleuchteten Spielhallen und verkommenen Bordellen. Schließlich erreichten wir den Eingang einer stillgelegten U-Bahn-Station, wo eine Gruppe vermummter junger Straßenmenschen wartete. Waren sie Mitglieder einer Gang oder Rebellen der „Unsichtbaren"? Ich konnte es nicht erkennen. Nach geflüsterten Passwörtern und Erkennungszeichen stiegen wir die noch intakten Treppen hinab in den Untergrund und durchquerten den verödeten Bahnhof. Fette Ratten und wilde Hunde huschten durch die Lichtkegel unserer Lampen. Dann sprangen wir ins ehemalige Gleisbett und gingen in den Tunnelschacht hinein. Zoe sagte:

„Von den alten U-Bahn-Tunneln führen geheime Abzweigungen in die Katakomben. Sie sind in den letzten Jahren immer mehr erweitert worden. Hier leben mehr Menschen als du glaubst. Flüchtlinge, Illegale, Leute ohne ID-Nummern. Es gibt viele verborgene Eingänge: die alten Bahnhöfe, Einstiege in die Kanalisation oder Keller unter verfallenen Gebäuden in der ehemaligen Innenstadt."

Ich hatte nichts von dieser Welt geahnt, aber Zoe schien sich auszukennen. Wir gingen weiter in die Dunkelheit hinein, als uns die ersten unheimlich aussehenden Gestalten begegneten. Ich sah Flüchtlinge aus den Gottesstaaten, Süchtige und offenbar Verrückte. In diesem Labyrinth aus Tunneln und Gängen waren Angehörige aller postmodernen Stämme versammelt: Goten, Vampire, Technoide, Mutanten, Propheten. Manche sahen aus wie lebende Tote, so als hätten sie seit Jahren nicht mehr die Sonne gesehen. Aber alle verhielten sich ruhig, schauten uns kaum an. Zoe erklärte mir, dass die Untergrundmenschen sich bei Tage in ihren Höhlen verstecken und nur nachts an die Oberfläche hinaufsteigen, wo sie nach Nahrung oder Beute suchen. Über die Menschen hier unten hat die obere Welt keine Macht mehr. Als vor Jahren einmal Milizia-Einheiten versuchten, den Untergrund zu säubern, wurden sie fast vollständig aufgerieben. Erst wurden sie voneinander getrennt, dann gerieten sie einzeln oder in kleinen Gruppen in Fallen oder verschwanden einfach in den Kanälen. Seitdem hat niemand von oben noch einmal versucht, den Untergrund zu betreten. Ich wunderte mich, dass Zoe sich hier zurechtfand und sich wie selbstverständlich unter all den gespenstischen Gestalten bewegte, von denen sie sogar einige grüßten. Aber ich fragte sie nicht danach. Nur eins war mir klar: Hier würde ich alleine niemals wieder hinausfinden.

Durch einen in düsteres orangerotes Licht getauchten schmalen Tunnel kamen wir schließlich in eine weite unterirdische Halle, die angefüllt war mit fröhlich feiernden Menschen. Es sah aus wie der Ort einer Untergrund-Party und die Kapelle eines verschollenen Kultes. Getragene Musik und verwirrende Tierlaute aus Lautsprechern, indirekt erleuchtete farbige Fenster und Hunderte von Fackeln erzeugten eine magische Atmosphäre. Die Projektion eines Regenwaldes, durch den ein breiter Fluss träge dahin zu fließen schien, und echte Dschungelpflanzen, die von oben herab hingen, wirkten wie ein Filmset. Das Fest war anscheinend schon in vollem Gange. Gesänge und Musik ertönten überall, Männer und Frauen tanzten und sangen hypnotische Hymnen. Andere saßen schweigend mit verklärtem Blick oder mit geschlossenen Augen auf dem Boden, der mit Strohmatten und Teppichen ausgelegt war. Manche lagen in Nebenräumen auf Sesseln und Liegen, in angeregte Gespräche vertieft. Zoe wurde von mehreren Männern und Frauen begrüßt, die weiße Hemden trugen, auf denen mir ein rundes Symbol auffiel. Wir gingen durch einen langen, nur schwach erleuchteten Gang, der zu kleineren Nebenräumen führte. Als wir eintraten, stand ein Mann auf und trat auf mich zu. Ich erkannte ihn sofort wieder: Es war der Capitan. Er lächelte gewinnend, begrüßte uns und lud uns ein, uns zu ihm zu setzen. Ich fühlte mich leicht beklommen, denn dort saßen noch einige andere schweigsame Gestalten, die weiße Hemden und blaue Krawatten trugen. Diesmal sah ich das auffällige Zeichen auf ihrer Kleidung besser: Es war ein blauer Kreis mit drei weißen Sternen darin. Der Capitan sagte aufmunternd zu mir:

„Gefällt dir unser kleines Fest? Wir fahren heute Nacht ein wenig den großen Strom hinab und werden sehen, wo wir ankommen. Diese Freunde hier" – er deutete auf die anderen Männer – „sind unsere Navigatoren, die den Passagieren helfen, wenn das Schiff allzu sehr ins Schwanken gerät." Er lachte wieder auf seine seltsam unwirkliche, fast singende Art. Seine blauen Augen blitzten, während er mich musterte.

„Du fragst dich, was dieses Zeichen bedeutet. Ich werde es dir sagen: Es ist das Zeichen unseres Bundes: Die drei Sterne stehen für die Lebenden, die Toten und die Unsterblichen, der Kreis für die Ganzheit des Universums." Ich muss ihn ziemlich verwirrt angestarrt haben, denn er setzte hinzu:

„Keine Angst, wir verstehen uns mit allen prächtig, besonders mit den Toten."

Er lachte, und als er sah, wie erschreckt ich ihn ansah, lachte er noch mehr. Ich schaute mich Hilfe suchend nach Zoe um, aber sie war verschwunden. Der Capitan sagte:

„Ja, sie ist gegangen, denn hier ist sozusagen das Männerdeck. Wir halten in gewissen Bereichen auf getrennte Zonen." Er bot mir ein Glas mit dunkelrotem Vino an.

„Keine Angst", lachte er, als er meinen Blick sah, „das ist ein ganz gewöhnlicher, aber wie ich hoffe, guter Rotwein aus Transilvania."

Ich dankte ihm und erhob das Glas auf sein Wohl. Der Capitan machte auch diesmal wieder einen ausnehmend sympathischen Eindruck auf mich, humorvoll, höflich, gewandt; ein Mann, der offensichtlich viel von der Welt gesehen hat. Er strahlte eine innere Leichtigkeit aus, die mich faszinierte, so als ob er nichts völlig ernst nehmen müsse. Dabei war er ohne jeden Anflug von Arroganz, sondern eher bescheiden und voller Mitgefühl. Ich trank den Wein und entspannte mich. Es entstand eine lange Stille, in der nur die Musik und der hallende Gesang von draußen zu hören waren. In die Stille hinein begann der Capitan zu sprechen: Er sprach vom Regenwald Amazoniens, wo er jahrelang gelebt und dessen Zerstörung er mit angesehen hatte. Er erzählte von den letzten Indios, die seine Freunde geworden waren, und wie er bei ihnen ihr heiliges Getränk kennen gelernt hatte. Er sagte, der Gebrauch des Trankes gehe zurück auf Jahrtausende altes indianisches Wissen, aus den Zeiten des Inkareiches oder noch älterer Kulturen. Ich lauschte gebannt.

„Auch im alten Indien ist die Rede von einem Getränk der Götter, dem Soma", fuhr er fort, „in der Vorzeit muss es eine Urreligion gegeben haben, die von Indien bis Peru reichte. Alte Sagen berichten übereinstimmend von Göttern, die dieses Wissen zu den Menschen brachten. Nun, wie auch immer, mit unserem Soma können wir die Pforten öffnen, die unsere Welt von der nächsten trennen. Wie ich vermute, bist du gekommen, um einen Blick hinter diese Pforten tun?

Ich nickte. Ich fühlte mich magisch gebannt, als würde ich gerufen. Nach einer Weile sagte er:

„Ich sehe, du bist bereit für das Sakrament. Hier und jetzt beginnt die Reise deines Lebens." Hier und jetzt, das Motto der Waldgänger, dachte ich. Er sah er mich an und sagte:

„Heute ist die heilige Nacht von San Juan, Sankt Johannes, dem Täufer. Es ist eine gute Nacht zum Reisen. Eine gute Nacht, um eingeführt zu werden." Ich nickte wieder. Er stand auf und öffnete ein Schränkchen, aus dem er eine Karaffe mit einer schimmernden braunen Flüssigkeit holte.

„Dies ist der Vinho negro, er wird dir die Pforte öffnen. Du wirst Bereiche betreten, die du nie zuvor gesehen hast. Es ist die Welt deiner Seele, aber es ist noch viel mehr: Deine Seele ist nur ein kleiner Teil des unendlichen inneren Raumes, den du nun kennen lernen wirst." Er unterbrach sich selbst: „Vielleicht ist es auch ein äußerer Raum, und wir sind im Inneren." Er grinste mich wieder schelmisch an: „Innen oder außen, ich habe es noch immer nicht herausbekommen können." Nun nahm er einen großen Kelch aus Kristall, öffnete die Karaffe und schenkte ein. Ich nahm das Glas, in dem die magische Essenz glühte wie dunkler Onyx, und betrachtete es. Die dunkle Flüssigkeit wurde vom Licht sanft erhellt und schimmerte wie schwarze Seide.

„Hab Vertrauen und keine Angst. Wir sind bei dir, und auch deine Freundin wird dir helfen. Trink langsam, aber in einem Zug." Während ich trank, hörte ich, wie der Capitan leise eine Beschwörung oder ein Gebet sprach. Die Flüssigkeit schmeckte so fremdartig, dass mir sofort übel wurde. Trotzdem zwang ich mich, weiter zu trinken. Nun schmeckte ich etwas Bitteres, Erdiges heraus, das mich an Pflanzen, Wald und Fäulnis erinnerte. Der Trank prickelte im Mund und betäubte Gaumen und Magen.

„Ich bitte die Geister, die Verbündeten und die Götter, dass du eine leichte und angenehme Passage haben mögest. Es ist ein altes Ritual. In etwa zwanzig Minuten wirst du erst leichten Schwindel spüren, dann so etwas wie Müdigkeit, als würdest du einschlafen. Du sinkst langsam hinab in die Flut der Bilder. Es wird sein wie Wachsein und Schlafen zugleich. Vielleicht erscheint es dir auch wie ein Aufsteigen, Schweben und immer leichter Werden. Die Welt entfernt sich, und wenn du die Augen schließt, wirst du ein großes Auge vor dir sehen. Es ist dein geistiges Auge, und du wirst nach innen schauen. Dann fluten die Bilder. Du musst nichts tun, nur mit Demut und Verehrung in die neue Sphäre eintreten. Es kann sein, dass du ein Rauschen hörst, wie von einem starken Wind. Es ist der Sturmwind des Geistes, der dich mit sich nimmt. Vielleicht erscheinen dir Verstorbene, oder auch unangenehme Gestalten. Sei ohne Furcht und bleibe ein Schauender, ein Myste, was immer du auch sehen magst. Denke nicht, du seiest tot oder dem Wahnsinn nahe. Du durchschreitest nur dein ganz persönliches Labyrinth. Wenn du dieses passiert hast, wirst du deinen Körper nicht mehr spüren, und die Bilder werden deutlicher werden, sie werden zu Visionen oder ‚Mirationen', wie wir sagen. Du bist dann inmitten der anderen Welt, die ganz real erscheint, realer als diese Welt, in der wir uns jetzt befinden. Denk daran, du reist außerhalb der Zeit, im unendlichen Raum, in der Welt der Geister. Vielleicht wirst du große Freiheit und Freude fühlen."

Der Capitan schwieg, und mir fielen plötzlich Träume ein, in denen ich schwerelos gewesen bin, in einer Art flüssigem Zustand, außerhalb meines Körpers, in einer anderen, phantastischen Welt. Inzwischen hatten sich das Prickeln und die Taubheit langsam über meinem Körper ausgebreitet. Ich fühlte mich wach, ruhig und leicht, als ob ich schwebte.

„Was ist diese andere Welt, woraus besteht sie?" fragte ich ihn. Der Capitan antwortete mit gedämpfter Stimme:

„Sie ist die Rückseite unserer Welt" – er hielt inne – „oder ist unsere Welt die Spiegelung von jener? Beide Sphären gehören zusammen, sie durchdringen einander, sie sind wie Zwillingswelten, die einander beeinflussen – das uralte Prinzip der Magie. Zusammen bilden sie die Einheit. Aber sie sind getrennt durch eine Schicht, die wir die Membran nennen. Sie ist durchlässig, aber dunkel. Die andere Seite hat Substanz, aber sie ist nicht organisch. Wir nennen sie das Plasma; es ist zeitlos, unzerstörbar, grenzenlos formbar. Aus ihm sind wir geschaffen, und in ihm leben wir ewig. Glaub mir: Es gibt keinen Tod, nur unendliche Welten von Energie und Bewusstsein, ewige Kraft, ewigen Geist." Der Capitan sprach langsam, seine Stimme schien aus großer Ferne zu kommen, trotzdem verstand ich jedes seiner Worte. Um ihn herum nahm ich nun eine helle Aura wahr. Auch die Kerzenflammen im Raum leuchteten auf einmal heller und waren umgeben von Kugeln aus Regenbogenlicht. Mir war, als würde ich in eine gesteigerte Wachheit eintreten. Schon seit einiger Zeit lief mir ständig ein feines Prickeln über den Körper, so als wäre ich elektrisch aufgeladen. Der Capitan fuhr fort:

„Diese Initiation ist deine zweite Geburt. Du solltest danach sechs Wochen fasten, um dich zu reinigen. Danach wirst du neue Fähigkeiten an dir feststellen. Dann kannst du Mitglied unseres Bundes werden. Der Bund ist so alt wie die Menschheit und fließt wie ein großer Strom durch die Geschichte, seitdem der erste Schamane in einer eiszeitlichen Höhle vor dreißigtausend Jahren die andere Welt betrat."

Ich sah nun tatsächlich einen unendlich breiten Strom langsam dahin fließen, der mich aufnahm. Ich meinte zu schweben, Bilder strömten durch meinen Geist, verwandelten sich in leuchtende Girlanden und Ornamente, die sich drehten, kreisten und vibrierten. Mein Geist beschleunigte sich, und ich gab es auf, noch Gedankenformen festhalten zu wollen, und überließ mich der unbekannten Kraft, die von mir Besitz ergriffen hatte. Ein starker Druck stieg von der Mitte meines Körpers auf, gleichmäßig und unerbittlich. Ich hörte den Capitan aus weiter Ferne sagen:

„Ich sehe, du spreizt deine Schwingen und willst dich erheben auf dem Wind des Geistes. Bon Voyage! Und nicht vergessen, was ein alter Guru aus New York einst sagte: Der Weltraum ist ein gefährliches und nicht kartografiertes Gebiet. Es ist notwendig zu reisen; es ist nicht notwendig zu leben!" Er lachte wieder, und sein Lachen verklang in der Ferne …

Der Druck wurde stärker, als säße ich in einem Raumschiff, das langsam abhob in die Stratosphäre. Die Energie erreichte mein Herz, dann das Zentrum des Kopfes, wo ein helles Licht explodierte. Meine Augen waren geschlossen, aber mir war, als ob sich ein großes, gleichsam zyklopisches Auge vor mir öffnete, das mich anstarrte. Genau in dem Moment, als ich glaube, den Druck nicht länger ertragen zu können, löste ich mich von der Schwere des Körpers und schwebte losgelöst in einer Welt ohne Schwerkraft. Ich spürte meinen Körper nicht mehr, und mein inneres Auge erweiterte sich und füllte das ganze Gesichtsfeld aus. Es war, als würde ich aufsteigen, dann wieder war es wie ein Fallen. Ich schwebte mit herrlicher Leichtigkeit und empfand dabei höchstes Glück. Dabei hörte ich ein Rauschen, das immer mehr anschwoll. War das der Wind des Geistes, von dem der Capitan gesprochen hatte? Ich bewegte mich nun durch eine Welt wogender, fließender, strömender Farben von übernatürlicher innerer Leuchtkraft. Die Farbströme flossen auf mich zu und von mir weg, so dass ich das Gefühl hatte, gleichzeitig nach vorne und rückwärts zu fallen. Mein Raumgefühl löste sich auf, und ich befand mich in einem Meer von ständig wechselnden organischen Formen, unfassbaren Landschaften aus pulsierenden Zellen, durchzuckt von Lichtblitzen und hochkomplexen spiraligen Strukturen, die sich in atemberaubender Schnelle um sich selbst drehten, wie Schlangen, die miteinander spielten. Mein Sichtfeld krümmte sich an den Rändern und erzeugte den Anblick einer Röhre oder eines kreisrunden Tunnels, durch den ich mit hoher Geschwindigkeit geschleudert wurde. Dabei konnte ich klar denken und vermutete, dass es die Krümmung der Raumzeit war, die ich sah, weil ich begann, mich schneller zu bewegen als das Licht. Das Brausen wurde stärker, wie ein Sturmwind, der mich hinweg trug. Da hörte ich eine Stimme, die irgendwie hallend aus meinen Gedanken zu kommen schien. Sie klang wie diejenige des Capitan:

„Es ist der Wind des Geistes, der dich nun in die andere Welt trägt. Vaya con dios …"

Die farbigen Muster lösten sich auf, wie Wolkenfetzen vor der Sonne. Dahinter wurde eine neue Szenerie sichtbar: Ich schwebte über einem nachtblauen Meer, das stillstand, als sei es gefroren. Darüber wölbte sich ein schwarzblauer sternloser Raum, wie ein ewiger Nachthimmel. In der Ferne sah ich eine Küstenlinie, der ich mich schnell näherte: Von dem dunkelblauen Himmel hob sich eine Silhouette schwarzer, bizarr gezackter Felsen ab. Sie glichen verzauberten Städten oder Burgen, bewacht von erstarrten Heeren von Echsen oder riesigen Vögeln. Ich dachte: Dies sind die Küsten des Hades, des uralten dunklen Reiches jenseits unserer Welt.

Ich stand am Ufer des erstarrten Meeres. Ich hatte wieder ein Körpergefühl, aber ein ganz anderes als vorher: Ich fühlte mich unvergleichlich viel leichter. Ich sah an mir herab: Ich trug Kleidung, die mir unbekannt war, und fühlte keine Temperatur auf der Haut, nur ein merkwürdiges elektrisches Prickeln. Wenn ich meinen Blick fixierte, wurde das Bild deutlich und rückte näher, doch fiel es mir schwer, es zu halten. Sah ich in eine andere Richtung, verschwanden die Dinge die ich vorher so klar gesehen hatte. Es war so, als ob die Objekte der Wahrnehmung erst in dem Moment Gestalt annahmen, in dem ich sie beobachtete. Zur selben Zeit dachte, sah und erschuf ich die Dinge. Neben mir befand sich eine verschwommene Gestalt. Sie war bläulich und fast durchsichtig und ähnelte sehr der Gestalt des Capitan. Er sprach in meinen Gedanken, und ich verstand ihn klar und deutlich:

„Bis hierher habe ich dich begleitet, aber nun müssen wir uns trennen. Vor dir liegt der Eingang in das ewige Reich, und seine erste Provinz ist der Hades. Hinter diesem Tor liegt Lethe, der Hafen der Toten. Dort nimm nichts an, trink nichts, iss nichts. Wenn du etwas zu dir nimmst, bist du dort gebannt und wirst vergessen, wer du warst, und nicht mehr zurückkehren können! Und denke immer daran: Dein Plasmaleib kann nicht verletzt oder zerstört werden, denn physische Gefahren sind hier Illusion. Nur der Psyche drohen Gefahren! Ich wünsche dir eine gute Reise …" Ich hörte ihn noch leise lachen, dann verschwand seine schemenhafte Gestalt.

Aus dem Nebel vor mir tauchte ein weites Tor auf, inmitten einer Mauer aus schwarzen zyklopischen Felsen. Dahinter nahm ich Lichter und Gestalten wahr. Ich schritt hindurch, und vor mir glitzerten in der Nacht die Lichter einer Stadt an einem großen Strom. An seinen Ufern wölbten sich Fabriken, Speicher oder Lagerhäuser in grotesken Formen nach oben, wie in Zerrspiegeln. Ich ging seltsam schwebend eine breite Straße hinab. Die Dinge hier schienen sich ständig zu verändern, wirkten unscharf und verzerrt, doch wenn es mir gelang, einen Gegenstand zu fixieren, was nicht einfach war, konnte ich feinste Details unterscheiden – das glänzende Kopfsteinpflaster der Straße oder ein Fenster, in dessen Scheiben die Reflexionen der Lichter glänzten. Vorsichtig bewegte ich mich weiter in diese unheimliche, nächtliche Szenerie hinein. Die Straße führte hinab zum Hafen, in dem große, hell erleuchtete Schiffe lagen, in denen sich Passagiere drängten. Es schien, als würden sie bald ablegen zu einer weiten Überfahrt. Kapellen spielten, und eine Atmosphäre hysterischer Festlichkeit lag in der Luft. In den Straßen begegneten mir groteske Gestalten, die fast nichts Menschliches an sich hatten: einige waren spindeldürr und hoch wie Laternen, sie schwankten wie absurde Marionetten vorüber; andere krochen wie dunkle Tiere suchend und schnüffelnd auf dem Boden umher.

An der breiten Hauptstraße standen überdimensional hohe, wie Kulissen im Wind schwankende Gebäude. Auf der gegenüber liegenden Seite des breiten schwarzen Stromes sah ich riesige Fabriken und Industrieanlagen mit einem seltsam sinnlosen Gewirr von Stahlträgern, Kränen, Winden und Rädern. Ich kam auf einen großen Platz, wo ein fast irrsinniges Getümmel herrschte: Er war angefüllt mit Menschen, die ein großes Fest ekstatisch zu feiern schienen. Plötzlich stand vor mir eine hasserfüllte Gestalt, die mit einer Waffe, die ich nicht erkennen konnte, auf mich zielte und schoss. Doch ich fühlte nichts. Es war alles Illusion. Doch bog ich lieber in eine der Seitenstraßen ein. Dort sah ich wieder die haushohen, wankenden Gestalten mit ihren langen Gesichtern – sie wirkten traurig und lethargisch. Andere, kleinere schienen dagegen unberechenbar aggressiv und jähzornig zu sein. Ich wollte mit jemandem sprechen und betrat eine Art schmutzige Gaststätte, in der sich viele Menschen aufhielten. Ich sprach sie an, fragte, an welchem Ort ich sei, aber niemand antwortete mir. Alle waren fieberhaft damit beschäftigt, schmutzige Geldscheine und Münzen zu zählen und zu tauschen. Ich fragte sie:

„Was wollt ihr denn damit kaufen?" Eine der Gestalten antwortete:

„Wir brauchen Geld, um zu trinken." Er hielt mir ein ekelhaft aussehendes braunes Getränk hin.

„Versuch unser herrliches Bier, dann wirst du uns verstehen."

Ich aber wandte mich ab und flüchtete zurück auf die Straße. Der absurde Karneval schien sich in Wellen zu steigern und dann wieder abzuflauen, die Euphorie war grenzenlos und für mich ohne jeden Sinn. Was feierten sie hier bloß? Ich versuchte immer wieder, Menschen anzusprechen, die in der Menge an mir vorüber zogen, doch ohne Erfolg. Viele sahen mich kurz an und lachten, andere blickten durch mich hindurch. Alle schienen getrieben von irgendwelchen Wünschen oder Hoffnungen. Die meisten schienen gar nicht zu wissen, wo sie sich befanden. Überall wurde gesungen und getanzt, gehurt und gekämpft, aber in maßloser Übertreibung und Verausgabung aller Kräfte. Und es wollte nicht aufhören. Ein Mann sagte zu mir:

„Alle tun hier, was sie wollen, für immer und ewig. Es endet nie, denn hier gibt es keine Zeit." Die Menschenmenge riss mich wieder hinunter zum Hafen. Die Menschen strömten auf die hell erleuchteten Schiffe, die dort lagen. Bunte Lichter leuchteten, und Kapellen spielten zum Tanz auf. Ein Stewart in roter Uniform mit goldenen Knöpfen und Schultertressen lud die Reisenden schmeichlerisch und höflich auf das Schiff ein. Er fiel mir auf, denn er schien klaren Geistes zu sein, anders als die anderen an diesem Ort des Irrsinns. Eine unheimliche Kälte und lauernde Bosheit ging von ihm aus. Er schien der einzige zu sein, der die Lage erfasste. Ich fragte ihn, wohin die Schiffe fahren würden.

„Sie fahren einen der Flüsse hinauf und über das kochende Meer. Am anderen Ufer liegen die Höllenstädte", antwortete er grinsend. Und er fuhr fort:

„Aber sie wollen es ja so. Sie sehen ja, wie begierig sie sind, zu verreisen."
Ich sah ihn entsetzt an und sagte:

„Also ist hier der Eingang zur Hölle, eine Art riesige Mausefalle?" Er antwortete achselzuckend:

„Ach wissen Sie, Reisende soll man nicht aufhalten! Für diese Menschen sind die höllischen Städte nun einmal das Ziel. Sehen sie nicht, wie sie sich freuen?" Ich aber wollte sie warnen und rief:

„Besteigt die Schiffe nicht! Sie bringen euch in die Hölle!"

Aber niemand beachtete mich. Ich sah in glasige und abwesende Augen, die nicht begriffen, wo sie waren und was sie taten. Der Menschenstrom drohte mich mitzureißen auf eines der Schiffe, und der Stewart lachte böse. Ich wehrte mich verzweifelt, jemand stieß mich zur Seite, und ich gelangte zurück auf die Uferstraße. Ich ging langsam weiter. In der Ferne sah ich Industrieanlagen, die dunklen Qualm ausstießen, Maschinenhöllen, die infernalischen Lärm verbreiteten. An ihnen vorüber fuhr ein mit bunten Lichterketten geschmücktes Passagierschiffe den Fluss hinab.

Nun kam ich in einen anderen Teil der Stadt und wurde von einer aufgeregten Menschenmenge in eine riesige Diskothek unter freiem Himmel gezogen. Hier war es der Rhythmus elektronischer Beats, der hämmerte und die Massen in Ekstase versetzte. Lichter flackerten, Körper zuckten und wanden sich wie Schlangen. Ich fühlte, wie ich von dem Taumel angesteckt wurde. Der Rhythmus stieg von unten in mir auf und erfasste meinen ganzen Körper. Ich wurde eins mit diesem irren Karneval und sah die ungeheuerlichsten Szenen um mich herum: Paare, Gruppen, Menschenknäuel, die sich hemmungslos obszönen Orgien hingaben. Weit entfernt auf einer hell erleuchteten Bühne, thronte ein DJ mit silbernem Haar, in strahlend weißem Anzug, dem die Menge zujubelte wie einem Messias.

Irgendwann – ich hatte jedes Zeitgefühl verloren – fand ich den Ausgang und kam in einen Außenbezirk. Ich folgte einer Straße, die an einer hohen Mauer endete, auf der in langer Reihe Reptilienfiguren und Drachen in den rauchigen Himmel ragten. Ich stieg eine Treppe hinauf und sah hinunter auf die andere Seite. Und dort war – das Nichts! Die Stadt hörte buchstäblich auf, es gab nur noch einen leeren schwarzen Raum. Alles hier war nichts als eine Theaterbühne, eine billige Kulisse! Ich wusste nicht, wohin ich mich wenden sollte, fühlte mich gefangen und bekam namenlose Angst. Nun spürte ich deutlich, dass alles von einer lauernden, bösen Energie wie in einem Mahlstrom langsam, aber stetig in die Tiefe hinab gezogen wurde. Ich fühlte deutlich die Anwesenheit dämonischer Mächte. Sie waren es, die hier herrschten und die unsichtbaren Fäden dieser lächerlichen Marionettenbühne bewegten. Und sie beobachteten mich genau. Nebel umhüllte mich, Schwere zog mich nach unten. Aber ich wehrte mich verzweifelt dagegen, stieß mich mit einer letzten gewaltigen Anstrengung vom Boden ab und wurde wieder vom rauschenden Sturmwind des Geistes erfasst, der mich mit sich fortriss in undurchdringlichen Nebel.

Als sich der Dunst lichtete, sah ich eine endlose rote Ebene, die im Zwielicht unter einem schwefelgelben Himmel lag. Weit entfernt erhob sich eine Kette gigantischer Bergriesen, die bis in die Schwärze des Weltraums zu ragen schienen. Ein breiter dunkelblauer Strom floss durch die Wüste langsam in Richtung auf den fernen Horizont, wo das Zwielicht erhellt wurde von fernem Wetterleuchten an einem fremden Himmel. Auf dem Fluss zogen große, flach gebaute Schiffe mit roten und schwarzen Segeln dahin, auf denen ich Menschen mit goldenen Helmen, roten Mützen und farbigen Gewändern erkennen konnte, umgeben von großen vogelköpfigen Gestalten. Ich wusste auf einmal, dass die Schiffe in die westlichen Länder fuhren, die Länder der Toten hinter dem Horizont; und der Fluss muss irgendwo ins westliche Meer münden, wo die Inseln der Seligen liegen.

Die rote Wüste erstreckte sich in alle Richtungen. Hier gab es weder Tag noch Nacht, keine Sterne am Himmel, keine Sonne, keinen Mond, nur ewiges Zwielicht und absolutes Schweigen. Ich konnte keine Laute vernehmen. Die grenzenlose Einöde war bedeckt von rötlichem Geröll. Vor mir sah ich in einiger Entfernung bizarr geformte Strukturen, wie überdimensionale Termitenbauten oder Reste uralter Pyramiden, die abgeschliffen waren vom Wind der Äonen. In der Wüste sah ich Steine, die aussahen wie die versteinerten Gerippe von Giganten.

Ich näherte mich den Felsformationen, die wie zerfallene Geisterburgen oder bizarre Zitadellen wirkten, gekrönt von Türmen und Zinnen. Als ich noch näher kam, sah ich, dass sie tatsächlich Ruinen übermenschlich großer Bauwerke waren, die Überreste einer labyrinthischen Stadt. Vor mir befand sich ein gigantisches Tor, auf das ich zusteuerte, gezogen von einer fremden Gewalt. Dann war ich in der Titanenstadt, gefangen zwischen zyklopischen

Mauern. Je weiter ich eindrang, desto stärker spürte ich die Anwesenheit einer dämonischen Macht, die unendlich alt, von eisiger Kälte und ewiger Fremdheit war. Ich bewegte mich mit meiner ganzen Kraft vorwärts, während das Unsichtbare mich bedrängte und sich wie ein lähmendes Gewicht auf mich legte. Ein hundertfaches Wispern und Jammern kam von überall her und schwoll an zu einem dämonischen Chor vieler Stimmen, die sich in meinen Gedanken zu Worten formten:

„Wer bist du? Was willst du hier, du Wurm, du Nichts? Wer schickt dich? Du hast den Palast der Titanenkönige betreten. Kehr um, geh zurück in deine kleine Welt! Für dich enden hier alle Wege. Du bist verloren – du wirst für immer hier gefangen sein!" Eine dunkle Masse richtete sich vor mir auf, sie schien aus purer Gravitation zu bestehen. Die unmenschlichen Stimmen zerrten weiter an mir:

„Woher kommst du? Du bist hier jenseits der Zeit, wir werden dich vernichten, niemand hat uns je besiegt! Wir sind die wahren Herren der Wüste." Ich fühlte deutlich, wie etwas mit übermächtiger Gewalt versuchte, in meine Psyche einzudringen. Es tastete mich ab, als suchte es eine schwache Stelle. Aber ich stemmte mich mit aller Kraft dagegen. Ich wusste: Wenn ich jetzt aufgebe, bin ich verloren. Ich fühlte mich wie ein Tier, das lebendig gehäutet wird. Dann aber entstand um mich her wie durch Zauberhand ein titanischer Palast, voll mit Schätzen und glänzenden Metallen uralter Epochen. Auf einem prunkvollen Thron zwischen hohen Säulen saß etwas, das aussah wie eine mumifizierte uralte Echse. Ihre Vorderpfoten waren zu Händen ausgebildet, der eingeschrumpfte Körper war mit metallischen Schuppen bedeckt, die in vielen Farben von schwarz über blutrot bis purpurn schimmerten. Das Wesen neigte den Kopf in meine Richtung und öffnete die Augen. Gelbe Pupillen starren mich an. Der Echsenkönig war umgeben von seinem Hofstaat: Minister mit Köpfen von Krokodilen, gehüllt in blutverklebte, staubige Roben. In diesem Palast war es chaotisch und schmutzig und stank unerträglich nach Verwesung, doch die Echsen schienen alles prachtvoll und herrschaftlich zu finden, denn sie bewegten sich gemessen und ehrfürchtig um den Thron, als befänden sie sich in goldenen Gemächern. Der König begann, mit süßlicher, freundlicher Stimme zu mir zu sprechen:

„Mein Freund, warum stellst du dich nicht vor? Du bist unser Gast, wir möchten doch wissen, wer du bist. Und wir wollen, dass du einen guten

Eindruck von uns bekommst! Wir waren die ersten Herrscher der Welt, bis die neidischen Götter uns in die Unterwelten verbannten und uns von aller Energie abschnitten. Seitdem sind wir gezwungen, im Abgrund zu existieren. Aber bald kehren wir zurück!"

Die Minister und Diener nickten bei jedem Wort beifällig und erhoben ihre Pranken in Verehrung. Ich verlor alle Angst und antwortete:

„Im Universum gibt es Energie im Überfluss für alle Wesen, wenn sie sich in Liebe verbinden. Doch die dunklen Kreaturen verschließen sich in Angst und Hass."

Er beugte sich vor und seine Klauenhand kam mir immer näher. An ihren Krallen sah ich Reihen von Ringen glitzern. Plötzlich heulte er wütend auf:

„Es gibt nicht zuviel Energie im Universum, sondern zuwenig. Deshalb tobt seit Urzeiten der Kampf um das Licht, das Gott im Übermaß den Engeln gab, während er für uns nichts übrig ließ!"

Nun schien mir der Echsenkönig eher traurig und bemitleidenswert. Die Szene wandelte sich und zeigte sich auf einmal im milden Glanz dunkler Schönheit. Ich meinte mich tatsächlich in einem prächtigen Palast zu befinden, umgeben von freundlichen Weisen, die einen gütigen alten König umringen. Ich fühlte, wie mich meine Kraft verließ, und sah eine weiße Wolke wie einen feinen Rauch aus meinem Inneren austreten. Die Gestalten kamen näher und umringten mich. Sie atmeten den weißen Rauch wie einen feinen Duft ein. Da erkannte ich, dass ich in höchster Gefahr war, und etwas explodierte in mir wie ein leuchtender Blitz.

„Ihr habt keine Macht über mich! Ihr seid Illusionen, dunkle Energie, Ausgeburten des Nichts!" Da fiel die schreckliche Illusion in sich zusammen, und mit einem Gurgeln und Brausen löste sich die schwarze Masse vor mir auf. Schnell bewegte ich mich vorwärts, und schon hatte ich die schrecklichen Mauern hinter mir. Angst und Grauen fielen von mir ab, ich war frei!

Nun bemerkte ich vor mir dunkle Linien, die bis zum Horizont reichten. Ich kam näher und sah, dass sie sich bewegten: Es waren endlose Züge von Pilgern, die in gleichmäßiger Wanderschaft die Wüste durchquerten. Eine der Reihen erstreckte sich den Fluss entlang in Richtung auf den hellen Horizont, eine andere endlose Kolonne zog in die entgegengesetzte Richtung. Diese war mir näher, und so betrachtete ich sie genauer: Die gespenstische Karawane zog an mir vorüber, ohne mich wahrzunehmen. Bald konnte ich einzelne Gestalten ausmachen: Erst sah ich große Gruppen von Soldaten, dann ganze Regimenter und Armeen durch den roten Staub wandern, aber nicht zum Angriff, sondern wie Geschlagene, die in die Gefangenschaft gehen. Viele waren verbunden oder verletzt, anderen fehlten Gliedmaßen, ihre Uniformen hingen zerfetzt von ihren Körpern. Einige hatten nur noch halbe Köpfe, andere keine Beine, doch sie bewegten sich wie schwebend. Ich sah in leere Augenhöhlen und klaffende Brustkörbe. Manche schleppten immer noch schwere Waffen mit sich. Ihnen folgten Gruppen, die unentwegt zu streiten schienen, verstrickt in endlose Debatten. Doch ich hörte keinen Laut im Schweigen der Wüste. Einige folgten Bannerträgern, die Feldzeichen und Fahnen vor sich hertrugen. Sie schienen zu singen und im Chor Parolen zu rufen. Auch sah ich Plakate mit Porträts und Schriftzügen, denen Hunderte und Tausende folgten; es waren Alte und Junge, Frauen und Männer, aber keine Kinder. Der Zug war endlos, er kam vom fernen dunklen Horizont und verschwand im roten Dunst. Aber wohin gingen sie?

Ich folgte ihnen eine Weile, dann sah ich in der Ferne Türme an einem Abgrund stehen, die wie Wächter dem Dunkel hinter ihnen trotzten. Sie standen in langer Reihe direkt am Rande einer unendlich langen und tiefen Schlucht, auf deren anderer Seite das majestätische Gebirge sich auftürmte mit immer höheren Gipfelketten, bis hin zum fernen Weltenberg. Ich kam näher und sah einen bodenlosen Abgrund. An dessen Rand hatten sich große Heerlager gebildet. Die Züge der Wanderer vereinigten sich dort in einem großen Wirbel von Gestalten, der sich um sich selber drehte, offenbar in großer Freude. Sie jubelten; Fackeln und Lichter leuchteten auf, Feste und Gelage waren im Gange. Dann sah ich die Treppen: Breite Stufen führten an den Felswänden hinunter in die dunkle Tiefe. Auf ihnen stieg ein nicht abreißender Strom von Menschen freudig und singend hinab. Ich sah die Lichter ihrer Fackeln immer kleiner werden, bis sie von der Dunkelheit verschluckt wurden. Die Pilger kamen aus allen Richtungen, offenbar angezogen vom Sog des Abgrunds. Es sah aus, als erwarteten sie dort unten ein gelobtes Land. Sie alle waren, wie es schien, aus freiem Willen unterwegs; sie kamen von weit her und waren schon lange auf der Reise. Woher kamen sie? Wohin gingen sie? Was war dort unten? Wussten sie, was sie erwartet? Warum kehrten sie nicht um?

Mich schauderte, und ich bewegte mich von dem Abgrund weg, der auch auf mich einen unheimlichen Sog auszuüben begann. Ich kehrte um und erreichte wieder den breiten, ruhig dahinfließenden nachtblauen Strom. War er der Strom der Unterwelt, von dem schon die Griechen sprachen, der nachtblaue Styx? Gab es ihn wirklich?

Vor mir tauchte nun die gewaltige Masse eines Bauwerkes auf, das wie ein gigantisches Tor den Fluss überwölbte. Zwei gegenüber liegende Tempel an beiden Flussufern, die von mächtigen Säulenhallen umgeben waren, trugen einen Querbau, der von Kuppeln oder Observatorien gekrönt war. Die Gebäude waren von innen schwach erleuchtet, und hier und da blinkten Lichter auf. Ich kam zum Eingangstor, das flankiert war von uralten, verwitterten Steinfiguren: Es waren dinosaurierartige, auf den Hinterbeinen stehende Echsen mit zum Gebet erhobenen Vorderpranken, aber mit abgeschlagenen Köpfen. Nachdem ich das Tor durchschritten hatte, kam ich in einen Innenhof. Von ihm führten breite Treppen hinauf in die oberen Stockwerke. Im Zwielicht sah ich schweigende Gestalten stehen, die in schwere Kutten gehüllt waren, so dass ich ihre Gesichter nicht erkennen konnte. Eine von ihnen trat vor, und ich empfing in Gedanken eine Botschaft:

„Du hast den Tempel des Abyssus erreicht. Der Fluss ist der Styx, der die Unterwelt durchfließende Nil. Hier ist das Tor zwischen dem niederen und dem höheren Hades. Der Reisende, der bis hierhin gelangt ist, muss verweilen, sehen und lernen, damit er weiterreisen kann. Wer diese Grenze passiert hat, lässt die Unterwelt hinter sich und gelangt in die unsterblichen Länder." Ich fragte:

„Was muss ich lernen?"

„Jeder muss lernen, woher er kommt, wohin er geht und wer er ist. Wir nennen es ‚das Sehen'. Dieser Tempel war früher den Göttern des Abyssus, des Abgrundes, geweiht; nun leben wir in seinen Mauern. Wir sind Wächter und Seher zwischen den Welten, zwischen der Unterwelt und den reinen Ländern des Lichtes. Der Abgrund ist nah, und noch halten wir aus, aber es ist gefährlich geworden, denn die Lemuren steigen wieder herauf."

Ich fühlte eiskalte Angst.

„Wer sind die Götter des Abgrundes?"

„Vor undenklichen Zeiten, als die Titanen aus der äußeren Finsternis hinaufstiegen in unsere Welt, erbauten sie in dieser Wüste eine Reihe von Festungen als Vorposten ihres Reiches. Doch sie wurden vertrieben und ihre Burgen zerstört. Nun versuchen sie, zurückzukehren."

„Was ist in diesem Abgrund?" fragte ich, „ich sah viele an seinem Rand, und viele stiegen singend hinab."

„Du hast viele Fragen, und sie sollen dir beantwortet werden. Komm und begleite mich."

Er führte mich in einen großen Saal, der bis unter die Decke angefüllt war mit alten Büchern und Folianten. An den Wänden hingen Porträts ernster Gestalten. Eines zeigte einen alten Mann mit schlohweißem schütterem Haar. Tiefe Züge furchten sein bleiches Gesicht, seine weit aufgerissenen Augen zeigten einen Ausdruck von grenzenlosem Schrecken, der mich erschütterte. Ich fragte meinen Begleiter, wer dieser Mann gewesen ist. Und er erzählte mir seine Geschichte:

„Dies ist ein Bildnis des Sehers Alba. Vor langer Zeit beschloss er, die große Treppe hinab zu steigen, um die untere Welt zu erkunden. Schon viele vor ihm hatten den Abstieg gewagt, aber keiner war je zurückgekehrt. Nicht so Alba. Als wir schon nicht mehr an seine Rückkehr glaubten, tauchte er wieder auf. Das Bild zeigt ihn nach seiner Rückkehr. Er war als junger Mann aufgebrochen, als Greis kam er zurück. Danach verließ er nie wieder seine Zelle, und keinem erzählte er je etwas über seine Reise. Eines Tages war er verschwunden, und man fand in seiner Zelle eine Karte – gezeichnet auf unvergänglichem Metall. Es ist eine Karte der Hölle – die einzige, die in unseren Welten existiert. Schon mehrmals wurden dunkle Gestalten gesehen, die sich in den Tempel geschlichen hatten und nach etwas suchten. Aber nie haben sie die Karte gefunden, denn sie ist an einem geheimen Platz verborgen."

Mit diesen Worten öffnete er einen schmalen Spalt zwischen den Bücherwänden, in dem er verschwand. Nach einer Weile kehrte er mit einer Rolle aus hauchdünnem silberartigem Metall zurück. Er öffnete den Deckel und zog langsam die zusammengerollte Karte heraus.

„Er zeichnete die Karte auf Orichalkos, ein Material, das so fein ist wie Seide und so haltbar wie Platin. Es kann durch keine geistige Kraft umgeformt werden. Deshalb ist es die wertvollste Substanz in unserer Welt."

Er rollte die Karte aus, und ich erschauerte: Es war, als würde ich in eine tiefe Höhle blicken, so räumlich erschien sie. Und alles auf ihr begann, sich zu bewegen. Am Rande sah ich die Treppen, die in einen Abgrund hinunterführten, durch den ein heißer dampfender Fluss strömte. Alle Straßen führten zu riesigen Felsentoren im Gebirge. Hinter den Bergen mündete der Fluss in ein Meer, an dessen Ufern mehrere labyrinthische Städte lagen. Sie waren realistisch gezeichnet, im Stil alter Miniaturen. In einem Hafen bestiegen die Toten große Schiffe. Das Meer war als „das kochende Meer" bezeichnet. Alba hatte in winziger Schrift hinzugefügt: „Dieses Meer ist so heiß, dass die eisernen Schiffe, die es kreuzen, rot erglühen." Auf der anderen Seite des Meeres lag eine schwarze, vulkanische Ebene, „das Feld des ewigen Krieges". Heerscharen von Toten, begleitet von riesigen Insekten, Hyänen und ungeheuren Ratten, kämpften unter verschiedenen Bannern um brennende Städte. Weiter im Norden lag „die Eiserne Stadt" mit Hochöfen, Fabriken und Kerkern, ein Moloch der technischen Welt. „Hier residiert der Fürst der Lemuren", erläuterte die Schrift. Am Rande dieser Stadt tat sich ein Abgrund auf. Dorthin hatte Alba nur ein Wort geschrieben: „Tartarus". Stumm und voller Grauen rollten wir die Karte wieder ein und steckten sie zurück in ihren silbernen Behälter.

Der Seher sagte zu mir: „Willst du sehen, was wir sehen? Komm mit mir in das Observatorium. Dort gibt es Fernrohre, mit denen wir bis an die Grenzen der bekannten Welt schauen können."

Wir stiegen eine gewundene Treppe hinauf, die nicht enden wollte. Unter uns sah ich den Fluss, auf dem die Schiffe langsam dahin glitten. Links und rechts zweigten Zellen ab, in denen seltsame weiße Kokons hingen, die aussahen wie große Schmetterlingspuppen. Sie waren von einem weißen Gespinst umgeben, das an einigen Stellen noch recht dünn war und menschliche Formen erkennen ließ. Andere waren zu ovalen und runden Puppen geworden, in denen sanfte Lichter glühten und pulsierten wie leuchtende Herzen. Wieder hörte ich die Worte in meinen Gedanken:

„Diese uralten Seher gehen in die Metamorphose, die große Verwandlung, in der sie die zweite Geburt erleben. Sie sind lange genug im Astral gewesen, für sie gibt es hier nichts mehr zu lernen. Sie ziehen sich zurück und bewegen sich nicht mehr. Bald bedeckt ein Gespinst ihre Körper, bis sie ganz von weißen Kokons umgeben sind. Sie verharren lange so, während ihre Form vom inneren Licht verzehrt wird. Erst ist es nur eine kleine Flamme, doch sie wächst beständig. Sie verharren in dieser Verpuppung, bis der Zeitpunkt ihrer zweiten Geburt gekommen ist. So beenden sie ihre Existenz in der Welt der Bilder und steigen als leuchtende Kugeln empor und werden zu Unsterblichen."

Wir erreichten eine große Plattform, die von einer Kuppel überdacht war, einer Art Observatorium mit mehreren großen Teleskopen, die in verschiedene Richtungen zeigten. Mein Begleiter wies mich an, durch eines von ihnen hindurch zu sehen. Ich schaute auf den Weltberg, der von ringförmigen Gebirgen umgeben ist.

„Diese Berge werden von göttlichen Wesen bewohnt, die von ihren unsichtbaren Palästen aus die Welten betrachten."

Er richtete das Objektiv nach unten, wo ich die große rote Wüste sah. Und ich erkannte den ungeheuren Abgrund zwischen ihr und den Bergen. Dann sah ich den Strom, der nach Westen floss.

„Der Fluss wird seit uralten Zeiten Unterer Nil, Hyponilus oder Styx genannt. Er fließt durch die rote Wüste, die Mangala heißt wie der rote Planet in einer alten Sprache. Im Krieg der Götter und der Titanen verbrannten die Götter diese Länder in einem furchtbaren Feuer. Übrig blieb die Einöde mit den Ruinen der Titanenstädte. Überall in der Wüste gibt es Risse und Abgründe, Eingänge in die Unterwelt, die Stätten der Lemuren, Ghule und Dämonen. Im Westen" − er drehte das Fernrohr und stellte einige Rädchen und Hebel um − „liegt der Kontinent Gondwana, an dessen Küsten die herrlichen Meerstädte liegen. Es ist das Land der Seligen. Zu ihm gehören die drei Indien, mit Wüsten, Oasen und dichten Dschungeln, regiert von einem Priesterkönig."

Nun sah ich deutlich eine weiße Stadt an einem silbern glänzenden Meer, durchzogen von Kanälen, mit prachtvollen Straßen, Brücken und Hunderten von Tempeln. Vor der Küste glitzerten Inseln im Licht.

„Gondwana besteht aus zweiundsiebzig Ländern und deren Hauptstädten. Die prächtigste von allen ist Anthusa, die ewig Blühende. Sie liegt dort, wo der breite Strom Styx ins Silberne Meer mündet. Anthusa ist die Residenz des Priesterkönigs Juramidam, des Vielgestaltigen. Weiter im Süden an der Küste siehst du die halb im Meer versunkene Ruinenstadt Vindonissa, die Heimat der Ozeanier. Landeinwärts liegt die Stadt Bergengruen inmitten lichter Wälder. Am äußersten westlichen Kap liegt das strahlend helle Luzidal. Im Osten beginnt die Hochsteppe mit der Oasenstadt Persivann. Im Norden endet der Kontinent an einer rauhen Steilküste mit der düsteren Stadt Ultima Thule. Und im Osten wird er begrenzt durch die Roten Klippen. Auf der anderen Seite des Ozeans liegt das das Reine Land des Westens, das von uns nicht betreten werden kann, weil das Licht dort so blendend hell ist, dass wir sofort erblinden würden. Es ist das Reich der Unsterblichen."

Ich sah all diese Orte in magischer Nähe, während das Fernrohr langsam schwenkte. Es war das schönste, was ich je sah. Ob es mir jemals gelingen wird, das Land Gondwana zu erreichen?

Ein anderes Teleskop war auf den Himmel gerichtet. Ich blickte hinein und sah ein gleißendes Licht, das beinahe das ganze Sichtfeld einnahm.

„Dieses Teleskop ist ständig auf das große weiße Licht gerichtet, ein rätselhaftes kosmisches Objekt, das wir schon seit langer Zeit beobachten. Nach unseren Berechnungen hat es einen Durchmesser von etwa hundert Lichtjahren. Es leuchtet weiß, aber es kann kein Sternsystem sein, denn es ist größer als zehntausend Sonnen. Und es kommt näher. Wir wissen nicht, wann es uns erreichen wird und was dann geschieht. Unsere Kosmologen haben berechnet, dass dieses Objekt sich schon seit Jahrtausenden mit Lichtgeschwindigkeit auf uns zu bewegt. Daher muss sein Ursprung in unermesslicher Ferne liegen. Manche vermuten, dass es aus dem Zentrum unserer Galaxis kommt. Neue Theorien besagen, dass es aus Lichtwesen besteht, die aus unermesslich fernen, höheren Bereichen zu uns herabkommen ..."

Seine Stimme verhallte in der Ferne, alles löste sich in Nebel auf, das Licht, der Tempel, die Wüste – und die Vision endete.

Ich wurde von einer übermächtigen Kraft hinab gezogen und stürzte zurück in meinen Körper. Als ich die Augen öffnete, saß mir der Capitan mit unbewegter Miene gegenüber. Seine Augen waren halb geschlossen. Ich lag auf einem Sofa, Zoe saß neben mir und sah mich an. Ich war erschöpft und fror. Als sie bemerkte, dass ich zurück war, gab sie mir Wasser zu trinken. Sie schien besorgt gewesen zu sein, aber nun lächelte sie und sagte:

„Du bist lange weg gewesen. Mehr als sechs Stunden."

Ich konnte nicht sprechen, mein Körper fühlte sich an wie ein schwerer Klumpen aus Fleisch. Und doch ging es mir gut, und ich war froh, wieder auf dem Erdboden zu sein, als sei ich nach einer Reise durch den Weltraum wieder heil gelandet. Zuerst schwieg ich und versuchte das Erlebte zu verarbeiten. Dann begann ich, es langsam und stockend in Worte zu fassen. Der Capitan und Zoe lauschten aufmerksam. Als ich geendet hatte, erklärte mir der Capitan:

„Im Astral gelangt jeder in diejenigen Bereiche, die seinem geistigen Zustand entsprechen. Was du gesehen hast, sind keine bloßen Halluzinationen, sondern im Astral existierende Orte und Wesen. Sie sind dir erschienen, weil sie deinem Geist entsprachen. Zuerst hast du die Membran mit Leichtigkeit durchdrungen. Dann kamen starke Mirationen in einer zwielichtigen Zwischenwelt der Illusionen. Zweimal wurdest du geprüft, erst in der dunklen Hafenspelunke, dann in der Wüste, wo du dämonischen Abgesandten widerstanden hast. Dann bist den Verbündeten begegnet, die dir als Seher in einem Tempel erschienen. Sie zeigten dir das mysteriöse weiße Licht, das schon viele gesehen haben."

„In der Wüste bin ich einer uralten, schrecklichen Macht begegnet, die mich verführen oder aussaugen wollte – ich bin mir nicht sicher. Die Seher sprachen von Mächten der Finsternis und zeigten mir sogar das Reich des Abgrundes."

Der Capitan wurde plötzlich sehr ernst, und während er sprach, lauschte ich ihm mit atemloser Spannung, ebenso wie Zoe:

„Im unendlichen Astral gibt es nicht nur die Toten, die Unsterblichen und andere göttliche Wesen, sondern auch mächtige Emanationen der Finsternis, die wir Titanen nennen. Unsere Verbündeten sind seit langer Zeit in einen kosmischen Krieg mit ihnen verwickelt. Es ist ein Kampf, der immer wieder auch auf der Erde ausgetragen wurde. In allen Religionen und heiligen Büchern wird seit Anbeginn der Zeiten über diese Kämpfe berichtet." Ich fühlte mich zunehmend unbehaglich und fragte ihn:

„Wer sind die Titanen, woher kommen sie?"

„Wir wissen sehr wenig über sie, aber es ist unzweifelhaft, dass sie existieren. Offenbar bestehen sie aus dunkler Energie, die aus der Urzeit des Universums stammt. Das Universum expandierte, und an seinen äußersten Rändern blieb ein Horizont aus Energie, genannt die äußere Finsternis. Aus ihr entstanden die Titanen. Sie sind dunkle Energie, äußerst starke Gravitationsfelder, die ins bekannte Universum eindringen und es durchstreifen auf der Suche nach Beute, wie kosmische Parasiten, die ständig nach neuer Nahrung Ausschau halten. Wenn sie genügend Energie erlangt haben, erschaffen sie eine Spezies zerstörerischer Wesen, die Lemuren. Sie können im Astral als Mischwesen mit Echsenköpfen, gepanzerten Insektenkörpern und vielen Gliedmaßen erscheinen. Manchmal gelingt es ihnen, bis zur Erde vorzudringen. Dort sehen die Menschen sie als geflügelte Schatten oder dämonische Wesen." Er machte eine Pause, „Ja, wir stehen in einem kosmischen Krieg, und der Schauplatz ist dort draußen …"

Ich fühlte, wie mich ein Schauder überlief.

„Aber keine Sorge, es gibt Schützer und Wächter, die die Zugänge zur Erde behüten. Vielleicht wirst du auf späteren Expeditionen mehr darüber erfahren."

Dann dachte ich an die Mächte, die sich gegen uns alle hier im westlichen Europa verschworen hatten.

„Ihr habt viel Wissen erworben, aber ihr werdet verfolgt. Die Führer dieses Landes und anderer Staaten haben beschlossen, euch zu vernichten. Es ist nur noch eine Frage der Zeit ..."

Der Capitan sah plötzlich müde aus und sprach langsam:

„Ja, das wissen wir. Sowohl für die Diktaturen hier im Westen wie auch für die Gottesstaaten sind wir Todfeinde. Der alte Gott weilt nicht mehr unter uns, und der neue Gott ist grausam und hat kein Erbarmen. Deshalb wird der Bund das alte Europa so schnell wie möglich verlassen."

Zoe, die lange still gewesen war, sagte nun klar und bestimmt:

„Wir werden zurückkehren nach Transilvania. Wenn du willst, kannst du mit uns kommen. Dort, inmitten der uralten Wälder, gibt es einen Berg, der Mondor heißt. Auf ihm erbaute ein reicher Fürst und Weltreisender ein phantastisches Schloss, bewacht von steinernen Chimären. Jedes Jahr zu Allerheiligen, am Tag der Toten, feiern wir dort das Fest des Bundes. Aus allen Ländern werden Freunde kommen. Aber dieses Jahr ist ein besonderes Jahr ..." Sie sah den Capitan fragend an, der ihr zunickte und sie fuhr fort:

„Alle zweiundfünfzig Jahre begehen wir das *Mysterium Tremendum*, die Öffnung der Pforten, den Exodus. Einige von uns verlassen dann die Welt, ohne Spuren zu hinterlassen."

„Wovon sprecht ihr?", fragte ich, „wer will die Welt verlassen?" Wieder lachte der Capitan seltsam belustigt.

„Wir alle verlassen die Welt recht schnell – aber die meisten kehren schon bald zurück und werden wiedergeboren, weil sei einfach nicht genug bekommen können von der großen Show hier unten. Nur wenige verlassen sie für immer. Wenn eine große Zivilisation endet, kommt es zur Scheidung der Geister. Mitten im Untergang einer alten Welt öffnen sich die Pforten der Zeit. Einige Pioniere lösen sich von der organischen Welt und gehen hinüber in neue Räume; manche Ägypter, Maya, Indianer und Tibeter verschwanden auf mysteriöse Weise. Für unsere Geschichtsschreiber sind sie untergegangene oder fast entschwundene Völker. Vom Astral aus gesehen, sind sie Auswanderer, Erstgeborene einer höheren Art. Sie gingen durch die Pforten, ohne Spuren zu hinterlassen. Das ist der Exodus."

Ich begriff nicht, wovon er sprach und sah ihn fragend an.

„Es ist ein Mysterium. Du wirst es später verstehen. Hier sind wir Besucher, Reisende – dort sind wir zuhause. Hier sehen wir in einen dunklen Spiegel, dort von Angesicht zu Angesicht." Er zitierte doch tatsächlich aus dem verbotenen zweitausendjährigen Buch der alten Religion. Fassungslos sah ich Zoe an:

„Und was hast du vor?"

„Mach dir keine Sorgen. Ich habe nicht vor, die Welt zu verlassen. Der Capitan dagegen hat auf der anderen Seite viele Aufgaben. Er wird dort als Reiseführer mehr gebraucht als hier."

Sie lachte, und der Capitan stimmte ein. Dann bemerkte er:

„Ich führe diejenigen, die sich verirren – und das sind nicht wenige, glaube mir – durch die dunklen Bereiche in hellere Länder. Du hast doch selbst gesehen, wie viele durch die dunklen Zwischenwelten irren. Genug Arbeit für Reiseführer wie mich." Dann sagte Zoe:

„Du musst mit uns kommen nach Transilvania!" Ich antwortete:

„Wenn der Tag gekommen ist."

Da fing der Capitan wieder an, seine Späße zu machen:

„Oh, wenn der Tag gekommen ist! Das klingt bedeutend. Hast du es immer noch nicht begriffen: Wir sind Tote, wir haben keinen Kalender!" Sein Scherz schien ihm ungeheuer zu gefallen, er wollte sich biegen vor Lachen. Schlagartig fiel mir mein Traum wieder ein von dem Schloss, dem Fest und einem Kapitän, der mich einen Vertrag in roter Tinte unterschreiben ließ. Ich sah den Capitan verwirrt an, und er sagte fröhlich:

„Sind wir uns nicht schon einmal begegnet? Es ist möglich, all diese Welten sind so klein …" Und er kicherte, während mich plötzlich bleierne Müdigkeit überkam. Ich hörte ihn noch lachen, als ich schon in einen tiefen grundlosen Schlaf fiel.

DER STURMWIND DES GEISTES

20. Juli

Vier Wochen sind seit meiner Reise in die Unterwelt vergangen. Die Visionen waren ungeheuer plastisch, farbig und gefühlsgeladen und wirkten fast realer als die alltägliche Wirklichkeit. Ich habe nichts vergessen, und jedes Bild ist in mein Gedächtnis eingebrannt. Nach jener Nacht in den Katakomben begann ich mich zu verändern. In den folgenden Tagen war ich müde, schlief viel und war kaum interessiert an der Außenwelt. Meine Visionen – oder wie die Amazonier sagen: Mirationen, Schauungen – gehörten nicht zu den glückseligen, nicht einmal zu den angenehmen, sondern sie hatten düstere und paranoide Aspekte. Und doch lösten sie eine Ungebundenheit und Freiheit des Geistes in mir aus, die ich niemals zuvor erlebt hatte. Ich bin nun wie infiziert von dem Unbekannten und fühle den Puls einer größeren Welt voller Bedeutung und Sinn.

Ich habe verstanden: Wer einmal die Grenzen des Materiellen überschritt, wird nie wieder derselbe sein, der er vorher war. Er kehrt als ein anderer zurück – so wie die Helden und Unterweltfahrer der alten Sagen und Legenden. Er hat erfahren, dass es Daseinsbereiche außerhalb des Bekannten gibt, die ebenso wirklich sind, und er ahnt, dass der Mensch nur ein Entwurf, sein Geist vielleicht nur die Vorstufe einer anderen Existenz ist. Dort draußen wartet eine unendliche Welt, voll unermesslicher Freiheit, ungeahnter Seligkeit, aber auch voller Abgründe und Gefahren. In der geistigen Welt gelten strengere Gesetze als in unserer Kinderwelt, und irgendwann ist der Rückweg in ihre Geborgenheit nicht mehr möglich. Dort drüben nämlich ist der Jahrtausende alte Satz „Dies bist Du" oberstes Gesetz. Sollte von dort das *Memento Mori* der Religionen kommen, die Eindringlichkeit und der Ernst, mit dem sie uns mahnen, an den Tod, das ewige Leben und die Seele zu denken und unsere Zeit nicht zu verschwenden?

Ich sprach immer wieder mit Zoe über diejenigen Mirationen, die düster und angsteinflößend gewesen sind. Sie versicherte mir, dass viele Novizen anfangs durch diese unteren Bereiche der kollektiven Psyche reisen: Nach dem ersten Eintreten in die andere Welt manifestieren sich unbewusste oder unterdrückte Ängste und Spannungen, die sich jedoch allmählich auflösen. Erst nachdem man das Verdrängte verarbeitet hat, kann man reinere und hellere Bereiche betreten.

Ich habe immerhin begriffen, dass eine geistige Wirklichkeit existiert und bin bereit, mehr über sie zu erfahren. Obwohl ich großen Respekt und auch Furcht empfinde, sind meine Neugier und mein Entdeckergeist stärker. Auch fühle ich so etwas wie Sehnsucht nach der Freiheit der anderen Seite. Ich weiß nun, dass ich auch außerhalb meines physischen Körpers in einer Welt voller Möglichkeiten und Verheißungen existiere. Zoe, die jeden Tag und jede Stunde der letzten Wochen bei mir war, erklärte mir, diese Sehnsucht nach Freiheit sei natürlich, aber man dürfe ihr nicht nachgeben. Denn sie sei eine verführerische Maske des Todes. Wir dürfen die materielle Welt nicht einfach aufgeben oder verlassen, sondern wir sollen ihren Wert erkennen und unsere Existenz in ihr akzeptieren. Denn sie ist ein wesentlicher Bestandteil des unendlichen Gewebes der Welten. Doch wer einmal vom Quell der Unsterblichkeit getrunken hat, will mehr genießen. Bei mir entstand aus dem Gefühl, wieder in der materiellen Welt eingeschlossen und gefangen zu sein, eine Depression.

Ich schwankte also zwischen Sehnsucht nach Unendlichkeit, einer Art von Hybris, Trauer und Depressionen und war fest entschlossen, bald wieder das Heilige Getränk zu mir zu nehmen, um mehr zu sehen. Zoe war es, die mir Mut machte und mich in dieser schwierigen Zeit führte. Der Capitan war plötzlich verschwunden, ebenso wie Sandor Csoma, der mysteriöse Ethnologe. Beide, so sagte sie, seien zurückgekehrt in ihre Heimat nach Transilvania. Sie aber war bei mir geblieben und half mir durch die schweren Wochen der Wandlung.

Nun ist die Transformation abgeschlossen, und ich fühle mich kräftiger als zuvor. Ich habe mich verändert. Eines Tages stellte ich fest, dass ich mit Zoe sprechen konnte – ohne Worte. Zuerst fiel es mir nicht auf, als ich ihre Stimme in meinem Kopf hörte. Es war, als spräche sie mit mir. Doch dann stellte ich fest, dass wir schwiegen und uns trotzdem verständigten. Auch kann ich manchmal die nahe Zukunft sehen: Spontan tauchen in meinem Geist Bilder auf, die sich später tatsächlich in der Wirklichkeit manifestieren. Es ist das bekannte Déjà-vu-Erleben: man sah es schon einmal. Meist sind es besondere Situationen am Ausgangspunkt wichtiger Ereignisse. Ich höre auch hin und wieder deutlich eine innere Stimme. Entweder warnt sie mich davor, etwas zu tun, oder sie fordert mich auf, einen Ort schnell zu verlassen. Meist droht dort Gefahr. Auch sehe ich Personen vor meinem inneren Auge, die weit entfernt sind. Am eindrucksvollsten ist eine Stimme, die ich in Träumen höre, wie ein Lehrer, der mich unterrichtet.

„Es ist das Soma, das zu dir spricht", sagte Zoe, „es ist wie ein uralter Weiser. Es ist Millionen Jahre alt und existiert überall im Universum. Als Molekül ist es älter ist als alle Lebewesen der Erde. Wir Menschen sind nichts anderes als kurzzeitige Manifestationen von Molekülen. Sie erschaffen uns und wandern weiter zur nächsten Generation in der unendlichen Kette von Lebewesen. Wir bleiben als leere Hüllen zurück. Sie kommen aus dem Kosmos und sind die wahrhaft Unsterblichen."

22. Juli

Was mich an den Visionen beeindruckte, war der Kontakt mit den Wesen, die sich als Seher bezeichneten. Ohne Zweifel waren sie real, und sie kommunizierten mit mir in klarer, verständlicher Form. Aber was waren sie? Gestalten der unbewussten Psyche, eigenständige Wesen oder beides? Zoe sagt, es waren die Verbündeten, die sich mir als Seher maskiert zeigten. Wer sind die Verbündeten wirklich?

Zoe behauptet, dass sie von Anfang an die Lehrer der Menschheit waren. Schon in prähistorischen Höhlen fand man Darstellungen von weißen Gestalten, umgeben von einer leuchtenden Aura und mit Strahlenkränzen um ihre oval gewölbten Köpfe. Sie wurden oft als Mischwesen aus Mensch und Tier dargestellt oder als Geisterwesen mit langen hohen Häuptern und riesigen pupillenlosen schwarzen Augen. Um sie herum sind oft weiße Punkte und Linien zu sehen, die Energie und Strahlung symbolisieren.

In den frühen Hochkulturen wurden übernatürliche Wesen ähnlich dargestellt, von Lichtstrahlen oder -kränzen umgeben, oft in Verbindung mit bestimmten Sternen oder Sternbildern. Aus ihnen formten sich die großen Götter. Im alten Amerika wurden sie als Geistwesen verehrt, die von den Sternen herabgekommen waren. In Indien sollen die Götter von anderen Planeten gekommen sein, und für die alten Australier kamen sie aus einer anderen Dimension, der Traumzeit. Zoe glaubt, dass solche Wesen in prähistorischen Epochen die Erde besucht haben könnten und den Menschen in Visionen und Trancezuständen erschienen sind. Sie meint, die Evidenz der Mythen aller Kulturen rund um den Globus sei zu stark, als dass es sich nur um Phantasien handeln könne. Und sie ist sicher, dass den Amazoniern in den letzten Jahrzehnten vieles über die vergessene Vorgeschichte der Menschheit offenbart worden sei. Ich solle offen für den Kontakt mit solchen Wesen sein, denn sie könnten jederzeit zu mir kommen, auch in Träumen.

24. Juli

Zoe weiß zurzeit nicht, ob sie nach Transilvania zurückkehren kann. Ich suche fieberhaft nach einem Weg für uns. Der einzige, der mir einfällt, ist zu versuchen, einen Bahnhof an der Grenze zu erreichen, von wo die Züge in die östlichen Emirate abfahren, über Monasti-Basar, das frühere München, und Vijana, das alte Wien, nach Buda an der Donaugrenze. Dort könnten wir die Donaubrücke überqueren und so den Freistaat Hungaria erreichen. Um von dort weiter nach Transilvania zu reisen, müssten wir allerdings noch ein gefährliches Niemandsland im Osten Hungarias durchqueren, das kriegerische Clans seit Jahren unsicher machen.

Zoe ist unruhig; sie glaubt, Kampf und Brand in naher Zukunft zu erkennen. Ihre innere Stimme rät ihr, bald das Land zu verlassen. Aber ich will sie nicht alleine reisen lassen. Wenn wir gehen, müssen wir zusammen gehen. Doch vorerst muss ich ausharren, denn das bin ich Sakharov und dem Widerstand schuldig. Ich kann nicht einfach fliehen wie ein Verräter.

26. Juli

Die Demonstrationen flammen wieder auf. Deshalb hat die Regierung das Kriegsrecht verhängt und die Wahlen vorerst abgesagt. Täglich werden die Menschenmengen größer, die sich auf den Plätzen und Boulevards der Metrocity versammeln. Die Milizia schießt scharf, und von den „Unsichtbaren" wird zurück geschossen. Täglich gibt es Tote. Ganze Straßenzüge brennen und verwandeln sich in Trümmerwüsten. Die Aufständischen wollen den Sturz, ja sogar den Tod des Diktators Hagen und seiner Clique. Wir haben Informationen, dass Hagen vorhat, Eurabia um militärische Hilfe gegen die Rebellen zu bitten. Admin Sakharov deutet heute im vertrauten Kreis an, dass in diesem Fall rechtzeitig die Operation Waldgang ausgelöst werden soll, jedoch auf keinen Fall zu früh – der genaue Zeitpunkt steht noch nicht fest. Alle Ministerien und das gesamte Regierungsviertel sind mit Milizia und schweren Waffen gesichert. Es ist immer noch unklar, wie viele Kommandeure wirklich auf der Seite des Widerstandes stehen. Viele von ihnen verhalten sich im Moment anscheinend noch neutral und warten die weiteren Entwicklungen ab. Die Lage in der Stadt ist unübersichtlich und ändert sich täglich. Bewaffnete Rebellen haben sich in Straßen und Gebäuden verschanzt, Scharfschützen sitzen auf den Dächern. Auch in den anderen EU-Nachfolgestaaten gewinnen die Aufständischen an Boden. Die Medien in den Amerikas und in Russland sprechen von einem „Europäischen Sommer" der Freiheit.

2. August

Seit einer Woche ist die Metrocity Grande wieder eine große Kampfzone. Die Rebellen sind gut bewaffnet; immer wieder hört man Salven aus ihren automatischen Waffen, die sie wahrscheinlich aus Russland und Asien beziehen. Militärfahrzeuge der Regierung kontrollieren die Straßen, aber in Kellern und in den Favelas haben sich Kämpfer der Rebellen verschanzt. Die Versorgung ist völlig zusammengebrochen, seit Wochen gibt es keine Energie mehr. Damit sind auch die Medien ausgefallen. Informationen bekommt die Bevölkerung nur noch durch Flugblätter und Untergrund-Zeitungen. Hagen verkündet täglich aufs Neue, dass er den Aufstand niederschlagen und alle Aufrührer, die er Terroristen nennt, erbarmungslos bestrafen werde.

Ich bin jeden Tag im Ministerium, wohin mich morgens ein Helikopter bringt, der im District Norte landet und nachts zurückfliegt. Er befördert Admins aus verschiedenen Ministerien über die qualmende Stadtlandschaft. Die Angst, abgeschossen zu werden, lässt die meisten während des Fluges verstummen, doch die wenigen Gespräche, die geführt werden, sind aufschlussreich. Ich denke, die meisten wissen, dass das System Hagen am Ende ist. Zoe befindet sich weiter in meinem Apartment, wo sie vorerst noch in Sicherheit ist. Was aus den anderen Amazoniern geworden ist, weiß ich nicht. Manchmal habe ich das Gefühl, Zoe steht mit ihnen irgendwie in Verbindung. Sie scheint mehr zu wissen, als sie sagt.

Was mich hier hält, ist die Loyalität zu Sakharov und seiner Gruppe sowie die geplante Operation, an der ich unbedingt teilnehmen will. Wohin sollte ich auch gehen? Aufs Land, um zu warten, bis Soldaten des Kalifats vor der

Tür stehen? Was Zoe betrifft: Wenn die Lage sich irgendwann beruhigt, kann sie mit ihrem Pass natürlich nach Transilvania ausreisen. Aber im Moment sitzen wir beide in der Falle. Im Ministerium herrscht eine Atmosphäre unerträglichen Misstrauens, denn keiner weiß, wer auf welcher Seite steht. Es wird kaum noch gesprochen, denn ein falsches Wort könnte den Kopf kosten. Ich sehe Sakharov jeden Tag bei der geheimen Konferenz der Mentoren im Vivarium. Dort allein gibt es Energieversorgung und funktionierende Daten- und Telefonleitungen. Wir stehen in ständigem Kontakt mit ausländischen Regierungen und bekommen Informationen über die Gesamtlage in Europa: Die Medien aus Las Americas berichten täglich aus den europäischen Metropolen mit offenen Sympathien für die Rebellen, jedoch kaum mehr. Sie sprechen lobend von einer Demokratiebewegung, aber ihre Regierungen werden sich nicht einmischen, denn sie wollen die mächtigen Gottesstaaten auf keinen Fall herausfordern. Das Russische Reich verhält sich ebenfalls neutral, denn auch dort fürchtet man Terror oder einen Krieg mit den Ölstaaten Eurabias. So stehen wir also ganz alleine. Oft denke ich an Marcos: Ob er seine Ausreiseerlaubnis bekommen hat? Ich fürchte, in der jetzigen Lage ist sie in weite Ferne gerückt. Ich würde ihn gern sehen, aber es ist lebensgefährlich geworden, sich in der Stadt zu bewegen. Was wird Hagen als nächstes tun?

7. August

Seit gestern schweigen die Waffen! Dem alten und weisen Korngold ist es doch tatsächlich gelungen, zwischen Rebellen und Milizia zu vermitteln und einen Waffenstillstand auszuhandeln! Die Rebellen ziehen sich zurück, während die Regierung freie Wahlen im September garantiert. Die Liga hat damit einen enormen politischen Erfolg errungen. Die Regierungspartei verliert nicht ihr Gesicht, und die Rebellen haben Zeit gewonnen und können frei abziehen. Überall sind die Menschen erleichtert. Wasser- und Energieleitungen werden repariert, auch die Medien senden wieder. Die Liga betreibt nun einen eigenen Kanal, auf dem sie ihre Sicht der Dinge verbreiten kann. Dies ist ein guter Tag! Vielleicht gelingen uns ja doch noch ein friedlicher Wandel und ein Neubeginn als freies Land.

9. August

Zoe eröffnete mir heute, dass der Capitan ihr zwei Flacons mit Esencia de Soma gab, bevor er verschwand – „für alle Fälle", wie er sagte. Ich muss gestehen, dass diese Nachricht mich erregt und gleichzeitig erschreckt. Es ist mein größter Wunsch, noch einmal in die mythische Sphäre einzutauchen, die Pforte zu öffnen und diese Reise anzutreten, aber meine Angst ist ebenso groß. Was für Wunder und Schrecken mögen sich in den Abgründen der Seele verbergen – oder in Dimensionen, für die ich noch keinen Begriff gefunden habe? Was ich beim ersten Mal sah, war erschreckend und erschütternd, und doch weiß ich genau, dass ich nur ein kleines Stück weit in eine unendlich große, fremdartige Welt geführt wurde. Sie erscheint mir wie ein nächtlicher Ozean, auf dem ich von einer unbekannten Kraft umhergeschleudert wurde, wie in einer Nussschale ohne Segel und Ruder. Wie stark ist diese Kraft wirklich, und in welche schrecklichen oder wunderbaren Welten kann sie mich führen?

Ich verspüre den starken Drang, mehr zu sehen und zu erfahren, und doch erfüllt mich auch Entsetzen. Wenn möglich, will ich das Sakrament mit Zoe zusammen nehmen. Sie gibt mir Mut: Das Ziel der Reisenden sei es, die zwielichtigen und gefährlichen Bereiche des Hades und der Unterwelten so schnell wie möglich zu durchqueren und die hellen Bereiche zu erreichen – selige Länder und Städte an einem silbernen Meer, wo alles in höchstem Glanze leuchtet und unsterbliche Wesen existieren.

10. August

Wir entschieden uns, in dieser Nacht das Soma zu nehmen, das der Capitan uns gab. Ich sicherte mein Apartment und schloss alle Fenster. Niemand sollte uns stören. Es war ein ruhiger Abend, und es schien eine friedliche Nacht zu werden. Der Mond stand über den dunklen Baumwipfeln des Parks, und laue Sommerluft erfüllte den Raum. Ich wählte Musik und schaltete den Multimedia ein. Zoe öffnete die Phiole mit der glänzenden Esencia, gab sie in zwei Gläser, die wir langsam leerten. Wieder spürte ich das betäubende Prickeln, das sich von der Kehle aus langsam im ganzen Körper verbreitete.

„Werden wir uns auf der anderen Seite begegnen?" fragte ich.

„Wir werden getrennt reisen, aber gemeinsam zurückkehren. Die Verbündeten werden dich zuerst Stufe um Stufe führen, entsprechend deinen Bewusstseinsformen. Wenn du bereit bist, werden sie dir etwas offenbaren, aber niemand weiß, was es sein wird. Wenn du auf dem Rückweg die dunkle Zone durchquerst, die direkt hinter unserer Realität liegt wie das Negativ hinter dem Film, werde ich dich erwarten. Dort können wir beobachten, wie die Gegenwart sich aus den Gedanken, Gefühlen und Taten der Menschen formt. Es ist die Zone der magischen Kämpfe."

Ich verstand nichts und sah sie fragend an.

„In dieser magischen Zone fließen Zukunft und Gegenwart ineinander. Dort treffen sich die unbewussten Schatten der Menschen, um die Zukunft festzulegen, um am ewigen Drehbuch des Lebens weiter zu schreiben. Und dort werden Kämpfe entschieden, bevor sie in der Wirklichkeit stattfinden."

Ihre letzten Worte verklangen von weither, und ich fühlte, wie ich zu schweben begann. Ich bewegte mich durch Felder molekularer Muster, die sich sanft im Dunkel wiegten, wie floreszierende Organismen in pechschwarzer Tiefsee. Geometrische Muster und leuchtend bunte Schlangen, wie ich sie schon beim ersten Mal gesehen hatte, umkreisten mich, während ich in einen Tunnel aus Licht flog. Zugleich hörte ich wieder das Rauschen, das immer mehr anschwoll – den Sturmwind des Geistes. Es wurde zu einer unendlichen Melodie, die von einem tiefen Rhythmus begleitet wurde. Als das Crescendo seinen Höhepunkt erreichte, wurde ich in einer Art kosmischen Eruption ins Bodenlose geschleudert. Nun hatten Zeit und Raum keine Bedeutung mehr. Ich schwebte im Unendlichen. Ich war pures Sein, war mir in absoluter Klarheit meiner selbst bewusst, aber ich hatte vergessen, dass ich einen Körper besaß. Und dann begann ich zu sehen. Vor mir öffnete sich eine Bühne, als würde ein Vorhang weggezogen.

Ich blickte auf eine herrliche Stadt an einem Meer, über der sich ein heller Himmel wie Seide wölbte. Unzählige Tempel, Villen und Paläste säumten die breiten Straßen und Plätze. Ich übersah die ganze Stadt zu beiden Seiten eines breiten Stromes, der in einen schimmernden Ozean mündete. Ringförmige Kanäle durchschnitten die Stadt in einem ebenmäßigen Muster, weit draußen glitzerte das Meer unter einem goldenen Himmel. Im Zentrum ragte ein riesenhafter Turm auf, hoch wie ein Berg, der sich nach oben verjüngte. Mir schien, dass in allen Epochen an ihm gebaut worden war. Seine Fundamente bestanden aus gewaltigen Quadersteinen wie von ägyptischen Tempeln, die nächsten Stufen bestanden aus Säulenhallen und majestätischen Triumphbögen im römischen Stil. Darüber ragten gotische und maurische Fassaden empor. Hunderte von Treppen verbanden die einzelnen Stockwerke des Turmes, Hunderte von Eingängen führten in sein Inneres. Die äußeren Terrassen waren so breit, dass dort Gärten und Parks angelegt waren. Ich dachte an den Turm von Babylon und an die Hängenden Gärten der Semiramis.

Fröhliche Menschen in festlichen Gewändern entzündeten vor den Tempeln heilige Feuer, und vor uralten Domen hatten sich singende Gläubige versammelt. Venezianische Paläste standen inmitten verzierter alter Häuser, schmal und hoch gebaut, mit schlanken Giebeln, Erkern und Türmchen. Weiße Mauern strahlten im Licht, farbiger Marmor und buntes Glas glänzten in leuchtenden Mustern. Überall auf Straßen und Plätzen standen Statuen, und Malereien zierten die Mauern. Die Stadt kam mir bekannt vor – hatte ich sie nicht schon viele Male in Träumen gesehen? Ich begriff, dass dies Anthusa war, die Ewige Stadt der Menschen, die Hauptstadt aller jenseitigen Reiche. Ich erinnerte mich, dass der Seher in dem Tempel am Unteren Nil von der prächtigsten aller Städte gesprochen hatte, der Residenz des mystischen Königs Juramidam, des Vielgestaltigen.

Ich kam zum Strand, wo in Gassen und Gärten fröhlich gesungen und gezecht wurde. Menschen in altmodischer Tracht, geschmückt mit Ketten aus Muscheln, Schnecken und Korallen, saßen in schattigen Gärten, tranken und lachten. Ein Dichter, der seltsame, geschwungene Ammonshörner am Kopf trug, war dabei, seine Lieder vorzutragen. Er spielte dazu auf einem Instrument, das ich noch nie gesehen hatte. Es sah aus wie ein weißes, elfenbeinfarbiges Horn, übermannshoch und schlank geschwungen, und gab einen singenden Ton von sich, der die Schar der Zuhörer hypnotisierte. Ich fragte einen von ihnen, wer der Dichter sei und bekam zur Antwort:

„Er ist der bedeutendste Dichter der Stadt: Horus, der Seher vom Berge. Früher hieß er Schilling."

Schilling – der Name kam mir bekannt vor. Ich erinnerte mich: Marcos hatte mir einige seiner Verse im alten schwer verständlichen Deutsch vorgelesen. Dann lauschte ich seiner magisch betörenden Stimme – und verstand jedes Wort:

Wir lasen auf den Tafeln der Kalifen:
Tritt ein und schweig – ich bin die Messingstadt.
Das Tiger-Band gezackter Hieroglyphen
Spricht: Was auf Erden wallt, was Flügel hat,
Kehrt lichtgestillt zurück in meine Tiefen:
Dschinn, Marduk, Seraphim, der Fahrten satt,
Vlies, Urne, Gral: die Asche aller Gestern
Bewahrt der Stein in seinen Schweige-Nestern.

Von jener Mauern schroffer Zinne schalle
Kein Echo, süßen Reimworts Widerpart,
Aus Himmeln, draus die Adler schwanden, falle
Kein Tropfen Taus, der Taxushag beharrt
In Trauer, Sphinx mit harscher Wächterkralle
Schläft auf der Schwelle, die von Schwertern starrt,
Und nur der Glanz der Messing-Minarette
Spinnt Flöre Golds um Hain und Opferstätte.

Da dehnen sich, bewacht von Talismanen,
Die Felder Traums, im Alabaster-Schnee
Zerfallner Pavillons vergilben Fahnen,
Ein Schädel harrt im Staub, dass er zerweh,
Und Lethe-Nektar, strömend blaue Bahnen,
Ist bittrer als das Blut der Aloe.
Nur du allein, Fragilster der Gefeiten,
Bist ausersehn, ins dunkle Reich zu schreiten.

Da locken Flure, Fluchten, Spiegel-Gänge,
Treppen ins Nirgends, Elfenbein zerspellt,
Ein blinder Falke heftet seine Fänge
Auf deinen Helm, du hörst im Traumgezelt
Nichts als der Lanzenottern feine Sänge,
Du siehst dich selbst im Purpur, der zerfällt
Und nichts belässt als jene blinde Schwinge,
Die dich entrückt zum innersten der Ringe.*

Es war seltsam und unheimlich, wie seine Augen durch die Zuhörer hindurch in eine Ferne blickten, aus der er seine Visionen empfing.

Kaum hatte er geendet, wehte ein kalter Luftzug durch die Gärten, und ich bemerkte, dass das Licht nachzulassen schien. Ich blickte übers Meer und sah, wie sich fern über dem Wasser dunkle Wolken sammelten und das goldene Licht des Himmels in ein fahles Grau überging, das sich weiter verdunkelte und zu einem Unheil verkündenden dunklen Violett verdichtete. Die Wolken wuchsen zu einer schwarzen Masse, die sich wie ein riesiger Schatten über die Stadt legte. Alles Leben in ihr erstarrte. Dann brauste ein Sturm heran und wühlte das Meer auf, während der Himmel blutigrot hinter schwarzen Wolken verschwand. Der Sturm wurde stärker, als bräche ein wildes Heer aus dem Meer hervor. Und tatsächlich: Die wilden Sturmwellen wurden zu Schatten, die sich an Land in ein Heer von apokalyptischen Reitern, einen Hunnensturm von Gespenstern, verwandelten. Schon loderten Feuer auf, Türme stürzten ein, Tempel und Paläste standen in Flammen, und auf den Straßen drängen sich die Flüchtenden. Die Schatten verbreiteten Zerstörung und namenlose Angst. Das goldene Glück der Stadt schien von einem auf den anderen Augenblick dahin zu sein. Der Himmel war jetzt schwarz, und ein riesiger Wirbelsturm drehte sich hoch über uns in den Lüften. Nur im Zenit, im kreisrunden Auge des Orkans, war ein Ausschnitt des blauen Himmels zu sehen, und in ihm stand ein einzelner hell leuchtender Stern. Gleich darauf nahm ich geflügelte Ungeheuer wahr, die in dem schwarzen Himmelswirbel im Kreise umherrasten. Menschen wirbelten schreiend durch die Lüfte, Häuser zersplitterten, Rauch stieg zum Himmel auf. Dann sah ich Kreaturen mit Köpfen von Reptilien und Körpern wie riesige Insekten über dem Meer aufsteigen und an Land stürmen. Sie erfüllten die Straßen der Stadt wie ein schwarzer Strom, der sich auf den Turm zu bewegte. Wir waren immer noch in dem Garten am Meer, und über uns brauste der Sturm hinweg. Der Dichter aber hatte sich in einen riesigen, mit ehernen Klauen bewerten Falken verwandelt, der seine Schwingen über uns breitete. Damit schien er eine unsichtbare Barriere aufzurichten, an der sich der dunkle Strom brach.

Dann passierte etwas Wunderbares: Fern am Himmel schwebten strahlende Kugeln heran, in gleichmäßiger Formation wie ein großes Netz, das den

---

* Aus: Rolf Schilling: *Die Messingstadt*

Himmel überspannte. Immer weitere folgten in regelmäßigen Abständen. Sie leuchteten golden, waren blendend hell, und der Sturm konnte ihnen nichts anhaben. Als sie über der Stadt angelangt waren, standen sie still. Hinter ihnen war eine lange Lichterkette zu erkennen, die bis zu dem fernen Gebirge reichte. Und langsam senkten sie sich herab. Als Strahlen des gleißenden Lichtes auf die Ungeheuer fielen, brüllten sie markerschütternd. Es war ein ungeheurer Kampf der Gewalten. Das Chaos und der Lärm wurden immer entsetzlicher. Was für Mächte waren hier am Werk? Die Erde bebte, die Säulen der Tempel schwankten gefährlich, Risse im Boden taten sich auf. Aus ihnen drang schwarzer Schlamm empor.

Der Sturm ließ endlich nach; es hellte sich auf, nur in der Ferne brodelte noch die Finsternis. Es kam zu einer gewaltigen Entladung. Blitze zuckten vom Himmel herab, und das Dunkel begann sich aufzulösen. Licht strahlte wieder über der Stadt. Auch über dem Turm wurde es wieder hell, und das Meer beruhigte sich.

Nun kam eine der Lichtkugeln näher, und ich bemerkte, wie groß sie war. Sie senkte sich vor uns herab und nahm eine ovale Form an. Als sie vor uns stand, formte sie sich zu einer riesenhaften Gestalt, wie aus vielfarbigen Edelsteinen, umhüllt von goldenem Leuchten. Ihr Haupt war ganz Licht, ich konnte aber an den Seiten zwei dunkle Wölbungen erkennen. Dies musste eines der strahlenden unsterblichen Wesen sein. Es hob eines seiner Vorderglieder wie zum Gruße. Wir alle fielen auf die Knie und senkten unsere Häupter. Ich hörte jemanden neben mir sagen: „Es ist ein Cherub!"

Zum ersten Mal hörte ich die wunderbare Sprache der Engel. Sie bestand aus einem Anschwellen und Abklingen von Tönen und Schwingungen, als würde eine gewaltige Orgel gespielt und in tausend Echos zurückgeworfen, um sich dabei in ein akustisches Muster zu verwandeln. Ein getragener Rhythmus, der in immer neuen Tonfolgen Klang erzeugte, vom höchsten Schluchzen bis zum tiefsten Donner, erfasste mich wie eine Woge tiefster, nie gekannter Gefühle. Ich begann zu verstehen: Das göttliche Wesen sprach zu uns. Es war von unermesslichem Alter und Wissen, und es war aus den unendlichen Weiten der höchsten Welten herabgekommen. Mit den Tönen flossen vielschichtige Gefühls- und Gedankenströme in meinen Geist, die ich kaum in Worte fassen kann. Als erstes schoss ein gleißender Lichtstrahl von oben in meinen Kopf und durchzuckte meinen Körper entlang der Energiebahnen bis ins Zentrum.

Dann sah ich das Wesen an: Es war wie aus leuchtenden Edelsteinen zusammengesetzt, die in allen Farben glänzten von dunkelblau und rubinrot bis grün und golden. Seine Form war symmetrisch und erinnerte entfernt an ein riesenhaftes Insekt mit vielen Gliedmaßen und einem großen Haupt mit großen nach außen gewölbten Augen. Die Oberfläche glänzte, Licht strahlte aus dem Inneren heraus und erzeugte dabei Tausende von farbigen Reflexen. Es hob zwei seiner Gliedmaßen empor wie eine Gottesanbeterin ihre Vorderbeine. Jetzt schien es aus vielen Wesenheiten zu bestehen, aus Tiergeistern Menschen, Dämonen. Der Organismus aus Licht und Geist sprach in Hunderten von Stimmen und Sprachen zugleich, aber ich verstand alles:

„Wir kommen aus den Himmeln, den weit von euch entfernten Sphären, wo wir dem Ewigen nah sind. Wir sind die Schützer eures Planeten und zugleich Diener und Boten des Schöpfers. Wir erschaffen in seinem Geist, erhalten in seinem Geist und zerstören in seinem Geist. Wir legten in seinem Auftrag Pflanzungen und Gärten an, wir schufen Planeten, wo junge Rassen aufwachsen können, als göttliche Kinder. Seid guten Mutes und habt Vertrauen: Wir werden unsere Gärten auf ewig vor den Mächten der Finsternis beschützen."

Der Glanz, der den Cherub umgab, wurde heller, und ich fühlte, wie Licht als strahlende weiße Energie in mich hinein floss. Es füllte mich aus und stieg empor bis ins Zentrum meines Geistes, der erleuchtet wurde. Plötzlich verstand ich, dass das Universum nicht Chaos, sondern Ordnung war, Freude, Bewusstsein und Entzücken. Es ist ein einziges Wesen, das sich aus reiner Daseinsfreude in Milliarden Gestalten auflöst, um wieder zurückzufließen in sich selbst in einem ewigen Rhythmus, wie die Gezeiten eines unendlichen Ozeans. Und auch ich war ein Teil des Ganzen, auch mein kleines Leben hatte darin seinen Sinn. Alle Existenzen, die ich gelebt hatte und noch leben würde, alle Geburten und Tode waren aufgehoben im Ganzen; alle Kämpfe und Kriege, der Niedergang meines Landes, die Toten der Vergangenheit und Zukunft – alles hatte seinen Sinn und war Teil eines Stromes des Lebens, das unendliche Liebe war. Ich fühlte Freude und Dankbarkeit dem Höchsten gegenüber, der dies alles nach seinem Plan eingerichtet hatte. Das Leiden existiert, aber es bedeutet nichts im Angesichte der Freiheit des reinen Bewusstseins. Wenn die Menschen dies erkennen, sind sie von den Schrecken ihrer Existenz erlöst. Ich begriff auch: Es gibt so viele Wege zum Göttlichen, wie es Wesen in den Milliarden von Welten gibt. Manche Wege sind lang und verschlungen, andere einfach und geradlinig. Aber alle Wege führen zum Mittelpunkt des Universums, zum Ursprung.

Das nächste, was ich sah, war ein unwirklicher, überirdischer Strand an einem Meer, das wie silbriges flüssiges Metall glänzte. In einiger Entfernung standen die Gestalten der Seher in ihren dunklen Umhängen. Einer von ihnen neigte sein Haupt zu mir und sandte mir schweigend Gedanken:

„Was du siehst, ist eine Illusion, geschaffen, um dich in Sicherheit zu wiegen. Du bist an der Küste des silbernen Meeres, das wir den Meeren unseres verlorenen Heimatplaneten nachgebildet haben." Mit diesen Worten schlug er die Kapuze zurück. Darunter war keine menschliche Gestalt, sondern eine ovale Form aus weißem Licht. Ich war geblendet und konnte in der gleißenden Helligkeit kaum etwas unterscheiden.

„Vor langer Zeit waren auch wir organische Wesen. Damals lebten wir auf einem herrlichen Planeten, aber wir mussten ihn verlassen und wandern nun heimatlos durch die Weiten der kosmischen Wunder oder verweilen hier im Reinen Land des Westens. Wir sind die Besucher der Erde aus der Vorzeit. Für die Menschen waren wir die weißen Götter. Du würdest uns vermutlich Unsterbliche nennen."

Ich empfing nun komplexe Reihen von Bildern und Informationen, die mir wie eingerollte Bündel erschienen und blitzschnell in meinem Geiste gespeichert wurden.

„Wir sind kosmische Botschafter. Wir sind alt und kommen von weither, um dich aus deinem irdischen Schlaf zu erwecken, denn du bist ein Auserwählter."

Ich verstand, dass sie so etwas wie geistige Wesen sind, die Raum und Zeit frei durchstreiften. Aber wieso sagten sie, ich sei auserwählt?

„Dieses Leben ist dein letztes Leben in der organischen Welt. Du hast versprochen, während der kommenden Katastrophen viele Menschen zu retten und einen neuen Bund zwischen den Welten zu gründen."

Offenbar sprach das Wesen von meiner Zukunft. Ich bin Teil eines größeren Selbst, das nicht an die Erde gebunden ist. Diese Unsterblichen sind seine Repräsentanten. Das Wesen verstand mich und war erheitert. Ich meinte fast, ein unhörbares Lachen zu vernehmen.

„Erinnere dich: Die Wirklichkeit ist viel größer als du glaubst. Der Planet, auf dem du zurzeit lebst, ist eine kleine Kolonie am Rande des bewohnten Universums. Seine Bewohner sind wie Kinder, gefesselt an die Welt der Materie, besessen von ihren physischen Körpern, die sie so schnell wieder verlassen müssen. Ihr seid eine junge Rasse, die noch vor ihrem Übergang ins geistige Universum steht. Eure Aufgabe ist es, zu lernen, während ihr in euren Körpern eure Spiele spielt. Denke immer daran: Deine Welt ist nur ein winziger Ausschnitt aus einer allumfassenden Wirklichkeit, die aus vielen Dimensionen besteht und seit Ewigkeiten von Intelligenz gesteuert wird."

Sie gaben mir offenbar eine Lehrstunde in kosmischer Physik. Ich sah die Entwicklungsstufen einer größeren Evolution bewusster Wesen im Kosmos: Wir Menschen stehen auf der untersten Stufe, sind noch halbe Tiere. Die Befreiten und Unsterblichen bewohnen die Räume des Astrals. Dort vereinen sie sich zu immer höher organisierten Wesen und Mächten, so wie Sterne im Abglanz des göttlichen Lichtes Galaxien bilden. Schweigend schaute ich Welten, schoss über kosmische Straßen aus Licht, sah an den Kreuzungspunkten Sterne und Zwillingssonnen, sah das Zentrum der Galaxis, in dem die Sterne so dicht beieinander stehen, dass sie zu einem weißen Licht verschmelzen.

Dann fragte ich: „Was wird aus meinem Land, das im Krieg ist? Was wird aus uns, seinen Bewohnern?"

Das Wesen antwortete mit Gedankenketten, die wie spiralförmige Schlangen auftauchten und genau so schnell wieder verschwanden, während ich versuchte, einige von ihnen zu verstehen:

„Dein Land wird vergehen, so wie vor ihm Tausende vergangen sind, denn es ist alt und schwach geworden. All dies ist nur ein Schauspiel auf der kleinen Bühne deiner Welt. Du aber wirst bald ein Reich entdecken, das älter und größer ist."

„Was für ein Reich ist das?"

„Das Land jenseits der Zeit. Dort, wo die Lebenden, die Toten und die Unsterblichen sich versammeln. Die Wirklichkeit, in die alle zurückkehren, wenn ihr physisches Spiel vorüber ist."

Es durchsuchte meinen Geist nach Bildern und Begriffen − und benutzte ein Gleichnis aus meiner Lebenswelt:

„Dein Leben dort unten ist wie das, was du einen Film nennst − bewegte Bilder, die auf eine Fläche projiziert werden. Du sitzt davor und starrst gebannt auf dieses Schauspiel, während du vergessen hast, wer du wirklich bist. Du siehst eine Welt bunter und bewegter Bilder und glaubst, du wärest ein

Teil von ihnen. In Wahrheit ist nur ein kleiner Teil von dir Akteur, der größere Teil aber ist Zuschauer. Und du bist nicht allein: Du befindest dich mit vielen anderen in diesem Raum, von dem aus ihr das Schauspiel eurer Existenz gemeinsam betrachtet. Jeder hat seine Rolle zu spielen, jeder kennt seinen Text. Wende dich um, stehe auf, lerne diesen Raum kennen! Er hat Ausgänge, die ins Freie führen – tritt hinaus in eine größere Welt, in die reine Wirklichkeit!"

Ich sah Bilder von einem riesigen Theater, in dem Tausende von Zuschauern saßen und gebannt auf eine helle Leinwand blickten. Überall waren Türen, die in andere Räume führten. Kaum hatte ich halbwegs verstanden, fuhr mein Lehrer mit ungeheurer Schnelligkeit fort:

„Die Menschen, die gar nichts wissen, meinen, alles zu verstehen. Dabei haben sie gerade einmal Bruchteile ihrer materiellen Existenz erkannt. Wenn sie wahrhaft sehen könnten, würden sie die unendlichen Stufen und Hierarchien von Geist und Liebe begreifen, die im Universum existieren. Sie sind wie Blinde, die sich voran tasten, ohne ihre Umgebung wahrzunehmen. Wenn sie den kosmischen Geist ahnen würden, könnten sie ermessen, wie klein sie sind. Jetzt bist du ein Mensch, aber du musst dich erinnern, wer du wirklich bist. Daran hindert dich dein menschlicher Hochmut, der alles außer der materiellen Welt leugnet. Gerade diesen Hochmut musst du überwinden, denn er ist das größte Hindernis deiner weiteren Entwicklung. Hafte nicht an der physischen Welt, reinige dich von allen Verdunkelungen, schlechten Gefühlen und Gedanken. Werde durchsichtig, damit das Licht in dich und durch dich hindurch auf andere scheinen kann. Du wirst sehen und gesehen werden. Das ist alles, was du auf diesem Planeten zu lernen hast. Danach wirst du frei sein, zu gehen, wohin immer du willst."

Das silberne Meer spülte lautlos an den weißen Strand. Ich versuchte, mehr zu erkennen, aber das gleißende Licht war zu hell.

Nun sprach ein anderes Wesen mit mir, das weibliche Energie ausstrahlte. Sie wirkte humorvoll, verspielt, ironisch. Ein strahlendes Lächeln ging von ihr aus. Sie vermittelte mir, dass sie vor vielen Jahrtausenden als Angehörige eines großen Volkes auf einem fernen Planeten gelebt hatte. Dann zeigte sie mir das Bild eines Planeten, der majestätisch im Weltraum schwebte. Er sah anders aus als die Erde, mit grünblau schimmernden Meeren und roten Landmassen. Dazu sandte sie mir einen Namen, der so klang wie ‚Calydon'.

Ich antwortete, indem ich ein Bild der Erde mit Ozeanen, Kontinenten und weißen Wolkenfeldern produzierte, was mir gut gelang. Ich sagte, dass mein Körper sich dort befände und ich in eine Art Schlaf gefallen sei. Aber das Geistwesen verstand nicht, was Schlaf war. Ich fragte, wer sie sei, und sie antwortete mit einem weiteren Bündel von Gedanken: Während ihrer letzten physischen Existenz war sie eine Art Prinzessin auf ihrer Welt gewesen. In rasender Geschwindigkeit ließ sie Bilder an mir vorüberziehen von gigantischen Pyramiden in silbergrau glänzenden Wüsten unter einem dunkelblauen Himmel. Über dem Horizont stand eine blutig orange riesige Sonne, die den Himmel ausfüllte. In der Ferne wiegten sich Wälder von blauen Schilfgräsern im Wind, die hoch in den Himmel wuchsen. Eine unübersehbare Menge seltsamer Wesen hatte sich vor einer der Pyramiden versammelt. Es waren hoch gewachsene blauhäutige Gestalten mit großen dunklen Augen. Sie warteten auf etwas, das vom Himmel herabkommen sollte, denn alle schauten empor.

„Dies", sagte sie, „war mein Volk."

Ein silbernes Schiff, geformt wie eine konische Pyramide, senkte sich schweigend aus dem dunklen Himmel herab und setzte sanft auf der obersten Plattform der Pyramide auf. Heraus traten andere der blauhäutigen und erhoben die Hände zum Gruß, während die übrigen jubelten und eine große Freude durch die Menge ging.

„Dies war die Rückkehr der Delegation, die vor langer Zeit deinen Planeten besucht hat." hörte ich. Nun traten kleinere Wesen ins Freie, mit brauner Haut, ebenfalls prachtvoll gekleidet. Es waren Menschen von der Erde!

„Wir brachten Menschen mit uns, um ihnen unsere Welt zu zeigen. Später kehrten sie zurück und wurden zu Gründen großer Reiche oder zu Propheten."

Ich fragte: „Kehrt ihr einmal zurück zur Erde?"

„Wir werden wiederkommen, aber erst später."

Ich hatte noch viele Fragen, aber die Wesen schienen mich verlassen zu wollen.

Ich hörte noch, wie sie sagten: „Wir sind deine kosmischen Brüder. Ruf uns, wenn du uns brauchst, und wir werden kommen. Und vergiss nicht, dass du eine große Aufgabe hast!"

Die leuchtenden Gestalten und die helle Szenerie verschwanden, und ich tauchte ein in dunklen Rauch. Ich glaubte, durch einen Schacht hinab zu fallen. Das Licht über mir wurde schnell kleiner, und unter mir sah ich dunkel glimmende Ringe aus diffusem Licht. Sie leuchteten in düsteren Farben: gelb, rot und einem rauchigen Grau. Ich fiel weiter hinab durch die großen Ringe, und jetzt mischte sich Schmerz mit etwas wie sexueller Lust. Es ist die animalische Lust der körperlichen Sphäre, die ich wieder fühle, das Verlangen nach einem Körper.

Dann stand ich allein auf einer menschenleeren Straße in einer unwirklichen Stadt. Ich wusste: Noch immer war ich nicht ganz zurückgekehrt. Da sah ich Zoe, die lächelnd auf mich zukam. War dies die magische Zone zwischen Gegenwart und Zukunft, von der sie gesprochen hatte? Sie nickte unmerklich. Ich nahm sie so wahr, wie man etwas unter Wasser sieht: Unscharf und verschwommen bewegte sich ihr Bild wie in einem flüssigen Medium. Sie öffnete den Mund und sprach, aber ich hörte nichts.

Wir gingen auf einer dunklen Straße, von der andere abzweigten, die im Nichts zu enden schienen. Sie sah mich an und deutete in eine Richtung. Ich ging allein die Straße hinunter, bis ich an eine Mauer kam. Ich wusste: Hinter dieser Mauer lag Zukünftiges, und ich musste auf die andere Seite gelangen. Also ging ich an der Mauer entlang, bis sie endete. Da sah ich ein Feuer. Gebäude brannten, es schien Kämpfe zu geben. Plötzlich stand Sakharov vor mir und gab mir eine Armeepistole. Dann sah ich einen schmächtigen Mann in Uniform, der mir den Rücken zukehrte. Ich wusste: Es war Radek, und er hatte das Feuer gelegt. Auf keinen Fall durfte er mich sehen. Ich stand direkt hinter ihm, als er langsam seinen Kopf in meine Richtung wandte. Er schien mich zu spüren. Ich trat zurück in das Dunkel, das mich umgab. Schon griff er zur Waffe, er würde im nächsten Moment auf mich zielen. Aber ich riss blitzschnell die Pistole hoch, aus der ich ein silbern glänzendes Projektil in seine Richtung abschoss. Es drang in die Mitte seines Körpers ein, und er fiel lautlos nach vorn.

Dann war Zoe wieder neben mir. Sie nickte mir zu und nahm meine Hand, die sich anfühlte, als würde sie nicht zu mir gehören. Wir gingen eine Weile die lange gerade Straße hinab, bis Zoe vor einem Haus stehen blieb. Es war ein kleines Hotel, das wir betraten und in dem wir eine schmale Treppe hinauf stiegen. Ein freundlicher Chinese öffnete die Tür zu einem der Zimmer. Wir traten ein, und ich ging an das gegenüber liegende Fenster: Es war Nacht, und ich blickte auf eine Stadt und einen breiten Fluss, über den sich eine altertümlich schöne, hell erleuchtete Brücke spannte. Dahinter lag ein Hügel, und auf ihm war ein Schloss. Ich wusste: Der Fluss war eine Grenze, und wir hatten sie überquert und waren in Sicherheit. Zoe stand neben mir am Fenster, wandte mir das Gesicht zu und lächelte. Dann lief alles rückwärts, wie in einem Film, der in rasender Geschwindigkeit zurück gespult wird bis zu einer Szene, die die Gegenwart war.

Ich kam in meinem Apartment wieder zu mir. Noch immer war es Nacht. Auch Zoe wachte auf, und wir erzählten uns, was wir gesehen hatten. Zoe lächelte mich an, und ihre Augen hatten wieder den seltsamen Lichtschimmer von innen, den ich schon so oft an ihr wahrgenommen hatte.

„Zuerst ließen die Unsterblichen dich eine der seligen Städte am silbernen Ozean besuchen, wo die Lebenden und die Toten einander begegnen."

„Aber was hatten diese schrecklichen dämonischen Wesen zu bedeuten, die über die Stadt hereinbrachen?" fragte ich.

„Du hattest eine Vision, die auf die Zukunft voraus weist und von Angst und dunklen Vorahnungen erfüllt war. Obwohl du einen Kampf im Astral gesehen hast, deutet er auf einen Kampf in unserer Welt. Dort wie auch hier existieren dunkle Mächte, und sie sind nicht besiegt. Aber die Vision zeigte auch, dass die Mächte des Lichtes stärker sind als die der Dunkelheit. Danach bist du mächtigen Wesen begegnet. Und sie haben dir wichtige Lehren erteilt!"

„Sie sagten, sie seien so etwas wie unsere kosmischen Brüder, und sie hätten die Erde früher schon besucht. Und ihr Planet heißt … ich glaube, Calydon."

Nun sah sie mich mit einem so merkwürdigen Blick an, wie ich ihn noch nie vorher an ihr gesehen hatte. In ihm lag Sehnsucht und auch etwas wie eine Aufforderung an mich: „Viele Menschen, die auf der Erde leben, kommen ursprünglich von anderen Welten. Sie sind hier gestrandet und finden nun den Rückweg nicht mehr. Die meisten von ihnen haben alle Erinnerungen verloren. Aber ein Gefühl der Heimatlosigkeit und einer Sehnsucht nach anderen Welten bleibt ihnen immer …"

Wieder blickte sie mich an, aber ich verstand nicht, was sie von mir erwartete. Dann wechselte sie das Thema: „Wir sind uns am magischen Rand der Realität begegnet und haben zum ersten Mal zusammen geträumt. Dann haben wir eine mögliche Zukunft gesehen. Da alle Verknüpfungen auf sie zulaufen, ist sie die wahrscheinlichste."

„An welchem Ort waren wir? An welchem Fluss, welcher Brücke, welcher Grenze?"

„An der Donau liegt die geteilte Stadt Buda-Pest. Die Brücke – das Schloss – ich kenne es. Die Brücke ist der einzige Grenzübergang von Avrupa zum Freistaat Hungaria. Von dort ist es nicht mehr sehr weit bis zu meiner Heimat in den Bergen. Dorthin werden wir in naher Zukunft reisen. Das bedeutet, dass wir aus Austrasia fliehen werden. Außerdem hast du den Kampf mit deinem Todfeind gesehen, der dich töten will. Aber in der magischen Zone hast du ihn getötet. In der äußeren Wirklichkeit kann dies auch auf andere Art geschehen. Aber dass dieser Mann sterben wird, ist sicher."

Operation Waldgang

17. August

Heute Morgen erwachten wir vom Donner ferner Explosionen. Es waren mehrere heftige Schläge, die das Stadtzentrum erschütterten. Sofort heulten überall Sirenen. Ich schreckte aus dem Bett auf und näherte mich vorsichtig dem Fenster. Im südlichen Teil der Stadt stiegen schwarze Rauchpilze auf. Waren es Granatwerfer, Raketen oder Autobomben? Ich wusste es nicht, aber bestimmt hatten sie wieder ein großes Loch in irgendeine Straße gerissen und viele Menschen zerfetzt. Das gehört zum Alltag in der Metropolis des Jahres 2066. Wie eine hässliche, unheilvolle Schrift stand der schwarze Rauch am blauen Morgenhimmel.

Ich sah an der Leuchtanzeige, dass es Strom gab, und schaltete TV und Internet an. Sofort tauchte ich in die Welt der Medien und ihrer hektischen Berichterstattung ein. Hier stand ein Reporter vor einer Flammenwand, dort rasten Rettungswagen heulend heran, Politiker gaben mit schlecht geheucheltem Entsetzen erste Statements ab.

Immer die gleichen Phrasen, immer die gleichen Gesten, und das seit wie vielen Jahren? All das ließ in mir wieder die Erinnerung hochkommen an jenen Tag, an dem meine Großeltern bei dem schrecklichen Weihnachtsanschlag 2038 starben.

Es war kurz nach dem Beginn des Bürgerkrieges: Drei mit vielen Tonnen Sprengstoff beladene Trucks waren einen Tag vor Heiligabend mit Höchstgeschwindigkeit in das größte Einkaufszentrum unserer Stadt, die West City Passage, gerast, in der Tausende von Menschen Geschenke einkauften. Die infernalische Explosion brachte das gesamte Gebäude zum Einsturz, über zweitausend Menschen verbrannten in den Feuersbrünsten; ihre Überreste wurden niemals gefunden. Die ganze Passage war ein rauchender Trümmerhaufen und wurde vollkommen abgetragen. Danach wurde Weihnachten nicht mehr gefeiert. Ich war damals fünf Jahre alt, und es gab kein Grab für meine Großeltern. Die Erinnerung traf mich wie ein Stich ins Herz.

Soweit ich den Fernsehberichten entnehmen konnte, waren drei Bomben auf belebten Plätzen der Innenstadt explodiert, auf einem Markt, in einem Hotel und vor der Hochschule. Die Zahl der Toten ging in die Hunderte. Die

Anschläge sind offenbar das Werk einer Terrorgruppe, die von außen in unser Territorium eingedrungen ist und uns in einem Bekennervideo die Fortsetzung des Heiligen Krieges androht. Offizielle Sprecher der Gottesstaaten distanzierten sich in diesem Fall von der Gewalt, wiesen aber darauf hin, dass man die Motive der Kämpfer verstehen könne, da Blasphemie, Zauberei und die gotteslästerliche Lebensweise in den Homelands für alle Rechtgläubigen seit Jahren eine unerträgliche Provokation darstellten.

Noch steht die Mauer, die unser Gebiet von den Gottesstaaten trennt – aber wie stark ist sie wirklich? Sie wird von Soldaten bewacht, aber wie lange noch? Niemand will sich diese Fragen ernsthaft stellen.

Nun ertönte im TV eine Fanfare, und obwohl ich mich auf den Weg zu *Mincom* machen musste, wartete ich ab, was nun kommen würde. Es war der Gouverneur Ron Hagen persönlich, der sich in einer kurzen Ansprache an die Bevölkerung wandte, untertitelt auf Türkisch und Arabisch. Obwohl er an die fünfzig ist, wirkt sein Gesicht weich und infantil; er war geschminkt, und seine Lockenfrisur saß wieder einmal perfekt, so wie auch seine getönte Metallbrille und seine rosa Krawatte. Er erscheint irgendwie synthetisch, wie aus weichem Plastik, aber ich wusste, wie hart und gnadenlos der Diktator wirklich war.

Er sprach mit einstudierter Betroffenheit von dem furchtbaren Anschlag sowie von Entsetzen und Mitgefühl. Allerdings verlor er kein Wort über die Opfer, sondern ging sofort in einen herrischen, aggressiven Tonfall über. Er warnte mit scharfen Worten die „Populisten" (womit er die Freiheitliche Liga meinte), aus den Ereignissen propagandistische Vorteile zu ziehen. Wer nun Angst in der Bevölkerung säe, treibe einen Keil in die friedlichen Beziehungen Austrasias zu seinen Nachbarn und störe das harmonische Miteinander der Kulturen. Zum Schluss versicherte er, dass er und seine Partei auch weiterhin, wie schon seit zwanzig Jahren, unbeirrt für Toleranz und Vielfalt kämpfen werden.

Die Morgennachrichten wurden fortgesetzt, und jetzt horchte Zoe auf:

„Nest gefährlicher Mystiker ausgehoben: Mehrere Mitglieder der illegalen Sekte der so genannten Amazonier wurden gestern Abend bei einer Zusammenkunft verhaftet." Hier folgten Bilder von jungen Leuten, die brutal von der Securitate in Handschellen und mit verbundenen Augen abgeführt werden. „Den Tätern drohen hohe Strafen wegen Zauberei und Verschwörung. Die Mystiker gelten inzwischen als gefährlichste Sekte Europas. Wahrscheinlich sind sie für etliche Anschläge der letzten Zeit verantwortlich. Außerdem vermuten Experten, dass sie zu den maßgeblichen Drahtziehern der reaktionären Unruhen im Mai gehören. Studien haben ergeben, dass die Zahl der Mystiker rasant ansteigt und sie bereits in der Mitte der Gesellschaft angekommen sind. In einer alarmierenden Umfrage des Instituts für Sozialen Schutz gab jeder zweite zu, „er habe nichts gegen die Mystiker."

Zoe zog ihre schöne Stirn zusammen und sagte: „Es wird gefährlich für uns. Sie brauchen eine Minderheit, die ihnen als Sündenbock dient. Da kommen ihnen die Mystiker gerade recht. Wahrscheinlich werden sie bald mit Pogromen beginnen, um Stimmung für die Regierung zu machen." Sie hatte es erfasst. Genau das hatte Sakharov angekündigt, nur war die Mai-Rebellion dazwischen gekommen. Die nächste Meldung war nicht weniger deprimierend:

„Brandstiftung: In der Nacht brannte in einer Stadt nahe der Saale der letzte noch erhaltene christliche Dom in Austrasia aus. (Man sieht die schwelenden Trümmer eines mächtigen, uralten romanischen Doms). Das Gebäude brannte bis auf die Grundmauern nieder. Der über tausend Jahre alte Dom enthielt einen wertvollen Kirchenschatz und Gemälde alter Meister, die trotz Bemühungen der Feuerwehr nicht gerettet werden konnten. Von den Tätern fehlt jede Spur. Es handelt sich um den hundertvierundzwanzigsten Kirchenbrand in den letzten fünf Jahren."

Die Täter werden natürlich niemals gefasst, dachte ich. Entweder waren es Untergrund-Brigaden oder Heilige Krieger. Beide operieren oft gemeinsam, denn sie eint der Hass auf die Religion des Galiläers.

18. August

Die „Unsichtbaren" melden sich zu Wort. Sie beschuldigen die Regierung, nichts gegen den Terrorismus des Heiligen Krieges zu unternehmen. Deshalb wollen sie ab heute die Verteidigung der Bürger Austrasias selbst in die Hand nehmen. Jedes ihrer Flugblätter und jede ihrer Videobotschaften beginnt mit den Versen:

Noch sitzt ihr da oben, ihr feigen Gestalten.
Vom Feinde bezahlt, dem Volke zum Spott.
Doch einst wird wieder Gerechtigkeit walten,
Dann richtet das Volk,
Dann gnade Euch Gott!

Ich fand heraus, dass die Verse von einem Dichter aus alten Zeiten – er hieß Körner – stammen, der für das wunderbare, vergessene Königreich Preußen gegen Okkupanten gekämpft hatte und mit nur zweiundzwanzig Jahren gefallen war. Wie kommen die „Unsichtbaren" auf diese Zeilen, die unsere Tage so genau beschreiben? Wiederholt sich die Geschichte denn immer wieder?

Tatsächlich waren heute wieder Schüsse in der Stadt zu hören. *Mincom* meldete am frühen Abend, dass die Milizia alle großen Plätze besetzt hat. Überall in der Stadt wurden Kontrollpunkte eingerichtet. Auf dem weiten Platz der Toleranz hat sich vor der Pyramide des Volkskongresses eine unübersehbare Menschenmenge versammelt und fordert den Rücktritt der Regierung sowie freie Wahlen.

Mincom spricht von „einigen tausend reaktionären Hooligans", aber es sind Hunderttausende. Bilder zeigen übernächtigte, müde Menschen, viele tragen die schwarze Fahne mit dem rot-goldenen Kreuz, das alte Banner des Widerstandes, und meist selbst gemalte Transparente. Andere haben sich das Blau der Liga auf den Körper gemalt, tragen blaue Stirnbänder. Sie sind müde, aber zornig, und sie haben keine Angst mehr. Nach Jahrzehnten der Unterdrückung ist ihnen nun offensichtlich jedes Risiko egal. Sie fordern Freiheit und Einigkeit. Aber welche Freiheit ist jetzt noch möglich? Für uns gibt es keine Freiheit mehr; sie ist schon vor vielen Jahren verspielt worden. Wir stehen mit dem Rücken zur Wand. Eine Stunde später meldete *Mincom*, dass Milizia aufmarschiert ist, um die Menschenmenge einzukesseln. Werden sie schießen, ein Massaker veranstalten? Vertreter der Freiheitlichen Liga sprechen zur Menge, es werden Lieder gesungen, es wird gebetet. Zu welchem Gott?

19. August

Die Energie ist wieder ausgefallen, die Nacht wird von grellen Blitzen erhellt. Ich höre aufgeregte Stimmen im Haus und auf den Straßen. Angst liegt in der Luft, Panik, Verzweiflung. Diesmal wird es nicht gut enden. Wie sollte es auch? Wir Menschen in der Metrocity werden von äußeren und inneren Feinden erpresst, von Truppen, die an den Grenzen stehen, und von unserer eigenen Regierung. Selbst wenn die Wahlen noch einmal einen großen Umschwung bringen sollten, wie werden wir uns verteidigen können gegen die übermächtigen Armeen der Gottesstaaten? Was kann Korngold jetzt noch ausrichten, außer zu reden und seine Appelle an die Welt zu richten? Wer hört uns noch? Las Americas sind weit entfernt. Werden sie oder die Osteuropäer wegen der letzten Enklaven Westeuropas einen Krieg mit dem Kalifat riskieren, der auch atomar ausgetragen werden könnte?

21. August

Immer mehr Menschen strömen im Regierungsviertel zusammen; sie kommen aus dem ganzen Land. Es mögen Hunderttausende sein. Nun herrscht gehobene Stimmung – der Mut der Verzweiflung? Es wird gelacht und getanzt. Manche verbrennen Bilder des Gouverneurs, überall hängen Transparente mit ihren Parolen. Nachts erleuchten Hunderte von Fackeln den großen Platz, auf dem überall Zelte aufgestellt wurden. Korngold und andere Mitglieder der Liga halten mitreißende Reden. Sie fordern, dass die Regierung zurücktritt, und sagen, dass sie nicht eher weichen werden, bis eine Übergangsregierung eingesetzt ist, die freie Wahlen durchführt. Die Lage im Ministerium ist aufs Äußerste gespannt, aber Sakharov mahnt zur Ruhe. Grün schleicht wie eine giftige Kröte zwischen unseren und Radeks Abteilungen hin und her. Radek sprach heute im TV mit einschmeichelnder Freundlichkeit von „neuen Ideen", der „Bereitschaft, sich die Hände zu reichen", und dem „Verständnis für viele Anliegen der Menschen". Inzwischen wird die Präsenz von bewaffneten Sicherheitskräften überall in der äußeren Stadt unauffällig weiter erhöht. Die Liga berichtete, dass auf dem Platz der Märtyrer und den angrenzenden Boulevards mehrere Gruppen immer wieder zu Gewalttaten aufriefen. Sie wurden festgenommen und als Provokateure aus den Kreisen der paramilitärischen Brigaden enttarnt.

22 August

Der Ring zieht sich langsam zu. Heute Mittag sind Truppen der Regierung in der Stadt aufmarschiert. Sie haben Panzer und Artillerie. Hubschrauber kreisen knatternd über dem großen Platz vor dem Volkskongress, auf dem die Menge der Menschen ständig weiter anwächst. Eine Konfrontation scheint unvermeidlich. Es wäre ein schreckliches Blutvergießen mit Hunderten von Toten.

23 August

Gerüchte im Ministerium: Teile der Regierungstruppen haben sich mit den Aufständischen verständigt, nicht zu schießen. Dann die Nachricht: Ein Großteil der Einheiten, die in der inneren Stadt liegen, haben die Seiten gewechselt. Die Panzer drehten ihre Türme in die entgegengesetzte Richtung! Das Volk jubelt! Unbeschreibliche Freude! Lieder werden angestimmt, die die Älteren noch aus dem Bürgerkrieg kennen, viele im alten Deutsch, so wie die alte Hymne „Einigkeit und Recht und Freiheit" oder „Die Gedanken sind frei".

Ich hätte nicht gedacht, dass so viele Menschen diese Sprache noch verstehen. Im Alltagsleben war sie verschwunden, aber viele der Älteren haben die alten Lieder nicht vergessen, obwohl sie streng verboten sind. Abordnungen von Rebellen aus anderen Homelands sind angekommen. Eine Delegation aus Aquitania und eine aus Burgund hielten ihre Reden stolz auf Französisch, dann erst auf Multilangue.

25. August

Was für faszinierende Tage! Noch nie habe ich so viele Menschen zusammen gesehen und so voller Jubel und Freude. Sie teilen alles: Essen, Wasser, medizinische Versorgung; alles ist gut organisiert. Auch Reporter aus der ganzen Welt sind wieder da und berichten Tag und Nacht live vom Platz der Toleranz. In Las Americas und im Russischen Reich schaut man mit Sympathie auf unsere Bewegung. Die Sender des Kalifats und der mauretanischen Staaten spucken Gift und Galle. Sie sagen: Wenn die Ungläubigen sich entschließen, wieder den Frieden zu stören, einen neuen rassistischen Krieg vom Zaum brechen, Aufstände anzetteln und die friedliebenden rechtgläubigen Europas angreifen, wie schon einmal vor fast dreißig Jahren, werden die verbündeten Staaten Eurabias und Mauretanias die gottgewollte Ordnung wiederherstellen. Das klingt wie eine unmittelbare Drohung – besonders der Bezug auf den Sezessionskrieg lässt aufhorchen. Jetzt muss auch der Letzte erkennen, in welcher Lage wir die ganze Zeit gewesen sind, wir waren nichts als hilflose Vasallen.

Wir vermuten, dass Hagen und seine Leute nur noch auf den günstigsten Moment zum Losschlagen warten.

26. August

Heute fand eine geheime Konferenz im Vivarium statt, an der die Widerstandsgruppe um Sakharov teilnahm, sowie Verschwörer aus den anderen Ministerien. Ein Sprecher des *Minint* eröffnete uns mit ernster Miene, dass Hagen der Aufstände nicht Herr wird, obwohl er alle verfügbaren Mittel einsetzt. Damit steigt die Wahrscheinlichkeit, dass er innerhalb der nächsten Tage die mauretanischen und eurabischen Regierungen um Waffenhilfe ersuchen wird. Der Tag X rückt schnell näher. Sakharov gab den Befehl, dass wir uns von nun an Tag und Nacht bereithalten sollen. Am Abend sprach ich lange mit Zoe. Sie verstand mich, sagte aber auch, dass sie ein großes Feuer in der Zukunft sieht, vor dem wir nach Osten flüchten werden. Ich liebe sie mehr als je zuvor.

27. August

Heute wurde eine Ansprache Hagens an die Bevölkerung Austrasias übertragen und den ganzen Tag in allen TV-Kanälen wiederholt. Er sah aus wie immer, gefönt, weichlich und glatt. Doch in seiner Rede schwang ein drohender Unterton mit:

„Ich spreche heute zu allen gut gesinnten Menschen draußen im Lande und bitte sie, friedlich nach Hause zu gehen. Einige Rattenfänger stiften Unruhe und versuchen, unser friedliches Zusammenleben zu stören. Hören Sie nicht auf sie! Es sind rückwärts gewandte Rassisten, Populisten und Hetzer, Ewiggestrige und Terroristen, die versuchen, die Menschen gegen die gewählte Regierung aufzubringen. Wir arbeiten mit aller Kraft für Frieden, Toleranz und Vielfalt und für ein gemeinsames Haus Europa, in dem wir mit unseren Brüdern und Schwestern jenseits der Grenzen zusammenleben können. Wenn die Anführer der Terroristen in ihrem Treiben aber nicht nachlassen, sieht sich unsere Regierung gezwungen, unsere Freunde in Eurabia und Mauretania offiziell zu bitten, uns dabei zu helfen, die Sicherheit und Ordnung in unserem Staat wieder herzustellen."

Nach diesen Worten ging eine wütende Welle der Empörung durch die Versammelten. Anschließend sprach Korngold direkt auf dem Platz zu der unübersehbaren Menge. Er forderte den Rücktritt Hagens und seiner Regierung der Kommissare, freie Wahlen und eine neue Verfassung.

Wir hören, dass Hagens Spezialtruppen begonnen haben, in abgelegenen Distrikten Massaker an der Bevölkerung zu verüben. Aber das schüchtert die Rebellen nicht ein. Im Gegenteil: Die schrecklichen Bilder führen dazu, dass die Sympathien mit der Rebellion weiter wachsen – auch im Ausland, besonders in Las Americas.

28. August

Heute Morgen in der Besprechung ist die Lage klar: Hagen hat sich entschlossen, die Truppen des Kalifats um Waffenhilfe zu ersuchen. Den Medien des Kalifats zufolge, ist eine Intervention in Austrasia geplant, „um der rechtmäßigen Regierung gegen den Terror von Ungläubigen und ihren Helfern zu Hilfe zu kommen." Für den Widerstand heißt dies, dass es an der Zeit ist, die Operation Waldgang einzuleiten, zumal anzunehmen ist, dass die Invasion innerhalb der nächsten sieben Tage beginnen wird. Jetzt oder nie ist der Zeitpunkt, Hagen zu stürzen!

Am späten Vormittag wurde der Beginn der Operation für morgen früh 3.00 Uhr angesetzt. Es bleiben also noch etwa sechzehn Stunden zur Vorbereitung. Da Teile des Landes bereits in der Hand von Rebellengruppen sind, soll sich der Putsch zuerst auf die Metrocity und deren Machtzentren, die Regierungsgebäude, konzentrieren. Alle Funktionäre der Regierung Hagen samt ihren Anhängern sollen verhaftet werden; nach spätestens sechs Stunden sollen alle Regierungsgebäude besetzt sein, besonders der Turm des Gouverneurs und die Pyramide des Volkskongresses.

Ab Mitternacht bin ich im Gebäude von *Mincom* stationiert und unter Waffen. Ich werde das Gefühl nicht los, dass diese Operation eine Verzweiflungsaktion ist. Ich glaube nicht an Gewalt, und auch in diesem Falle hätte ich eine friedliche Lösung mit demokratischen Wahlen bei weitem vorgezogen. Auf der anderen Seite stehen unsere Chancen gut, in einer völlig unerwarteten Blitzaktion erfolgreich zuzuschlagen. Ich glaube, dass unsere konspirativen Kanäle funktionieren und der Gegner nichts ahnt. Auf unserer Seite ist das Überraschungsmoment, und es ist unsere letzte Chance – jetzt und hier!

Am Abend kehrte ich kurz nach hause zurück und erklärte Zoe die Lage. Dann machten wir einen Plan: Sie wird sofort aufbrechen und in die Katakomben abtauchen, die sie gut kennt, um sich dort zu verstecken. Wenn die Operation erfolgreich ist, sehen wir uns wahrscheinlich schnell wieder. Wenn sie scheitert, werde ich mich so schnell wie möglich zu ihr durchschlagen und mit ihr zusammen Richtung Osten das Land verlassen.

Sie erklärte mir noch einmal genau, wo die Eingänge in das unterirdische System zu finden sind: Es sind alte U-Bahn-Stationen, die noch zugänglich sind. Sie beschrieb mir die Ruine eines einstmals eleganten Kaufhauses in der Innenstadt, von dessen Untergeschoss aus Treppen in eine U-Bahn-Station führen. Ich solle den Tunneln folgen, bis ich auf Zeichen an den Wänden stieße, Kryptogramme mit bestimmten Bedeutungen. Sie zeichnete mir eine Liste mit Symbolen auf. Wenn die Innenstadt besetzt ist, solle ich in der Nähe des alten Zentralfriedhofs einen Eingang suchen. Nicht weit von Marcos' Haus, dachte ich. Dann begleitete ich Zoe zu dem U-Bahn-Eingang in der Innenstadt und begab mich zurück ins Ministerium, um weitere Anweisungen abzuwarten.

29. August, tagsüber

Große Ereignisse: Heute Morgen Punkt 3.00 Uhr begann „Waldgang" planmäßig. Ich bin im Vivarium stationiert. Alle Eingänge sind gesichert, und die unterirdischen Zugänge zu den zwei Sperrkreisen sind mit Minen und Sprengfallen versehen. Bis zum Morgen wurden von unseren Leuten mehrere Ministerien besetzt; große Teile der Armee haben die Seiten gewechselt und sind auf Seiten des Widerstandes. Bereits am Mittag wurde Leo Korngold über alle Medien zum kommissarischen Gouverneur ausgerufen. Er wird heute Abend auf der Versammlung des Volkskongresses eine große Rede an die Bevölkerung des Landes richten, die live über alle Kanäle übertragen wird. Wir haben Metrocity zur Festung erklärt und sichern das Territorium um die Stadt mit unseren Truppen. Die Bevölkerung steht zu neunzig Prozent hinter uns. Im Vivarium befindet sich unser Hauptquartier, von wo wir alle Medien kontrollieren. Von hier aus sind wir mit den anderen Homelands verbunden, sowie mit dem Rest der Welt. Aber wo ist Hagen?

29. August, abends

Der Widerstand hat sich unter dem Kommando des Generals Stahlkopf vereinigt. Der Turm des Gouverneurs wurde von Truppen umstellt. Ich hörte, dass Radek sich schon vor zwei Tagen aus unserem Ministerium abgesetzt hat. Offensichtlich ist Grün bei ihm, denn auch er ist verschwunden. Gegen Mitternacht wurde der Turm des Gouverneurs gestürmt. Aber die Spezialtruppen, die Hagen verhaften sollten, fanden nur Hunderte leerer Büros, Berge vernichteter Akten und Daten, aber weder ihn, noch seine Gefolgsleute. Die Verhaftung Hagens ist fehlgeschlagen.

Am frühen Morgen wurde bestätigt, dass Hagen mitsamt seinen Stäben und einigen treuen Kommissaren geflohen ist. Wohin, ist noch nicht bekannt. Haben sie sich in ein Emirat abgesetzt oder verstecken sie sich noch irgendwo auf unserem Territorium, um einen Gegenschlag zu führen? Wir wissen es zurzeit nicht. Offenbar hat er sich kurz nach der Ausstrahlung seiner Rede bei Nacht und Nebel aus dem Staub gemacht. Vielleicht ist er auch schon vor einigen Tagen unbemerkt entkommen und hat die Rede an einem unbekannten Ort gehalten. Der Studio-Hintergrund sah zwar aus wie sein offizielles Pressezentrum, aber es wäre auch möglich, dass irgendwo jenseits der Grenzen eine identische Kulisse errichtet wurde, von der aus er gesprochen hat.

30. August

Überall im Land wird nach Hagen und seinen Helfern gefahndet, bisher ohne Erfolg. Trotzdem sind viele erleichtert, dass er das Land verlassen hat. Gestern Abend wurde die provisorische Übergangsregierung mit Korngold an der Spitze offiziell vom Volkskongress bestätigt. Sakharov wird neuer Informationsminister. Überall herrscht großer Jubel. Ist dies die Befreiung?

1. September

Heute sprach Sakharov im TV über die neue Kulturpolitik. Ab sofort wird der *Codex mental* mit all seinen Verordnungen außer Kraft gesetzt. Niemand kann mehr angezeigt oder bestraft werden, weil er Bücher oder andere Medien besitzt oder weitergibt. Die gesamte Datenmenge des Vivariums wurde mit dem

Intranet Austrasias verbunden, das heißt, dass alle Benutzer des Netzes Zugang zu den Daten und auch zu allen weltweiten Verbindungen haben. Aufgrund technischer Probleme kann sich diese Freischaltung noch um einige Tage verzögern, aber grundsätzlich ist das Netz frei!

Heute sind überall im Land Anführer der Anti-Hass-Brigaden gefangen genommen worden. Sie werden in späteren Prozessen abgeurteilt werden, soweit ihnen eine Schuld nachweisbar ist. Das Ministerium für Sicherheit *Minsecur* und das Hauptquartier der Securitate wurden von Menschenmassen gestürmt und verwüstet. Ich sah mit eigenen Augen, wie Computer und Server aus den Fenstern brennender Büros auf Straßen und Plätze geworfen wurden. Wir wollen aber, dass die Daten erhalten bleiben, denn sie sind als Beweise für spätere Verfahren sowie zur historischen Aufarbeitung von außerordentlichem Wert. Korngold hat Botschafter nach Russland und Amerika geschickt, die um Unterstützung werben sollen.

Auch in Burgund, Helvetia und Asturia haben die Aufständischen die Macht übernommen. Nur in Brüssel hat sich die Nomenklatura in ihrem riesigen Verwaltungskomplex verschanzt. Er ist als Hochsicherheitszone zu einer uneinnehmbaren Festung gegen das Volk ausgebaut worden. Brüssel selbst ist ja eine rein eurabische Stadt, und die Bevölkerung verhält sich dort passiv.

2. September

Überall in der Stadt jubeln und feiern die Menschen. Es ist wie ein großes Volksfest. Am Morgen saß ich in meinem Büro, als Zoe plötzlich hereinkam! Ich umarmte sie, überglücklich, dass es ihr gut ging. Aber sie wirkte bedrückt, und ich konnte nicht herausfinden, warum. Ich erklärte ihr die Lage und unsere Pläne für die nächsten Tage und Wochen, konnte sie aber mit meiner Euphorie nicht anstecken. Sie wollte mir nicht sagen, was sie bewegte, aber ich kenne sie inzwischen gut genug. Ich weiß, dass sie in die nahe Zukunft sehen kann. Sieht sie dort etwas, das ihr Angst einflößt? Ich will es herausfinden. Wir fuhren zusammen in unser Apartment und konnten dort die ganze Nacht in Ruhe sprechen.

Sie erzählte mir, dass auch in den Katakomben allgemeine Freude herrschte. Einige warnten aber auch vor übereilter Siegesfreude. Sie selbst hatte dort einen Traum, den sie mir genau schilderte:

„Ich war in einem hohen Gebäude und sah recht weit entfernt einen großen brennenden Krater. Ich wusste, dass dort Tausende von Menschen starben. In dem Krater hatte ein großes Fest stattgefunden, als das Feuer plötzlich ausbrach. Die Menschen wollten flüchten, konnten aber die Kraterwände nicht erklimmen, um sich zu retten. Es war eine beispiellose Katastrophe! Dann sah ich Tiefflieger nahen, die auf alles schossen, was sich bewegte. Ich selbst aber war von alldem nicht betroffen und flog aus dem Gebäude hinauf in den Himmel, zu den Bergen."

3. September

Zoe will nicht allein im Apartment bleiben, sondern wieder zurückkehren in die Katakomben. Nur dort fühle sie sich sicher, sagt sie. Als wir morgens am Ring-Boulevard Abschied nahmen, begann sie zu weinen. Sie ist voller Unruhe und Angst. Als ich ins Ministerium zurückkam, fand ich auf meinem Display schon eine Aufforderung von Sakharov, ihn sofort zu kontaktieren.

Ich betrat sein Büro, und er kam freudestrahlend auf mich zu.

„Lukas, ich habe eine besondere Überraschung für dich. Du bist ab sofort befördert zum Chef-Administrator sowie zu meinem Stellvertreter und engsten Mitarbeiter!"

Alle Bedrückung fiel von mir ab, und ich war außer mir vor Freude. Wir würden weiter zusammen arbeiten und gemeinsam eine neue freie und demokratische Kultur in Austrasia aufbauen!

Unsere erste Amtshandlung ist die Veröffentlichung der neuen Verfassung, die schon vor langer Zeit ausgearbeitet wurde, und einer Friedensdeklaration an die Völker aller europäischen Homelands.

Austrasia ist inzwischen gut gesichert, in allen Städten und an allen Grenzen stehen Einheiten der Armee. Weiterhin werden Gesetze mit sofortiger Wirkung verkündet: Reisefreiheit, Meinungsfreiheit, Pressefreiheit; der Codex ist als Verfassung ab heute ungültig. Am Nachmittag sah ich im TV, wie Spitzel, Verräter und Funktionäre, die anderen schwer geschadet hatten, überall im Lande verhaftet wurden. Viele waren vielleicht nur Mitläufer; sie sollen gerechte Prozesse bekommen. Es ist alles wie ein Traum, der in Erfüllung geht, und die Zeit scheint still zu stehen.

Ich frage mich, wie es Marcos geht. Ich muss ihn unbedingt sehen! Da er völlig isoliert lebt, kann ich ihn nicht erreichen. Ich wollte veranlassen, dass er sein Visum sofort erhält und ging deshalb ins *Minint*. Dort fand man seine Daten und versprach mir, das Visum so schnell wie möglich auszustellen. Es könne möglicherweise noch zwei Tage dauern. Was sie mir allerdings nicht sagten, war, dass vor wenigen Tagen – noch vor dem Umschwung – ein endgültiger Ablehnungsbescheid an ihn ergangen war. Dies erfuhr ich erst später.

Im Südteil der geteilten Stadt jenseits des Zauns geht Unheimliches vor sich: Alle Gebäude, die sonst nachts hell erleuchtet waren, sind dunkel. Es gibt keinerlei Verkehr und keine Menschen mehr auf den Straßen. Trotzdem nehmen wir Bewegungen in der Dunkelheit wahr. Es scheint, dass Truppen in Stellung gebracht werden. In der Mitternachtskonferenz schauten wir uns die Satellitenbilder an und sahen, dass in allen Gebieten jenseits der Grenzen große Truppenverschiebungen stattfinden. Über Hagens Verbleib gibt es immer noch keine Informationen.

4. September

Heute Morgen antworteten die Emirate auf unsere besorgten Anfragen. Sie sprechen von „normalen Herbstmanövern".

Unsere Botschafter kamen mit leeren Händen aus Washington, Brasilia und Caracas zurück. Außer guten Worten gibt es keine Garantien der Americas. Sie bieten uns aber wirtschaftliche Hilfe und Kredite für die Zukunft an, wenn wir eine Regierung gewählt haben. Auch Russland hält still und tut nichts. Die Russen verstärken ihre Truppen in den östlichen Freistaaten, scheinen sich aber in Westeuropa nicht einmischen zu wollen. Korngolds Appelle verhallten vorerst ungehört.

Der Termin für die Wahlen wurde heute auf den 3. Oktober, den alten nationalen Feiertag, angesetzt. Die Parteien, die bisher zugelassen wurden, sind die Liga, die Christlichen Demokraten und die Liberalen. Die Einheitspartei benennt sich um in „Neuer Aufbruch" und nimmt ebenfalls an der Wahl teil. Erste Umfragen sagen der Liga einen triumphalen Wahlsieg voraus.

5. September

Trotz der Manöver glaubt bisher niemand an eine Invasion.

„Sie werden es nicht wagen", sagte Sakharov heute Morgen, „sie riskieren keinen neuen Bürgerkrieg in Westeuropa."

Was tut Hagen? Er ist verstummt. Er scheint sich irgendwo in den Emiraten aufzuhalten, vielleicht in Istanbul. Was plant er im Verborgenen, welche Pläne schmiedet er dort? Es ist beunruhigend. Es war ein großes Unglück, dass wir ihn nicht gefasst haben. Auch Radek verschwand spurlos. Hatte jemand sie gewarnt? Oder ist alles ein von langer Hand abgekartetes Spiel?

Am Nachmittag trafen sich die Vertreter aller Homelands in der Hauptstadt Helvetias und unterzeichneten feierlich einen gegenseitigen Beistandspakt.

Vor Mitternacht wurde die Situation plötzlich unübersichtlich. Wir erfuhren, dass Radek wieder aufgetaucht ist. Er soll sich zum Militärkommissar ernannt haben und parteitreue Truppen sammeln. Wo er sich befindet, ist nicht klar. Wir haben ab sofort höchste Alarmstufe, an Schlaf ist nicht zu denken. Ich hoffe, dass Zoe in den Katakomben in Sicherheit ist.

6. September

Kurz nach Mitternacht: Unsere schlimmsten Befürchtungen werden wahr: Gerade bekommen wir Meldungen der Grenztruppen, dass eine riesige Panzerarmee Eurabias von allen Seiten die Grenze überschritten hat! Unsere Truppen, obwohl in Alarmbereitschaft, sind dem Angriff nicht gewachsen. Es scheint sich um eine wirkliche Invasion zu handeln!

Später in der Nacht:

Von Stunde zu Stunde wird die Lage ernster. Unsere Truppen kämpfen verzweifelt, aber sie sind in jeder Hinsicht unterlegen. Es kommt zu schrecklichen Szenen. Die Panzer erreichen die ersten Städte nahe der Grenze und walzen jeden Widerstand nieder. Sie hissen die schwarze Fahne des Heiligen Krieges und terrorisieren die Bevölkerung. Flüchtlingsströme kommen auf unsere Hauptstadt zu.

Morgens:

Die Streitkräfte nähern sich von drei Seiten der Metrocity. Am Morgenhimmel erscheinen Flugzeuge, die beginnen, die Stadt zu bombardieren! General Stahlkopf sitzt im bombensicheren Bunker unter dem Verteidigungsministerium und koordiniert alle Aktionen. Metrocity wird zur Festung erklärt, auf allen hohen Gebäuden werden Artillerie und Raketenwerfer in Stellung gebracht. Vom Südteil der Stadt aus setzt Dauerfeuer der Artillerie ein. Es wird ungemütlich!

Abends:

Die Lage weiter unübersichtlich – Sakharov in ständigem Kontakt mit dem Hauptquartier des Generals. Die Bevölkerung ist von den Straßen verschwunden, sucht Schutz in den Kellern. Wir haben uns in den Bunker des Ministeriums zurückgezogen, warten auf weitere Befehle.

7. September

Im Morgengrauen rollten die ersten feindlichen Panzer in die Stadt. Mutige Menschen stellen sich ihnen entgegen und werden niedergewalzt. Überall kommt es zu Kämpfen, die meisten Bewohner der Stadt flüchten in Panik. Viele Gebäude brennen, die Kalifatstruppen rücken langsam, aber unerbittlich vor. Sie werden von Dächern und aus Häusern beschossen, ohne große Wirkung. Die Stadt ist in dunklen Qualm getaucht, so dass kaum noch etwas zu erkennen ist.

Es ist grauenvoll! Dieser Überfall wird mit blutigen Lettern ins Buch der Schandtaten der Geschichte eingebrannt werden! Es ist das Ende – und niemand hilft uns. So bewahrheitet es sich also, was Marcos prophezeite: Wir sind wie die letzten Krieger in Konstantinopel, wir werden enthauptet! Ich mache mir große Sorgen um ihn, um Zoe. Was passiert mit uns?

Abends:

Die Panzer sind da! Sie rollen mit rasselnden und quietschenden Ketten in langer Reihe die Boulevards entlang und stehen auf allen Plätzen. In den

Außenbezirken wird immer noch gekämpft. Die Verbindung mit Stahlkopf ist unterbrochen. Wir sitzen im Bunker des Vivariums. Das Ministerium wird beschossen.

8. September

Mitternacht: Ich fand etwas Schlaf. Wir haben nicht vor, uns zu ergeben. Sakharov sagte: „Wer gehen will, soll gehen. Der Rest kämpft wie ein Mann. Ich werde mich nicht ergeben, sondern für die Freiheit sterben." Ich sah einen gequälten Ausdruck auf seinem Gesicht.

Später:

Gegen vier Uhr früh war es soweit: Feindliche Einheiten griffen das Ministerium an! Ich beobachte alles durch die Überwachungskameras. Sie überrennen die letzten Verteidiger vor dem Gebäude und schießen sich den Weg frei. Nach harten Kämpfen im dunklen, brennenden Foyer stürmen sie die Zugänge zu den unteren Ebenen. Es sind Radeks Elite-Milizen, die nun durch verschiedene unterirdische Zugänge in den ersten Sperrkreis eindringen. Es kommt offenbar zu gnadenlosen Kämpfen in den dunklen Labyrinthen unterhalb des Ministeriums.

Später:

Während einige unserer Leute noch die oberen Stockwerke besetzt halten, sind wir zurzeit in den unterirdischen Komplexen abgeschnitten. Am äußersten Sperrkreis wird weiter gekämpft. Ich selbst befinde mich mit einem Trupp von zwanzig Mann am inneren Sperrkreis hinter einer Barrikade. Aus den dunklen Gängen vor uns dringt dichter Qualm, und es wird geschossen. Flackernde Lichtkegel von Scheinwerfern huschen hin und wieder durch die Dunkelheit, aber sie können den dichten Rauch nicht durchdringen. Wir alle tragen Gasmasken.

Plötzlich sehe ich unheimliche Gestalten aus dem dichten Qualm auftauchen, angeführt von einer grotesken, zwergenhaft verwachsenen Gestalt mit Gasmaske. Es ist ein Trupp Soldaten, offenbar angeführt von Radek, den ich sofort an seinen Bewegungen erkenne. Sein Gesicht unter der Maske ist hassverzerrt. Er zielt mit seiner Waffe direkt auf mich. Nun geschieht alles in Bruchteilen von Sekunden: Ich springe hinter einen Betonpfeiler in Deckung, Sakharov feuert im selben Moment und trifft Radek, der nur noch wenige Meter von mir entfernt ist. Ein Schwall von Blut schießt aus seiner Brust. Er starrt mich an, verdreht die Augen und fällt zur Seite, dabei verliert er seine Waffe. Seine Begleiter, die nicht gesehen haben, woher der Schuss kam, ziehen sich zurück. Radek reißt sich die Gasmaske vom Gesicht, stiert mich an und stößt hervor: „Ich wusste immer, dass du der Sohn von Lindberg bist. Ich hätte dich eher beseitigen sollen …" Er hustet und gurgelt Blut. Ich lasse ihn liegen und laufe zurück zu Sakharov.

„Du hast mir gerade das Leben gerettet!"

Wir hören keine Schüsse mehr. Hinter uns aber prasseln plötzlich meterhohe Flammen aus dem Vivarium, die Hitze ist unerträglich.

Im Vivarium heulen Alarmsirenen auf, ich höre Rufe: „Das Vivarium brennt!" Es brennt lichterloh, denn die Sauerstoff-Notversorgung wurde plötzlich eingeschaltet, so dass die Flammen sich rasend schnell überall ausbreiten. Hier sind Saboteure am Werk! Wir sitzen in der Falle. Sakharov kommt im Qualm auf mich zu und ruft:

„Lukas, schlag dich nach draußen durch. Gott schütze dich! Ich bleibe hier und lösche das Feuer im Vivarium. Geh jetzt!"

Er lächelt, und ich weiß, dass er hier nicht mehr lebend herauskommen wird. Ich schüttele den Kopf und rufe:

„Du musst mitkommen!" Er sieht mich an und sagt nur:

„Wenn das Vivarium verloren ist, ist alles verloren."

Dann dreht er sich um und verschwindet im Rauch.

Später:

Irgendwie erreiche ich ein Treppenhaus. Als ich in die Halle im Erdgeschoss des Ministeriums komme, sehe ich, dass die unteren Stockwerke in Flammen stehen. Überall fallen brennende Trümmerteile herab, hier gibt es kein Durchkommen mehr. Es ist nur eine Frage der Zeit, bis alles zusammenstürzt. Ich flüchte aus dem Gebäude.

Der Morgen ist schwarz wie Tinte; Qualm und Asche wehen mir ins Gesicht. Ich bin allein. Artillerie feuert in unmittelbarer Nähe. Das Ministerium ist zerstört. Aber plötzlich ist es mir egal. Um mich tobt ein Inferno, in dem ich Freund und Feind nicht mehr unterscheiden kann. Ich höre Flugzeuge direkt über mir. Ich kann den grünen Halbmond auf ihren Tragflächen erkennen. Meine Augen brennen, und ich kann nicht mehr klar sehen. Ich muss hier verschwinden, muss den nächsten Eingang in die Katakomben suchen! Ich muss Zoe finden und mit ihr diesen Hexenkessel verlassen!

Später:

Während ich durch die brennenden Straßen laufe, schießt mir durch den Kopf: Was ist mit Marcos? Er muss mit uns kommen! Die Straßen sind voll mit Milizia und Soldaten; auf welcher Seite sie kämpfen, kann ich nicht erkennen. Auf den Boulevards flüchten Menschen, Geschäfte werden geplündert, eine Milizia-Station steht in Flammen. Hubschrauber knattern heran. Ich muss aufpassen, nicht in einen Kessel zu geraten, aus dem ich nicht mehr entkommen kann. Die Flugzeuge kommen zurück. In der Innenstadt höre ich ständiges Gewehrfeuer. Ich laufe immer in Deckung, dicht an Häuserwänden entlang, in Richtung äußerer Ring. Eine lange Reihe grüner Armeefahrzeuge kommt mir entgegen. Waren es unsere Milizen oder die der Gegner? Es interessiert mich nicht mehr.

Später:

Es ist nun heller Tag, aber dunkle Rauchwolken hängen über der Stadt. Ich überquere den äußeren Ring in der Nähe von Marcos' Haus. Ich weiß nicht, wie lange ich laufe, aber endlich stehe ich vor dem Tor seines Gartens. Hier ist es still, und der Wind rauscht in den Bäumen. Ich laufe durch den Garten und sehe, dass die Haustür offen steht. Ich trete ein und rufe seinen Namen – keine Antwort. Etwas Drückendes liegt in der Luft. Ich rufe noch einmal lauter, gehe dann weiter hinein.

Als ich die Bibliothek betrete, spüre ich ein eiskaltes Ziehen im Magen. Ich sehe Marcos an seinem Schreibtisch sitzen, vornüber gesackt, sein Kopf liegt auf dem Tisch. Überall ist Blut. Neben ihm sein Revolver. Ich erstarre und gehe langsam näher. Auf dem Tisch liegt ein geöffneter Brief: Ein Schreiben der Immigracion, die endgültige Ablehnung seines Ausreisevisums in letzter Instanz! Daneben ein Brief der Securitate: Vorladung wegen „Besitz verbotener Schriften, Volksverhetzung und Verschwörung". Ich kann ihn nicht ansehen, sein Kopf ist verkrustet von Blut. Tränen steigen mir in die Augen. Ich flüstere leise:

„Warum hast du nicht noch etwas gewartet? Ich hätte dir doch helfen können! Nun ist es zu spät! Leb wohl in einer anderen Welt! Ich bete für dich!"

Mir ist elend zumute, und mir wird kalt. Ich fühle, wie ein grauenhafter Druck in mir aufsteigt. Nun hat auch dieser Mensch aufgegeben. Hier gibt es nichts mehr zu tun für Menschen wie uns. Marcos, ich kann dich nicht einmal mehr begraben, mir bleibt keine Zeit. Da sehe ich einen Umschlag auf dem Tisch, mit Blut bespritzt, auf dem in großen Lettern geschrieben steht: FÜR LUKAS. Ich stecke ihn schnell ein und verlasse das Haus durch den Hintereingang. Jetzt noch den Friedhof überqueren, und dann bin ich am U-Bahn-Eingang, der nach unten führt.

Vom Garten aus sehe ich die Straße. Dort fahren dunkelgrüne Panzerwagen mit dem Zeichen der Emirate vorüber. Wenn sie mich sehen, ist alles aus. Ich gerate in Panik. Jetzt bloß die Nerven behalten, nicht durchdrehen! Wohin? Es gibt nur einen Weg: Ich laufe gebückt hinter den dichten Rhododendronbüschen zum Ende des Gartens. Dort ist der alte eiserne Zaun, in dem die verrostete Pforte noch in den Angeln hängt. Dahinter liegen ein verwilderter Park und der alte Zentralfriedhof. Ich finde einen schmalen, fast zugewachsenen Weg und laufe durch das Dickicht. Ich blicke mich um – niemand scheint mir zu folgen. Ich haste weiter. Der Friedhof ist seit Jahrzehnten vergessen. Überall zerstörte Grabsteine; Flaschen, Abfall und Kondome an verkohlten Feuerstellen. Ein Bild des Jammers. Umgestürzte Denkmäler, Engel mit abgeschlagenen Köpfen, gestürzte Kreuze auf geschändeten Gräbern alter Familien. Gräber von Menschen, die hier einmal gelebt haben, und nun lange geächtet und vergessen sind.

Außer Atem laufe ich weiter, fast verwundert über alles, was passiert, als stünde ich außerhalb meiner selbst. Kaum achtundvierzig Stunden sind vergangen, seit die Invasion begonnen hat, und nun bin ich auf der Flucht und alles ist verloren. Sie werden nach mir fahnden als einem der Verschwörer. Vielleicht waren sie schon in meiner Wohnung. Was ist, wenn Zoe den Milizen in die Hände fällt? Sie ist nur wegen mir in der Stadt geblieben. Wir müssen dieses Inferno so schnell wie möglich verlassen.

Da höre ich einen Hubschrauber heranknattern. Haben sie mich doch gesehen und suchen nun nach mir? Hinter dichten Büschen und Bäumen laufe ich vorsichtig weiter. Der Hubschrauber kommt näher. Da sehe ich eine alte Kapelle mit Fenstern, durch deren zerbrochenes farbiges Glas ich hinein schauen kann. Die Rotorblätter des Hubschraubers machen einen Heidenlärm, aber ich sehe das Ungetüm nicht, es ist auf der anderen Seite des Gebäudes. Ich klettere durch eins der Fenster und sehe mich im Inneren um. Hier hat ein Fest stattgefunden – die Zeichen des amazonischen Bundes sind unverkennbar. Der Hubschrauber scheint über dem Gebäude zu stehen. Werden sie nach mir suchen? Eine Ewigkeit vergeht, bis sich der Lärm entfernt.

Ich denke nach: Wo verläuft der Tunnel der alten U-Bahn? Wenn mich nicht alles täuscht, muss ich den Friedhof bis zum Ost-Boulevard überqueren, wo sich die alte U-Bahn-Station befindet, von der Zoe gesprochen hatte. Ich laufe also weiter zwischen den zerstörten Gräbern hindurch und komme an das Hauptportal. An der Straße ist der zerfallene Eingang der Station. Der U-Bahn-Betrieb war irgendwann im Krieg eingestellt und später mangels Energie nie wieder aufgenommen worden. Eine Treppe, dicht bedeckt mit Müll und Schlamm, führt in die Tiefe. Das Metallgitter am Eingang ist längst zerstört, und ich komme auf eine tiefere Ebene. Hier hausen Obdachlose, besonders im Winter leben sie in den Stationen.

Doch nun ist alles menschenleer. Noch eine dunkle Treppe hinab, die alten Rolltreppen sind aus ihren Verankerungen gerissen, ich steige im Halbdunkel über Metallreste, Steine und Scherben. Von oben fällt kaum noch Licht in den Tunnel. Ein moderiger Geruch erfüllt die Luft. Ich komme auf den ehemaligen Bahnsteig. Vorsichtig sehe ich mich um. Alles ist still bis auf das Rascheln kleiner Tiere, vielleicht Ratten. Die Station ist zwar zerstört, aber ich kann noch Reste aus besseren Zeiten erkennen: eine Telefonsäule, die Reste eines Kiosks; sogar die alten Stationsschilder hängen noch an den Wänden. Ich mache mich auf den Weg – doch ich weiß nicht, in welche Richtung ich gehen soll. Ich erinnere mich dunkel, dass die alte U-Bahn-Linie stadtauswärts nach Osten führte. Dort hoffe ich, auf die Rebellen zu treffen. Also wende ich mich in diese Richtung, oder das, was ich dafür halte. Ich liege tatsächlich richtig, denn nach einigen hundert Metern tauchen die ersten Graffiti an der Wand auf, denen ich folge. Nach einer langen Wanderung durch den dunklen und zugigen Tunnel und weitere verlassene Stationen sehe ich Feuerschein in einen Seitentunnel. Bewaffnete, bärtige Gestalten stehen um ein Feuer. Ich näherte mich vorsichtig mit erhobenen Händen. Als sie sehen, dass ich allein bin, nehmen sie mich in ihre Mitte und bringen mich durch ein Labyrinth von Gängen in ihr Hauptquartier.

9. September

Ich habe Zoe wieder gefunden! Ich stieß auf eine Gruppe von vierzig bis fünfzig der Untergrund-Menschen. Nachdem ich nach ihr gefragt hatte, dauerte es nicht lange, bis sie kam. Wie standen diese Leute bloß in Verbindung miteinander? Als ich ihr sagte, dass Marcos tot war, erwiderte sie nur kurz:

„Die Metrocity ist kein Ort zum Leben mehr, sondern nur noch zum Sterben. Wir müssen hier sofort verschwinden."

Ich nickte. Sie fuhr fort:

„Wir gehen in kleinen Gruppen nach Osten. Die meisten anderen sind schon weg. Lass uns noch etwas essen und schlafen, in der Nacht brechen wir auf."

Wir wollen dem alten U-Bahn-Tunnel folgen, bis ans Ende der Stadt und uns dann durch andere Tunnel weiter durchschlagen bis zum Fluss. Dort liegt der alte Ost-Bahnhof, wo vielleicht noch ein Zug abfährt. Es gibt dort eine Strecke über Monasti-Basar und Vijana nach Buda, an der Grenze zu Hungaria. Diese Strecke ist der einzig halbwegs sichere Weg nach Osten. In allen anderen Gebieten Austrasias wird gekämpft, und die Straßen sind unpassierbar. Immerhin haben wir Pässe, und außerdem habe ich mehrere Bündel Dhiram-Scheine bei mir, die viele Probleme lösen können. Sie sind gut in mein Mantelfutter eingenäht. Als ich nach den Sachen in meinen Taschen taste, finde ich den Brief von Marcos. Aber ihn werde ich erst später öffnen, wenn Zeit und Ruhe ist.

10. September

In der Nacht sind wir durch die Tunnel am Stadtrand gewandert, bis wir den Fluss erreichten. Hier sind noch keine Soldaten zu sehen. Abgerissene Gestalten umstanden entfernte Feuer, aber wir blieben unentdeckt. Dann erreichten wir noch bei Dunkelheit den Ostbahnhof. Eine riesige Menge von Menschen staut sich vor der Transit Station, von der die Züge in die Emirate abfahren.

Wir hoffen, dass unsere Pässe anerkannt werden. Ich will zwei Zugkarten Metrocity – Buda kaufen, aber der Mann am Schalter sagt mir, die Fahrkarten werden nur ausgestellt bis Viyana. Dort also noch einmal dieselbe Prozedur. Wir warten, dann gehen wir durch die Scanner, bei denen ich mir nicht sicher bin, ob sie überhaupt funktionieren. Danach zur Grenzkontrolle. Aber hier ist alles verlassen. Soldaten sind nirgendwo zu sehen.

Es ist drei Uhr, der Morgen graut. Unser Zug soll um 6.00 Uhr abfahren. Um uns herrscht maßloses Gewühl: Menschen aller Nationen und Sprachen wollen Austrasia verlassen. Der Zug wird vollkommen überfüllt sein. Hoffentlich können wir mitfahren. Zoe ist ruhig; sie sagt, sie weiß, dass alles gut gehen wird.

Es riecht nach Holzfeuern, altem Diesel und Abfall. Zoe hat sich einen schwarzen Schleier über den ganzen Körper gezogen, nach den Kleidervorschriften des Kalifats. Nur ihr Gesicht bleibt vorerst noch unbedeckt. Auch ich trage einen braunen Kaftan, den ich einem alten Mann abkaufte, aber ich sehe noch nicht wie ein wirklicher „Gläubiger" aus, denn mein Bart ist erst drei Tage alt. Ich kaufe noch ein Messer mit einer zwanzig Zentimeter langen Klinge. Ein Halbwüchsiger versucht, Zoe ihre Tasche zu entreißen, aber sie hält sie mit überraschender Kraft fest. Nur ein Riemen ist gerissen. Der Junge schreit empört in einer fremden Sprache, und wir verschwinden schnell.

Langsam rollt ein Jahrzehnte alter Zug ein: er besteht aus Wagen aus der Vorkriegszeit. Auf einigen lese ich: DB Interregio. Welche Sprache ist das? Die Wagen müssen uralt sein, an die sechzig Jahre. Ich hoffe, dass sie halbwegs sauber sind. Das Innere ist zerstört, in vielen Abteilen fehlen die Sitze. Die Menge stürmt sofort den Zug, der bald hoffnungslos überfüllt ist. Mit Glück haben wir Sitzplätze ergattert und warten auf die Abfahrt. Um uns sehe ich bärtige Männer und verschleierte Frauen, bepackt mit großen Bündeln und Säcken. Sie schauen misstrauisch und aggressiv. Die Männer reden laut durcheinander, die Frauen schweigen. Endlich gegen kurz vor sechs setzt sich der Zug langsam in Bewegung, gezogen von einer uralten Diessellokomotive. Dies ist also mein Abschied von Austrasia, dem Land, in dem ich mein bisheriges Leben zugebracht habe. Armes, verfluchtes Land, dessen Boden getränkt ist mit Blut und dessen Freiheit nun für immer erstickt wird.

Im Zug Metrocity Grande – Viyana, abends:

Nun sind wir schon zwölf Stunden unterwegs. Der Zug ist total überfüllt und schmutzig, aber wir haben immer noch Sitze. Die Reisenden sind bunt gemischt, Türken, Albaner, Bosnier, die aus der Kampfzone der Metropolis flüchten, beladen mit Waren aller Art. Der Zug ist langsam, hält immer wieder stundenlang auf freier Strecke. Es gibt kein Wasser und nichts zu essen. Keiner weiß, wo wir sind und wann wir irgendwo ankommen werden. Zoe und ich sind schweigsam. Immer wieder kommen finster blickende, bis an die Zähne bewaffnete, bärtige Milizen in den Zug. Draußen zieht eine Steppenlandschaft vorbei, hier und da sehe ich rauchgeschwärzte Ruinen zerstörter Dörfer und Städte aus früherer Zeit.

Nachts, im Zug:

Feuer lodern in der Wildnis. Immer wieder kommen uns lange Militärzüge voller Soldaten entgegen, auch auf den Straßen bewegen sich endlose Kolonnen von Militärfahrzeugen, Panzern, Artillerie in einem unaufhaltsamen Zug in Richtung auf das Homeland. Es scheint, das Kalifat bietet nun seine ganze Armee auf. Oft steht der Zug stundenlang still. In der Dunkelheit blenden uns Lichterketten von Scheinwerfern auf der Straße. Manchmal donnern Flugzeuge und Hubschrauber über uns hinweg. Eine Armee auf dem Weg zur letzten Invasion. Dem hat die Bevölkerung Austrasias nichts mehr entgegen zu setzen. Die Besetzung dürfte eine Sache von wenigen Tagen sein.

11. September

Im Zug, am nächsten Morgen:

Vierundzwanzig Stunden unterwegs. Wir sind mehrmals kontrolliert worden, unsere Pässe und Visa werden akzeptiert. Einer der Revolutionswächter sah aus, als wollte er Probleme machen, ich legte hundert Dhiram in meinen Pass, er sah mich finster an, dann nahm er den Schein und wandte sich ab.

Wir sind in der Gegend von Monasti Bazar, dem früheren München. Seit den Bürgerkriegen und der Vertreibung ist hier nicht viel aufgebaut worden.

Weil der alte Bahnhof immer noch zerstört ist, hält der Zug am Stadtrand auf freier Strecke an einem provisorischen Bahnsteig, der hauptsächlich aus einer Bazarmeile und rauchenden Garküchen besteht. Überall wehen die schwarzen Fahnen des Kalifats. Der Rauch, der Lärm, die fremdartigen Gerüche: wir sind in einer anderen Welt. Für mich ist es das erste Mal, dass ich den Gottesstaat sehe. Ich wusste nicht, dass er so bevölkert ist. Zoe, die all dies schon gesehen hat, zuckt nur mit den Schultern. Sie schweigt und gibt vor zu schlafen. Ständig ertönen plärrende Durchsagen in orientalischen Sprachen. Sind es religiöse Rezitationen oder Parolen der Militärs – ich weiß es nicht. Fast alle Frauen sind voll verschleiert, schwer bewaffnete Religionspolizisten mit grünen Stirnbändern patrouillieren überall. Nach Stunden des Wartens geht es endlich weiter Richtung Osten. Die Wälder, die es hier früher einmal gegeben hat, sind abgeholzt. Das Land wirkt verkarstet und staubig, aber am Horizont erkenne ich eine Kette schneebedeckter Berge. Seltsam: Ab und zu erhebt sich mitten in der Einöde ein pompöses Einkaufszentrum, gesäumt von Märkten, in denen es von Menschen wimmelt. Auch stehen mitten in der Einöde palastartige Hotels, rosa und violett beleuchtet. Davor parken Luxuslimousinen. Viele rote Lampen glitzern. Offensichtlich Bordelle und Casinos für die Reichen und die Offiziere.

Im Zug, kurz vor Viyana, abends:

Wenn wir Viyana, das frühere Wien, erreicht haben, haben wir endlich die erste wichtige Etappe hinter uns. Zoe schläft meistens, wir versuchen uns so unauffällig wie möglich zu verhalten. Der Zug leert sich etwas, dadurch fallen wir mehr auf, und das ist gefährlich. Ein Mann im Kaftan spricht mich an, ich antworte mit einigen Brocken Türkisch, er hört meinen Akzent. Er wird feindselig und schaut immer auf Zoe und auf unsere Taschen. Ich umklammere das Messer unter meinem Mantel. Er wendet sich ab. Ein anderer, der bemerkt hat, dass wir Fremde sind, bietet mir Drogen an, wahrscheinlich ist er ein Polizeispitzel. Ich muss ungeheuer höflich sein, während ich ablehne. Ich erfinde die Ausrede, meine Frau sei schwanger. Der Druck wird unerträglich.

Endlich fahren wir in Viyana ein. Aus den Lautsprechern der Minarette tönen monotone Gebete. Auch hier sehe ich von Menschenmassen wimmelnde Bazare und immer wieder zerstörte Kirchen, meist bis auf die Außenmauern niedergebrannt und nur noch an den Turmruinen zu erkennen. Man kann sich nicht vorstellen, dass hier vor vierzig Jahren noch Europäer lebten. Aus alten Filmen weiß ich, wie es hier im alten Austria einst ausgesehen hat. Es war wunderschön – eine andere Welt, damals vor dem Krieg. Aber das scheint Jahrhunderte her zu sein.

Viyana war im Krieg hart umkämpft und wurde bei der Eroberung durch die Armee des Kalifats fast vollständig zerstört. Inzwischen hat es bestimmt mehr als fünf Millionen Einwohner, die großenteils in Armut leben. Nur im Zentrum der Stadt sind glitzernde Glaspaläste zu sehen, die vom neuen Reichtum der Oberschicht im Gottesstaat künden. Vom alten Viyana ist nicht viel geblieben, nur wenige Ruinen der einst stolzen Paläste und Kirchen. Die Straßen sind staubig und überfüllt mit alten Autos und Pferdewagen. Die Fassaden der alten Bauwerke sind zerschossen, die Reste von zerschlagenen Figuren sind manchmal noch sichtbar.

Hier ist Taliban-Teritorium, hier herrschen die strengsten Gesetze des Kalifats, alle Bilder und jede Musik sind verboten. Wo wahrscheinlich früher der legendäre Palast und die Museen standen, erhebt sich der einzige imposante Neubau der Stadt, die wirklich gigantische Sultan-Mehmet-Moschee, benannt nach dem Belagerer Wiens. Sie wurde dort errichtet, wo vor vielen Jahrhunderten die christlichen Kaiser residiert hatten, die zweimal den Angriff der Osmanen mit knapper Not zurückgeschlagen hatten. All das weiß ich aus verbotenen Geschichtsbüchern. Ich muss nun aussteigen und Fahrkarten für den Zug nach Buda kaufen.

Buda-Pest, 13. September

Endlich sind wir angekommen in der geteilten Stadt Buda-Pest an der Grenze des Freistaates Hungaria. Der westliche Teil Buda gehört zum Gottesstaat, und nur eine einzige, von Scheinwerfern hell erleuchtete Brücke führt über die Donau in das freie Hungaria, das mit Russland verbündet ist. Wir mussten alle aussteigen und zu Fuß durch die Grenzkontrolle am Brückenkopf gehen, die relativ schnell verlief, denn das Emirat interessiert sich kaum für Ausreisende. Wir liefen über diese letzte verbliebene Brücke und atmeten auf, als wir die drückende Atmosphäre des Gottesstaates hinter uns gelassen hatten. Die Soldaten Hungarias waren freundlich.

Die Stadt Pest ist sowohl Handelsplatz als auch Militärlager. Sie ist auch arm, aber schöner als unsere Megacity, denn hier hat der Bürgerkrieg nicht gewütet. Wir suchten uns ein Hotel in der Altstadt, in der viele Chinesen leben. Als wir in das Hotel kamen, hatte ich ein schlagartiges Dejá-vù-Erlebnis: All dies hatte ich schon einmal gesehen, auf unserer letzten magischen Reise! Nun waren wir tatsächlich hier angekommen – aber noch war unsere Reise nicht zu Ende. Vom Fenster des Hotels schaute ich über den Fluss auf die andere Seite. Am anderen Ufer stand eine lange Reihe von Wachttürmen, und dahinter waren auf einem Hügel die Überreste der alten Burg zu sehen, überragt von den Minaretten einer neuen Moschee. Am Fluss sah man die Kuppeln der osmanischen Bäder aus alter Zeit.

Aber das gefährlichste Stück unserer Reise liegt noch vor uns: Die Fahrt durch die Steppe im Osten Hungarias. Sie ist das einzige Gebiet nördlich der Donau, das von Stammeskriegern kontrolliert wird. Die Strecke ist nicht lang, aber sehr gefährlich. Die Donau ist Grenze des Kalifats, aber die Krieger des Emirs von Bosnia haben das Gebiet besetzt. Und es gibt niemanden, der ihnen Widerstand entgegen setzen könnte. So ist diese Steppe eine Art Niemandsland geworden. Hungaria zahlt Schutzgeld an den Emir, der aber ist hauptsächlich beschäftigt mit seinem Krieg gegen die Serben und Kroaten im Süden, deren Partisanen ihm in den Bergen immer wieder empfindliche Verluste beibringen. Diese Völker haben seit vierzig Jahren niemals aufgehört zu kämpfen, und wie man hört, werden sie weiterkämpfen bis zum letzten Mann. Sie haben stolze Anführer, es gibt dort keine Verräter wie bei uns in Austrasia. Wir wollen uns in dieser schönen Stadt einige Tage erholen, bevor wir weiterreisen. Hoffentlich erreichen wir gesund Transilvania, das Land der Wälder, Zoes Heimat, die ich endlich kennen lernen will.

Clausenburg, 16. September

Die Fahrt durch das Stammesterritorium war die Hölle! Aber heute sind wir im Freistaat Transilvania angekommen. Da natürlich keine Züge durch Bosnia fahren, mussten wir für die Fahrt ein Taxi chartern. Wir handelten einen ersten, wie ich vermutete, vorläufigen Preis aus. Danach benötigte der Fahrer noch Stunden, um nach Benzin zu suchen, das man hier in Plastikflaschen auf dem Schwarzmarkt kauft. Vor uns lag eine Strecke von zweihundert Kilometern durch die Steppe. Der Fahrer schien halbwegs vertrauenswürdig; ich hoffte sehr, dass er nicht mit Banditen oder Sklavenhändlern unter einer Decke steckt. Wir hätten keine Chance gehabt. Er war mir von einem Chinesen in einem Tourist Office empfohlen worden. Der Chinese kassierte Kommission und legte seine Hand für ihn ins Feuer. Allerdings stieg der Fahrpreis stündlich – Petrol suchen, Petrol kaufen –, aber mit harten Dhiram funktionierte es schließlich.

Zoe blieb voll verschleiert, jetzt auch im Gesicht, alles andere wäre zu riskant gewesen. Ich hatte das Messer griffbereit in der Tasche. Mehrere Straßensperren mit bosnischen Milizen waren zu überwinden. Jedesmal musste bezahlt werden. Gefährlicher könnten Banditen sein, die aus dem Hinterhalt auf Autos schossen, oder Minen, auf die wir fahren könnten. So schlossen wir uns einem Konvoi an, der aus zehn Lastwagen und zehn Personenwagen bestand und am frühen Morgen startete.

Die Fahrt verlief ruhig, bis wir am frühen Nachmittag plötzlich von allen Seiten Schüsse hörten. Direkt vor uns wurde ein Lastwagen getroffen, unser Fahrer riss das Steuer herum, gab Gas, raste links an ihm vorbei. Ich schaute zurück und sah, dass der Fahrer des Lastwagens tot aus dem Seitenfenster hing. Unser Chauffeur fuhr mit halsbrecherischer Geschwindigkeit davon. Da erst sah ich, dass er zitterte und ihm Schweißperlen auf der Stirn standen. Er wusste: Zuerst werden immer die Fahrer erschossen.

Die Landschaft, die wir durchquerten, war eine menschenleere wilde Steppe, teilweise überwuchert von Busch und Gestrüpp. Die Geröllpiste voller Löcher führte durch verödete Dörfer, in denen kein lebendes Wesen zu sehen war. Was war hier geschehen? Ich wollte es nicht wissen, der Fahrer murmelte etwas von Clans, die seit vielen Jahren Krieg führen. Die Ungarn, die hier einmal gelebt hatten, waren vor langer Zeit verschwunden, und nun war das Land menschenleer. In der Nacht erreichten wir die Grenze. Transilvania hieß uns willkommen, dank unserer Pässe und einiger Geldscheine. Morgen wollen wir weiterreisen nach Osten in Richtung der Berge, wo die großen Wälder sind, ins Land der Burgen und der Wölfe.

17. September

Von Clausenburg sind wir in einem alten Bus nach Osten gefahren. Die Landschaft hier ist wunderschön, Städte und Dörfer unzerstört. Man sieht

Pferde, Rinder und Schafe auf den Weiden; in den Städten stehen alte Häuser rund um die Marktplätze, wie in Bilderbüchern aus vergangenen Zeiten. Ich denke, das alte Europa muss einmal so ähnlich ausgesehen haben. Wir fuhren durch eine große Heide in das Land Königsboden, auch genannt Sieben Stühle. Hier hörte ich das erste Mal den alten deutschen Namen für Transilvania: Siebenbürgen.

Alte deutsche Städtenamen leuchteten mir entgegen: Hermannstadt, Elisabethstadt, Kreutz. Hier standen noch unzerstörte Dome mit Jahrhunderte alten Heiligenfiguren. Welch verwunschenes Land! Früher einmal hatten hier Deutsche gelebt, doch sie hatten das Land verlassen. Aber seit dreißig Jahren sind viele Deutsche aus Austrasia hierher geflüchtet. So kommt es, dass hier die letzten Nachkommen eines Volkes leben, zu dem auch meine Vorfahren gehörten. Vielleicht treffe ich hier einmal jemanden, der mir das Buch „Der Waldgang" übersetzen kann, das ich mit meinen wenigen Habseligkeiten bei mir trage.

18. September

Heute kamen wir durch eine Gegend, die „Geisterwald" oder „Persani-Gebirge" genannt wird. Langsam stiegen die Berge an, und dichte Wälder breiteten sich überall aus. Ein wunderbar würziger Geruch nach Tannen und Fichten lag in der reinen Luft. Wir kamen in das Gebiet eines alten ungarischen Volkes, der Szekler, zu denen auch Zoe gehört. Für den letzten Abschnitt der Fahrt heuerte ich wieder einen Fahrer an. Wir fuhren stundenlang durch dunkle Wälder mit uralten Baumriesen, während die Straße stetig bergauf führte. Tief hängende Wolken waberten wie Nebel über den Baumwipfeln. Solche Wälder gibt es in Westeuropa schon seit Jahrhunderten nicht mehr. Der Wagen kroch langsam die Serpentinen empor, und wir fuhren in dichte Nebelbänke hinein.

Als wir noch höher kamen, eröffnete sich uns ein grandioser Ausblick über das grüne Meer der Bäume bis zum Horizont. Und vor uns tauchte aus den Wäldern ein fast ebenmäßig geformter Bergkegel auf, der aussah wie eine abgeflachte Pyramide. Es war der Berg Mondor, der Goldene Berg.

Auf dem Gipfel konnte ich im Abendlicht ein altes Schloss erkennen. Während wir den Berg hinauffuhren, erzählte Zoe, dass das Schloss im 19. Jahrhundert von einem exzentrischen und märchenhaft reichen ungarischen

Grafen auf den Grundmauern einer mittelalterlichen Burg errichtet worden war. Er hatte Material und Kunstwerke aus der ganzen Welt zusammengetragen, um dort nach seinen Plänen ein „magisches Schloss" zu errichten. Zoe deutete an, dass es damit eine ganz besondere Bewandtnis habe. Dann schwieg sie. Durch einen verwilderten Park führte die Straße direkt auf das Gebäude zu. Es war dunkel geworden, so dass ich kaum noch Einzelheiten unterscheiden konnte. Aber was ich sah, wirkte wie aus einer anderen Welt: ich glaubte zu träumen.

Vor dem Abendhimmel hob sich die dunkle Masse eines bizarren, völlig unwahrscheinlichen Bauwerks ab. Vom mittleren Teil, der kegelförmig wie der Stupa eines indischen Tempels aufragte, erstreckten sich nach links und rechts zwei Seitenflügel, die von mehreren Türmen gekrönt waren. Als wir näher kamen, sah ich, dass die Grundmauern aus granitenen Quadern bestanden, die mit Schriftzeichen und Ornamenten bedeckt waren, wie von Tempeln der Maya. Dazwischen glaubte ich im Halbdunkel riesige rätselhaft lächelnde Buddhaköpfe zu sehen, die in die Wand vermauert waren. Über der Grundmauer erhob sich eine Säulenreihe, aus deren pflanzenhaft wuchernden Kapitellen dämonische Chimären herabblickten. Darüber im nächsten Stockwerk standen zwischen Rundbögen geflügelte Engel und segnende Heilige. Das oberste Stockwerk schwebte fast schwerelos auf zierlichen maurischen Säulen. Dort fiel Licht durch schmale gotische Fenster, die in vielen Farben leuchteten.

Eine Freitreppe, die gesäumt war von furchterregenden steinernen Schlangen mit aufgerissenen Mäulern, führte zum Eingangstor. Links und rechts des Tores standen zwei überlebensgroße, grimmig schauende Wächterfiguren mit dämonischen Köpfen und riesigen Zähnen.

Das große Tor aus schwerem schwarzem Holz stand offen, und wir traten ein. Wir kamen in eine weite Halle, deren Decke sich im Dunkel verlor. Niemand erwartete uns. Diffuses Licht von oben erhellte den Raum. Und was wir sahen, war unbeschreiblich: Der steinerne Boden bestand anscheinend aus Grabsteinen mittelalterlicher Kirchen; im Zentrum der Halle war ein Labyrinth aus schwarzen und weißen Marmorsteinen in den Boden eingelegt. An den Wänden schimmerten im Halbdunkel farbige und goldene Mosaiken aus russischen oder byzantinischen Kirchen. Im Halbdunkel meinte ich lange Reihen von Heiligen zu erkennen, würdevoll nebeneinander stehend

oder schreitend. Fast schien mir, als bewegten sie sich. Einige waren in weiße
Gewänder gekleidet und trugen Bücher und Schriftrollen in ihren Händen,
andere waren Krieger in goldenen Rüstungen und hielten Lanzen und Schilde.
Aus ihren riesengroßen schwarzen Augen blickten sie auf uns herab, als wären
sie lebendig.

Ich war überwältigt von dieser magischen Pracht. Je länger ich mich um-
schaute, desto mehr Details entdeckte ich: im Halbdunkel stand ein massives
steinernes Keltenkreuz, gegenüber die Statue eines römischen Mysteriengottes
mit dem Körper eines Apollo und dem Haupt eines Löwen. Der alte Graf
hatte hier ein Gesamtkunstwerk errichtet, das zusammengesetzt war aus sakralen Monumenten aus aller Welt. Doch herrschte in dem scheinbaren Chaos
eine geheime Harmonie: Geflügelte griechische Genien standen christlichen
Engeln gegenüber, dämonische Drachen aus Asien starrten auf griechische Gigantenfiguren mit menschlichen Köpfen und Schlangenleibern. Die
Entgegensetzung bildete eine Spannung, die ich fast körperlich spürte. Seitlich
standen hohe Flügeltüren offen, die in lange Raumfluchten zu führen schienen. Wir durchschritten die Halle, an deren Ende ein düster-archaisches Relief
aus Urzeiten des Gilgamesch im Dämmer lag: Zwei geflügelte übermenschli-
che Wesen in königlichen Gewändern und mit großen Adlerköpfen bewachten einen Lebensbaum. Waren sie die schrecklichen Wächter von Eden, die
Hüter des Gartens der Unsterblichen? Mich überkam ein Schauer. Eine breite
Treppe führte nach oben, von wo Musik und Stimmen zu uns drangen. Wir
waren in eine andere Welt eingetreten.

ZWEITER TEIL:
DAS INNERE REICH

DAS SCHLOSS DER CHIMÄREN

20. September

Zoe eröffnete mir heute, dass es ein Geheimnis um dieses Schloss gibt: Sein
Erbauer, der exzentrische Graf Laszlo von Hortobagyi, dessen Porträt in einem
Saal des Seitenflügels zu sehen sein soll, hatte nahezu die ganze Welt bereist.
Seine Jahrzehnte langen Entdeckungsreisen und Expeditionen hatten ihn nicht
nur nach Zentralasien und Tibet, nach Indien und in die Dschungel Indochinas,
sondern auch auf Inseln der Südsee, nach Mexiko und in die Hochländer der
Anden geführt. Später soll er lange im Orient gelebt haben. Von Ägypten aus
machte er Expeditionen ins Innere Afrikas, auf der Suche nach einem sagen-
haften Goldland. Als er Jahre später nach Ungarn zurückkehrte, war er märchenhaft reich geworden. Wie und wo er den Reichtum erworben hatte, wurde
nie bekannt. Mit seinen Schätzen finanzierte er eine Vision, die er angeblich in
einem Traum gesehen hatte: ein magisches Schloss.

Es sollte errichtet werden aus Steinen, Säulen, Statuen und Kunstwerken,
die einzig und allein von sakralen Bauwerken, magischen Orten oder spirituellen Zentren der ganzen Welt stammen durften. Er selbst hatte von seinen eigenen Reisen schon unzählige wertvolle Artefakte mitgebracht, besonders aus Ägypten, dem Heiligen Land, Babylonien, Persien und Indien.
Seine Beauftragten reisten außerdem um die halbe Welt und erwarben,
was sie finden konnten: Götterfiguren aus verfallenen Shiva-Tempeln im
Himalaya, Heiligenstatuen aus spanischen Klöstern, Ikonen und Mosaiken aus
Griechenland, Armenien und Russland. Er ließ sogar Monolithen vorzeitlicher
Steingräber heranschaffen. Dazu Türen aus tibetischen Tempeln, buddhisti-
sche Fresken, die in der Wüste Gobi gefunden worden waren, Inschriftensteine
aus Maya-Tempeln und geschnitzte Geisterboote sibirischer Schamanen.

Hortobagyi legte größten Wert auf die Echtheit aller Objekte, denn er
glaubte an ihre Aura, ihre magische Aufladung, von der er behauptete, dass er
sie fühlen könne. Kopien akzeptierte er niemals. Er kombinierte die verschiedenen magischen Bausteine nach einem Plan, den er selber aufgrund esoterischer
Theorien entworfen hatte. Dadurch sollte eine Energie, die er Plasma nannte,
eine Art Tor zur Geisterwelt erzeugen. Seine Baumeister setzten die Elemente
so perfekt zusammen, dass daraus ein einzigartiges Pandämonium verschollener

Götter der ganzen Welt entstand. Der Graf lebte hier bis an sein Lebensende allein mit seiner afrikanischen Mätresse Yaida, die er später heiratete und die wohl eine ausgebildete afrikanische Priesterin war. Beide wurden in der Krypta beigesetzt. Danach blieb das Schloss unbewohnt. Abergläubische Bauern der Umgebung wollen auch später immer wieder flackernden Kerzenschein im Schloss gesehen haben, wo der Graf und Yaida in gewissen Nächten Feste mit vielen Gästen feierten.

21. September

Weil das Schloss im zwanzigsten Jahrhundert verfiel und Jahrzehnte lang unbewohnt gewesen war, sollte es vor siebzig Jahren abgerissen werden. Da trat ein Käufer auf, der es zu einem günstigen Preis erwarb. Er hieß Hugh Ludlow und war ein Millionär aus Kalifornien, der zum psychedelischen Jet Set der damaligen Zeit gehörte. Er suchte einen ruhigen Ort, weit entfernt vom amerikanischen Gesetz, um private chemische Experimente durchführen zu können.

Nachdem er das Schloss sorgfältig restauriert hatte, ohne dabei irgendetwas an der Substanz zu verändern, richtete Ludlow im Keller ein Labor ein, um dort neue psychotrope Substanzen zu synthetisieren. Nach und nach fand sich hier eine Gruppe von Spezialisten zusammen: Biochemiker, Ärzte, Psychologen und Neurologen. Sie alle gehörten dem Bund vom Amazonas an und bezeichneten sich als „Psychonauten". Sie suchten nach der Essenz des Bewusstseins, dem göttlichen Molekül, dem Elixier der Illumination – dem Soma. Bevor Ludlow starb, vermachte er den gesamten Besitz, zu dem noch ausgedehnte Bergwälder gehören, der so genannten „Gesellschaft vom Berge"; das waren insbesondere die zwei Männer, die am längsten mit ihm zusammengearbeitet hatten. Beide leben noch: Sie heißen Manuel Santos de Selva, genannt El Capitan, und Sandor Csoma, ein entfernter Verwandter von Hortobagyi.

22. September

Schreckliche Nachrichten erreichen uns aus Austrasia: Gestern brach Korngold, während er eine Rede hielt, vor aller Augen zusammen, tödlich getroffen von mehreren Schüssen. Die Situation ist völlig unübersichtlich. Noch haben sich die Rebellen und die reguläre Armee des neuen Staates nicht ergeben.

In Metrocity wird an vielen Orten erbittert gekämpft, das Regierungsviertel scheint aber in den Händen der Invasionsarmee zu sein. Hagen ist zurück, während die Zivilbevölkerung versucht, aus der Stadt zu fliehen. Es gibt zurzeit offenbar gar keine Regierung mehr. Eine Ansprache Hagens wird übertragen. Alle lauschen atemlos:

„Der Gouverneur von Austrasia und die Regierung der Kommissare danken der Regierung des Kalifates für ihre militärische Hilfe im Kampf gegen die Terroristen. Der Kalif der Hohen Pforte von Istanbul zeigt sich unserer Bitte geneigt und wird die Friedenstruppen in unserem Land weiter verstärken, um Sicherheit und Ordnung wiederherzustellen. Die Regierung von Austrasia ersucht die Regierung von Eurabia, ihre Friedenstruppen für lange Zeit in Austrasia zu stationieren. Außerdem erbitten wir geistliche Berater, die uns bei der Errichtung einer neuen Friedensordnung unterstützen können."

23. September

In der Metrocity kämpfen die Rebellen immer noch einen verzweifelten Straßenkampf, aber die Invasionsarmee mit ihren Panzern und Raketen ist ihnen weit überlegen. Bis heute hat sie alle wichtigen Knotenpunkte, Brücken, Bahnhöfe und Ausfallstraßen besetzt. Auch in das unterirdische Netz der Katakomben sind reguläre Soldaten eingedrungen. Der letzte Widerstand scheint gebrochen, die Lichter in Austrasia gehen nun endgültig aus. Städte und Dörfer im ganzen Land werden von den Invasionstruppen nach Rebellen durchkämmt. In unabhängigen Berichten ist von Vergewaltigungen, Massakern und Standgerichten die Rede.

Schneller, als wir es für möglich hielten, werden wir also Zeugen vom Ende unseres Landes, wie wir es kannten. Riesige Flüchtlingswellen sollen nach Süden und Osten rollen, in langen Trecks über Land, zu Fuß und mit Schiffen die Flüsse hinunter nach Helvetia, Burgund, Aquitania. Dort sammeln sich Flüchtende in den Hafenstädten. Andere Trecks ziehen ostwärts und versuchen, die polnisch-baltischen Gebiete, Russland oder Transilvania zu erreichen.

24. September

Die Invasion rollt weiter, und nun wird offenbar das ganze westliche Europa überrannt. Auch die anderen Homelands werden besetzt: Aus Aquitania kommen ähnliche Nachrichten wie aus Austrasia. Einzig Helvetia hält noch stand, denn in den Bergen kommt die Invasion nicht voran. Asturia hat sich sofort ergeben, gegen freien Abzug der Bevölkerung nach Las Americas. Überall in Europa gleichen sich die Bilder: Revolutionswächter und radikale Milizen durchkämmen die Städte und zerstören alles, was an die alte Kultur erinnert. Tausende von Menschen werden offenbar in Lagern zusammengetrieben.

Frank Luna, der Präsident der Vereinigten Americas, verurteilte heute scharf die Invasion. Er betonte aber auch:

„Als die Union von Las Americas vor dreißig Jahren Hilfe nach Europa sandte, riefen die Sozial-Technokraten zu Massendemonstrationen gegen uns auf. Als die Americas sich zurückzogen, feierten sie dies als ihren großen Sieg. Als europäische und orientalische Politiker 2046 den Frieden von Wien besiegelten, der die Gebiete der autochthonen Europäer um fünfzig Prozent verkleinerte, nannten sie dies ‚gerecht'. Danach erklärten sie Las Americas zu ihrem Erzfeind. Nur Leon Korngold und die Freiheitliche Liga wollten die Freiheit bewahren und strebten eine Verständigung mit den Americas an. Korngold sagte damals einmal zu mir: ‚Sonst erginge es den Europäern irgendwann so wie den Israelis, die restlos ausgelöscht worden sind. Was dort passiert war, dürfe sich niemals in der Geschichte wiederholen.' Doch die Liga wurde unterdrückt, und die herrschende Parteidiktatur erstickte die Demokratie, brach alle Verbindungen zu uns ab und verteufelt uns seit zwanzig Jahren in ihrer Propaganda. Nun ist Korngold tot, und seine Prophezeiung bewahrheitet sich. Niemand kann den Europäern jetzt noch helfen. Gott sei dem alten Europa gnädig!"

Seit heute Abend haben wir keine direkten Verbindungen mehr nach Austrasia, denn alle Telefon- und Datenleitungen sind tot. Aber was die Medien Transilvanias berichten, reicht aus, um sich ein Bild zu machen.

26. September

Hunderte von Menschen sind bereits hier versammelt, und täglich werden es mehr. Um die Burg herum und in den umliegenden Wäldern ist eine kleine Stadt aus Zelten und hastig zusammengezimmerten Hütten entstanden. Heute habe ich endlich den Capitan und den undurchdringlichen Sandor Csoma wieder getroffen. Aber sie schienen mich nicht zu beachten.

Zoe hat eine kleine klosterartige Zelle mit Bett, Tisch und Schränken für uns beide bekommen, in der wir uns sehr wohl fühlen. Der Blick aus dem kleinen Fenster geht über die Wipfel des Waldes bis zu einer fernen Bergkette im Osten. Zu essen gibt es genug, denn jeden Tag fahren Menschen in die umliegenden Dörfer, um Lebensmittel zu besorgen. Die Bewohner der Umgegend, zumeist einfache und fromme Bauern und Hirten, sind langjährige Freunde der Schlossbewohner. Das Land hier ist sicher, denn der Freistaat Transilvania gehört dem östlichen Staatenbund an, der vom Russischen Reich beschützt wird.

Überall herrscht eine Atmosphäre der Verbundenheit und Liebe. Die Mitglieder des Bundes sind sanfte und fröhliche Menschen und voller Freundlichkeit zueinander. Jeden Tag wird das Essen von einer Gruppe Freiwilliger zubereitet und verteilt. Wer Kleidung braucht, dem wird gegeben, auch Ärzte sind da, die die Kranken in einem Lazarettzelt behandeln. Zoe und ich lieben uns sehr, es gibt ein tiefes Verstehen zwischen uns. Seit wir den Westen verlassen haben, blühen wir auf. Ich fühle, wie ich mich verändere, denn die tief sitzende Angst fällt von mir ab. Zum ersten Mal in meinem Leben erfahre ich, was Freiheit ist. Niemals vorher habe ich ein solches Gefühl gekannt.

Oft denke ich an Marcos, der verzweifelte und aufgab. Wenn er doch hier bei uns wäre! In der verwinkelten Schlosskapelle, die aus Steinen eines thrakischen Dionysostempels errichtet wurde, haben wir gemeinsam für ihn Lichter entzündet. Schon seit Tagen vermisse ich den Umschlag, den er an mich adressiert hatte und den ich bei ihm fand. Ich habe überall gesucht, aber er bleibt verschwunden. Das macht mich traurig. Ich hoffe, er ist nicht verloren.

Das Christentum ist hier noch lebendig. Vor einigen Tagen fuhren wir in die nächste Stadt und besuchten dort eine griechische Kirche. Unter einer kreisrunden Kuppel brannten Hunderte Lichter, und bärtige Mönche in schwarzen Roben sangen ihre uralten heiligen Hymnen, während sie im Kreis umherschritten. Alte Heiligenbilder blickten ernst und stumm von der

Ikonostase herab. Hier ist das Erbe der alten Kirche noch lebendig, des zweiten Roms Konstantins, einer versunkenen Welt, die auch auf grausame Weise ausgelöscht wurde, so wie unsere. Damals rührte sich im Westen keine Hand, um den Glaubensbrüdern in ihrem letzten Verzweiflungskampf gegen die osmanische Übermacht beizustehen. Nun ereilt den Westen das gleiche Schicksal, und diesmal wird der Osten nichts tun, um zu helfen.

Mir scheint, dass die Amazonier vieles von den Christen übernommen haben, denn sie verehren Jesus, eine jungfräuliche Königin der Pflanzen und der Wälder, Johannes den Täufer, San Lazaro, den von den Toten Auferweckten, und das Heilige Jerusalem der Apokalypse. Sie tun es auf ihre eigene Weise, sie haben das Christentum verändert und mit dem Geisterglauben Alt-Amerikas und Afrikas verschmolzen. So entstand etwas Neues, das vielleicht schon lange in der Welt erwartet wurde. Immer, wenn sie sich versammeln und ihr Sakrament trinken, rufen sie den Heiligen Geist herab, und das Reich Gottes ist mitten unter ihnen.

28. September

Man hört, dass die Kämpfe in Westeuropa so gut wie vorüber sind. Die Armeen des Kalifats sind in den anderen Homelands auf wenig Widerstand gestoßen. Die Donaugrenze wurde nirgendwo überschritten, denn sie steht unter dem Schutz des Russischen Reiches. Sollte sie verletzt werden, droht Russland ganz unverhohlen mit dem Einsatz nuklearer Waffen gegen das Kalifat und alle anderen Gottesstaaten. Die Drohung scheint zu wirken.

Die Polnisch-Baltische Union wird von Flüchtlingen aus dem Westen überschwemmt, die in langen Trecks die Oder nach Osten überschreiten. Sie werden dort vorerst in Flüchtlingslagern untergebracht. Doch bald beginnt der Winter. Andere Flüchtlinge sammeln sich in den Hafenstädten des Westens, Le Havre, Bordeaux, San Sebastian, Santiago, Lissabon, von wo sie mit Schiffen nach Las Americas übersetzen wollen. Hunderttausende pilgern auf dem alten Weg nach Santiago de Compostela, wo Tag und Nacht zu dem Heiligen gefleht wird, dem Beschützer des Landes. Wird er sie noch hören? Las Americas soll eine Luftbrücke organisiert haben, um Flüchtlinge von den Flughäfen von Al Parisi, Metrocity und Metro-Madrid auszufliegen.

Ich denke oft an die Menschen, die ich in der Metrocity kannte. Was wurde aus Sakharov, aus den Kollegen im Ministerium, was aus Nachbarn und

Bekannten? Steht das Haus noch, in dem ich gewohnt habe? Wo wurde Marcos begraben? Erst jetzt wird mir klar, wie einsam ich dort war. Meine Familie war lange tot, Freunde hatte ich kaum, denn ich musste Vorsicht walten lassen. Der Tod von Marcos traf mich tiefer als alles andere. Nun ist Austrasia für mich verbrannt, ein toter Ort, ich habe es für immer hinter mir gelassen. Hier in Transilvania werde ich mit Zoe ein neues Leben beginnen.

30. September

Heute machte ich einen großen Fund: Mir fiel auf einmal der Umschlag mit Marcos letzter Botschaft in die Hände! Ich hatte ihn also doch die ganze Zeit über bei mir gehabt! Der Brief fiel aus meiner Reisetasche, als ich sie umstülpte, um sie zu säubern. Ich öffnete den Umschlag und las:

8. September, nach Mitternacht

Lieber Lukas,

nimm dies als meinen Abschiedsgruß. Ich hoffe so sehr, dass Du und Zoe die Kämpfe überlebt haben und dass diese Zeilen Dich erreichen. Es ist Nacht; um mich ist tiefe Dunkelheit, die mich bald ganz aufnehmen wird. Der Umschwung der letzten zehn Tage gab mir neue Hoffnung und neue Kraft. Zehn Tage der Freiheit, zehn Tage überschwänglicher Freude. Nun aber rollen wieder die Panzer, und das Schicksal wendet sich erneut zum Schlimmen. Ich weiß nicht, wo Du bist, ob Du noch lebst, wo in der brennenden Stadt ich Dich suchen könnte. Vor mir liegt mein nunmehr bester Freund, der geladene Revolver. Ich wähle den Tod der Philosophen. In wenigen Stunden bin ich nicht mehr.
In einer der letzten Nächte träumte ich schwer. Ich erwachte, Schüsse hallten von ferne, und Lichtblitze zuckten über der Stadt. Da begann ich zu schreiben und verfasste wie in Trance diese Zeilen. Sie sind die Essenz unserer letzten Gespräche, und ich widme sie Dir.
Ich wünsche Dir und Zoe ein langes Glück. Lebt beide wohl, vielleicht sehen wir uns wieder an einem anderen, besseren Ort.

Gesang der letzten Menschen

Es wird Abend über der alten Welt,
Im Licht der schwarzen Sonne
Erglüht das letzte Schlachtfeld der Geschichte.
Himmel verdüstert sich,
Nacht wirft schwere Schatten auf die Berge.
Blutiger Mond erscheint riesenhaft über dunklem Horizont.

Ferner Donner rollt wie Stöhnen gefangener Giganten.
Über das Meer zucken Blitze,
Lettern einer dämonischen Schrift,
Eingebrannt ins Schweigen des Himmels.
Fern erhebt sich kalter Wind und streicht über die müde Erde.
Am Rande der Welt sammeln sich unsichtbare Heere zum Kampf.

Die weiße Stadt der letzten Menschen
Steht noch in Pracht und Sicherheit,
Ihre Tempel für die Ewigkeit erbaut,
Angefüllt mit Göttern der Geschichte,
Ihre Türme dem Gold geweiht, Paläste, auf Blut gebaut.
Aber durch ihre Tore fallen die Strahlen der schwarzen Sonne.

Die Luft steht still in den Straßen,
Und Angst senkt sich nieder auf alles, was lebt.
Jauchzende Feste enden in Trauer, und Liebe verwelkt,
Wenn sie der eisige Hauch berührt.
Und der Irrsinn packt seine Opfer,
Blitzschnell zustoßend wie ein Raubvogel.

Wir sind die letzten Menschen,
Kindisch in allen Untaten,
Unweise in aller Wissenschaft,
Blind in aller Schönheit.
Unsere Weisen jammern wie Kinder,
Sie verwischen sinnlose Figuren im Sand.

Den Künstlern verdorren die Hände,
Denn sie sehen voll Schrecken,
Wie Gesang und Farben des Lebens entweichen.
Nur die Narren lachen und schreien
Und tanzen auf den Mauern der Stadt,
Vögel des Wahnsinns, die ins Feuer fliegen mit irrem Gekrächz.

Wir verstecken uns in selbstgebauten Labyrinthen,
Wie zitternde Larven in feuchter Erde.
Schon vernimmt man ein feines Beben
Und ein Schwanken aller Dinge.
Haarfeine Risse durchziehen die Welt,
Und was gestern noch ganz schien, zerfällt heute zu Staub.

Wir rufen: Alle Götter haben uns verlassen,
Der Himmel ist leer, er ist ein Abgrund,
Dessen Anblick wir nicht mehr ertragen.
Wir sind gefangen im Wahn,
Und unsere Angst wächst,
Denn wir erwarten die letzte Schlacht der Geschichte.

Von Ferne kommen Feinde, wir kennen sie nicht.
Auf unsichtbaren Rossen jagen sie übers Meer,
Mit ihnen ziehen schwarze Wolken.
Ihre Zahl ist unermesslich,
Und der Tod, den sie geben, ist grausam.
Wir wissen nicht, wer sie sind und woher.

Sind sie Rachegeister uralter Götter,
Die wir einst vertrieben?
Sind sie die Heere der Toten, die wir vergaßen?
Oder Eroberer aus einer anderen Welt,
Gierig nach unserem Blut, unseren Seelen?
Wir wissen es nicht, denn unser ist das Vergessen.

Doch wohin können wir fliehen,
Wenn der Kampf der Elemente anhebt,
Wenn Erde birst und Himmel bricht,
Wenn Höhe fällt und Tiefe sich aufbäumt,
Wenn Chaos brüllt und Geist in weißer Glut erscheint,
Wenn Nichts sich auftut, um Sein zu verschlingen?

Schon erscheinen Schatten am Horizont,
Schon erreichen wilde Heere die Ufer,
Schon donnert Brandung im Geheul.
Schon fallen die ersten Reihen unserer Kämpfer,
Ihr Blut vermischt sich mit dem Schaum des Meeres
Und die wilde Jagd der alten Götter beginnt.

Zuerst fallen die Müden und Verzweifelten,
Dann die Lächelnd-Heiteren
Und schließlich die Tapferen, Standhaften.
Wo sind die Krieger mit Gold-Panzern, mit Licht-Helmen,
die Unverletzlichen, Siegreichen?
Wo sind Ritter, geschliffen wie Diamanten,

Weißglühend, schneidend und hart?
Wo sind die neuen Menschen,
Deren Schädel Kristalle sind
Und deren Herzen Rosen?
Die letzten Menschen fallen wie welkes Laub von den Bäumen,
Bleich und dürr und zitternd im Sturm.

Schon haben sie vergessen, wer sie sind,
Und taumeln ziellos hinab in das Dunkel der Nacht.
Sie sind die Untergehenden –
Doch wo sind die Aufgehenden,
die Keime der Zukunft, die dem Winter widerstehen?
Wo sind die Fruchtbaren?

Wo sind die frei Gewordenen,
Die in sich ein Zukunfts-Wesen tragen,
Die lachend untergehen, weil sie neu geboren werden,
Sich verwandelnd wie junge Götter?
Die letzten Menschen fallen hinab ins Vergessen,
Aber die Leichten tauchen lächelnd wieder empor.

Ihnen sind starke Flügel gewachsen,
Sie schwingen sich hoch in ferne Himmel,
Fliegen hinweg über Länder und Meere der Welt,
Den Küsten des Lichtes entgegen,
Wo die Söhne und Töchter des Menschen
sich sammeln in der Zeiten Zenit.

1. Oktober

Das Schloss von Mondor fasziniert mich täglich aufs Neue. Welch halluzinatorischer, paranoischer Stil, welch organische Synthese! Hier ist er auferstanden, der „Verschollene Stil", den Fuchs, der letzte große Maler des vorigen Jahrhunderts, in seinen Büchern beschrieb. Er erkannte ihn in allen Jahrhunderten, den Stil des Heiligen, des Mysteriums. Er schaute die Bilder, Gestalten und Symbole, die verborgen waren in den Tiefen des kollektiven Unbewussten, in die er hinabstieg mithilfe von potenten Molekülen, wie er es in seinem großen Werk von der himmlischen Architektur, der „Architectura Caelestis" beschrieb.

Ich mache immer wieder längere Erkundungsgänge durch das Schloss. Im unteren Geschoss liegen einige repräsentative Räume im Stil des 19. Jahrhunderts, der Zeit, als das Schloss errichtet wurde. Obwohl es von außen nicht sehr groß erscheint, ist das Gebäude von innen verwirrend weiträumig angelegt. Manchmal glaube ich, die Erbauer hätten es darauf abgesehen, dass sich der unwissende Besucher heillos verirrt. Nachdem ich einige Räume im Stil des ungarischen aristokratischen Stils durchschritten hatte, kam ich durch ein verschachteltes Treppenhaus in die Bibliothek, einen großen Saal, in dem Tausende alter in Leder gebundener Bände in Glasvitrinen standen. An den

Wänden hingen Porträts damals berühmter Wissenschaftler und Schriftsteller. Der Graf hatte hier eine exquisite Sammlung zusammengetragen, die bis ins Barock zurückreichte. Es gab Bände über Medizin, Botanik, Geographie, Alchemie und Astronomie. Zum ersten Mal in meinem Leben sah ich solch einen Schatz alter wertvoller Werke in vielen verschiedenen europäischen Sprachen wie Französisch, Italienisch, Deutsch und Latein. So etwas hatte es in Westeuropa nicht gegeben. Wie weit war doch der große alte Osten dem zerfallenen Westen des Kontinents voraus! Hier konnte ich es mit Händen greifen.

Zwei große Gemälde hingen an der Stirnseite des Saales: Das eine zeigte einen stolzen Herrn mit langen schwarzen Locken, Schnurrbart und klugen dunklen Augen, bekleidet mit einer goldglänzenden Husarenuniform, Fellweste, Reithosen und Wildlederstiefeln, zur Linken einen silbernen Dolch im Gürtel: Das Bild eines ungarischen Adeligen. Darunter stand in altmodisch geschwungenen lateinischen Lettern geschrieben: „Ladislaus Ferencz de Hortobagyi Dei Gratia Princeps Terrae silvestris et Silvae Daemonium Fund. Resident. Mons Aureus, Anno Domini 1799.“

Ich sah das Bildnis lange an. Fast schien es lebendig zu werden. Der Graf schaute zu mir hinunter; er hatte ein starkes und doch fein gezeichnetes Gesicht, das auf Melancholie schließen ließ. Er war kein kriegerischer Husar oder Reiteroffizier, sondern eher ein Schöngeist und Forscher aus alter Familie. Links oben im Bild war sein Wappen zu sehen: die Burg vor einer aufgehenden Sonne, links darüber ein goldener Stern, rechts ein weißer Pferdekopf.

Daneben hing das Gemälde einer schwarzen Schönheit, dunkel wie Ebenholz. Sie trug ein bodenlanges weißes Gewand, einen weißen Turban auf dem Kopf und verschiedene farbige Ketten um den Hals. Wer war sie? Ich konnte in kleiner Schrift entziffern: „Yaida, Regia Nubia Nativa, Sacerdos Moris Ritusque Africanae.“

Im Hintergrund hatte der Maler die ägyptischen Pyramiden gemalt, Palmen und Kamele. Die Dame führte einen zahmen Leoparden mit gelb-schwarz geflecktem Fell an einer Schnur mit sich, der mit großen grünen Katzenaugen zu ihr aufsah.

7. Oktober

Schon seit Wochen wird unterhalb des Schlosses fieberhaft gebaut. Heute stieg ich mit Zoe zum ersten Mal in die Gewölbe unter dem Schloss hinab und erstaunte: Der Keller besteht aus einer Krypta, die von schweren steinernen Säulen und Rundbögen gestützt wird. In ihr befinden sich die Familiengräber derer von Hortobagyi. Etwas erhöht stand der Sarkophag des Grafen, daneben der seiner Frau Yaida. Zoe erzählte mir, sie sei eine nubische Prinzessin gewesen, Tochter eines Königs vom oberen Nil, die der Graf auf dem Sklavenmarkt von Kairo freikaufte. Von da an waren beide unzertrennlich, er brachte sie mit auf sein Schloss und heiratete sie später. Als sie wenige Jahre darauf starb, weil sie das ungewohnte Klima nicht ertrug und schwer erkrankte, verfiel der Graf in tiefe Schwermut. Er ließ sie einbalsamieren und soll nächtelang an ihrem Sarkophag gesessen haben. Man behauptete sogar, er habe versucht, sie mit Hilfe magischer Mittel wieder zum Leben zu erwecken.

In den Räumen hinter der Krypta lagerten Nahrungsmittel und Medikamente, auch Waffen und Munition. Nachdem wir diese Räume durchquert hatten, kamen wir an ein schweres eisernes Tor, hinter dem eine breite Treppe hinabführte. Zoe erklärte mir, dass die Bewohner vor einigen Jahren durch Tiefenresonanzmessungen und Probebohrungen ein Höhlensystem tief unter dem Berg geortet hatten. Zurzeit waren sie dabei, einen Zugang zu diesen Höhlen zu bauen, um dort ein Fluchtversteck anzulegen. Der Zugang war schon weitgehend fertiggestellt, und seit einigen Monaten wurden die Höhlen erweitert und ausgebaut.

Wir stiegen die Treppe hinab, die von Fackeln an den felsigen Wänden erhellt wurde. Tief unter uns war das Geräusch von strömendem Wasser zu hören, und ein eiskalter Luftzug wehte herauf. Dann kamen wir an das Ufer des unterirdischen Flusses. Nur der Schein unserer Lampen gab etwas Licht. Die Höhle verlor sich jenseits des Lichtkegels in Schwärze. Hier wurde gearbeitet, denn Hammerschläge und Bohrer waren in einiger Entfernung zu vernehmen, die vom Echo in der offenbar riesigen Höhle verstärkt und verzerrt wurden. Wir folgten einem Weg, der an dem unterirdischen Fluss entlang führte. Immer wieder kamen uns Arbeiter und Bautrupps entgegen, die uns freundlich grüßten. Der Weg lief auf einen dunklen Eingang im Felsen zu. Zoe erklärte mir:

„Der Fluss schwillt bei Regen und Eisschmelze so sehr an, dass die Höhle ganz unter Wasser steht. Weiter oben bauen wir eine Schleuse, durch die wir im Fall einer Belagerung den Wasserspiegel so erhöhen können, dass niemand hier durchkommt."

Wir schritten nun durch einen Gang, der noch tiefer hinab führte. Ich nahm an, wir durchquerten den massiven Felskern des Berges. Der Gang erweiterte sich zu einer gewaltige Höhle, schmal und lang wie das Schiff einer Kathedrale. Statt Säulen standen oder hingen hier Stalagmiten und Stalaktiten, statt Kapellen und Querschiffen gab es Höhlungen und Auswölbungen, Abstürze und bizarre Gesteinsformationen. Wir durchschritten schweigend die Halle bis zum anderen Ende, wo Lichter und Baugerüste zu sehen waren. Hinter ihnen sah ich ein halbfertiges großes Tor. Zoe erklärte, man habe im Keller Steine aus alten Kathedralen gefunden, die nicht für den Bau des Schlosses verwendet worden waren. Nun wurde aus ihnen hier das Tor zu den inneren Katakomben gemauert. Weiter ging es durch ein labyrinthisches System von Gängen, kleineren und größeren Hallen.

„Hierher bringen wir alles, was die Gemeinschaft zum Überleben braucht: Generatoren, Vorräte, ein Lazarett, Waffen. Außerdem versuchen wir, hier so etwas wie ein Archiv zu schaffen, ein Gedächtnis unserer Zeit: Wir bringen alle Bücher, Kunstwerke, Sammlungen, die wir auftreiben können, hierher, um sie der Nachwelt zu erhalten. In den Karpaten gibt es viele Höhlen, in denen schon vor einiger Zeit Kunst aus Westeuropa versteckt wurde. Außerdem haben uns bedeutende Kunstsammler ihre Schätze und Sammlungen zur Aufbewahrung anvertraut. Wir führen genau Buch und registrieren jeden einzelnen Gegenstand und seinen Besitzer. Sogar Museen und Kirchen lagern hier ihre Schätze. Außerdem haben wir Kopien der bedeutendsten Gemälde und Statuen anfertigen lassen, deren Originale nicht erreichbar sind oder nicht mehr existieren. All dies wird über ein weit verzweigtes, geheimes Netz organisiert. Wir sprechen niemals über den Berg Mondor."

Die Räume, die links und rechts abzweigten, waren angefüllt mit Statuen, Schnitzwerken, und bis zur Decke gestapelten Kisten. In matt erleuchteten Gängen mit endlosen Reihen von Büchern, die sich im Dunkel verloren, verbargen sich offenbar ganze Bibliotheken. Fast wie das Vivarium im *Mincom*, dachte ich, und sah wieder die schrecklichen Bilder von Explosionen und Feuer im Ministerium vor meinem geistigen Auge. Dort war möglicherweise alles vernichtet worden. War es hier sicherer?

„Im Vivarium von Metrocity war fast alles auf Datenträgern gespeichert und wurde in wenigen Stunden durch Feuer und Hitze zerstört. Wieso glaubt ihr, dass die Dinge hier sicherer sind?"

„Wenn ein Feuer ausbricht, gehen sofort Schleusen herunter. Und das Tor ist so konstruiert, dass es luft- und wasserdicht verschlossen und durch eine vorgeschobene Felswand getarnt werden kann. Luft von außen bekommen wir durch viele kleine Kamine. Außerdem gibt es noch andere geheime Ausgänge, die in entfernten Gegenden der Wälder zur Oberfläche führen."

10. Oktober

Die Wälder färben sich orange, ein kühler Wind weht von Norden. Vogelschwärme ziehen hoch am Himmel nach Süden, der Himmel ist stahlblau, und der Geruch von Holzfeuern liegt in der Luft. Die Bauern aus den Dörfern im Tal feiern ihre Herbstfeste mit wilden Maskenumzügen und Gelagen wie schon seit Jahrhunderten. Hier im Geisterwald scheint die Zeit stehen geblieben zu sein. Ständig treffen neue Pilger ein, die Wälder um das Schloss und an den Abhängen des Berges sind nun voll mit Zelten und Laubhütten. Die Stimmung ist friedlich und voll gehobener Fröhlichkeit. Erwartung liegt in der Luft, denn alle wissen, dass in zwanzig Tagen das Bundesfest des großen Mysteriums stattfindet. Abends sitzen die Amazonier um ihre Feuer und singen ihre Lieder. In den klaren Herbstnächten hallt ihr Gesang lange durch den Wald.

13. Oktober

Heute habe ich endlich den Capitan wieder gesehen, nachdem er wie vom Erdboden verschwunden war. Man sagt, er besitze mehrere Identitäten und sei oft tage- oder wochenlang unterwegs. Heute Mittag traf ich ihn scheinbar zufällig in der großen Halle, und wir gingen hinaus, um in der milden Herbstsonne durch die Wälder zu wandern. Ich fragte ihn nach dem bevorstehenden Fest des Bundes, dem alle so sehr entgegen fieberten.

„Es sind die Feste von Allerheiligen und Allerseelen, wie du vielleicht weißt. Die Kelten glaubten, in dieser Nacht kämen die Toten zurück, um sich von den Lebenden zu verabschieden. Man feierte ein Fest für sie – meist auf den Gräbern. In dieser Nacht sind die Toten imstande, unsere Welt zu betreten."

Er machte eine kunstvolle Pause und sah mich erwartungsvoll an.

Mich schauderte maßlos bei dem Gedanken, dass Tote irgendwo auftauchen könnten – wann und wie auch immer. Als er meinen Schrecken bemerkte, begannen seine Augen wieder, schelmisch zu glitzern. Er grinste spöttisch.

„Ich sehe, etwas erschreckt dich. Doch wohl nicht etwa, dass ich erwähnte, die Toten träten in unsere Welt ein?"

Er beobachtete mich weiter und fuhr fort, plötzlich mit einer veränderten Stimme, die dunkel und unheilschwanger klang.

„Ja. In der Tat, die Pforten öffnen sich und die Toten treten ein …"

Meine Angst steigerte sich jetzt zur nackten Panik. Ich sah Unmengen verwester Gestalten vor mir, die aus Gräbern aufstehen, um die Lebenden zu verderben. Er sah mich unverwandt an, dann begann er mit feierlicher Stimme zu sprechen:

„Was du dir vorstellst, gibt es nicht. Das was vergänglich ist, vergeht. Asche zu Asche. Und was unvergänglich ist, existiert für immer und kann viele Formen und Gestalten annehmen. Die Toten, die zu uns kommen, sind überirdisch schön, glaube mir. Und außerdem …" – er machte eine erwartungsvolle Pause, während alles Blut aus meinem Gesicht wich – „… außerdem sind die Toten gar nicht tot. Wir sind die Toten!"

Ich begriff nichts mehr. Mein Gesichtsausdruck muss ziemlich dümmlich gewirkt haben, denn er lachte mich schon wieder aus. Dann fuhr er fort:

„Denk doch mal nach! Der Körper, den du bewohnst, besteht aus Fleisch, Knochen und hauptsächlich aus Wasser. Nur deine geistige Energie bewegt ihn und lässt ihn lebendig erscheinen. Aber irgendwann in den nächsten, sagen wir dreißig bis fünfzig Jahren …" – er sah mich mit einem abschätzenden Blick an – „… dein Vehikel ist ja noch ganz gut in Schuss; trotzdem erwischt es früher oder später auch dich, und dein schöner Körper hört einfach auf zu atmen. Und warum? Weil er gar nicht wirklich gelebt hat, sondern nur du ihn bewegst und zum Leben bringst. Er ist nichts als Materie."

„Ja, aber die Zellen und Moleküle sind nicht tot. Überall wirkt Lebenskraft …"

„Du willst sagen, Materie ist nicht tot, sondern sie organisiert sich zu lebenden Einheiten, zu einer Gesamtheit, deren einzelne Teile zwar vergehen, aber in der Ganzheit weiterleben. So ist es in der Natur, das ist wahr. Das organisierende Prinzip aber ist eben der Geist, der nicht vergeht und keine Begrenzung hat. Wir sind Tote auf Abruf, weil unser Leben eng begrenzt ist. Diejenigen, die wir die Toten nennen, bezeichnen sich selbst als die wirklich Lebenden, denn sie existieren in unvergänglicher Form, ohne Aussicht auf ein Ende."

Erst war ich sprachlos, dann sagte ich zweifelnd: „Und solche Wesen sollen am Tag der Toten hier erscheinen?"

„So sieht es aus, zumindest von uns aus. Ihnen erscheint es so, dass wir ihnen wie Geister plötzlich sichtbar werden."

Ich hatte zwar inzwischen viele neue Konzepte akzeptiert: Ein vom Bewusstsein unabhängiges Unterbewusstsein, ein kollektives Unbewusstes, das keine Grenzen in Zeit und Raum hat, fremdartige Schauplätze in parallelen oder entfernten Dimensionen, und sogar Wesen, mit denen ich anscheinend kommunizieren konnte. Aber Tote, die lebendiger sein sollen als wir? Den Capitan schienen meine Zweifel zu belustigen, und er setzte hinzu:

„Und sie sind viel mehr als wir. Außerdem gehören wir ja auch zur großen Familie, nur dass wir uns eben für eine gewisse Zeit hier unten aufhalten."

Die Sonne ging langsam hinter den alten Bäumen des Waldes unter, es wurde kühler und wir kehrten zurück zum Schloss. Der Capitan sprach noch lange, besonders über die Beziehung der Amazonier zu den Kräften der Natur. Er sagte, dass alles lebt, nicht nur die mächtigen alten Wälder und die Tiere in ihnen, sondern auch die Berge, die Flüsse, die Erde und das Meer. Die Amazonier nehmen die Wesenheiten der Natur als Geister wahr, die zu ihnen sprechen. Er sagte, dies sei die älteste Religion der Menschheit, die sich seit der Urzeit niemals verändert habe, und ihre Hohepriester seien die Schamanen überall auf der Welt.

Ich benutzte die Gelegenheit, um Näheres über Sandor Csoma zu erfahren, der mir wie ein moderner Schamane erschien, rätselhaft und unheimlich zugleich. Der Capitan erzählte, wie er selbst vor langer Zeit als junger Rucksacktourist nach Amazonien gereist war. Als er an einem abgelegenen Fluss auf ein Schiff wartete, traf er Sandor, der als Ethnologe die letzten Indianervölker besuchte. Schon nach kurzem Gespräch stellten beide fest, dass sie auf derselben Suche waren: nach der Liane der Geister und nach dem Übernatürlichen. Von da an pilgerten sie zusammen durch den Dschungel und wurden Freunde.

„Sandor und ich waren spirituelle Abenteurer. In einem isolierten Ort an einem der Quellflüsse des Amazonas stießen wir auf eine Gruppe, die den Kult der Liane praktizierte. Der erste Padrinho Lazaro war damals schon lange tot, und einer seiner Nachfolger, Padrinho Daniel, führte die Gruppe. Von ihm lernten wir die Lieder und das psychonautische Reisen."

Später lernten sie bei den Daime-Leuten Hugh Ludlow kennen, den Millionär aus Kalifornien, der dort, wie so viele andere Amerikaner der damaligen Zeit, die spirituelle Erfahrung des „Vinho" suchte. Sandor war es, der Ludlow irgendwann vorschlug, das verfallene Schloss in den Karpaten zu kaufen, um dort ein Zentrum der amazonischen Psychonauten zu gründen. Ludlow war sofort Feuer und Flamme und hatte auch genügend Mittel, um dieses ungeheuerliche Bauwerk zu restaurieren. Danach wurde es das spirituelle Zentrum des Bundes in Europa.

„Sandors Spezialgebiet sind die Schamanen. Er traf viele von ihnen, sowohl von der hellen als auch von der dunklen Seite, am Amazonas, in der sibirischen Tundra, im Himalaya, in den Bergwäldern Südostasiens. Zuerst studierte er sie, später lernte er bei ihnen. Er wurde der Schüler des *Namenlosen,* des größten Schamanen Asiens. Nur Eingeweihte kennen seinen geheimen Namen, den ihm die Geister gaben. Sandor lernte bei ihm viele Jahre lang. Wenn die Zeit gekommen ist, wirst du Sandor wiedersehen, und auch den *Namenlosen.*"

Schweigend erreichten wir in der Abenddämmerung das Schloss. Der Capitan winkte mir leise, ihm zu folgen, und wir stiegen über mehrere Treppen und verwinkelte Stiegen empor, bis wir vor einer verschlossenen Tür standen. Er hatte einen Schlüssel, und wir betraten ein kreisrundes Turmzimmer, das spärlich möbliert war: ein Holztisch mit mehreren Stühlen, Schränke mit Kelchen, Kultgegenständen, kleinen Heiligenfiguren, silbernen Kreuzen, Büchern und Schriften.

„In diesem Raum bewahren wir die heiligen Gegenstände vergangener Zeiten auf. Viel ist es nicht, denn wir legen keinen besonderen Wert auf materielle Dinge."

An den Wänden bemerkte ich eine Reihe von Fotografien von Männern und Frauen mit ausdruckstarken Gesichtern.

„Das sind die Padrinhos und Madrinhas unserer Linie; die ersten stammten aus Brasilien, einige aus der Karibik und viele aus Europa" erklärte der Capitan, während er zum Bücherbord schritt und einen großen schwarzen

Lederband hervorholte. Dann entzündete er eine Kerze. Er sprach leise und eindringlich:

„Ich will dich nun auf die Große Passage vorbereiten, das *Mysterium tremendum*. Sie findet nur alle zweiundfünfzig Jahre statt, wenn eine bestimmte Konstellation von astraler und materieller Welt wiederkehrt. In diesem Jahr ist es wieder soweit. Es öffnen sich die Pforten, und die Toten können für kurze Zeit in unsere Welt eintreten. Und auch nur an wenigen Orten auf der Welt, wo ein Tor existiert, so wie hier auf Schloss Mondor. Unsere nichtphysischen – das klingt besser als ‚toten‘ – Besucher bringen einen Kelch mit sich, der das jenseitige Soma enthält, das Amrita genannt wird. Wer in jener Nacht davon trinkt, kann mit ihnen durch die Pforte gehen, ohne eine Spur zu hinterlassen. Das nennen wir das Mysterium tremendum.“

Er sagte, dass er selbst und viele andere die Absicht hätten, diesmal hinüberzugehen in das „Innere Reich“, wie er es nannte. Jedem sei es in jener Nacht freigestellt, zu gehen oder zu bleiben.

„Es ist der Exodus, von dem schon der Prophet Lazaro sprach. Viele Pilger werden hinübergehen, es werden Hunderte sein. Nicht nur hier, sondern auch an vielen anderen Orten der Welt. Sandor Csoma ist gestern nach Sibirien aufgebrochen, in den Altai, wo seine Freunde, die Schamanenkönige, auf ihn warten. Auch dort versammeln sich Hunderte von Jenseitsfahrern.“

Der Capitan wurde ernsthaft, was selten passierte, und sagte:

„Für uns Jenseitsfahrer der ersten Generation endet nun ein Zeitalter. Ein neues wird bald beginnen. Unsere Mission ist beendet, und deine beginnt hier und jetzt.“

„Was für eine Mission sollte ich haben?“ fragte ich erstaunt.

„Du hast noch nicht viel von der anderen Seite gesehen, aber ich weiß, dass du in Zukunft die Amazonier des Ostens führen wirst. Ich habe es in Visionen gesehen: Du bist ein Auserwählter und wirst einmal ein Padrinho sein. Du wirst noch sehr lange leben – mit Zoe. Ihr werdet ein Kind haben, viele Reisen machen, und deine Schriften werden Jahrhunderte überdauern. Du wirst einen Grundstein für die Zukunft legen.“

Ich war fassungslos und stotterte: „Wie wird diese Zukunft aussehen?“

„Erst kommt eine dunkle Zeit, eine Zeit der Wölfe, der Stürme, der Schwerter. Und der Bund wird sich wandeln. Er muss stark, widerstandsfähig und dauerhaft werden. Und er muss eine eherne Form bekommen. In den

Hochländern Asiens wird er zu einem Orden von Psychonauten und Kriegern werden, mit Regeln, Schriften und Gesetzen. Und du bist derjenige, der diesen Orden gründen wird."

„Woher willst du das wissen?"

„Ich habe es gesehen. Der Orden wird im Osten gegründet, die Amazonier werden sich vereinen mit den Schamanen Sibiriens, den Buddhisten der Mongolei und Tibets und anderen spirituellen Gruppen vom Dach der Welt. Jene Völker sind dem universalen Geist näher als alle anderen. Später wird daraus ein Ordensstaat entstehen, die Keimzelle eines neuen Reiches. Unsere Kultur ist noch lange nicht am Ende, sondern sie wird einen gewaltigen Schritt nach vorne tun!"

Seine Stimme klang schicksalhaft entschlossen. Hatte er die Zukunft gesehen? Ich hielt es für möglich. Tatsächlich fühlte ich, dass meine Aufgabe gerade erst begann. Ich wollte alles aufschreiben, was ich hier erlebte und noch erleben würde, um es zukünftigen Generationen zu überliefern. Mir war klar, dass ich Zeuge großer Ereignisse war, die ich festhalten musste.

Dann schob der Capitan mir den schweren, in schwarzes Leder gebundenen Folianten zu und sagte feierlich:

„Bald werde ich diese Welt spurlos verlassen, aber du wirst bleiben. Deshalb übergebe ich dir jetzt die Chronik des Bundes und die Logbücher der Psychonauten, die *Illuminationen*. Unter einer Bedingung: Dieses Buch darf dieses Turmzimmer nicht verlassen. Hier ist sein Ort. Niemand außer dir und deinen Vertrauten darf es sehen. Jeder der Eingeweihten kann das Buch mit seinen persönlichen Eintragungen weiterführen."

Ich nahm das Buch von ihm an und dankte ihm. Er stand auf und sagte zum Abschied:

„Ich lasse dich nun allein. Du kannst hier im Turmzimmer bleiben, so lange du willst. Aber schließ gut ab, wenn du gehst. Nur einige Eingeweihte haben hier Zutritt."

Er gab mir einen kleinen silbernen Schlüssel, nickte lächelnd und verschwand. Ich legte das schwarze Buch vor mich auf den Tisch und sah auf dem vorderen Buchdeckel eine glänzende Goldprägung: Es waren drei Sterne in einem Kreis, in einem regelmäßigen Dreieck angeordnet. Das Zeichen des Bundes.

AMAZONAS

Der Band roch nach altem Leder. Ich schlug ihn auf und wendete langsam die Blätter aus starkem und festem Papier um. Sie waren steif und hafteten teilweise aneinander. Er schien tropischer Hitze und Feuchtigkeit ausgesetzt gewesen zu sein, doch war er bestens erhalten und gebunden. Das Papier war so edel, dass es nicht den Hauch einer Verfärbung zeigte.

Der Titel auf der ersten Seite lautete:

Illuminationen

Die Chroniken des Bundes von San Lazaro und San Juan und die Logbücher der Jenseitsreisenden und Psychonauten von den Anfängen bis heute.

Zusammengestellt von den Padrinhos Isidoro, Euclides, Sebastian, Alcibiades, Daniel, Flavio, Tomas, und den Madrinhas Lucia, Peregrina, Maria, fortgeführt von El Capitan Manuel Santos de Selva. Mit Übersetzungen der älteren Schriften und Dokumente seit 1905.

Gebunden in Belo Horizonte, Las Americas, im Jahre 2054

Der Inhalt bestand aus einer Fülle von Erfahrungsberichten, Abhandlungen und Briefen in verschiedensten Sprachen, mit angefügten Übersetzungen; auch Auszüge aus philosophischen und wissenschaftlichen Werken aller Zeiten waren darunter.

Natürlich fanden sich historisch-kritische Abschnitte, wie z.B. „Die Jenseitsgeographie bei Platon" oder „Die Klassen der Engel bei Swedenborg", „Die Möglichkeit paralleler Universen", „Gottkönige vor der Sintflut", nebst Abschnitten aus Standardwerken wie „Die Totenbücher der alten Völker", „Traumzeit und innerer Raum", „Der zweite Körper", „Die Kunst des Träumens", „Die Speise der Götter", „Reisen in die inneren Länder", „Die gnostischen Planetengötter", und so fort. Aber wie ein roter Faden zog sich durch das Buch die Idee des Experiments und der Praxis.

Es handelte sich um eine Art Logbuch, in das die Reisenden ihre Routen und die neu entdeckten Küstenlinien eingetragen hatten. Sie beschrieben gefährliche Zonen und sichere Passagen, freundlich oder feindlich gesinnte Wesen und viele Orte der anderen Welt. Kurz gesagt, es war ein praktisches Handbuch für Reisen in andere Wirklichkeiten und eine fortlaufende Chronik der Entdeckungen der Psychonauten. Da es mir unmöglich ist, die vielen hundert eng bedruckten Seiten wiederzugeben, habe ich mich entschlossen, nur einige kurze, aber wie ich denke, charakteristische und prägnante Passagen dieses „Logbuches" zu exzerpieren. Sie können Interessierten als Hinweise und Wegweiser dienen.

Als ich vorsichtig die ersten Seiten durchblätterte, fand ich ein kleineres Bändchen, das in einer durchsichtigen Tasche dem größeren Buch beilag. Ich nahm es vorsichtig heraus und blätterte es durch. Es war ein Bericht von einer frühen Expedition in das Amazonasgebiet mit Zeichnungen grotesker, archaischer Bauwerke und Monumente, Lageplänen und Karten. Offenbar der Bericht zweier Forscher, die in das noch völlig unerforschte westliche Amazonasbecken vorgedrungen waren. War dies die erste Berührung des weißen Mannes mit den Mysterien des Dschungels? Ich las zuerst die Einleitung:

Die Amazonas-Expedition Lidenbrock und Pauly 1905

Hamburgisches Museum für Völkerkunde

Mit einer Einleitung von Prof. Dr. Walther von Seeland, Hamburg 1952

Der Entdecker des Telepathin, Prof. Theodor Lidenbrock (1872 bis 1943), war ein Ethnologe am Hamburger Institut für Völkerkunde, das damals in einem prächtigen, neu erbauten Museum an der Rothenbaumchaussee Schätze aus allen Teilen der Welt, natürlich insbesondere aus den deutschen Kolonialgebieten, sammelte. Theodor Lidenbrock war der Enkel des Forschungsreisenden Otto Lidenbrock, der am Johanneum in Hamburg Geologie und Mineralogie unterrichtet hatte. Der eigenwillige Gelehrte hatte im Jahr 1863 eine spektakuläre Expedition ins Innere der Erde unternommen. Dabei entdeckte er nach dem Abstieg durch einen isländischen Vulkankrater in großer Tiefe ein unterirdisches Meer, die nach ihm benannte „Lidenbrock-See". Diese Reise erregte damals großes Aufsehen und inspirierte sogar einen französischen Erfolgsautor, einen Roman zu verfassen, wobei er allerdings viele Tatsachen übertrieb und, nebenbei bemerkt, den Professor niemals am finanziellen Erfolg des Buches teilhaben ließ.

Lidenbrocks Enkel Theodor brach im Jahr 1905 zusammen mit seinem Assistenten Dr. Wilhelm Pauly zu einer Expedition in das damals noch unbekannte Amazonasgebiet auf. Zwei Jahre später kehrte er allein nach Hamburg zurück, allerdings in einem mehr als bedenklichen Zustand. Er war geistig verwirrt und berichtete von einer schweren Nerven-Krisis, die ihn und seinen Kollegen im Urwald erfasst hatte. Sein Assistent Pauly blieb im Dschungel verschollen, und Lidenbrock musste Monate lang im Hamburger Tropenkrankenhaus unter Quarantäne gestellt werden, denn die Ärzte vermuteten eine Infektion mit einem unbekannten Erreger, der Nerven und Gehirn angegriffen hatte.

Die Expedition führte in das unbekannte südliche Gebiet der Nebenflüsse des Amazonas, das damals noch ein weißer Fleck auf den Landkarten war. Man vermutete hier Bergketten, Hochländer und vielleicht sogar Reste uralter Zivilisationen. Lidenbrock und Pauly wollten die mysteriösen Legenden um versunkene Städte im Dschungel endlich aufklären. Denn nach alten Berichten hatte es dort irgendwo ein Reich gegeben, das „El Dorado" genannt wurde. Möglicherweise hatte sich eine alte Hochkultur, viel älter als die der Inka, von Peru bis in dieses Gebiet erstreckt. Lidenbrock träumte davon, ein zweiter Heinrich Schliemann zu werden, der goldene Städte voller sagenhafter Schätze im undurchdringlichen Dschungel entdeckte.

Nach wochenlangen strapaziösen Reisen gelangten die beiden Forscher zum Stamm der Kuikoro am oberen Rio Xingu. Bei den Indios zeichneten sie nicht nur deren Lieder und Legenden auf, sondern sie lernten auch das geheimnisvolle Ritual des Aya Huasca (Liane der Toten) kennen, eines Trankes, der starke Verwirrungen erzeugt. Dr. Pauly glaubte sogar, während einer Vision eine Stadt im Dschungel gesehen zu haben. Nach langem Fragen und Bitten beschrieb ihnen der Schamane des Stammes die Lage einer versunkenen Heiligen Stadt, die sie Manoa nannten und die auf einem Bergrücken im Dschungel liegen sollte. Lidenbrock und Pauly folgten seiner Beschreibung und stießen tatsächlich auf Ruinen großer Pyramiden. Dort zeichneten und kartographierten sie umfangreiches Material.

Wie aus ihren Aufzeichnungen hervorgeht, fanden sie dort den Eingang in ein unterirdisches Labyrinth und entdeckten in einer viel tiefer gelegenen Höhle weitere vorzeitliche Bauwerke, die angeblich nicht von Menschen erbaut sein konnten, wie sie behaupteten. Sie blieben viel zu lange in der sauerstoffarmen und von giftigen Dämpfen durchsetzten Höhle, so dass sie bald unter psychotischen Zuständen und schweren Halluzinationen zu leiden begannen. Später, als Pauly anscheinend dem Wahnsinn verfiel, kam es zu einem Kampf, und Lidenbrock flüchtete an die Oberfläche, während Pauly verschollen blieb. Es konnte nie genau geklärt werden, was sich dort unten wirklich zugetragen hat, und keine Expedition konnte bis heute die Ruinen wiederfinden, was auch mit der feindseligen Haltung der dort ansässigen Indios zu tun hat.

Prof. Lidenbrock berichtete später, er sei nach längerer Bewusstlosigkeit in einem Dorf der Kuikoro erwacht. Auf seine Fragen gaben ihm die Indios die Auskunft, sie hätten ihn halb verhungert und im Fieber delirierend im Dschungel gefunden.

Lidenbrock kehrte jedenfalls allein nach Deutschland zurück. Er war der erste, der Proben einer geheimnisvollen Substanz, die er Telepathin nannte, nach Europa mitbrachte. Der Plan, einen Suchtrupp in das Gebiet zu schicken, um nach Pauly zu forschen, wurde bald fallen gelassen, denn die dortigen Stämme waren aufgrund ständiger Angriffe und Überfälle weißer Goldsucher aggressiv gegen alle Fremden eingestellt. Lidenbrock erholte sich nie wieder von der Tropenkrankheit und wurde zunehmend seltsam. Niemand glaubte ihm seine phantastischen Erzählungen. Er verfasste noch mehrere Bücher mit Theorien über eine verschollene Kultur am Amazonas, die aber von der Fachwelt nicht ernst genommen und nie veröffentlicht wurden. Sie verbrannten 1943 im Institut. Das Tagebuch der Expedition, das er in einen Luftschutzkeller mitgenommen hatte, blieb als einziges erhalten.

Auch der bekannte britische Abenteurer Colonel Fawcett hörte von der Expedition und war der einzige, der Lidenbrock Glauben schenkte. Er war selbst von der Idee besessen, die verschollene Stadt im Amazonasdschungel zu finden, die er „Stadt Z" nannte. Fawcetts tragisches Schicksal ist bekannt: Er versuchte immer wieder, von verschiedenen Seiten in den dichten Dschungel vorzudringen, bis er auf seiner letzten Expedition im Jahre 1924 spurlos verschwand. Alle Suchexpeditionen blieben erfolglos.

Pauly wurde für tot erklärt, aber Jahre später kursierten seltsame Gerüchte um seine Person. Im Wald und an den Flüssen tauchte ein „weißer Prophet" auf, der angeblich große Ähnlichkeit mit ihm aufwies. Er wurde von den Einheimischen als heiliger Mann verehrt, und sie nannten ihn Lazaro, weil er von den Toten wiedergekehrt war. Bis heute gibt es immer wieder Vermutungen, dass es sich bei dem weißen Propheten um Pauly gehandelt haben könnte.

Das einzige erhaltene Dokument aus Lidenbrocks Nachlass ist das Tagebuch der Expedition mit unschätzbaren Skizzen und Karten von seiner Hand. Wir geben es hier ungekürzt wieder:

Entdeckungen im Amazonasbecken

Die Expedition nach Mato Grosso, 1905/06 und die Entdeckung einer präkolumbischen Stadt und eines im Erdinneren gelegenen Höhlensystems

von Prof. Theodor Lidenbrock

Aufgrund meiner Forschungen auf dem Gebiet der Mythologie und der Überlieferungen der altamerikanischen Völker bin ich zu der Überzeugung gelangt, dass sich am östlichen Abhange der Anden im peruanischen oder bolivianischen Dschungel noch eine Reihe großer und bedeutender archäologischer Stätten finden müssen, die von alten Kulturvölkern vielleicht lange vor Christi Geburt erbaut worden sind.

Nach übereinstimmender Überlieferung der Indianer Nord-, Mittel- und Südamerikas stammen ihre Vorfahren aus einem Lande, das angeblich weit im Westen gelegen haben soll, der so genannten „Dritten Welt". Die am besten überlieferten Mythen sind diejenigen des Hopi-Volkes aus dem Südwesten der Vereinigten Staaten. Sie erzählen, dass während einer gewaltigen Katastrophe vor vielen Jahrtausenden ein Kontinent im Ozean versunken sei, von dem einige Inselketten jedoch noch lange erhalten geblieben seien, über die seine unglücklichen Bewohner nach Osten hätten wandern können, bis sie das feste Land des südamerikanischen Kontinents erreichten. Dort hätten sich die verschiedenen Völker und Clans gesammelt und lange Wanderungen in alle vier Himmelsrichtungen begonnen, um das neue Land zu erkunden. Sowohl bei dem Exodus aus ihrem verlorenen Lande als auch auf ihren neuerlichen Reisen wurden diese Völker nach ihrem Bekunden von mächtigen Schutzgeistern geführt. Diese Geister oder Götter, die die Inka Viracochas nannten, die Hopi-Indianer der nördlichen Ebene aber Kachinas, erscheinen in allen Überlieferungen als lebendige Wesen, die den Völkern Schutz, Mut und Vertrauen in schweren Zeiten gaben. Außerdem lehrten sie die Menschen den Ackerbau, viele Handwerkskünste, den Bau von Städten und Tempeln und magische Rituale.

Gemeinsam mit ihren göttlichen Anführern erbauten die Menschen nun die prächtigste aller Städte, genannt ,die Rote Stadt des Südens'. In dieser sollen Götter und Menschen friedvoll zusammengelebt haben, und hier soll das Zentrum ihres Handels und Wandels gewesen sein. Doch auch ihre Feinde, ein Geschlecht von Giganten oder geflügelten Schlangen, hatten sich vom untergegangenen Kontinent gerettet. Sie sammelten sich erneut unter einem mächtigen Zauberer-König und belagerten die Stadt viele Jahre vergeblich. Es kam dann angeblich zur entscheidenden Schlacht, in der die Götter eine Waffe einsetzten, die das Sonnenfeuer genannt wurde und mit der sie die Dämonen vernichteten. Später zerstreuten sich die Völker, aber die gemeinsame Legende ist bei fast allen noch lebendig. Könnte sie einen wahren Kern haben? Gab es eine uralte Zivilisation, die allen späteren Kulturen vorausging und sie vielleicht sogar geistig und kulturell weit überragte, ja der Ursprung aller späteren war? Gab es eine Rote Stadt des Südens – und wenn ja, wo war sie zu suchen?

Obwohl die Stämme an den Zuflüssen des Amazonas Europäern gegenüber oft feindselig und nicht gewillt sind, ihr altes Wissen preiszugeben, erzählten sie mir von einer versunkenen Stadt, die zu betreten ihnen allerdings seit jeher von ihren Geistern verboten sei. Nach ausführlicher Erforschung der Mythen und Sagen kam ich zu dem Schlusse, dass die Überreste dieser gewaltigen Stadt noch irgendwo im unermesslichen Urwald zu finden sein müssten, wahrscheinlich im Gebiete des oberen Rio Xingu.

Ich hatte das Glück, einen Medizinmann der Kuikoro-Indios zum Freunde zu gewinnen, da ich seine kranke Frau vom Fieber heilen konnte. Dieser Mann vertraute mir auf meine eindringlichen Fragen schließlich an, dass sein Volk von der Existenz einer Pyramidenstadt wusste, die sie Manoa nannten. Der Ort galt ihnen als verflucht, denn von dort war kein Wanderer je zurückgekehrt. Das Volk hatte offenbar panische Angst vor den Geistern, die die Ruinen in ihren Augen bewachten. Doch bei einem späteren Treffen mit dem

Zauberpriester des Stammes fiel dieser in eine Art Trance, in der seine Seele in eine Höhle hinabstieg. Was er unter der Erde sah, beschrieb er in beschwörenden Worten: einen See, eine Pyramide, Tempel und Paläste. Auch sah er die Gräber von alten Königen, umringt von Monumenten und Statuen der Götter und Dämonen. Mitten im Reden erstarrte er vor Grauen, wurde bleich und sprach nicht weiter.

Als der alte Mann wieder bei Verstand war, warnte er mich eindringlich: Wenn wir die verbotene Stadt betreten würden, so käme der Fluch über uns. Er sähe, dass sechs Männer hineingingen, aber nur zwei wieder herauskämen. Ich nahm dies als abergläubische Furcht der Wilden, wie sie mir schon oft begegnet ist, und zeichnete eine möglichst genaue Karte nach den Beschreibungen meines Gewährsmannes. Es lief darauf hinaus, dass die Ruinen von Manoa etwa sieben Tagesmärsche nach Westen am Rande der Berge zu finden sein sollten. Nun brauche ich nur noch einige mutige Männer, die gewillt waren, mich und meinen Assistenten Dr. Pauly als Träger zu begleiten.

16. September 1905

Heute Morgen sind wir nun endlich in Cuiaba aufgebrochen, nachdem wir Zelte, Lampen, Macheten, Seile, zwei Gewehre und Munition, Medikamente und alles andere für unsere Expedition gekauft haben. Wir haben zehn ortskundige Indios angeheuert, die unsere Ausrüstung tragen, für uns kochen und das Lager aufbauen sollen. Acht Stunden Fußmarsch bei angenehmer Temperatur. Kein Regen. Abends sind Pauly und ich guter Dinge, und wir sitzen am Feuer inmitten des Waldes, der von Tierstimmen widerhallt. Gespräch über die Visionen der Wilden, besonders wenn sie ihre berauschenden Pflanzensäfte getrunken haben. Pauly, skeptisch wie immer, meint, dass die Gesichte auf Vergiftung des Gehirns zurückzuführen oder pure Lügen seien. Ich hingegen glaube doch insgeheim, dass ein Körnchen Wahrheit in ihnen verborgen ist. Wie könnte ich sonst hoffen, etwas Bedeutendes zu finden?

17. September

Ein weiterer Tagesmarsch, der glatt absolviert wurde. Wir halten uns immer genau nach Westen. Ein Weg ist nicht zu erkennen, doch wir hauen uns einen

Pfad mit Macheten frei. Die Indios behaupten, hier sei ein alter Pfad entlang gelaufen. Die Moskitos und Hunderte Sorten anderer Insekten wachsen sich zur echten Plage aus. Heute habe ich eine riesige Spinne gesehen, fast handtellergroß. Der Blutdurst der Moskitos scheint unstillbar zu sein.

20. September

Tagelanges ereignisloses Marschieren durch dichten Regenwald, in ständiger Gefahr, von Schlangen oder giftigen Insekten gebissen zu werden. Die Wunden infizieren sich und können zu furchtbaren Geschwüren anschwellen. Heute steiler Aufstieg im tiefsten Urwald-Dickicht. Wir nähern uns offenbar einer Bergkette. Schlüpfriger Grund, viel Feuchtigkeit. Nicht allzu weit scheint Wasser zu sein. Wir sind vollkommen erschöpft. Unsere Vorräte gehen zu Ende, morgen müssen wir frisches Fleisch besorgen.

22. September

Weiterer Aufstieg. Ich meinte, ebenmäßig geformte Formationen aus dem Dschungel ragen zu sehen, fast wie Pyramiden, allerdings dicht bewachsen. Heute Abend rasten wir in der Nähe eines Wasserfalles, dessen Rauschen uns beruhigt. Wenigstens gibt es frisches Wasser. Berge sind in der Nähe.

23. September

Der Wasserfall ist bestimmt sechzig bis achtzig Meter hoch. Ringsum Berge, der Dschungel so dicht, dass keine Möglichkeit erkennbar ist, weiter zu kommen. Wir sahen Zeichnungen von Menschenhand in der Nische einer Felswand: Mehrere aufrecht stehende frontale Gestalten mit strahlend weißem Nimbus um ihre Häupter. Die Körper mit weißen Punkten und Spiralen bedeckt. Es sind kleinere und größere Gestalten, sie scheinen aus dem Stein hervorzutreten. Auch geben sie wohl eine Richtung an; wir entscheiden einstimmig, nach Norden zu gehen.

(Hier eine Skizze der geisterhaften Gestalten: Der Professor war eindeutig ein begabter Zeichner.)

24. September

Unsere Entscheidung war richtig, wir behalten die Berge immer zur Linken und wandern dadurch im Schatten, es ist angenehm kühl. Das Vorankommen am Rande des Dschungels ist einfacher als vorher. Auf meine Frage, ob hier andere Stämme lebten, verneinen alle Träger einhellig. Die Indianer meiden das Gebiet weiträumig, weil sie schreckliche Mächte fürchten. Die Indios lassen sich nichts anmerken, aber an ihren Gesichtern ist abzulesen, dass ihnen nicht sehr wohl bei der Sache ist. Am Feuer ist es nun leise, keine Gespräche oder fröhlichen Lieder mehr wie noch vor einigen Tagen.

25. September

Heute sahen wir wieder die Geister-Glyphen, gleich an mehreren Felsen. Ich schätze ihr Alter auf über dreitausend Jahre. Ähnliche Felszeichnungen und Ritzungen wurden in Kolumbien und im Westen der Vereinigten Staaten gefunden. Sind es Wegmarkierungen der vorzeitlichen Völkerwanderungen? Neben den Glyphen sind Handabdrücke zu sehen, die Indios behaupten, sie bedeuteten ein Verbot, noch weiter zu gehen. Einige wollen umkehren, aber der Lohn wird erst am Ziel der Reise gezahlt. Die geladenen Gewehre behalten Pauly und ich Tag und Nacht bei uns. Trotzdem: Wir werden die abergläubischen Träger nicht mehr lange beruhigen können.

26. September

Ein Pfad führte einige Stunden steil nach oben, und wir stießen auf mächtige Steinfundamente. Sie bestanden aus Quadersteinen von beträchtlicher Größe. Manche waren mehrere Meter hoch. Sie glichen den Inkamauern in Peru oder auch den Fundamenten ägyptischer Tempel. Wir fanden eine breite Treppe mit sehr hohen Stufen, die weiter nach oben führt. Der Aufstieg war für alle überaus anstrengend. Endlich erreichten wir eine Plattform, die aus dem Dschungel ragte. Von dort bot sich ein großartiger Anblick, nicht nur über das grüne Meer der Urwaldriesen, das in alle Richtungen bis zum Horizont reichte, sondern auch auf andere gewaltige pyramidenartige Erhebungen, die in einiger Entfernung aus dem Wald emporragten. Man hätte sie fast für natürliche Hügel halten können, da sie von Pflanzen überwuchert sind, wenn nicht ihre regelmäßige Form und Anordnung wären, die auf eine große Stadt schließen ließen. Eine ganze Stadt lag unter uns, die unserer Wissenschaft Arbeit für Jahrzehnte verschaffen würde! Ich konnte ein Gefühl des Triumphes und des Glücks nicht verhehlen. Pauly und ich gaben uns die Hände und beglückwünschten uns gegenseitig zu unserer Entdeckung. Unsere Träger schienen allerdings zunehmend beunruhigt, ja ängstlich zu sein. Sie sagten, sie fürchteten die Rache der Geister dieses Ortes. Am Abend vertraute mir ihr Anführer Emilio an, dass sie glaubten, in den Ruinen lebten die Geister mächtiger alter Zauberer, die wir nun aufgeweckt hätten. Als ich ihn auslachte und bemerkte, es gäbe keine Geister, wurde er zornig und wandte sich ab. Doch scheint er darüber nachzudenken.

29. September

In den letzten Tagen erforschten und vermaßen wir die Anlage. Außer der Pyramide im Zentrum gibt es noch viele kleinere in jeder Himmelsrichtung. Die Stadt schien recht ausgedehnt gewesen zu sein, denn der ganze umgebende Urwald war voller Steine und Fundamente. Es scheint auch breite Straßen gegeben zu haben. Einen groben Lageplan lege ich diesen Aufzeichnungen bei.

30. September

Heute fanden wir ein einstöckiges, tempelartiges Bauwerk mit einer schlichten Frontseite, von der zwölf Tore ins Innere führen. Dazwischen wieder Glyphensteine mit Figuren und Zeichen, deren Sinn uns noch verschlossen ist. Die Einheimischen nannten den Bau *el labirinto* und hatten besondere Furcht davor. Etwas abseits fanden wir Lagerstellen mit verbrannten Knochenresten, darunter auch menschliche Schädel. Alle hatten ein charakteristisches Loch in der oberen Schädeldecke, wie man es häufig in den Anden findet. Hier wurden offenbar Menschen geopfert – und vor nicht allzu langer Zeit.

An diesem Ort herrschte eine seltsame Stille, kein Vogel sang, das Leben des Waldes war wie ausgestorben. Tatsächlich konnte auch ich als aufgeklärter Wissenschaftler aus Mitteleuropa nicht bestreiten, dass über diesem Ort eine unheimliche Stimmung lag. Wir wollen uns morgen das Innere des Bauwerkes näher anschauen. Als wir den Trägern unsere Absicht kundtaten, begannen sie vor Furcht zu beben. Sie bauten die Zelte ab und wollten verschwinden. Den mutigsten von ihnen, Emilio, konnten wir mit Engelszungen und Geld schließlich überzeugen, weiter mit uns zu kommen. Pauly appellierte an seinen Mannesmut. Außerdem ist Emilio so intelligent, dass er entschlossen ist, den Aberglauben seines Volkes zu überwinden.

1. Oktober

Wir erkundeten in einigen ersten Vorstößen ins Innere des Bauwerkes die Ausdehnung des Labyrinthes und stellten schnell fest, dass es weit größer war, als wir vermutet hatten. Es gab lange Gänge, die anscheinend weit in die Tiefe führen, ohne dass ein Ende sichtbar war, und viele Quergänge und gefährliche Abstürze. Pauly vermutete, das Labyrinth könne Hunderte von Metern in die Tiefe führen. Was wir dort finden werden, ist ungewiss. Es ist wichtig, dass wir uns auf den Abstieg gut vorbereiten.

2. Oktober

Wie ich befürchtet habe, verließen uns gestern alle Indios bis auf Emilio und seinen Bruder Pablito, den er wider Erwarten überzeugen konnte zu bleiben Der Lohn wird ihre Familien reich machen. Als die anderen davon hörten, kamen zwei von den Goldsuchern zurück und heuerten wieder bei uns an. Also sind wir nun immerhin sechs Männer. Wir haben zwei Tage gerastet, Kraft geschöpft und alles für die Expedition vorbereitet. Wir wissen nicht, wie tief wir vordringen werden. Sicher ist nur: Es wird kalt werden, wir werden vielleicht mit tückischen Tieren zu tun haben, und wir benötigen Nahrung, Brennstoff und Licht für einige Tage. Längstens für achtundvierzig Stunden wollen wir hineingehen, dann müssen wir den Rückweg antreten. Morgen brechen wir auf.

3. Oktober

Ich schreibe nur kurz, denn das Licht ist knapp. Die Höhle ist größer als erwartet, Kaverne reiht sich an Kaverne, der Boden ist hart. An den Felswänden sieht man auch hier immer wieder die mysteriösen prähistorischen Zeichnungen mit weißen Gesichtern und abwehrenden Händen.

Erst dachte ich, wir seien am Ende des Höhlensystems angelangt, doch dann entdeckten wir einen steilen Abstieg auf ein tiefer gelegenes Niveau. Es ist kalt und feucht. Unsere Lampen und Kocher arbeiten gut, ein heißer Kaffee mit einem guten Schuss aus der Rumflasche ist die beste Medizin. Eigentlich sollten wir umkehren, aber unsere Neugier ist stärker. Das Ende der Höhle kann nicht mehr weit sein. Die Vorstellung, auf ein Heiligtum oder eine Opferstätte, womöglich mit bedeutenden Funden, zu stoßen, treibt uns voran. Wir haben noch Vorräte für zwei Tage. Kein Zeitgefühl mehr.

Irgendwann später:

Konnte nicht schreiben, weil das Licht knapp wird. Es ist viel passiert: Wir durchquerten auch die zweite riesige Höhle, etwa anderthalb Kilometer lang. Wir stießen auf eine dritte, wiederum viele hundert Meter tiefer und noch größer als die vorherige. Abstieg sehr gefährlich. Ich vermute, dies ist das größte Höhlensystem des südlichen Kontinents. So weit unser Licht reicht, sind keine Felswände mehr zu erkennen, nur schwarzer Raum. Wir sollten umkehren, doch Pauly und ich sind entschlossen, das Ende der Höhle zu finden.

Emilio und Pablito sind verschwunden! Erst später stellten wir fest, dass sie einen Rucksack mit wertvollem Proviant mitgenommen haben. Pauly und ich marschieren weiter. Um den Rückweg zu finden, schichten wir alle hundert Meter kleine Steinhaufen auf. Haben kein Zeitgefühl mehr, wir schlafen und wachen, wie es gerade kommt.

Wir kommen gut voran. Es wird wärmer und feuchter, und ein seltsames grün phosphoreszierendes Licht erscheint überall um uns herum. Es muss von leuchtenden Algen-Organismen stammen. Wir stießen auf einen unterirdischen Fluss. Mit dem Angelhaken, den wir mitführen, und einer Schnur, habe ich mehrere Fische herausgeholt. Fette, weiße Kreaturen ohne Augen, die aber gut schmecken. Eine Überraschung: Wir kamen an das Ufer eines Sees, der von dem geisterhaft grünen Licht, das hier stark leuchtet, recht gut erhellt wird. Das Auge gewöhnt sich an das Licht, wir können nun ohne Lampen weitergehen.

Irgendwann an einem unbekannten, historischen Tag:

Es ist soweit: Wir sind in die Geschichte eingetreten. Diese Stunde an einem Tag, dessen Datum ich nicht kenne, im Oktober 1905, wird dereinst zu den größten Stunden der Archäologie, ja der menschlichen Kulturgeschichte gezählt werden. Vielleicht war sie so bedeutend wie diejenige, in der Heinrich Schliemann auf den Schatz des Priamus stieß. Doch ich will eines nach dem anderen überliefern: Wir drangen am Ufer des Sees immer tiefer in die Höhle vor, als wir plötzlich auf gewaltige Steinquader stießen, die vollkommen regelmäßig geformt waren, offenbar von Menschenhand. Doch waren sie von zyklopischen Ausmaßen und bildeten eine Art Mauer, die nach oben ins Dunkel ragte. Immerhin konnten wir dank der botanischen Fluoreszenz Erstaunliches ausmachen: Die Steine waren makellos bearbeitet und verfugt, wie durch Maschinen. Nach einer Weile endete die Mauer, und wir fanden uns auf einer breiten Straße wieder, die als Damm schnurgerade durch den See verlief. Wir folgten ihr, es wurde noch heller, das Grün ging in geisterhaftes Gelb über, und wir sahen vor uns die Stadt, eine ungeheuerliche Stadt: Auf einer Insel in dem See erhoben sich ungeheure Bauwerke, überwachsen mit Schlingpflanzen, aber doch deutlich sichtbar schimmernd im matten grünlich-gelben Glanz. Mauern aus zyklopischen Quadern, Tore und Säulen, mehrstöckige Säulengänge, teils eingestürzt und zerstört. Im Zentrum ragte eine gewaltige Stufenpyramide empor. Stumm vor Ehrfurcht und Staunen schritten wir auf der Prachtstraße in die Stadt hinein, als uns plötzlich ein Grausen durchfuhr: Zur Linken wie zur Rechten sahen wir schreckliche Figuren in langen Reihen stehen. Es waren starr aufgerichtete Skulpturen, aus schwarzem Granit gehauen, übermenschlich große Krieger mit Schrecken erregenden Gesichtern, Helmen und Waffen. Sie hatten weit aufgerissene, drohende Augen und lange Fangzähne in den fürchterlichen Mündern.

„Die dämonischen Wächter des Heiligtums", bemerkte Pauly kühl und präzise.

Wir schlugen unser Lager in einer Kammer unterhalb eines der Bauwerke auf. Nachdem wir sie gereinigt und ein Feuer entzündet hatten, ist unsere Unterkunft warm und, den Umständen entsprechend, fast gemütlich zu nennen.

Erste Erkundungen zeigen, dass es sich um eine Anlage auf einer Insel handelt, die sich etwa fünf Kilometer weit erstreckt. Aus vier Richtungen laufen breite Prachtstraßen auf die Pyramide zu, die neun gewaltige Stockwerke hat, die durch Treppen verbunden sind. Sie dürfte die größte Pyramide des amerikanischen Kontinents sein, so hoch wie die Cheops-Pyramide von Gizeh. Um sie herum stehen zahllose Gebäude; es wird Jahre dauern, bis sie im Einzelnen erforscht sind. Gewaltige Aufgaben harren der deutschen Wissenschaft, die dem Kaiser und dem Vaterlande zum Ruhme gereichen werden.

Überall sehe ich Wandmalereien in erstaunlich gutem Zustand, Reliefs und Figuren, teilweise vergoldet. Morgen werde ich die Pyramide ersteigen, zeichnen und genau erfassen. Pauly hat in der Tiefe eines Palastes Gräber mit gut erhaltenen Mumien gefunden. Möglicherweise sind es die Könige oder Priester dieser Stadt. Wie lange können wir noch bleiben? Immerhin haben wir Wasser und Nahrungsmittel.

Ich komme mit der Arbeit gut voran: Ich habe die Pyramide grob vermessen und bestiegen. Die farbigen Reliefs auf ihren Mauern zeigen wohl eine Art Geschichte ihrer Erbauer. Man sieht weiße, götterähnlichen Gestalten mit ovalen, leuchtenden Häuptern, die von Strahlenkränzen umgeben sind. Sie scheinen so etwas wie eine Rasse von Herrschern oder Göttern gewesen zu sein, denn sie gebieten über kleine braune Menschen, die sie im Bau von Tempeln, Städten, Schiffen und offenbar sogar von Luftschiffen unterweisen. Die Götter zeigen den Menschen auch, wie sie Pflanzen und Tiere züchten können. Auf allen Darstellungen ist ein Sternbild mit den Göttern verbunden: ein blutigrot leuchtender Stern und sein kleinerer Begleiter.

Hatten die uralten Mythen doch Recht? Waren wirklich einmal Götter von den Sternen zur Erde gekommen? Was ich hier sehe, übersteigt jedes Maß dessen, was ich beim spärlichen Feuerschein notieren kann. Dargestellt sind Sternbilder und astronomische Berechnungen, aus denen künftige Forscher wahrscheinlich genauere Zeitangaben entnehmen können, sowie epische Szenen von Kämpfen und Kriegen. Ich sah gigantische Echsen mit Flügeln, teils fliegend, teils aufrecht laufend, denen menschliche Heere folgten. Sie kämpften gegen die weißen Götter, die ebenfalls unterstützt wurden von menschlichen Kriegern. Offenbar gelang es dem weißen Heer, die Giganten zu besiegen. Dann kam eine Flut, und Länder und Städte versanken im Meer. Einige Menschen konnten sich retten und erbauten diese Stadt.

Der Stil der Bauwerke, der Malerei und der gesamten Anlage mutet außerordentlich fremdartig an, wie von Dämonen erdacht. In den Proportionen und Formen, die sich in extremer Geometrie, in unregelmäßigen Rundungen, in einem grotesken organischen, teils wollüstigen, teils Ekel erregend wuchernden Stil zeigen, liegt etwas Pflanzliches, Monströses, mit keinem menschlichen Stil vergleichbares. Es ist der Stil einer verschollenen außermenschlichen Rasse, ein titanenhaftes Barock. Einen schwachen Widerschein davon könnte man in den kryptischen Glyphen der Schrift der Maya von Yucatan erblicken. Von einigen Szenen und Figuren habe ich skizzenhafte Zeichnungen anfertigen können.

(Hier waren Skizzen und Zeichnungen eingefügt, die von sauberer Akkuratesse, ja ästhetischer Schönheit waren. Besonders faszinierte mich die Darstellung eines geflügelten Wesens, halb Echse mit langem zahnbewehrtem Maul und schuppiger Haut, aber mit einem insektenartig gepanzerten Körper, das aufrecht stand. Es trug einen Helm und sah den Betrachter frontal mit brennendem Blick an. Andere Zeichnungen waren Skizzen architektonischer Strukturen, mächtiger Säulenlabyrinthe und gigantischer Steinmauern mit Toren, die flankiert waren von geflügelten Dämonen.)

Wie viel Zeit bleibt uns noch? Obwohl wir jedes Zeitgefühl verloren haben, schätze ich, dass wir mittlerweile etwa acht Tage hier unten sind. Ich arbeite weiter an der Pyramide, Pauly an seinen Mumien. Es muss sich um die Gräber mächtiger Könige handeln. Die Körper sind fast erschreckend gut erhalten: Heute zeigte er mir einen Toten, der eine Schädelform aufweist, die beim rezenten Typus so nicht vorkommt: Der Schädel ist eindeutig höher und schlanker nach hinten gewölbt, der ganze Schädelbau scheint anders zu sein. In der Schädeldecke ist ein Rechteck ausgeschnitten, in dem ein Gegenstand steckt, der aus Kristall besteht. Heftiger Streit mit Dr. Pauly: Er nimmt die Ringe und Schmuckstücke der Königsmumien – unter ihnen wohl auch weibliche – einfach an sich, ohne jede wissenschaftliche Dokumentation; auch bricht er die Kristalle aus den Schädeln. Für ihn ist der materielle Wert das Wichtigste. Zugegeben, wir wollen und müssen Beweise mitnehmen; trotzdem zerstört er später nicht mehr rekonstruierbare Zusammenhänge von unschätzbarem wissenschaftlichem Wert.

Phantastische Entdeckung – und zugleich Schrecken erregend: Am Rande der Stadt befindet sich ein großes ebenes Feld, eingerahmt von vier kleineren Pyramiden. Auf diesem Feld fanden wir verstreut insgesamt vier Fahrzeuge aus einem unbekannten festen Metall, teils umgestürzt, teils aufrecht stehend, einige von ihnen an der Seite aufgerissen und wie durch Explosionen zerstört. Hier ist mit Feuerwaffen gekämpft worden! Die Fahrzeuge erinnern an Luftschiffe, die oval und glatt sind, aber keine erkennbaren Steuerruder haben. Der obere Teil ist erhaben und enthält die Brücke, auf der wir Entsetzliches sahen: Offenbar saßen noch „Steuerleute" oder „Offiziere" schwarz verbrannt und mumifiziert in ihren Sitzen, das Steuer noch fest in den – ich muss wohl sagen: Klauen. Denn eine Ähnlichkeit mit menschlichen Wesen konnten wir bei diesen dämonischen Ausgeburten wahrhaftig nicht feststellen. Was von ihnen noch erkennbar war, das waren lange Vogelköpfe mit schrecklichen haifischartigen Zähnen, ähnlich einigen der neuerdings entdeckten vorzeitlichen Saurier-Echsen. Aber sie trugen Helme! Weiter hatten sie lange Gliedmaßen, Arme wie Beine, die in messerscharfe Klauen ausliefen. Diese Wesen waren größer als Menschen, und ihre Körper wirkten wie die von riesenhaften Vögeln oder Echsen. Ihr Anblick war so grauenhaft, dass wir die Szenerie schnell wieder verließen, geschüttelt von Ekel vor diesen widergöttlichen, ja teuflisch zu nennenden Kreaturen. Erklärungen hierfür gibt es bisher nicht.

Heute ein weiterer sensationeller Fund: In einem kreisrunden Bauwerk, eingelassen im Steinboden, stieß ich auf einen kunstvoll bearbeiteten Stein von etwa drei Metern Durchmesser aus einem extrem beständigen, mir unbekannten Quarzgestein. Er zeigt ein kompliziertes System von Kreisen und Zeichen, das wohl einen Kalender darstellt. Am äußeren Rand sah ich eine Einteilung von 180 mal 20 Graden, also insgesamt 3600 Abschnitte. Innerhalb eines Kreises im Inneren stehen drei Sonnen in einem Dreieck. Ich vermute, es handelt sich um einen Kalenderstein, der die Umläufe uns unbekannter Sterne synchronisiert. All dies wird Generationen von Forschern beschäftigen. Ich frage mich, ob diese Stadt schon immer unter der Erde lag und wie sie einst zugänglich war, oder ob sie durch gewaltige Verschiebungen in der Erdkruste so tief abgesunken ist. Vielleicht war sie eine unterirdische Festung, die durch Schächte betretbar gewesen ist, die heute vom Urwald überwachsen sind.

Pauly wird immer seltsamer. Es ist auffallend, dass er kaum noch spricht; er hat sich in ein Quartier in einem anderen Teil der Stadt zurückgezogen. Er scheint auf Schatzsuche zu sein; das einzige, was ihn interessiert, sind Gold und die unschätzbaren Schmuckstücke. Pauly spricht laut mit sich selbst oder mit irgendetwas, manchmal lacht er so laut, dass es durch die Ruinen hallt, und er betet die halbe Nacht. Ich habe mich in einem Erker verbarrikadiert und lege mein Gewehr nicht mehr aus der Hand.

Pauly ist vollkommen irrsinnig geworden! Als ich meinen Erker verließ, um die Lage zu erkunden, und mich in einer dunklen Galerie langsam seinem Lager näherte, sprang er mich plötzlich von der Seite an und schwang eine Machete. Zu meinem Glück schlug er nicht zu, sondern lief davon, unverständliche, fast unmenschliche, ja vogelartige Schreie ausstoßend. Was auch immer Pauly hier anstellt, mit Wissenschaft hat das nichts mehr zu tun. Ich weiß nicht, wie ich ihm noch helfen könnte. Gott sei ihm gnädig! Ich werde noch heute den Rückweg antreten!

Lazaro und die Lehren des Waldes

Bericht von Madrinha Lucia, Belo Horizonte 1932

Um 1906 tauchte ein Weißer im Regenwald auf, den die Indios und Mestizen Lazaro nannten, da sie annahmen, er sei wie Lazarus von den Toten auferstanden. Sie glaubten nämlich, er sei einer der beiden Forscher gewesen, die etwa ein Jahr zuvor in das verfluchte Labyrinth der Geisterstadt hinab gestiegen waren und von denen nur einer zurückgekehrt war, abgemagert, bleich und halb wahnsinnig. Dieser Europäer war längst nach Hause zurückgekehrt, als eines Tages auch der zweite Mann auftauchte. Emilio und Pablito, die die beiden Forscher damals begleitet hatten, schworen, dass er der andere Forscher namens Doktor Pauly war. Doch hatte er sich vollkommen verändert und konnte sich an nichts mehr erinnern. Jedenfalls sprach er nie über die Stadt der Geister, und niemand wagte, ihn danach zu fragen.

Der Mann blieb bei den Bewohnern des Dschungels und lebte noch viele Jahre unter ihnen. Bei den Indios trank er den Vinho der Geister und lernte alles über den Wald und seine Bewohner, über die Pflanzen und Tiere, die Flüsse und heiligen Orte. Später wurde er der spirituelle Führer der Indios und Mestizen nah und fern. Er behauptete, die Geister der ersten Inkas sprächen zu ihm und lehrten ihn alles über die drei Welten und wie man sich in ihnen bewege. Vor allem teilten sie ihm Hunderte von Liedern mit, die bald überall zu den Zeremonien gesungen wurden. Lazaro wurde berühmt als Meister und Heiler, und bald kamen auch Menschen von jenseits des Waldes, um ihn zu sehen und seinen Liedern zu lauschen. Erst waren es einfache Gummizapfer und Goldsucher, später kamen auch Studenten und Wissenschaftler aus fernen Städten. Lazaro weihte sie alle ein in die Lehren des Waldes, trank mit ihnen den Vinho und sang dazu die Lieder. Viele kamen wieder und wurden seine ersten Anhänger.

Lazaro war es, der in Amazonien den Kult des Daime (Gabe) begründete. Die Indios verehrten ihn als Heiligen und behaupteten, er sei gestorben, in die Unterwelt hinab gestiegen und von Engeln oder guten Geistern in die Welt zurückgebracht worden. Später taufte Lazaro die Amazonier mit Flusswasser und wurde deshalb auch als Inkarnation Johannes' des Täufers angesehen.

Wenn Lazaro und seine Anhänger den Vinho tranken, flogen sie über die Wälder, folgten dem großen Fluss und kamen auch in die Städte. Sie lernten, ihre Körper zu verlassen und zu ihnen zurück zu kehren, sie waren sterblich und unsterblich zugleich. Aber viel mehr gefiel es ihnen, in die Welt der Geister zu reisen, die sie ‚Astral‘ nannten. Hier gab es Länder und herrliche Städte ohne Zahl. Von dort schauten sie auch in die Vergangenheit und in die Zukunft.

Als Lazaro alt wurde, fastete er vierzig Tage und trank täglich den Vinho der Toten, der sein einziges Nahrungsmittel wurde. Von seinem Körper ging ein bläuliches Schimmern aus, und er wurde undeutlich in den Konturen. Wenn man ihn ansah, glaubte man, ihn zu sehen und auch nicht zu sehen. Er sang Hymnen und Lieder, er sprach auch zu seinen Schülern, dabei blieb er fröhlich und lachte viel. Eines Nachts – viele waren dabei – wurde er immer durchsichtiger, das blaue Licht hüllte ihn ganz ein, legte sich wie ein flüssiger Nebel um ihn, und er entschwand langsam den Blicken seiner Freunde. Er hatte wahrgemacht, wovon er immer gesprochen hatte:

„Ich werde gehen und meinen Körper mitnehmen. Von mir wird nichts bleiben als ein Rauch."

Er hinterließ eine Prophezeiung, die er seinem Lieblingsschüler Isidoro, meinem Großvater, dem Padrinho, anvertraute, bevor er ging. Er bestimmte auch, dass Frauen ebensogut wie Männer die spirituelle Linie weiterführen könnten. Als mein Großvater Isidoro alt wurde, ernannte er mich, Lucia, zu seiner Nachfolgerin und verkündete mir Lazaros letzte Prophezeiung:

„Die Kinder des Waldes werden in die Länder der Welt hinausziehen. Sie werden allen Menschen den Trank der Seelen reichen, und in vielen Städten wird man die Hymnen singen. Dann werden andere Menschen kommen und den Wald verbrennen. Der Wald wird immer kleiner werden, bis er fast verschwunden ist. Die Königin des Pflanzenreiches wird unendlich traurig sein, und die Völker des Waldes werden eine schwere Zeit erleben. Wo einmal große herrliche Bäume standen, wo der Tukan rief und die Delphine in den Flüssen spielten, wird ein endloses grünes Grasland sein, umzäunt und bewacht von bewaffneten Männern. Zuerst wird der Jaguargeist zornig werden, und er wird die Menschen dazu bringen, sich grundlos gegenseitig zu töten. Überall wo sie sind, werden sie sich töten. Die Große Anaconda wird sehr zornig sein und sich wild in ihrem Flussbett aufbäumen. Sie wird mit ihrem Leib die ganze Erde umschlingen und voller Zorn versuchen, sie zu zerdrücken. Es werden Fluten kommen, die Meere werden über die Ufer treten, viele Länder und Städte der Menschen werden in der Tiefe versinken. Die Große Anaconda wird sich zornig unter der Erde bewegen, und die Länder werden schwanken wie Boote auf einem stürmischen Wasser. Auch die Sonne wird ihren Lauf verändern. Hier bei uns wird wieder ein neuer Wald wachsen, aber er wird anders aussehen. Dadurch wird die Königin des Pflanzenreiches zufriedengestellt, und sie wird zusammen mit der Großen Anaconda zum Himmelskönig gehen und um Gnade für die Menschen bitten. Der Himmelskönig wird seine Abgesandten, die weißen Götter, zur Erde schicken, und ein neues Zeitalter des Menschen wird beginnen. Auch die Bewohner des Himmels und der himmlischen Städte werden Freundschaft schließen mit den Menschen. Maria, Jesus und die Heiligen werden lächeln, und die Könige aus Afrika werden zu frommen Christen. Johannes und Lazarus kommen auf die Erde und verkünden das Dritte Testament. Es handelt vom Ende der Zeiten und der Auferstehung der Toten. Die Völker des Waldes werden in den Wald zurückkehren. Ob das aber auf dieser Welt sein wird oder auf einer anderen, weiß ich noch nicht."

In Lazaros Nachlass wurden – ebenfalls viele Jahre später – einige Seiten mit fast unleserlichen Aufzeichnungen gefunden, die mein Großvater mir übergab. Sie waren in deutscher Sprache verfasst. Ein Freund übersetzte sie für uns:

Höhle von Manoa, irgendwann im Oktober 1905:

Lidenbrock ist verschwunden. Er scheint zurück an die Oberfläche geflohen zu sein. Ich bin geblieben. Habe nun starke Halluzinationen. Liegt es an der Dunkelheit, am Schlafmangel oder am Hunger? Ich sehe immer öfter hell schimmernde Gestalten, die hoch oben auf den Pyramiden stehen und mich unverwandt anschauen. Manchmal höre ich Stimmen und Musik, Tier- und Vogellaute wie im Urwald.

Jetzt weiß ich alles! Sie haben zu mir gesprochen, die Erbauer dieser Stadt! Ich war nicht mehr Herr meiner Sinne und schleppte mich mit letzter Kraft in den kreisrunden Tempel mit dem Kalenderstein. Dort legte ich mich nieder und fiel sofort in einen tiefen narkotischen, ja kataleptischen Schlaf. Und dann geschah folgendes: Im Schlafzustand erwachte ich. Über mir war ein blendend helles Licht, wie ein Wirbel, der langsam herabkam und den ganzen Stein umgab. Dieser begann nun, sich langsam zu drehen, und bei jeder Drehung bewegte ich mich nach oben, als wenn ich die Schwerkraft verlöre. Ich schwebte also empor, und sah über mir ein Licht, das mich mit Wärme und großer Seligkeit erfüllte. Aus dem Licht kam eine Stimme, die zu mir sprach. Was sie sagte, vermag ich in irdischer Sprache nicht auszudrücken. Ich wurde weiter emporgehoben in das Licht und fühlte mich, als würde ich gleichzeitig aufsteigen und fallen, obwohl ich doch am selben Ort blieb. Die Stimme gab mir den Auftrag, zu den Menschen im Wald zurückzukehren. Dort würde mich eine neue Welt erwarten.

Ich fühle mich wie neu geboren! Meine Augen sind nun so scharf, dass ich im Dunkel sehe, als wäre es Tag. Ein Strom unbekannter Gefühle und neuer Gedanken durchströmt mich, Ideen, die ich erst langsam ordnen muss. Wer sind die leuchtenden Gestalten, die auf den Pyramiden stehen? Ich spüre, wie sie mich beobachten, mich lenken und mir Gedanken eingeben.

Heute vernahm ich endlich, wie sie mit unhörbaren Stimmen in meinem Geist zu mir sprachen. Sie sagen, sie seien die Erbauer dieser Stadt. Sie sagen mir auch, ich sei auserwählt, einen neuen Bund zu stiften, einen Bund zwischen ihnen und den Menschen. Sie wollen mir eine starke Medizin geben, die die Pforten der Zeit öffnet, so dass wir mit ihnen in Verbindung treten können. Es soll der Bund der Welten sein: der Unsterblichen, der Lebenden und der Toten. Sie scheinen viel älter zu sein als wir Menschen und von weit entfernten Sternen zu stammen. Sie waren in früher Zeit auf der Erde und sind unsichtbar immer bei uns."

DIE PSYCHONAUTEN

Nachdem Professor Lidenbrock also zurückgekehrt war und noch viele Versuche mit dem Telepathin unternahm und es in wissenschaftlichen Monographien vorstellte, wurde sein ehemaliger Kollege Pauly zum Schamanen und Propheten im Regenwald Brasiliens. Beide Männer hatten auf unterschiedliche Weise Bekanntschaft mit einer Kraft gemacht, die sie von Grund auf veränderte. Pauly – wenn der Prophet Lazaro denn wirklich Pauly gewesen ist – wurde zum eigentlichen Begründer der ersten sakralen Gemeinde der Ayahuasca-Trinker in Brasilien. Lidenbrock hingegen endete einsam und von der Fachwelt verfemt. Einen seiner Berichte will ich hier wiedergeben:

Vor den Pforten

Prof. Lidenbrocks Selbstversuch mit Telepathin, Berlin 1911*

„... ich kam in ganz eigenartige Raumverhältnisse. Ich sah an mir herunter, ich sah auch noch das Sofa, auf dem ich lag. Aber dann kam nichts, ein völlig leerer Raum. Ich war auf einsamer Insel, im Äther schwebend. Alle meine Körperteile unterlagen keinen Schweregesetzen. Jenseits des leeren Raumes – das Zimmer schien enträumlicht – erstanden die phantastischsten Gebilde vor meinen Augen. Ich wurde sehr aufgeregt, schwitzte etwas, fror wieder und musste unaufhörlich staunen. Endlose Gänge mit prunkvollen spitzen Bögen, farbenfrohen Arabesken, grotesken Verzierungen. Schön, erhaben und hinreißend durch ihre phantastische Pracht. Alles wechselte und wogte, baute auf, verfiel, entstand in Variationen wieder, schien bald nur eben, bald dreidimensional räumlich, bald in endloser Perspektive im All sich verlierend. Ich empfand mein körperliches Dasein nicht mehr; zunehmendes, sich unermesslich steigerndes Gefühl des sich Auflösens.

Eine große Spannung kam über mich. Es musste sich mir Grosses enthüllen. Ich würde das Wesen aller Dinge schauen, alle Probleme der Weltgeschichte würden sich enthüllen. Ich war entsinnlicht. Endlose Gänge im maurischen Stil, alles in fließender Bewegung, wechselten mit erstaunlichen Bildern merkwürdi-

---

*Auszug aus: *Phantastica* von Prof. Dr. L. Lewin, Berlin 1927.

ger Figuren. Ein Kreuzmuster war besonders häufig und in den mannigfaltigsten Variationen vertreten. Unaufhörlich quoll es aus den mittleren Kreuzlinien heraus, verlief schlängelnd und züngelnd, aber doch in strenger Linienform nach den Seiten. Auch Kristallbilder kamen wieder, immer rascher, immer wechselnder, immer bunter und leuchtender. Dann wurden die Bilder ruhiger, langsamer, und zwei ungeheure kosmische Bezirke schälten sich heraus, die durch eine Art Linie in einen oberen und einen unteren getrennt erschienen. Aus eigener Kraft prachtvoll leuchtend, erstrahlten sie im endlosen Raum. Aus ihrer Tiefe ergossen sich immer neue Strahlen, immer verklärtere Farben. Das waren für mich zwei Weltsysteme, beide gleich stark in ihrem Ausdruck, beide gleich differenziert in ihrem Aufbau, in ewigem Kampfe miteinander. Und alles Geschehen in ihnen war im ewigen Fluss. Anfangs rasend schnell, dann allmählich in einen getragenen Rhythmus übergehend. Ein zunehmendes Gefühl der Befreiung kam über mich. Hierin musste sich alles lösen, im Rhythmus lag letzten Endes das Weltgeschehen. Immer langsamer und feierlicher, zugleich aber auch immer eigenartiger, unbeschreiblicher wurde der Rhythmus; immer näher musste der Augenblick kommen, in dem die beiden polaren Systeme miteinander schwingen könnten, wo ihre Kerne sich zu einem gewaltigen Bau vereinigten. Dann sollte ich alles sehen können, dann waren meinem Erleben und Verstehen keine Schranken mehr gesetzt … Im Rhythmus lag das letzte Wesen aller Dinge, ihm war alles untergeordnet, der Rhythmus war für mich metaphysisches Ausdrucksmittel …

… und wieder kamen die Bilder, wieder die beiden Systeme, diesmal hörte ich aber zugleich mit ihrem Auftreten Musik. Von unendlicher Ferne kamen Töne, sphärischer Klang, langsam schwingend, gleichmäßig hoch und tief, und mit der Musik bewegte sich alles. Kristalle in magischem Glanze mit schillernden Facetten, abstrakte erkenntnistheoretische Einzelheiten erschienen hinter dunstigem feinem Schleier, den das Auge vergeblich ganz zu durchdringen suchte … Ich stand mitten im Weltgeschehen, im kosmischen Erleben kurz vor der Lösung. Aber die Unmöglichkeit des letzten Erfassens, dieses Versagen der Erkenntnis war verzweifelnd. Ich war müde und litt unter meinem Körper …"

Danach blätterte ich weiter bis zum nächsten Abschnitt des Buches, das die Aufzeichnungen und Berichte der späteren Psychonauten enthielt.

1991 – 2014: Die Öffnung der Pforten

Dieser Abschnitt umfasste Berichte aus der *Goldenen Zeit*, die auch in der Bewusstseinsforschung eine entscheidende Epoche gewesen ist. Zuerst eine Passage aus der Einleitung, die von Manuel Santos de Selva, genannt „El Capitan", selber stammte:

Terra Incognita

Einleitung des Herausgebers Capitan Manuel S. de S., Belo Horizonte 2054

Dies sind die Aufzeichnungen der Psychonauten, fortgeführt bis auf unsere Tage. Schon immer wussten Menschen in den unermesslichen Wäldern Amazoniens und auch an vielen anderen Orten der Welt, dass es noch andere Dimensionen neben unserer materiellen Welt gibt. Dieses heilige Wissen ist an sich so alt wie die Menschheit. Aber nie war es so zugänglich wie heute. In früheren Zeiten verzerrten, vernebelten und verfälschten es oft die großen Religionen und ersetzten echte Erfahrungen durch starre Dogmen.

Erst in unserer Zeit konnten Männer und Frauen mit modernen technologischen Mitteln und – wichtiger noch: mit aufgeklärtem Geist – selbst auf Reisen gehen, um die Welten des Geistes zu erforschen. Hierzu benutzten sie viele verschiedene Pflanzen, die den Menschen seit unvordenklichen Zeiten bekannt sind. Der Vinho negro, der schwarze Wein des Amazonas, hat eine dunkelbraune Farbe und wird aus der mächtigsten Pflanze der Erde gebraut: der Liane der Toten. Sie enthält das Molekül des Bewusstseins, das Tryptamin oder DMT, das die Pforten zum unermesslichen inneren Universum öffnet.

Früher konnten nur wenige Auserwählte in andere Dimensionen reisen, um zu heilen oder lebenswichtige Botschaften zu empfangen. Es waren die Schamanen, Propheten und Yogis der Vorzeit. Sehr selten kehrte ein Mensch aus dem Totenreich zurück und berichtete, was er gesehen hatte. Erst mit Hilfe des Vinho negro konnten die modernen Psychonauten beginnen, die nichtmateriellen Dimensionen methodisch zu erforschen, wobei sie sich fühlten wie Entdecker neuer Seewege oder wie neue Weltumsegler. Sie erkannten, dass unsere gewöhnliche Welt nur die materielle Oberfläche eines weit größeren Kontinuums ist, in dem andere Aggregatzustände herrschen. Einer davon ist das Plasma: flüssig, virtuell und anorganisch, aus feinster Substanz bestehend.

Die ersten Psychonauten erforschten zuerst das nahe Plasma, eine Welt der Schatten, die an unsere materielle Welt angrenzt. Diese Region, in der sich viele körperlose Wesen und ruhelose Geister befinden, nannte man früher den Hades. Andere entdeckten eine einsame, leere Zwischenwelt, die sie wegen eines seltsamen rötlichen Zwielichtes „die rote Wüste" nannten.

Eine zweite Generation von Psycho-Navigatoren ging unter unsäglichen psychischen und physischen Belastungen weiter und stellte fest, dass hinter dem Hades, dem dunklen Astral, hellere Regionen des Lichtes lagen. Sie entdeckten auch Abgründe, die sich auftaten und in Unterwelten führten, Bereiche der Dunkelheit voller Schrecken.

Also hatten die uralten Mythen der Menschheit doch recht gehabt? Gab es jenseits der Materie einen Limbus, Höllen und selige Länder?

Wir begriffen: Das Astral ist unendlich viel größer als unsere Welt. Und nicht nur größer, sondern auch älter als alles, was wir kennen. Es gibt dort nicht nur die Bereiche der Toten, der Geister oder verirrter Seelen, sondern viele Arten intelligenter Wesen und uralte Zivilisationen, die uns weit voraus sind. Alle diese Wesen stammen von physischen Planeten, so wie wir Menschen, aber sie wanderten schon vor Äonen ins Astral aus.

Am Anfang des einundzwanzigsten Jahrhunderts wurde der Vinho negro von wagemutigen Chemikern weiter entwickelt zu einem noch wirksameren Instrument der außerkörperlichen Reise. Sie veränderten das Molekül und schufen daraus eine Essenz, die sich selbständig in der DNS der Zellen als feste Schnittstelle zum Astral installierte. Sie nannten sie „Esencia de Soma", nach dem Göttertrank der Inder. Damit begann die dritte Epoche der Plasmaforschung. Von nun an konnten die Psychonauten sich zielgerichtet zwischen den Welten bewegen und lange Reisen in benachbarte Dimensionen unternehmen.

Es folgt eine Sammlung von Berichten, Mitteilungen, Protokollen und Briefen, die wir im Laufe vieler Jahrzehnte gesammelt haben. In den Wäldern Amazoniens, in den großen Metropolen der Americas, selbst in der Zeit der sozial-technokratischen Diktatur, der Wirren und Kriege in Europa, haben Pioniere und Forschungsreisende ihre wichtigsten Erfahrungen festgehalten. Viele sind inzwischen für immer auf die andere Seite gegangen, einige weilen noch unter uns, alle haben den Vinho oder das Soma getrunken.

Sie durchquerten den anderen, den größeren Okeanos, der unsere sichtbare Welt umgibt, und sie erreichten – oft unter Lebensgefahr – Länder, in denen die Gesetze unserer Welt keine Gültigkeit haben. Sie entdeckten herrliche und auch Schrecken erregende Welten und begegneten dort unvorstellbaren Wesen, wie sie sich keine menschliche Phantasie ausmalen kann. Aus ihren Berichten und Erfahrungen entstand im Laufe der Jahrzehnte eine Kosmographie der inneren Welt, ihrer Himmel und Höllen, Unterwelten, Traumwelten und Götterreiche.

Die neuen Kopernikaner

Eintrag von Cosmic Trigger, Big Sur, 23. Juli 1991

Vom Anbeginn der Zeiten gibt es im Gedächtnis der Menschheit Erinnerungen an eine andere, größere Wirklichkeit. Diese erstreckt sich jenseits der begrenzten Bühne, auf der wir das Schauspiel unseres kurzen Lebens erleben, jenseits von Raum und Zeit, wie wir sie kennen, jenseits von Geburt und Tod. Diese Wirklichkeit ist das Land, in das seit fünfzig Jahrtausenden die Schamanen reisen, gefolgt von Visionären und Mystikern späterer Zeiten.

Die Kontinente der Seele kennen wir nicht, denn sie liegen auf der uns abgewandten Seite der Welt. Aber sie sind deshalb nicht weniger real als unsere begrenzte Wirklichkeit. Früher kannten die Menschen viele Wege, um in die anderen Welten zu reisen, und Besucher von dort berührten hin und wieder unsere Sphäre. Aber der modernen Zivilisation ging dieses Wissen verloren – und die Welten der Antipoden versanken im Vergessen oder wurden verleugnet. Es gab dunkle Zeiten, in denen die Reisenden von herrschenden Priesterkasten mit dem Tode bestraft wurden.

Die Priester wurden entmachtet, und statt ihrer traten die so genannten fortschrittlichen Geister auf den Plan, die die Welt nichtsdestotrotz zur Scheibe erklärten und die Existenz anderer Dimensionen schlichtweg leugneten. So wurde die andere Seite zu einem Geheimnis, zur bloßen Erinnerung an eine verschollene Welt. Die Kraft, das Wissen und die Inspiration, die den Menschen aus ihr zugeflossen waren, wurden zu verbotenen und geheimen Schätzen. Und die Besucher von dort, Geister, Feen, Engel und andere Himmelsboten, wurden immer seltener gesehen. Diejenigen, die sie vertrieben haben, nennen wir die neuen Ptolemäer. Sie behaupten, die Welt sei flach, habe keine Rückseite und keine intelligenten Bewohner außer den Menschen, die die Krone der Schöpfung seien (ein kosmischer Witz, der in allen Welten für ewiges Lachen sorgt). Für die Ptolemäer sind Berichte und Legenden von anderen Wirklichkeiten bloßer Aberglaube oder krankhafte Einbildung. Für sie ist die Welt ein dumpf tickendes Uhrwerk des Zufalls, ohne Sinn, ohne Geist. Seit die Ptolemäer herrschen, ist die Welt arm und krank geworden. Technokraten und Politiker arbeiten weiter daran, das Leben auf der Erde zu zerstören. Nach den Tieren und Pflanzen, Meeren und Wäldern werden sie ihr Gemetzel fortsetzen am Menschen.

Wenn die modernen Ptolemäer die Welt flach machen, so sind es die berufenen Künstler und die Seher, die die Welt heilen können. Sie suchen nach den alten Pforten, sie wagen immer wieder den „Weg nach innen". Auch in unserem Jahrhundert hat es große Zukünftige gegeben, die die Reiche der Seele wiederentdeckten. Wagemutige Entdecker, Morgenlandfahrer, Psychonauten, die sie waren, segelten sie auf den Meeren des Geistes und entdeckten die Küstenlinien verschollener Kontinente, die sie einzeichneten in die Karten der Imagination. Einer von ihnen, Aldous Huxley, schrieb 1954 in „Himmel und Hölle":

„Wie der Erdball vor hundert Jahren, so hat unsere Psyche noch immer ihre dunkelsten Afrika, ihre noch nicht kartographierten Borneo und Amazonasbecken … Gleich der Giraffe und dem Schnabeltier sind die Wesen, die die fernen Zonen der Psyche bewohnen, äußerst unwahrscheinlich. Dennoch gibt es sie, sie sind Beobachtungstatsachen, und als solche können sie von niemandem unbeachtet gelassen werden, der ehrlich versucht, die Welt, in der wir leben, zu verstehen."

Ihnen folgten andere Reisende. Sie kehrten zurück mit phantastisch klingenden Geschichten. Nach ihren Berichten existiert eine unermessliche Welt, die größer und älter ist als unser kleines Welttheater. Sie erkannten: Das Universum hat jenseits von Raum und Zeit unendlich viele Dimensionen. Unsere Welt ist ein Tropfen im Ozean des Seins und unser Leben nur das Blinzeln eines Augenblicks. Und wir Menschen, sind wir nicht auch Bewohner einer größeren Wirklichkeit? Sind wir hier nicht nur Besucher, Schüler in einer kosmischen Schule? Aber wer sind dann unsere Lehrer?

Heute stehen wir an der Schwelle eines neuen Zeitalters der Entdeckungen. Wenn wir die Kraft des Bewusstseins weiter entwickeln, werden wir vielleicht schon bald fähig sein zu reisen, wohin wir wollen in der multidimensionalen Realität. Wir sind die neuen Kopernikaner, die Psychonauten und Navigatoren des Geistes, die die Segel setzen, um andere Meere zu befahren und ferne Ufer zu entdecken. Wir erobern das älteste Wissen der Menschheit zurück. Es ist vielleicht das einzige, was uns jetzt noch retten kann.

Entheogene Kultur

Essay von Silvio El Volador, Amsterdam 1999[*]

Der religiöse Gebrauch von Ayahuasca ist längst kein Phänomen mehr, das auf den amazonischen Regenwald beschränkt geblieben wäre. In fast allen urbanen Zentren Brasiliens gibt es Ayahuasca-Kultgruppen, die häufig ihre eigenen Pflanzungen von *Banisteriopsis caapi* und *Psychotria viridis* haben. Die Mitglieder sind keineswegs in erster Linie einfache Gummizapfer oder Indios, sondern westlich geprägte Menschen, häufig mit akademischer Ausbildung, die entsprechend ihrer Neigungen manchmal auch offen für eine Vielzahl anderer spiritueller Einflüsse sind. Das *New Age* ist natürlich auch in Brasilien angebrochen, und es scheint in den urbanen Zentren Brasiliens durchaus problemlos mit traditionell verwurzelten Neureligionen wie *Umbanda* oder *Santo Daime* zu verschmelzen. Gegenwärtig entfaltet sich der Prozess der Diffusion dieser Religionen aus den traditionellen Ursprungsgebieten nach Europa, in die USA und in andere Teile der Welt. Vielleicht kann unsere Kultur lernen, von dem spirituell-therapeutischen Potential von Entheogenen zu profitieren. Religion ist hier nicht mehr nur eine Frage des Glaubens, sondern eine der unmittelbaren Erfahrung. Ist es nicht das viel beschworene *Mysterium tremendum*, die Erfahrung einer beglückenden Existenz im Schoße eines wie auch immer gearteten Göttlichen, nach der sich viele Menschen heute sehnen?

Zu Beginn des dritten Jahrtausends nehmen Entheogene, nachdem sie als Teufelszeug, Halluzinogene, Psychotomimetika, gefährliche Drogen etc. missverstanden wurden, in der abendländischen Kultur zunehmend wieder ihren ursprünglichen Platz als Medien der Kommunikation mit den numinosen Bereichen der Wirklichkeit, als Mittler zwischen den Welten, ein. In den kom-

menden Jahren werden auch die Religionswissenschaft und andere akademi-
sche kulturwissenschaftliche Disziplinen langsam beginnen, die Relevanz dieser
transkulturellen Entwicklung für die religiöse Kultur in Europa wahrzunehmen.
Ayahuasca verspricht mitten in unserer säkularisierten Technologiegesellschaft
den Weg zum Palast des Geistes zu weisen und schließlich die Tore zu den
Sternen zu öffnen, zur verloren geglaubten Welt der Götter.

Das Molekül kommt in die Städte

Essay von Silvio El Volador, Amsterdam 2000[*]

Gelegentlich trifft man auf die Auffassung, Entheogene wie Ayahuasca hätten ihren Platz allein in der ihnen angestammten geographischen Umgebung,
innerhalb der sie traditionell umgebenden Vorstellungen und Praktiken. Sie
würden sich daher nicht für einen Export in andere kulturelle Milieus eignen.
Wir treffen jedoch längst auf eine völlig andere Realität, die Wirklichkeit ist
solchen Meinungen bereits entschlüpft. Schamanen aus Amazonien kommen
zu Besuchen nach Europa und in die USA. Bei einigen dieser Rituale steht
eine psychotherapeutische Orientierung im Vordergrund, die Sitzungen werden von Psycho- und/oder Physiotherapeuten organisiert.

Das Sakrament Ayahuasca hat den Regenwald hinter sich gelassen und
ist zu einem universalen Phänomen geworden. Hier befindet das Sakrament
sich einerseits im Prozess der Adaption an zeitgenössische Formen dessen, was
als New Age-Religion umschrieben werden kann, und andererseits findet sich
sein Gebrauch im Kontext einer Wiederbelebung/Anknüpfung an verloren
geglaubte, mystische Traditionen der Alten Welt. Diese Bewegung wird von
einigen ihrer Protagonisten bereits als „entheogene Reformation" bezeichnet.
Das Revival eines Interesses an psychotropen Pflanzen ist als eine Reaktion
auf die zunehmende Entfremdung zu deuten, die in unserer von industriellen
– über weite Strecken selbstzerstörerischen – Werten getragenen Gesellschaft
von vielen Menschen empfunden wird. Entheogene Religion, insbesondere
Ayahuasca-Riten, finden in einem Milieu statt, das an der Herstellung eines
ökologisch-globalen Bewusstseins der Allverbundenheit allen Lebens auf der
Erde interessiert ist. Ayahuasca fungiert dabei als Medium und Metapher für
ein Bewusstsein der drängenden Probleme, welche aus der nach wie vor massiv
betriebenen Zerstörung der letzten Regenwälder dieses Planeten erwachsen.

Das Multiversum

Eintrag von Accelerator, Genf 2001

Die kosmologische Physik sagt uns heute: Unsere Raumzeit ist eine Blase innerhalb eines unbegrenzten multidimensionalen Universums. Die Hülle dieser Blase bezeichnet die Physik als Membran. Nur an der Membran herrscht so starke Gravitation, dass es zu einer Verdichtung kommt, die wir als Materie bezeichnen. Was wir sehen, ist also das Innere unserer Raumzeit-Blase. In ihr sind durch Gravitation Galaxien und Galaxienhaufen entstanden. Wenn wir die Membran durchstoßen, gelangen wir in die Nicht-Raumzeit. Diese andere Seite der Membran nennen wir das Astral.

Wir stellten fest, dass die andere Seite des Kontinuums, das Astral, größer und dauernder ist, denn es gibt dort keinen Raum und keine Zeit in unserem Sinne. Dort leben Wesen nicht nur für einige Jahrzehnte in organischen, aus Atomen und Molekülen zusammengesetzten Körpern, sondern in Körpern aus Plasma, der feinsten Substanz des Universums. Und da das Plasma nicht zusammengesetzt ist, kann es sich auch nicht auflösen. Seine physikalische Struktur ist uns noch rätselhaft. Soviel wir wissen, besteht es nicht aus Teilchen, sondern aus Wellen. Das Astral ist eine Welt höherer Seinshaftigkeit und Dauer. Auch unser Universum des Werdens und Vergehens scheint letztlich aus Plasma zu bestehen, das jedoch geronnen und verhärtet, sozusagen gefroren ist. Es soll außer unserer noch viele andere Raumzeit-Blasen geben, vielleicht unbegrenzt viele. Ist das multidimensionale Universum aufgebaut wie eine russische Puppe, mit unendlich vielen Universen, die ineinander stecken? Menschliches Denken stößt hier an Grenzen, und auch die komplexesten Modelle der Physik können diese immer ungeheurer werdenden Vorstellungen vom Universum kaum noch erfassen.

Reisen im Plasma: Navigation im psychischen Ozean

Eintrag von Padrinho Flavio, Manaus 2002

Wir erkannten, dass es außer der physischen Materie eine andere Aggregatform gibt, aus der die geistige Sphäre besteht. Diese Substanz, die früher einmal von

Philosophen der ‚Äther' oder das ‚Fünfte Element' genannt wurde, bezeichnen wir als ‚Plasma', und die Welt, die aus dem Plasma besteht, als das ‚Astral'.

Das Plasma ist Substanz, und doch ist es nicht zusammengesetzt aus Teilchen, sondern besteht aus Energiefeldern. Im Plasma sind Raum, Zeit, Energie und Bewegung flüssig und formbar, veränderlich und umkehrbar. Es gibt keine lineare Abfolge wie in der physischen Welt, der Geist allein und seine Schwingungen und Frequenzen beherrschen und formen dieses Plasma. Daraus folgt, dass die Navigation im Astral eigenen Gesetzen unterliegt.

Auch wir Menschen sind eigentlich Energiefelder ohne Begrenzung. Im Plasma bilden wir automatisch einen plastischen Körper aus, so wie wir im materiellen Universum einen materiellen Körper ausbilden. Der plastische Körper ist dauerhafter als der physische Körper. Er überdauert seinen Zerfall und kann nicht zerstört werden.

Der plastische Körper dehnt sich aus oder zieht sich zusammen, er wechselt seine Frequenz, indem er Energie aufnimmt. Wir bewegen uns im Plasma, indem wir uns ausdehnen. Raum ist dort wie ein leitendes Medium, unsere Frequenz steuert unsere Bewegungen. Im Astral erfahren wir den Raum als ausgedehnt oder als eng und eingeschränkt, je nach der Schwingung unseres Geistes. Auch die Zeit ist von der Frequenz unseres Geistes abhängig: Im Plasma nehmen wir sie als eine grenzenlose Gegenwart wahr, in der alles zugleich existiert. Wir bewegen uns in ihr wie in einem Raum. Bei Energiezufuhr dehnt sie sich aus, umfasst viele Momente, bei Energieverlust zieht sie sich zusammen auf einen einzigen Punkt.

Das dunkle und das helle Plasma

Eintrag von Don Tomas, Manaus 2003

Das Astral ist uneingeschränkt, aber begrenzt. Es liegt zwischen dem Universum der Atome und dem Universum des Lichtes. Es ist der Ort, wo beide sich durchdringen. Daher gibt es ein dunkles und ein helles Plasma.

Das dunkle Plasma umschließt die Erde wie eine Schmutzschicht und ist bevölkert von parasitären Wesen. Unsere Mission ist es, das dunkle Plasma zu durchdringen und Durchgänge und Wege zu finden. Das helle Plasma bildet das eigentliche Astral. Es ist unendlich und zeitlos, und es enthält unzählbare Regionen. Niemand kennt seine Ausdehnung, es formt sich ständig neu. Bewohnt von unendlich vielen Wesen, wird es seit Anfang der Schöpfung regiert und bewacht von unergründlicher Intelligenz.

Verglichen mit dem Astral sind die physischen Welten dünn besiedelte Randprovinzen. Viele Wege führen ins Astral hinein, doch nur wenige führen hinaus. Die meisten Wesen existieren für alle Zeiten im Astral, und alle kehren dorthin zurück. Es gibt nur zwei Wege, die aus dem Astral hinausführen: die Geburt in eine physische Welt oder die zweite Geburt – der Aufstieg in die formlosen Reiche des reinen Geistes.

Gefahren des Astral – Die Macht der Gedanken

Eintrag von Capitana Avedan, Goa 2003

Das Astral ist gefährlich, auch wenn man es gut kennt. Denn es ist eine Zwischenwelt, zu der das Göttliche genauso Zugang hat wie das Widergöttliche. Das Astral ist voller Wunder, aber auch voller Gefahren, besonders für den unerfahrenen Reisenden aus den physischen Bereichen. Da es keine materiellen Hindernisse gibt, kann jeder Gedanke, jedes starke Gefühl den Unwissenden in eine Umgebung schleudern, die seine Gedanken und Gefühle manifestiert. Der Psychonaut braucht eine Weile, bis er die Kontrolle über seine Impulse erlangt hat und die Fortbewegung im Astral beherrscht.

Wer beispielsweise an eine bestimmte Person denkt, wird sofort dieser Person gegenübertreten oder eine Botschaft von ihr empfangen. Im Astral gibt es keine Lügen. Alles Innere ist außen, alles Verborgene ist offenbar. So wird die innere Schönheit äußerlich dargestellt, und Untaten und Schande werden weithin sichtbar. Wer mit Furcht an ein bestimmtes Tier denkt, wird sofort viele dieser Art um sich herum sehen. Ich dachte an Schlangen, und sofort sah ich zwei riesige Schlangen vor mir. Als ich Angst vor ihnen bekam, gewannen sie Energie und erschienen immer größer und gefährlicher.

Ich versuchte, nicht mehr an Schlangen zu denken, und sie wurden noch gefährlicher. Endlich begriff ich, dass sie nur durch mein Denken existierten, und im gleichen Moment erstarrten sie und wurden zu farbigen, juwelenbesetzten Skulpturen, die eine Treppe links und rechts begrenzten, die aufwärts führte in eine helle Region.

Das Molekül des Bewusstseins

Bericht von Silver Surfer, Bremen 2006*

Vielleicht ist die Zirbeldrüse der Ort, an dem das Gehirn DMT synthetisiert, weil hier die höchste Konzentration der DMT-Vorläufersubstanz Serotonin vorliegt. Strassman war nach fast zwanzig Jahren, in denen die Forschung mit Halluzinogenen unterdrückt wurde, der erste Forscher in den USA, der die Erlaubnis zur Durchführung neuer Versuchsreihen mit DMT an der University of New Mexico erhielt. Die Versuche bestätigten erneut, dass die Phänomenologie der DMT-Wirkung einige hochinteressante Konstanten aufweist. Mehr noch als bei anderen Entheogenen treten regelmäßig Nahtoderfahrungen auf.

Weiterhin sind außerkörperliche Erfahrungen, sowie das Gefühl der Begegnung mit körperlosen Entitäten zentral. Hier wird die profunde Beziehung des DMT zu Erfahrungen deutlich, die das mechanistische Weltbild vor eklatante Herausforderungen stellt. Wir haben es offensichtlich mit einem Molekül zu tun, welches wiederholbar und konstant Begegnungen mit metaphysischen Erfahrungsdimensionen auslöst, die von den erlebenden Psychonauten als realitätsanalog und keineswegs als Halluzination gedeutet werden. Ich zitiere an dieser Stelle nochmals einige Erfahrungen mit DMT, damit dem Leser ermöglicht sei, einen Eindruck vom Tryptamin-Universum zu erlangen:

„Dieses Mal sah ich die ‚Elfen‘ als multidimensionale Kreaturen, die durch Strähnen sichtbar gewordener Sprache geformt waren. (…) Die Elfen ‚erzählten‘ mir (oder ich verstand es vielmehr so), dass ich sie bereits in der frühen Kindheit gesehen hatte. Erinnerungen der Elfen kehrten zurück, sie sahen noch genauso aus wie damals, (…) mir die sichtbare Sprache zeigend, aus der sie gemacht waren, mich lehrend zu sprechen und zu lesen.

Ich erfuhr die visuellen Halluzinationen als überwältigend, absolut erstaunlich, unbegreiflich und unglaublich. Ich konnte mich nur der Erfahrung überlassen, selbst daran erinnernd, dass ich überleben würde, und ich versuchte, mit dem Gefühl klarzukommen, dass was ich sah, komplett unmöglich war. Ich

---

* Zitate aus: Silvio Rohde: *Entheogene Religion*, Bremen 2001 fragte mich, ob es dies war, was Sterben bedeutet, und überzeugte mich mittels meines Atems, dass ich noch lebte. (…) An einem Punkt wurde ich plötzlich einiger Wesen gewahr, die schnell über mich flatterten. Sie erschienen als dunkle, stockförmige Wesen, deren Silhouette sich gegen einen sich schnell verändernden kaleidoskopischen Hintergrund abzeichnete. (…) Ich fühlte definitiv ihre Präsenz.

Es war, als ob dort fremde Wesen auf mich warteten, und ich erinnere mich, dass sie zu mir sprachen, als ob sie meine Ankunft bereits erwartet hätten. (…) Sofort vergaß ich, was ich gerade erlebt hatte. (…) Die Erinnerung kam erst zurück, als ich später am Abend den verbliebenen Rest in der Pfeife rauchte, nicht genug, um erneut durchzubrechen, jedoch genug, um mich zu erinnern. Ich sah eine große, extrem farbenvolle Oberfläche, wie eine Membran, die auf mich zu und von mir weg pulsierte. Ich erinnerte mich, dass ich dies auf früheren DMT-Reisen bereits gesehen, jedoch vergessen hatte. (…) Ich fühlte mich, als ob mir etwas gezeigt werden sollte, und ich versuchte, dies zu verstehen, aber ich konnte es nicht. Ich hörte auch Elfen-Sprache, aber sie war nicht bedeutungstragend für mich."

Wir begegnen hier wiederholt dem interessanten Phänomen der zustandsabhängigen Erinnerung. Die Psychonauten sind häufig nicht in der Lage, ihre Erlebnisse mit Hilfe erinnernder Imagination wiederzubeleben. Erst wenn die Erfahrung erneut gemacht wird, stellt sich möglicherweise die Erinnerung an vorhergehende Wahrnehmungen wieder ein. Anders als im Traum (es sei denn, er ist vom luziden Typus), machen die Erlebnisberichte jedoch deutlich, dass sich das erlebende Subjekt zum Zeitpunkt der entheogenen Erfahrung seiner selbst bewusst ist. DMT-Ekstase wird nicht als traumähnlich empfunden, sondern als realitätsähnlich.

Die Phänomenologie der Wirkung von DMT gleicht in einigen Punkten dem Motiv der schamanischen Reise, wenngleich zeitlich sehr stark gerafft. Das erlebende Subjekt bleibt sich seiner selbst voll bewusst. Ego-Auflösung im Sinne einer Auflösung der Subjekt-Objekt Beziehung findet nur in begrenztem Maße oder gar nicht statt. Das Individuum ist sich im Klaren, dass es Dinge und Entitäten sieht, die eigentlich nicht sichtbar sind, und dass ihm eine außergewöhnliche Erfahrung zuteil wird, die wie eine Einweihung in ein Mysterium erlebt wird.

Telepathin, Vinho, Esencia de Soma

Bericht von Vegetalista, San Diego 2011

Lange war es schwierig für uns, für längere Zeit im Astral zu verweilen. Immer waren wir auf den „Wein der Geister", das Ayahuasca, angewiesen, dessen Wirkung nach einigen Stunden nachließ und den anorganischen Astralkörper zurückkehren ließ zum physischen Körper. Aber einige kehrten nicht zurück. Sie lernten, ihren organischen Körper im anorganischen aufzulösen. Das heißt, sie wurden unsichtbar und verschwanden spurlos. Der erste, der dies tat, war Lazaro. Diese Kunst beherrschten in alten Zeiten die großen Eingeweihten und die erleuchteten Meister: sie nannten es Aufstieg, Entrückung. Wir suchten weiter nach den chemischen Auslösern. Wir erforschten ein spezifisches Molekül, das im Ayahuasca enthalten war. Wir nannten es das Molekül des Bewusstseins. Dieses Molekül, das DMT, konnte bald in reiner Form synthetisiert werden, aber es erlaubte nur sehr kurze Besuche in anderen Welten, zu kurz, um mehr Erfahrungen zu sammeln.

Erst als nach dem Jahr 2000 wagemutige Forscher das DMT weiterentwickelten, wurde daraus ein wirksames Instrument des außerkörperlichen Reisens. Die Substanz, die sie entwickelt hatten, nannten sie ‚Esencia de Soma'. Es ist ein Elixier, das nur einmal eingenommen werden muss, um sich in den DNS-Molekülen zu installieren. Es aktiviert Milliarden ungenutzter Daten der menschlichen DNS wie ein genetischer Schalter. Dieses Molekül lebt und benutzt die DNS als Wirtskörper, um sich fortzupflanzen.

Mit der Entdeckung der Esencia begann eine neue Epoche der Astralforschung. Von nun an konnten die Jenseitsfahrer sich viel schneller und zielgerichteter zwischen den Welten bewegen, sie konnten sogar auf kurze Distanzen durch das Astral springen, also unsichtbar werden und an anderem Ort wieder erscheinen.

Das Soma als Schlüssel

Aufzeichnung von Vegetalista, Santa Barbara 2012

Das Mysterium des Soma ist unergründlich. Es hat uns vieles offenbart, nicht aber seine Herkunft. Wir wissen inzwischen, dass es wie ein Schlüssel die Mengen von ungenutzten und dunklen Daten im DNS-Molekül öffnet. Es zeigt uns, dass unsere DNS die Übersetzung einer Sprache aus Lichtimpulsen in eine molekulare Sprache ist. Vielleicht liegt der Ursprung der Lichtsprache direkt in der Sonne, und die DNS stellt also so etwas wie eine Sprache der Sterne dar. Ist sie der Logos, das Wort Gottes?

Von den Wissenschaftlern des vorigen Jahrhunderts wurden neunzig Prozent unserer DNS-Sequenzen nicht verstanden und arrogant als „Junk-DNS" bezeichnet. Es handelt sich bei diesen Sequenzen in Wirklichkeit um Bibliotheken genetischer Information, die verschlossen auf die nächste Stufe der Evolution warten. Ist das Soma-Molekül der Schlüssel, der sie öffnet? Es scheint, dass es als Katalysator eines biochemischen Prozesses im Gehirn wirkt, der vielleicht sogar evolutionär angelegt ist. Obwohl der genaue Zusammenhang noch nicht erforscht ist, vermuten einige Wissenschaftler, dass dasselbe Molekül eine entscheidende Rolle im Prozess von Menschwerdung, Sprach- und Intelligenzentwicklung gespielt haben könnte. Es wäre möglich, dass es auch beim modernen Menschen Mutation und Evolution des Gehirns stimuliert. Fest steht bis heute: Nach erstmaliger Einnahme der katalytischen Substanz durchlebt der Proband eine Inkubationszeit von drei bis sechs Wochen, die mit psychischen Krisen oder kurzen Krankheiten einhergeht, die jedoch bald wieder verschwinden. Danach ist er oder sie vollkommen geheilt und behauptet, über neue geistige Fähigkeiten zu verfügen. Einige verfielen über Stunden in einen Zustand kataleptischer Starre und berichteten danach, ihr Geist sei in eine parallele Dimension gereist. Andere gaben auch an, in die nahe Zukunft sehen zu können.

Ist Soma ein Katalysator der ältesten Informationsträger im Universum, der DNS-Moleküle? Seit Äonen wandern sie von Planet zu Planet und erschaffen neues Leben. Sie sind in der Lage, Jahrhunderte lang im leeren Raum zu existieren und verlieren niemals ihre Struktur. Unter gegebenen Umständen (Wasser, Licht, Wärme) beginnen sich die Moleküle zu reproduzieren. Jedes einzelne von ihnen enthält das Programm einer kompletten planetaren Evolution. Und das Soma ist der Code, der Teile dieses Programms aktiviert. Wenn es mit einer DNS in Kontakt kommt, funktioniert es wie ein Programm, das Millionen von Informationen miteinander verbindet. Es löst eine Bewusstseinsevolution aus. Wenn Soma-Moleküle die DNS eines Menschen stimulieren, werden seine Zellen sich verjüngen, er wird langlebig werden, seine Intelligenz wird sich steigern, er wird geistige Fähigkeiten wie Telepathie und Präkognition entwickeln. Deshalb hieß das Soma auch Telepathin. Es erscheint uns in Visionen oft in Gestalt einer Schlange oder einer Zwillingsschlange. Deshalb nennen es die Amazonier ‚die Große Anaconda'.

Anaconda

Vision von Madrinha Lucia, Rio Negro 2013

Die Anaconda erschien mir: Sie reichte bis zum Himmel, ihr Leib verschwand hinter den Sternen. Sie sprach zu mir: „Du bist nur ein Staubkorn im Ozean des Lebens, ein Hauch im Wind, ein Glied der unendlichen Kette, die bis zu den Sternen reicht. Ich, die Große Anaconda, bin die älteste Lebensform im Universum. Seit Äonen wandere ich durch unermessliche Räume, ungezählte Jahre war ich in der Kälte des Raumes unterwegs, bis ich auf einen geeigneten Planeten traf. Dort begann ich mich zu reproduzieren und löste die Evolution des Lebens aus. In jeder Zelle jedes Lebewesens bin ich enthalten. Ich reiche von der Erde bis zur Sonne und zu allen anderen Sternen und enthalte Billionen von Zeichen, Bibliotheken der kosmischen Intelligenz; ich bin das Original von Myriaden von Kopien."

Ich fühlte, wie sie in jede einzelne meiner Zellen eindrang und mein gesamtes System durchforschte. Sie suchte nach Fehlern, regenerierte mein Gehirn und brachte meinen Geist zur vollen Funktion. Sie zeichnete mein physisches und psychisches Selbst auf, speicherte es und erschuf eine Kopie von mir in einer nichtphysischen Energieform, die mir wie ein geistiges Licht erschien, eine Matrix aus reiner Information. Und dann verstand ich: Es ist ein kosmisches Transportsystem. Diese Matrix kann als Welle an jeden beliebigen Ort im Universum gesendet und dort wieder inkarniert werden. So wie ein Fernsehbild als elektromagnetische Welle durch den Raum fließt und sich in einem physischen Gerät zum Bild materialisiert. Genau so funktioniert das Reisen im nichtphysischen Universum.

Das Fest „Mysterium Tremendum" 2014

Bericht von Night Shifter, Mato Grosso 2014

Alle Jenseitsfahrer kamen in die verschollene Stadt Manoa. Die Verbündeten hatten einigen Auserwählten mitgeteilt, dass am ersten November dieses Jahres eine Pforte zwischen den Welten offenstehen werde, die sich nur alle zweiundfünfzig Jahre öffne. Für wenige Stunden werde die physische Barriere fallen, und die Lebenden könnten die Toten besuchen, so wie die Toten die Lebenden. Besucher aus der anderen Welt würden kommen und ein besonderes Geschenk mitbringen: einen Kelch, gefüllt mit dem jenseitigen Soma, Amrita, der Essenz der Unsterblichen, die den sterblichen Körper in einen Plasmakörper verwandle. Wer davon tränke, könne in dieser einen Nacht hinübergehen, ohne zu sterben. Sein Körper werde sich verwandeln, und er würde entrückt, ohne eine Spur zu hinterlassen, so wie San Lazaro, unser Prophet und erster Padrinho.

In Manoa kamen Tausende zusammen. Zuerst erschienen die Bewohner der Wälder, die Stämme der Maxubi, Maricoxi, Suya, Kalapalo und viele mehr. Nach ihnen kamen die Amazonier aus den großem Metropolen sowie aus den Nachbarländern, aus Ecuador, Peru, Bolivien, Kolumbien. Kurz darauf trafen die Gringos ein, aus Kalifornien, Kanada, New York und vielen anderen Orten. Es kamen Amazonier aus Mexiko, Europa, Zauberpriester aus Westafrika und eine Delegation der Schamanen Sibiriens. Padrinho Sebastian II. begrüßte sie alle persönlich. Am Vorabend des ersten November wurden Feuer vor dem Eingang des Labirinto entzündet, und Tausende versammelten sich. Es wurde gesungen und getanzt, die heilige Stimmung steigerte sich immer mehr, bis mitten in der Nacht ein Leuchten im Inneren der Pyramide sichtbar wurde. Die Menge verstummte und sang die berühmten Hymnen der „Nova Anunciacao" wie „Luz dos Desincarnados" oder „Dama das Flores", „Navegando em Deos" und „Salve Rainha".

Da traten die ersten Gestalten aus den Toren. Sie waren fast durch-sichtig und materialisierten sich erst langsam. Sie leuchteten von innen. Als sie auf den Platz getreten waren, erleuchteten sie die Umgebung. Sie kamen in langen Reihen aus den dunklen Toren. Überirdisch schöne Gestalten, Frauen und Männer, in weißen Gewändern, farbigen Tuniken, angetan mit goldenen und silbernen Mänteln, Lanzen und Palmwedel in ihren Händen haltend. Andere trugen Geschenke und führten Tiere mit sich, goldglänzende Elefanten, Löwen, Jaguare, Bären, Adler und Wölfe. Die Tiere der Kraft. Die Sibirier fielen nieder, als sie den großen Bären sahen, der majestätisch vorüber schritt. Dann kam der Botschafter, ein edler Greis in einer Sänfte. Ihm voraus schritten zwei Frauen, die einen großen Kelch aus weißem Alabaster hielten. In der Mitte des Platzes war ein steinerner Tisch aufgebaut, auf den sie den Kelch niederstellten, in dem eine schimmernde Substanz opak leuchtete. Die Tierstimmen des Dschungels um uns herum verstummten. Die Sänfte wurde abgesetzt, und der Botschafter trat heraus, doch er berührte den Boden nicht. Er und die anderen Jenseitigen erschienen mir wie virtuelle Gestalten oder Hologramme. Trotzdem wirkten sie in Mimik, Gestik und Ausdruck wie echte Menschen. Sie lächelten, einige sprachen zu den Anwesenden, es gab auch Szenen des Wiedererkennens von lang Getrennten, die sich umarmten. Nun trat der Padrinho Sebastian vor den Botschafter und kniete nieder, um seinen Segen zu empfangen. Der Botschafter hob ihn auf, und gemeinsam schritten sie zu der steinernen Tafel. Sie schienen sich zu kennen, denn sie wechselten freundliche Worte. Der Padrinho wandte sich um und sprach zu der Menge:

„Wer heute die große Passage nehmen und hinübergehen will in die heiligen Städte, der trete heran und trinke vom jenseitigen Soma. Die, die trinken, werden entrückt werden ins Land des Lebens. Wir anderen bleiben hier und trinken den Vinho der Toten."

Nun formierte sich eine große Menge, die bis tief in den Wald reichte. Soviele wollen gehen, dachte ich. Ich sah viele junge Europäer in der Menge, die den Trank der Jenseitigen trinken wollten. Warum wollten sie die Welt verlassen? Ahnten sie, dass auf Europa dunkle Zeiten zukommen werden? Es gab eine geheime Prophezeiung, dass zur Zeit der nächsten Großen Passage, also in zweiundfünfzig Jahren, Europa nicht mehr existieren werde. Schon heute litten die jungen Menschen der südlichen Länder unter einer Hoffnungslosigkeit, die wahrscheinlich bald alle erreichen würde.

Nun sah ich, dass die, die das Amrita tranken, sich veränderten: Ihre Körper erglühten von innen, ihre Energiezentren wurden sichtbar wie leuchtende Räder. Energie pulsierte in ihnen wie ein Herzschlag oder Atem. Sie wurden leichter; manche von ihnen jubelten vor Glück, denn sie traten in die andere Sphäre ein. Sie begannen, mit den Jenseitigen zu sprechen, und vertieften sich in herzliche Gespräche; alle Scheu war von ihnen gewichen. Die Jenseitigen nahmen sie in ihre Mitte auf und begleiteten sie zu den Toren des Tempels. Ein letztes Winken, ein Abschied, und sie waren verschwunden. Von nun an würden sie in der anderen Welt sein, ohne zurückzukehren in unsere Welt des Leidens. Ich musste mehrmals den Impuls unterdrücken, mich auch einzureihen und ebenfalls hinüberzugehen. Ich wusste, erst in gut einem halben Jahrhundert würde diese Gelegenheit wiederkehren. Doch dann dachte ich an meine Familie und daran, dass ich noch viel zu tun hatte. Wer entrückt wurde, war frei; wir aber sollten die Freiheit hier verteidigen und Zeugen dieses großen Momentes sein.

2014 – 2025: Die Topographie des Astrals

Die Gestade des Hades

Bericht von Dante de Saxonia, Dresden 2015

Frühere Zeiten bezeichneten diesen Bereich auch als das Land der Nebel und der Feuchtigkeit, denn hier herrscht ein stetig dämmerndes Zwielicht. Nebel und Rauch begrenzen den Blick, Wasser und Flüsse behindern die Bewegung, Schwere und Dumpfheit ziehen zu Boden. Das Land der Nebel beginnt an den felsigen Ufern des Schwarzen Okeanos, in den die Ströme der Unterwelt münden.

An diesen Gestaden liegen die großen schwarzen Tore, durch die fast alle Wanderer in den Hades eintreten. Wer ins Astral reist, muss zuerst dieses Land durchqueren, was zu keiner Zeit einfach war. In dieser Grenzregion lauern Gefahren, Abgründe und Fallen, viele Unglückliche sind hier gefangen. Schon in alten Zeiten gelangten Reisende wie Odysseus oder Äneas an die Ufer des Hades. Dort liegen die Städte der ewigen Dämmerung, die von Blinden bewohnt sind, die nicht wissen, wer sie sind noch wo sie sich befinden. Schwermut und Trauer befallen hier fast jeden, und es bedarf der Kraft und des geistigen Lichtes, um sich zu entfernen. Auch heißt es das Land der Wünsche, denn in seinen dunklen Metropolen erfüllen sich alle niederen Wünsche und Begierden in quälender, endloser Wiederholung. Die Psychonauten durchqueren diese Regionen gewöhnlich sehr schnell.

Manche finden sich danach in einer endlosen Wüste wieder, die von rötlichem Zwielicht erhellt wird wie die Landschaft eines anderen Planeten. Am Horizont sieht man die Bergriesen des Weltgebirges, deren höchster, der Weltberg Meru, aufragt bis in den Weltraum. Er ist der Mittelpunkt der astralen Welt. Vor den Gebirgen liegt die Mareotis, der große Abgrund, ein Absturz in die Dunkelheit. Am fernen Horizont sind Licht-Erscheinungen, prismatische Bänder, Blitze und Entladungen zu sehen. Diese Landschaft ist voller Stille und verändert sich nie. Der Psychonaut darf dem Abgrund nicht zu nahe kommen, denn ein Sog geht von ihm aus. Mitten durch die Wüste fließt ein tiefblauer Strom in Richtung auf das Licht. Er soll im fernen Land Gondwana in den Silbernen Ozean münden.

Bericht eines Überlebenden

Von Padrinho Alcibiades, Mato Grosso 2017

Ich spreche nun über den Abgrund und über das, was darin ist. Wer es nicht ertragen kann, der soll hier nicht weiter lesen.

Ich steige langsam ab über die steilen Grate und Treppen. Die Schwerkraft nimmt zu, die Atmosphäre wird dichter und dunkler, undurchlässiger. Am Grund ist kaum noch Licht von oben zu sehen. Hier fließt ein dunkler dampfender Strom, der kochend heiß zu sein scheint. Ich durchschreite inmitten einer riesigen Menschenmenge die dunklen Tore, die ins Innere des Berges führen. Nach langer Wanderung komme ich in eine Stadt, die voller Lärm und Gestank ist. Hier sehe ich Bahnhöfe und Fabriken, rauchende Schlote, dampfende Abgründe. Feuer brennen überall. Züge fahren ab, ich weiß nicht wohin. Mit ihnen kommen Tausende von Toten. Ein Zug, überzogen mit einer Eisschicht, ist voller Soldaten.

Der Hafen liegt an einem kochend heißen Meer. Von den Kais fahren eiserne Schiffe ab, beladen mit toten Seelen. Tausende drängen an Bord, alle wollen weiter. Wohin? Ich frage vergeblich, alle schreien durcheinander, keiner hört mich. Mich überkommt Entsetzen. Ich werde geschoben und gestoßen und gerate auf eines der Schiffe. Es fährt über das brodelnde Meer, der Dampf wird immer dichter, die Hitze ist unerträglich.

Wir sind am anderen Ufer in einer weiteren Höllenstadt. In diesem Land scheint eine unbarmherzige Tyrannis zu herrschen. Lange Kolonnen marschieren durch die Straßen; sie tragen Fahnen, die einen schwarzen Skorpion auf rotem Grund zeigen. Riesige schwarze Käfer kriechen durch die Straßen, senken ihre Giftstachel den Ankommenden entgegen und markieren ihre Stirnen mit einem Zeichen. Hoch oben auf Dächern und Türmen lauern Flugechsen, blecken ihre Fangzähne und recken die grässlichen Krallen. Ich sehe Verhaftungen; Menschen, die das Zeichen nicht tragen, werden in verschiedene Richtungen davongetrieben. Ich fliehe von diesem schrecklichen Ort und komme auf eine gespenstische Ebene: Brände bis zum Horizont, Armeen von Toten und Skeletten, die in einem unablässig hin und her wogenden Krieg gegen riesige, schwarz gepanzerten Insekten kämpfen. Dazwischen widerwärtige Tiere: riesige Ratten, Hyänen, Spinnen und Raubvögel. Wenn die Krieger gefallen sind, erheben sie sich bald wieder, um unablässig weiter zu kämpfen. Ich erkenne die Banner mit den Skorpionen, außerdem rote Fahnen mit Sicheln und einem spinnenartigen Zeichen.

Ich nähere mich einer dunklen Stadt, umgeben von eisernen Mauern und Türmen. Sie liegt am Rande eines weiteren, noch tieferen Abgrundes, des tiefsten Höllenkreises. Die Stadt wirkt wie ein gigantisches Gefängnis, überall Gänge, Kerker und Verliese. Es ist unerträglich laut, und Schreie hallen durch die Dunkelheit. Im Zentrum steht eine zerfallene Kathedrale, die Residenz des Fürsten. Aus Lautsprechern dringt ständig infernalischer Lärm und blecherne Musik, überall ist Feuer und Rauch. Die Wesen hier sind betäubt, hypnotisiert; viele jubeln entfesselt im Massentaumel, während sie die letzten Reste ihres Bewusstseins verlieren. Ein riesenhafter schwarzer Käfer kriecht auf mich zu und richtet seinen giftigen Stachel auf mich. Da höre ich einen Ruf von weither und bin im selben Augenblick zurück in meinem Körper. Der kluge Padrinho Tomas hatte gesehen, wo ich war, und rief mich mit einem starken Zauber zurück. Denn ich bin nicht für die Hölle bestimmt, sondern im Auftrag der Heiligen unterwegs.

Gondwana

Fortsetzung der Beschreibung des Capitan Colon, Sevilla 2018

Jenseits der Klippen kam ich in das unermessliche Gondwana, das ‚Land der Seligen' genannt wird. Es ist ein Reich, an dem die Menschheit seit Jahrtausenden baut und in dem ein weiser Herrscher regieren soll. Alle Kulturen der Erde stehen mit diesem Heiligen Reich in Verbindung. Jede Kultur besitzt ihre Tore und Übergänge: Europa, Indien, Ägypten, die Inka, Maya und Tibeter. Alle bauten mit am Heiligen Reich. Es besteht aus den Schöpfungen der unzähligen Geister, die es seit Anbeginn der Zeiten bewohnen. Die Vielfalt, Farbe und Schönheit dieser Welt zu schildern, ist unmöglich. Länder und Städte, Flüsse und Meere, Inseln und Berge gibt es hier in solcher Fülle, wie sie auf keinem physischen Planeten jemals existiert hat. Jedes Wesen, ob menschlich oder nichtmenschlich, jedes Volk, jede Kultur hinterließ hier ihre Spuren; für alle bewussten und reinen Wesen der Welt liegt hier die wahre Heimat.

Wer könnte die blendende Pracht der herrlichen Städte beschreiben, wer die unendliche Vielfalt der Pflanzen und Tiere, der Gestalten und Bewohner? Das Heilige Reich hat keine äußeren Grenzen und wächst ständig weiter, denn seine Bewohner schaffen durch die Kraft ihres Geistes immer neue und noch schönere Stätten und Bezirke. Doch die Ausdehnung ist nicht von Belang, denn die Wesen bewegen sich hier mit der Macht und Geschwindigkeit ihrer Gedanken. Schwerelosigkeit ist hier so natürlich, dass die Menschen frei schweben und fliegen können, wie es ihnen beliebt. Im Heiligen Reich und selbst auf den unteren Planeten (wie man hier die materiellen Welten nennt) gibt es wohl niemanden, der nicht von der Hauptstadt gehört hätte, der alterslosen Ewigen Stadt Anthusa, die von Menschensöhnen und Engeln gemeinsam erbaut wurde.

Anthusa, die Ewige Stadt

Fortsetzung der Beschreibung des Capitan Colon, Sevilla 2018

Wo der blaue Strom Styx in den Silbernen Ozean mündet, liegt das ewige Anthusa, die herrlichste aller Städte von Gondwana und die Residenz des geheimnisvollen Königs Juramidam Polymorpheus, des Vielgestaltigen. Alle

Straßen des Reiches führen in diese Stadt, die immer angefüllt ist mit Pilgern. Ihre Türme sind Legende: Der höchste unter ihnen ist die große Zikkurat, deren Fundamente die Engel gelegt an der seitdem unzählige Generationen gebaut haben. Am Meeresufer steht der hohe Turm der Grünen Kathedrale, die ganz aus durchsichtigem Wasserstein erbaut und der Meeresgöttin Yemaya geweiht ist. Nicht weit vor der Stadt im Meer sah ich die Insel des Orakels, auf der sich ein zerfallener, halb vom Wasser bedeckter Tempel befindet. In ihm lebt und weissagt das Staatsorakel von Gondwana, eine Riesenechse mit goldenen Schuppen. Man kann sagen, dass Anthusa eine Stadt der tausend Türme ist, und den Bewohnern ist es die größte Freude, schwerelos vom einen zum anderen zu schweben. Auch die Gärten am Meer, die weißen Mauern der Zitadelle, die Universitäten und Museen der Stadt faszinieren die Besucher. Am Fluss und an den großen Straßen stehen überall Paläste mit Säulenhallen, Tempel und Stadien. Ihre Baustile sind so vielfältig wie ihre Bewohner, sie stammen aus allen Epochen und Kulturen der Erde. Die Stadt erstreckt sich von ihrem Zentrum aus sternförmig entlang breiter Avenuen in alle Himmelsrichtungen und ist aufgebaut wie ein großes Mandala. Ihr Plan repräsentiert den Aufbau der menschlichen Geschichte. Wie Jahresringe eines Baumes liegen die Epochenringe um ihr Zentrum, den Großen Turm.

Zwischen dem Turm und der Meeresküste liegt der innere Bezirk mit seinen Foren und Thermen. Dort sah ich Denkmäler, die mythische Kämpfe oder geistige Triumphe in wogenden Szenen darstellen. Im Turm selbst, der Hunderte von Stockwerken bis in den Himmel ragt, befindet sich die Academia mit ihren endlosen Säulenhallen. Dort besuchte ich die Bildersäle, Sammlungen holographischer Gemälde, die zu leben beginnen, wenn der Betrachter in sie eintritt. Außerdem sah ich den Eingang zu den kosmischen Archiven, in denen die Geschichte des Astrals und seiner Bewohner aus allen Zivilisationen aufbewahrt wird.

Die Legende vom Bund der Welten

Bericht von Sigismundus, Konstanz 2023

… Nun sprach man vom König des Heiligen Reiches. Einer seiner Vorgänger hatte vor vielen Jahrhunderten Boten zur Erde gesandt mit einem Brief an den Kaiser Manuel von Byzanz und den Papst in Rom. In diesem Brief stellte er sich als Priesterkönig Johannes vor und beschrieb ausführlich sein riesiges Reich und dessen Hauptstadt mit ihrer unermesslichen Schönheit. Und er versprach den bedrängten Christen Hilfe und Unterstützung in ihrem Kampf gegen die Mauren. Die Christen aber wussten nicht, wo das Reich des legendären Priesterkönigs liegen sollte. Sie suchten es überall im Orient und in Afrika, fanden es jedoch nirgends. Auf der Suche nach dem mächtigen König gelangten Expeditionen selbst bis zu den Mongolen und den Äthiopiern. Niemand verstand, dass jenes Reich nicht auf dieser Welt lag. Philosophen und Geographen erklärten dem Papst schließlich, das Reich des Johannes könne nicht auf dieser Erde liegen, sondern befände sich entweder auf einer anderen Erde oder in einem der sieben Himmel. Nun wurden begabte Männer ausgewählt, um es dort zu suchen. Von diesem Zeitpunkt an hörte man nichts mehr darüber, denn alle weiteren Unternehmungen blieben streng im Geheimen. Die Reisen in innere Räume waren riskant und konnten von der Inquisition schnell als Häresie angesehen werden. Eine Legende berichtet, dass später doch noch ein Bund zwischen dem Papst und dem Priesterkönig geschlossen wurde, ein ewiger Bund der Welten. Doch alles blieb so geheim, dass nicht ein schriftliches Dokument gefunden wurde. Vielleicht ruht tief in den Geheimarchiven des Vatikans ein versiegeltes Pergament mit dem Vertrag, das einmal auftauchen wird.

Heute wissen wir, dass damals tatsächlich ein geheimer Bund zwischen dem Heiligen Römischen Reich und dem Priesterkönig Johannes geschlossen und mit dem Heiligen Kelch besiegelt worden war. Dieser Kelch, das Geschenk des Priesterkönigs und Symbol des geheimen Bundes, wurde bekannt als der legendenumwobene Gral. Er erschien Lazaro als Vision mitten im brasilianischen Dschungel. Getragen von himmlischen Wesen, senkte sich der Kelch herab und Lazaro trank daraus. Darauf machte er seine erste kosmische Reise, die er später beschrieb: „Meine Reise zu den Himmelsstädten". In der schönsten der astralen Städte begegnete er schließlich einem König, der sich Juramidam nannte.

2025 – 2046: Kontakt mit den Anderen

Kosmische Kommunikation

Eintrag von Funkpilot, Hamburg um 2026

Der Geist besitzt die Fähigkeit der Telepathie, so wie wir Menschen die Sprache benutzen. Ich kam in Verbindung mit Wesen, die uns ähnlich sind, aber keine organischen Körper haben. Sie sind immer in unserer Nähe und seit den Anfängen der Menschheit unter vielen Namen, als Geister, Genien oder Engel, bekannt. Auf die Frage, wer sie seien, antworteten sie mit einem Lächeln und einer Geste, als seien sie alte Bekannte. Sie sagten, es gäbe eine Abmachung, einen Bund zwischen ihnen und uns. Ich war erstaunt, ihre unhörbaren Stimmen zu vernehmen. Sie sagten mir, es sei das einfachste und natürlichste Tun eines freien Geistes, mit anderen Geistern im Universum zu kommunizieren. Es sei – dabei durchsuchten sie mein Gehirn nach einem entsprechenden Bild – wie in einem unserer Telefon- oder Computernetzwerke. Die nichtorganischen Intelligenzen stünden in ständigem Kontakt miteinander, aber die physischen Wesen seien häufig durch Angst, Hass oder Leugnen blockiert. Sie erklärten mir, dass die nichtorganischen Wesen die voll entwickelte intelligente Spezies darstellten, zu der die organisch gestützten eine evolutionäre Vorstufe seien. Der Geist benutze physische Körper als Träger, bis er sich selbst kennengelernt habe. Er brauche dazu eine objektive Wirklichkeit und einen organischen Körper. Zum Zeitpunkt der geistigen Reife oder Befreiung öffne sich dieser Kokon und der frei bewegliche Geist ströme hinaus. Dann sei er in der Lage, Kontakt mit seinesgleichen aufzunehmen, und zwar über Signale, die wie das Licht alle Räume durcheilen.

Ich antwortete erstaunt: „Dann ist tatsächlich ein geistiges Leben ohne Körper möglich?" Die Antwort war große Heiterkeit; dann sagten sie: „Geistiges Leben ist immer ein Leben ohne physischen Körper. Das Gegenteil ist eine große Ausnahme."

Meine rätselhaften Gesprächspartner unterrichteten mich noch über die Topographie der geistigen Welt: Sie sagten, für uns sei die astrale Welt bedeutsam, eine Zwischenstation, ein Sektor der Begegnung und des Übergangs. Hier schafften sich die Geister, die ihre organischen Körper aufgegeben hätten, eine Welt, die derjenigen gleiche, die sie schon kennen. Geistige Wesen träten dort als Begleiter und Lehrer auf, ähnlich wie auf der Erde. Doch selbst all dies ist noch Illusion. Ich fragte die Anderen: „Wer seid ihr wirklich?" Sie antworteten: „Wir sind die unsichtbaren Lehrer in der Geschichte, die Geister der Vorzeit, Außerirdische – wenn du willst. All dies sind bloß unsere Masken, die wir euch zuliebe tragen."

Für mich steht fest: Sie sind sehr viele, und sie sind uns Äonen voraus. Wo sie herkommen, liegen die neuen Küsten und Meere, die goldenen Städte und gelobten Länder der Zukunft.

Die Anderen

Eintrag von Cosmic Baby, Amsterdam 2027

Die Psychonauten begannen zuerst, das nähere Astral zu erforschen, eine Welt der Schatten, die an unsere grenzt. Diese Region nannten sie den „unteren Hades". In ihm befinden sich viele verstorbene, körperlose Wesen, die dort warten, umherirren und ihren weiteren Weg nicht finden. Eine zweite Generation drang weiter vor und bekam Kontakt mit fremdartigen Intelligenzen. Wir nannten sie „die Anderen".

Sie erklärten mir, dass sie ursprünglich von physischen Planetensystemen stammten, so wie wir, aber irgendwann ihre Heimatwelten verlassen hätten. Sie sagten, dass sie schon vor sehr langer Zeit ins Astral ausgewandert seien, und erklärten mir, dass eine Spezies, die die physische Evolution auf einem Planeten vollendet habe, ihre Entwicklung im Astral fortsetze. Sie machten uns begreiflich, dass die kosmische Evolution aller intelligenten Spezies in diese Richtung weg vom Organischen verlaufen müsse. Die Larve durchbreche den harten Kokon und werde zum Schmetterling. Sie krieche fortan nicht mehr, sondern sie fliege.

Ich glaube, sie wollten uns nicht beleidigen, aber ich hatte den Eindruck, dass sie uns für nicht viel mehr als intelligente Tiere hielten. Aber immerhin erkannten sie an, dass wir bis zu ihnen vorgestoßen waren. Sie sagten, sie würden uns Wissen in der Geschwindigkeit vermitteln, die sie für angemessen hielten. Sie übertragen es in kompakten Datenpaketen, wie immaterielle Schriftrollen, die rasend schnell gespeichert werden und später abgerufen werden können. Kann es sein, dass sie sie in den scheinbar inaktiven Sequenzen unserer DNS speichern?

Wer sind die Anderen?

Eintrag von E. T. 101, Santa Fe 2027

Gibt es in den inneren Welten andere Wesen? Andere Spezies, die außerhalb unserer Raumzeit existieren? Wenn ja, verbergen sie sich geschickt hinter der Membran. Ihr Sein ist uns immer noch kaum begreiflich. Irgendwann werden sie sich vielleicht offenbaren. Was das für uns bedeuten würde, können wir heute noch kaum ermessen ...

Es scheint verschiedene Arten von ihnen zu geben, die wir unterscheiden können: Einige sind uns wohlgesonnen und scheinen Sympathie für uns zu haben. Sie sprechen mit uns und versuchen, uns etwas beizubringen. Sie sagen, sie hätten in früheren Epochen die Erde besucht und seien unsere Verbündeten. Einer anderen Spezies sind wir völlig gleichgültig. Für sie sind wir etwas Ähnliches wie Tiere; sie verachten uns. Wir sind ihnen lästig, aber manchmal untersuchen sie unsere Reaktionen, ohne mit uns Kontakt aufzunehmen. Die, die uns als Versuchskaninchen betrachten, kommen von sehr weit her. Sie haben eine kalte, insektenhafte Intelligenz, die absolut nicht menschlich ist. Gefühle sind ihnen fremd. Sie wirken weder gut noch böse, sondern wie elektronische Intelligenzen – vielleicht sind sie so etwas wie Maschinen? Außerdem scheint es noch eine dritte Art von Wesen zu geben, die von ozeanischen Planeten stammt und überhaupt keine Vorstellung von festen Formen hat.

Die Unsterblichen

Aufzeichnung von Gran Volador, Los Angeles 2028

(…) wir bekamen Kontakt mit Wesen, die sich selbst Unsterbliche nennen. Im Astral erschienen sie uns menschenähnlich, aber, wie sie betonten, sehen sie nicht immer so aus, sondern nehmen diese Form nur für uns an. Sie zeigten sich als weiß leuchtende, schmale Gestalten mit schlanken konischen Köpfen, die uns weit überragten. Ihre Augen waren leuchtend hell, ohne Pupillen, voll hypnotischer Kraft, die uns erstarren ließ. Sie hatten lange Gliedmaßen wie Arme und Beine. Sie sagten uns, dass sie vor langer Zeit die Erde besucht und auf ihr in prähistorischer Zeit Kolonien gegründet haben. Das Zentrum lag auf einer Insel im westlichen Ozean, die verschwunden sei. Sie erschienen den Menschen in verschiedenen Formen, als Götter, Engel, Devas, Elben. Die Menschen verehrten sie als „Weiße Götter", Unsterbliche, kosmische Ahnen. Für sie existiert keine Zeit, deshalb können sie auch Epochen besuchen, die für uns in der Vergangenheit oder der Zukunft liegen.

Krieg im Astral?

Eintrag von Padrinho Sebastian und Commander Loco, Phoenix 2029

Wir trafen die Unsterblichen in einem entfernten Bereich des hellen Astral, am anderen Ufer des Silbernen Ozeans. Wir schlossen einen feierlichen Vertrag mit ihnen: Sie schützen uns vor den dunklen Mächten im Astral und lehren uns alles, was wir wissen müssen auf unseren Reisen. Dafür unterstützen wir sie in einem Kampf mit einem mächtigen Feind. Offenbar herrscht im Astral Krieg zwischen ihnen und gewissen dunklen Mächten, und sie stehen mitten darin. Mehr wollten sie uns vorerst nicht darüber sagen, um uns nicht zu beunruhigen …

Gefährliche Wesen im Astral

Eintrag von Commander Loco, Los Angeles 2030

Die Unsterblichen existieren nun schon lange im hellen Plasma, im Licht. Sie warnten uns, dass wir uns nicht zu weit von Gondwana entfernen sollten, denn es gäbe unendlich große Regionen im Astral, aus denen wir niemals zurückkehren könnten. Sie sagen, dass es gefährliche Wesen im Astral gibt, titanische Mächte. Sie kommen aus der äußeren Finsternis. Sie besitzen Intelligenz, aber sie sind Parasiten, die sich von Licht ernähren. Ohne Kontakt zum Licht erstarren sie zu schwarzen Löchern. Sie hausen im Abgrund, aber immer wieder kommen sie empor und versuchen, Teile des Astrals zu erobern. Deshalb kam es vor Äonen zu einem Krieg im Himmel. Besonders begierig sind die Titanen auf die Herrschaft über materielle Welten, in die sie einzudringen versuchen, um junge Rassen wie die Menschen zu unterwerfen, die sie als Wirtskörper kolonisieren. Deshalb suchen sie nach Durchgängen und Toren zu unserer

Welt. Diese Tore zwischen den Dimensionen werden von den Wächtern oder Cherubim bewacht. Sie sind die Schützer der Erde, die sie wie Gärtner hüten. Wenn die Cherubim im Astral sichtbar werden, was selten genug geschieht, erscheinen sie als edelsteinbedeckte Engel.

Ein Planet, der verbrennt

Aufzeichnung von Desert Eagle, Chaco Canyon 2030

… auch wir nahmen Kontakt mit Wesen auf, die sich Unsterbliche nennen. Wir erfuhren von ihnen, dass sie ursprünglich von einem Planeten stammen, der nach kosmischen Maßstäben nicht allzu weit von der Erde entfernt liegt. Er ist älter und größer als unsere Welt und umkreist eine riesenhafte rote Sonne, die immer weiter wächst und ihn zu verschlingen droht. Sie mussten schon vor langer Zeit ihre Welt endgültig verlassen, da der Planet immer heißer wurde. Heute ist er nur mehr eine Wüste mit einer Atmosphäre voll heißer Gase. Eines Tages wird er in seine Sonne stürzen und in ihrem Feuer verdampfen. Deshalb suchten sie nach neuen Lebensräumen und kamen zur Erde. Sie waren es, die in der Vorzeit als außerirdische Besucher auf unserem Planeten erschienen. Sie gründeten Kolonien und wollten mit den primitiven Menschen gemeinsam eine neue Zivilisation aufbauen. Aber sie scheiterten aus irgendeinem Grund, über den sie nicht sprachen, und verließen die Erde wieder.

Die Reisen Sandor Csomas

Bericht von Sandor Csoma, Shigatse (Tibet) 2055

In den letzten Jahren reiste ich viel in Asien umher, auf der Suche nach der verschollenen Heimat meines Volkes, der Ungarn. Woher waren unsere Vorväter gekommen? Wer spricht noch unsere Sprache? Die Völker Europas sind wie große Familien, aber wir sind das einsamste Volk der Welt. Es gibt bei uns eine uralte Legende, die besagt, dass die Ungarn zurück zu ihren alten Siedlungsplätzen wandern werden, wenn Europa vergeht. Diese Zeit ist nun gekommen. Deshalb ziehe ich durch Asien, um eine zukünftige Heimat zu finden. Ich besuchte Samojeden, Burjäten und Giljaken am nördlichen Meer. Dann kam ich zu den Tungusen, Jakuten und Altaiern.

Weiter wanderte ich zum Baikalsee, durch die Mongolei und die große Wüste bis nach Tibet. Dort begegnete ich einem hohen Lama, der mir von einer großen Vision berichtete. Viele Mönche hatten immer wieder denselben Traum gehabt: Sie sahen, dass in der Zukunft eine große Flut kommen und ein neues Meer Asien von Europa trennen werde. Das Klima werde sich erwärmen und einstmals kalte Wüsten in blühende Gärten verwandeln. In den Bergen und Hochländern Asiens werde eine neue Zivilisation entstehen. Ihr Zentrum liege im Altai oder in Tibet. Menschen aus dem Westen werden kommen und dort einen Orden gründen, durch den die Geister und Verbündeten direkt zu den Menschen sprechen.

Doch vorher werden wir Hortobagyis altes Schloss Mondor in Transilvania restaurieren und zum Sammelpunkt der Schamanen des Westens machen.

Der Schamanenkönig von Sibirien

Bericht von Sandor Csoma, Republik Altai 2056

In Asien haben die Schamanen wieder die Praxis ihrer Vorfahren aufgenommen. Sie reisen in die Geisterreiche, um zu sehen und zu heilen. Uralte Linien von Schamanen im Altai, in der Mongolei, in Sibirien und in Korea werden in ihren Nachfahren wieder lebendig. Auch der Buddhismus in Tibet erwacht zu neuem Leben. Wir, die Psychonauten, reisen in all diese Gebiete und überzeugen die Führer der Schamanen, einen Geistesbund zu bilden, um unsere Welt zu verteidigen. Wir wissen, dass zwischen dem Altai und dem Himalaya die wichtigsten Pforten zum Astral liegen. Und diese Pforten müssen wir gut bewachen. Die Schamanen hier wissen erstaunlich viel über die Zukunft, etwa dass Zentralasien von kommenden Katastrophen unberührt bleiben wird.

In diesem Jahr versammelten sich endlich alle großen Schamanen und wählten einen der ihren zum König. Dies ist sehr ungewöhnlich, denn sie haben nie eine Hierarchie in irgendeiner Form akzeptiert. Wir brauchten lange, um ihnen klarzumachen, dass die Dinge nicht mehr so sind wie früher, als jeder Stamm für sich lebte. In den kommenden Zeiten müssen sich alle Heiler, Seher, Mönche und Propheten vereinigen zu einem großen Bund. In den Annalen der Zukunft steht geschrieben, dass in Zentralasien ein Geisterbund wachsen wird, der von den Karpaten bis zum Himalaya reicht und aus dem ein großer Orden hervorgehen soll.

Wir überzeugten sie, und sie wählten ihren König. Er ist der ärmste von ihnen allen und hat keinen Namen. Er lebt in einer Hütte in einem Bergwald hoch oben im Altai, die Menschen halten ihn für verrückt. Oft tritt er in Frauenkleidern auf, und wenn er in Trance fällt, spricht er in unbekannten Sprachen, oder er verschwindet in die Wälder und kehrt erst nach vielen Tagen zurück. Seine Schutzgeister sind so mächtig, dass er sich ohne Gefahr in allen oberen und unteren Regionen des Astrals bewegen kann, und er holt Verschollene und Verfluchte sogar aus der tiefsten Unterwelt zurück, heißt es. Im Altai sagt man, dass *der Namenlose* schon Tote wieder zum Leben erweckt habe. Er ist verheiratet mit einer Geisterfrau, deren Stimme man manchmal nachts hören kann, wenn man ihn besucht, und er spricht mit Wölfen, Bären und Adlern, als gehörten sie zu seiner Familie. Weil er mit allen Schamanen der nördlichen Regionen in geistiger Verbindung steht und diese ihn als den mächtigsten unter ihnen anerkennen, wählten sie ihn zu ihrem Führer.

Nacht der Toten

1. November 2066

Heute ist die Nacht von Allerheiligen, die Nacht der Toten. Alle Mitglieder des Bundes haben sich in den hell erleuchteten Sälen und Gemächern der Burg von Mondor versammelt. Unter ihnen sind Navigatoren der ersten Stunde und junge Amazonier. Sie kommen aus Hungaria und Russland, Sibirien, Asien und Brasilien, auch sind viele Flüchtlinge aus Austrasia unter ihnen. Viele sind jung, und alle sind getragen von einem starken Gefühl der Freude und Ehrfurcht. Seit Stunden trinken sie den Vinho, singen die Hymnen, die *hinos* und *icaros*, einige tanzen den in gemessenen Schritten den rituellen Tanz. Andere beten zu Heiligen oder Verbündeten. Der Capitan sagte zu mir, in dieser Nacht würden die Pforten allen offen stehen, die für immer auf die andere Seite hinübergehen wollen. Zoe und ich werden eine nicht zu große Dosis des Heiligen Trankes zu uns nehmen – gerade groß genug, dass wir die Pforten durchfliegen und später in unsere Körper zurückkehren können.

Die Mitternachtsstunde naht und die Atmosphäre ist aufgeladen mit magischer Kraft und Erwartung – alles scheint nun möglich. Der Capitan und alle anderen Mitglieder des Bundes bereiten sich auf das „Mysterium Tremendum" vor, das alle zweiundfünfzig Jahre stattfindet. Ich weiß darüber nicht viel, ich las nur im Logbuch der Psychonauten eine Beschreibung der letzten Zeremonie von 2014 in Brasilien, die mir allerdings sehr phantastisch erschien. Auch verstehe ich bisher nicht, was der Capitan meinte, als er zu mir sagte: Die Pforten öffnen sich und die Toten treten ein …

Ich habe schon etwas vom Vinho genossen, meine Wahrnehmung ist erweitert, Farben und Geräusche wirken intensiver, das Licht blendet hell, und die Malereien an den Wänden treten hervor und bekommen ein eigenes Leben. Alles beginnt zu pulsieren, die Luft und das Licht, der Raum, Decken und Wände. In meinem Kopf schwirren Gedanken und Gefühle wild durcheinander. Aber die einfachen und ruhigen Hymnen mit ihrem hypnotischen Rhythmus und ihren kreisenden Melodien beruhigen mich:

Hoch lebe unser Reich,
Das im Walde wohnt
Und der Menschheit
Die große Liebe zeigt,
Die immer bleibt.

Wer alles versteht,
Wird ankommen in Gott,
Wer in dieser Linie ist,
Wird die Lehren verstehen,
Die uns die Königin bringt.

Ich fühle, wie die starke und positive Kraft der Gemeinschaft mich trägt. Zu Zoe sage ich:

„Ich hoffe, dass die Reise gut verläuft – und wir heil zurückkehren."

„Mach dir keine Sorgen um die Dosierung des Vinho. Ich werde ihn ausschenken. In ungefähr zwölf Stunden sind wir wieder hier."

„Wir werden zusammen bleiben – oder? Was ist, wenn wir uns verlieren?"

„Wir werden uns finden. Ein Ruf genügt; im Astral gibt es keine Entfernungen. Erinnere Dich an das Logbuch des Bundes: Im Astral ist Raum nicht Distanz, sondern er leitet geistige Frequenzen. Und Liebe ist die stärkste Frequenz von allen."

„Gibt es Reisende, die nicht zurückkehren?"

„Diesmal ja. Sie nehmen die Große Passage."

„Heißt das, sie sterben? Was ist die große Passage?"

„Es ist eigentlich ein Geheimnis, aber du wirst es sowieso gleich erleben: Heute erwarten wir hier Besucher. Sie sind Besucher von der anderen Seite, die heute Nacht hier ankommen werden. Sie bringen den Heiligen Kelch des Bundes mit sich, der gefüllt ist mit dem jenseitigen Soma, genannt Amrita, der Essenz des Astrals. Damit werden wir den Bund der Welten bekräftigen. Jeder, der davon trinkt, wird in die Gemeinschaft der Toten aufgenommen, so wie einst Lazaro. Viele warten schon lange auf diese Nacht, und du hast das Glück, sie so schnell zu erleben." Sie lachte: „Beim nächsten Mal bist du achtundachtzig. Theoretisch hast du also noch eine zweite Chance!"

„Was meinst du mit ‚Besucher von der anderen Seite'?" fragte ich sie, während ich spürte, wie mich ein Schauder überlief und sich mein Magen zusammenkrampfte.

„Die Toten natürlich. Sie können nur in dieser einen Nacht herüberkommen. Und nur in dieser Nacht können sie uns mit sich nehmen. Das ist das Mysterium Tremendum: Alle, die heute in das Heilige Land gehen wollen, werden vom Amrita trinken und den Jenseitigen folgen. Sie sterben nicht, sondern sie werden entrückt. Keine Spur wird von ihnen bleiben, denn das Amrita verwandelt ihre organischen Körper."

„Wir warten auf die Toten?" Ich spürte eiskaltes Grauen.

Sie antwortete ruhig:

„Sie sind nicht tot, sondern eigentlich viel lebendiger als wir, denn sie leben ewig. Wir sind die Toten, denn wir leben in sterblichen Körpern, die wir ohnehin bald aufgeben müssen."

„Und die hinübergehen, werden dort ewig leben?"

„Ja, sie sterben nicht, denn ihre Körper verwandeln sich, wenn sie die Pforten durchschreiten. Sie vollziehen das, was man früher den Aufstieg nannte, die Aszension. Aber warte ab und sieh selbst …"

Wir wandelten durch den festlich erleuchteten Saal mit seinen phantastischen Wandmalereien. Sie waren verschieden von der klassischen Kunst im unteren Teil des Schlosses. Hier sah man exotische Landschaften mit Pyramiden, Tempeln und Türmen, über denen überirdisches goldenes Licht lag. Man sah Straßen, die gesäumt waren von Säulen und Obelisken und durch Landschaften mit riesenhaften Pflanzen bis zu einem strahlenden Licht in der Ferne führten. Oder Stadtmauern weißer Städte unter einem fernen goldenen Himmel. Immer glaubte man, aus einer Höhle hinauszublicken in eine strahlende äußere Welt des Lichtes.

Wir kamen zur Westseite des Saales mit einer Apsis, einer halbrunden Einbuchtung. In der Mitte stand ein Sockel aus rotem Porphyr. An den Seiten brannten große weiße Altarkerzen. Darüber öffnete sich ein Portal, das aus zwei steinernen Bäumen bestand, deren Kronen oben zusammenwuchsen. Aus dem Rankenwerk blickten Gesichter herab. Diese Apsis war in einem besonders real wirkenden illusionistischen Stil ausgemalt. Man schien in weite Ferne hinaus zu sehen. Ich trat näher heran und sah, dass das Wandgemälde den Ausblick auf ein schwarzes Meer oder einen Fluss zeigte. Eine schmale Brücke führte zum anderen Ufer, wo schattenhafte Felsen in den grauen Himmel ragten, an dem leuchtend hell drei Sterne standen. Im Hintergrund sah man ein Gebirge, über dem ein Licht leuchtete, als würde die Sonne aufgehen. Mir schien, als ob sich das Meer unendlich langsam bewegte – war es eine optische Täuschung? Aber spürte ich nicht einen kalten Lufthauch, der von dort herüber wehte? Ich dachte an die Vision meiner ersten Reise: Das Tor, das ich durchschritten hatte, bevor ich in die dunkle Hafenstadt eintrat. Wieso stellte ein Künstler diese Vision dar? Hatte er das gleich gesehen wie ich?

Zoe war verschwunden, und ich ging allein weiter und ließ mich vom Strom der Menschen treiben. Ich kam in andere Säle, in denen ausgelassen gefeiert wurde. Die Menschen hier kamen aus aller Herren Länder, viele waren aus Mexiko und Brasilien, ich hörte Spanisch und Portugiesisch. Die Räume waren mit bunten Skeletten und Schädeln dekoriert, wie es am Tag der Toten in Mexiko Brauch ist. Es gab musizierende und tanzende Skelette, Totenschädel, umrankt von Rosen, und sogar essbare aus Zuckerguss. Es wurde getrunken, und Musik hallte durch die Räume, in denen überall Kerzen brannten. Die Stimmung war fröhlich und ausgelassen, und doch lag etwas wie Ehrfurcht und Erwartung in der Luft. Es war ein mystischer Karneval.

Ich schlenderte weiter in einen anderen Teil des Schlosses und sah nun auch maskierte Gäste, zumeist in seltsam altmodischen Kostümen. Ein Skelett in Frack und Zylinder tanzte ein altmodisches Menuett mit einer Dame im weißen Ballkleid, die ebenfalls mit einem Totenkopf maskiert war. Ich fühlte mich unbehaglich, aber statt zurück in den Hauptsaal zu gehen, trat ich durch eine Seitentür und folgte einem Korridor, der in einen anderen Flügel führte. Nach einer Weile war ich ganz allein und hatte jede Orientierung verloren, wie es mir in diesem verrückten Haus schon öfter passiert war. Eine menschenleere Zimmerflucht tat sich vor mir auf. Ein unwirkliches blaues Dämmerlicht, dessen Herkunft ich nicht ausmachen konnte, lag in den Räumen, die mit altmodischen Tischen, Sesseln und Schränken aus edlem Holz möbliert waren. In Winkeln und Ecken standen kleine Altäre mit Götterstatuen, vor denen Lichter brannten. An den Wänden hingen fast blinde Spiegel und Gemälde aus verschiedenen Epochen: vornehme Damen, Fürsten, Geistliche, Heilige. Dann kam ich in ein Kabinett mit Porträts ernst blickender Männer. Sie sahen aus wie Freimaurer oder Rosenkreuzer, Mitglieder eines Geheimbundes. Auf den Bildern erkannte ich alchemistische Symbole. Von diesem Kabinett gingen mehrere Türen ab, und ich wusste nicht mehr wohin. Also ging ich geradeaus weiter in den nächsten Raum: Es war ein Arbeitszimmer, auf dem Schreibtisch stand ein alter Globus, und große Landkarten hingen an den Wänden. Im Halbdunkel nahm ich einen übergroßen Sessel aus schwarzem Holz wahr, dessen Beine wie Löwenfüße geformt waren. Schrecken durchfuhr mich, als ich sah, dass dort eine schweigende Gestalt saß. Es war ein Mann in einem altmodischen weinroten Samtrock mit goldenen Knöpfen. Er hatte schulterlanges, glattes schwarzes Haar, war schlank, und seine Haut war ledern und gefurcht wie die eines Leguans; dabei wirkte er alterslos. Um ihn leuchtete eine blassblaue Aura wie ein elektrisches Feld. Der Fremde starrte mich aus tief liegenden Augen an. Ich war erstarrt. Da sagte er mit einer dunklen Stimme, die etwas verschwommen klang, als sei die Frequenz nicht ganz richtig eingestellt:

„Ich grüße Sie, mein Herr, aber bitte kommen Sie nicht näher, denn wir befinden uns in verschiedenen Welten".

Ich fühlte eisige Kälte in mir aufsteigen, und mein Herz klopfte rasend schnell. Dann hörte ich mich fast mechanisch antworten:

„Entschuldigen Sie, ich glaubte, hier niemanden anzutreffen. Ich habe mich verlaufen und suche den Festsaal."

„Erlauben Sie, dass ich mich vorstelle. Ich bin der Erbauer dieses Hauses, Ladislaus von Hortobagyi. Ich lebe seit langer Zeit in weit entfernten Gegenden und bin heute nur zu Besuch hier. Jedes Mal, wenn ich nach Hause zurückkehre, sitze ich am liebsten hier in meinem früheren Arbeitskabinett auf meinem alten Sessel inmitten meiner Bücher und betrachte die Bilder der alten Freunde, mit denen zusammen ich die Felder der Geographie, der Physik und der Philosophie erforschte. Wie gefällt Ihnen im Übrigen mein bescheidenes Heim?"

Ein höfliches Lächeln huschte über sein Gesicht, das im Schatten kaum zu sehen war. Seine merkwürdig klaren und alterslosen Augen hatten eine hypnotische Kraft, die mich lähmte. Ich konnte seinem Blick nicht lange standhalten und blickte zur Seite. Da sah ich zu beiden Seiten des Sessels schemenhafte menschliche Umrisse auftauchen. Sie waren starr und materialisierten sich erst langsam. Nun erschienen zwei Gestalten: Die eine war ein älterer Mann in einem schwarzen Smoking, die andere eine junge Afrikanerin in einem bodenlangen weißen Kleid. Ihr weißer Turban und die langen vielfarbigen Ketten um ihren Hals deuteten an, dass sie eine Priesterin war. Als ihre Umrisse in der

Dämmerung deutlicher wurden, begannen sie sich zu bewegen. Mich überlief ein Schauder, während ich zusah. Der Graf sprach wieder:

„Darf ich Ihnen meine Gefährten vorstellen, die mit mir zusammen die lange Reise hierher unternahmen: Prinzessin Yaida aus altem nubischen Königsgeschlecht, die ich seinerzeit auf einem ägyptischen Sklavenmarkt freikaufte, und Mister Ludlow aus den Vereinigten Staaten, der dieses Haus vor einiger Zeit kaufte und bewohnte. Heute ist wieder einmal der Tag gekommen, an dem die Pforten zwischen unseren so verschiedenen Welten für einige Stunden offen stehen. Wir sind hier, weil wir uns das Fest der Passage oder des Mysteriums nicht entgehen lassen wollten."

Er stand auf und schritt zur Tür, gefolgt von den beiden anderen Gestalten. Er winkte mir mit der Hand und ging langsam voran. Ludlow sah mich etwas spöttisch an; Yaida, die nubische Schönheit, lächelte kokett. Wir schritten nun durch Zimmerfluchten, wobei ich allein meine Schritte auf dem Parkett hörte, als der Graf unvermittelt zu mir gewandt sagte:

„Ja, ganz recht, wir sind sogenannte Tote. Aber wir sind recht lebendig, wie Sie vielleicht schon festgestellt haben." Er lachte leise. Dann hörte ich Musik, die die Räume durchwehte, und wir erreichten den oktogonalen Festsaal, in dem nun überall Altarkerzen brannten. In diesem Moment erschollen tief dröhnende Gongschläge, zwölf an der Zahl. Die Musik setzte aus, die Feiernden wurden still, ich konnte in ihren Augen lesen, dass etwas Außergewöhnliches bevorstand. Der Capitan begann zu sprechen:

„Liebe Freunde aus aller Welt, ich danke euch, dass ihr heute hierher gekommen seid. Soeben hat die Nacht des Mysteriums begonnen. Die Pforten zwischen den beiden Welten öffnen sich nun und werden für einige Zeit offen stehen. Wir erwarten unsere Brüder und Schwestern von der anderen Seite. Viele von euch werden heute ihre Geliebten wiedersehen. Dies ist ein großer Augenblick, für den wir unendlich dankbar sind! Nun lasst uns die Hymnen der Nueva Annunciacion singen."

Die Gäste bildeten zwei lange Reihen, eine Art Spalier, und blickten in Richtung auf das Portal und das dahinter liegende Fresko mit dem dunklen Fluss, der Brücke und der Stadt. Irgendwo begann eine Orgel, langsame und feierliche Akkorde zu spielen, und die Menschen sangen dazu einen langen Hymnus mit zahlreichen Strophen in portugiesischer Sprache, der alten Sprache der Amazonier:

Die Barke wird kommen,
Und ich werde einsteigen –
Kommt, kommt, meine Geschwister,
Wir alle werden folgen
Dem Heiligen Johannes
In das Heilige Land
Von Juramidam.

Mein Vater, hier bin ich,
Ich wünsche mir,
Das Heilige Land zu erreichen.
Was ihr uns geben werdet,
Festigt unser Denken.
Und nichts wird wanken
Damit wir sehen und wissen, wo es ist.

Dann veränderte sich die Atmosphäre. Es war wie eine elektrische Aufladung, so stark, dass die Luft knisterte und kleine blaue Flämmchen durch den Saal tanzten. Die Haare auf meiner Haut sträubten sich, und ein starkes Prickeln lief mir in Wellen über meinen Körper. Ein seltsamer Nebel stieg auf und erfüllte den Raum, wie ein immaterielles Fluidum, eine weiße, schleierartige Substanz. Das Halbrund an der Westseite wurde nur von den flackernden Kerzen erhellt. Das Gemälde mit der Brücke und der fernen Küste wirkte nun nicht mehr zweidimensional, sondern hatte eine Tiefe bekommen, als hätte sich dort ein Tor geöffnet. Nun durchwehte kühle Seeluft den Saal, und das schwarze Meer dort draußen bewegte sich merklich, jedoch nicht wie Wasser, sondern eher wie eine gasförmige Substanz ohne Schwere.

Am anderen Ufer zeichnete sich deutlich eine Kette gezackter Berge ab, hinter denen ein helles Leuchten am dunklen Himmel aufschien. Dann erschrak ich bis ins Mark: Eine lange Reihe von Gestalten bewegte sich auf der Brücke und näherte sich. Sie schwebten mehr, als dass sie schritten. Sie kamen näher – eben noch klein, als wären sie weit entfernt, dann sah ich sie deutlich: Es waren die schönsten Menschen, die ich je zu Gesicht bekommen hatte. Sie waren jung und edel, ihre Gesichter strahlten von Milde, Freundlichkeit und Glück. Einige von ihnen waren männlich, andere weiblich, aber der Unterschied war nicht leicht zu erkennen. Sie waren in einem überirdischen Sinne menschlich. Nun standen oder schwebten sie schon vor dem Tor und verharrten dort für Augenblicke ganz still. Durch die Säle ging ein Raunen, viele Menschen beteten, andere schluchzten. Dann setzte die Orgel wieder ein mit einem hohen klaren Ton, die Menschen sangen eine weitere Hymne, einige weinten, andere lächelten verklärt. Die Wesen standen weiter still wie Statuen und schauten aus tiefen dunklen Augen in den Saal. Sahen sie uns überhaupt? Einige lösten sich hin und wieder auf in weißliche Nebel, wie zergehende Spiegelbilder im Wasser. Aber im nächsten Augenblick bekamen sie Konturen und wurden wieder zu menschlichen Gestalten.

Nun setzte sich der Zug der Gestalten wieder in Bewegung, sie kamen näher, sie waren im Saal! Um sie war ein schwaches blaues Leuchten, wie die Ladung einer unbekannten Energie. Ich konnte ihre Kleidung genau betrachten: Einige trugen goldene, silberne und azurne Rüstungen oder Panzer, andere rubinrote Mäntel, safrangelbe, grüne, blaue Tuniken. Wieder andere trugen Umhänge aus Vogelfedern, aus Fellen oder Leder. Ihre Haare waren lang und gelockt, von goldener oder schwarzer Farbe. Sie sahen jung aus, von makelloser Schönheit, und ein blaues Leuchten ging von ihnen aus und erfüllte den Saal. Der erste, ein Jüngling mit rotgoldenem Haar, der aussah wie ein Engel von einem italienischen Gemälde der Renaissance, hob sanft die Hand zur Begrüßung. Auch die anderen grüßten und lächelten, während sie durch den langen Saal gingen, oder schwebten, eine lange Reihe schier unfassbarer Gestalten. Die Anwesenden starrten sie gebannt an. Immer neue Gestalten folgten in langer Reihe, eine schöner und edler als die andere. Viele trugen Kleider vergangener Epochen, einige hatten Palmzweige in der Hand, andere trugen Lanzen, wieder andere Schwerter, viele waren mit Kränzen auf ihren Häuptern gekrönt. Andere waren modern gekleidet. Sie lächelten fröhlich, einige hoben die Hände, andere segneten. Sie blieben stehen, manche ganz in meiner Nähe, so dass ich sie genau beobachten konnte. Sie wirkten nicht ganz real, sondern wie Hologramme, denn obwohl sie räumlich aussahen, nahmen sie keinen Raum ein. Sie verteilten sich nun zwischen den Lebenden und schienen dabei durch sie hindurch zu gehen.

Die Kerzen und Fackeln flackerten im Wind, der Gesang setzte wieder ein und steigerte sich zu fast ekstatischen Hymnen, die wie Gebete klangen. In der Apsis, an dem Marmorsockel standen der Capitan, der einen grünen Umhang trug, der Graf von Hortobagyi in seinem weinroten Samtanzug und Yaida, deren Bekanntschaft ich gerade gemacht hatte, in ihrem weißen Kleid und weißen Turban.

Jetzt betrat eine männliche Gestalt den Saal, die aussah wie ein Prophet. Er hatte lange weiße Haare und einen wilden Bart. Obwohl sein Gesicht mit roter Farbe bemalt war, wie bei den Indios am Amazonas üblich, war an seinen blitzenden blauen Augen deutlich zu erkennen, dass er ein Europäer war. Ich dachte: Das muss Lazaro sein! Er trug einfache weiße Hosen und eine weißes Hemd mit einem Ledergürtel, an dem eine Machete hing, als ob er direkt aus dem Dschungel käme, und hielt eine Schriftrolle in der Hand. Auch er war umgeben von der bläulich leuchtenden Aura, wie alle Jenseitigen. Hinter ihm folgten zwei fast durchsichtige Gestalten mit grünen Mänteln, die einen Kelch aus weißem Stein trugen. Lazaro ging auf den Capitan, den Grafen und die Prinzessin zu. Der Gesang brach ab, und er begann zu sprechen. Zuerst fast unhörbar, wurde seine Stimme bald klarer, und ich meinte, sie außer mir wie auch in mir zu hören. Er segnete den Capitan und die anderen, indem er ihre Köpfe fast berührte, dann sagte er:

„Die Lebenden grüßen die Toten. Heute sind wir als Abgesandte aus dem Heiligen Reich zu euch gekommen, um den Bund der beiden Welten zu erneuern." Dabei hielt er die Schriftrolle in die Höhe. „Wir überbringen euch Grüße von unserem König Juramidam. Er lässt euch sagen, dass der Bund der Welten, den wir vor langer Zeit besiegelt haben, von ihm auch diesmal wieder bestätigt wird. Diese Nacht ist eine besondere Nacht, denn wiederum öffnen sich die Pforten zwischen den Welten für jene von euch, die herübergleiten wollen, ohne Spuren zu hinterlassen. Wir bringen euch den Heiligen Kelch, gefüllt mit dem Soma des Astrals, der *Esencia Amrita*, auf dass diejenigen, die davon trinken, sich verwandeln. Wer von dieser Essenz trinkt, wird frei sein, im lebendigen Leibe zu gehen, ohne wiederzukehren. Den anderen sagt Juramidam, der Vielgestaltige: Verweilt im Tapferkeit und tragt die Botschaft durch die Zeiten. Seid wachsam und bedenkt, dass Gefahr droht, denn unsere Feinde sind mächtig und noch nicht besiegt. Das weiße Licht nähert sich unaufhaltsam. Eines Tages werden wir vereint sein."

Nun traten der Capitan und der Graf vor, während die beiden Priester das Gefäß, um das eine seltsam prismatische Aura leuchtete, auf den Sockel aus rotem Porphyr stellten. Lazaro öffnete die Schriftrolle, und der Capitan las und schrieb etwas nieder. Dann nahm Lazaro den Kelch und trank aus ihm, anschließend der Capitan, der Graf, die Prinzessin, die Priester. Es bildete sich eine lange Reihe von Menschen, die darauf warteten, aus dem überirdisch schimmernden Kelch die jenseitige Essenz zu trinken, die sich offenbar nicht verminderte. Zoe und ich blieben in einiger Entfernung und beobachteten genau, was passierte: Die getrunken hatten, begannen sich zu verändern: Sie leuchteten in einem bläulichen Licht und schienen leichter zu werden und empor zu schweben. Die Lebenden und die Toten begegneten sich nun, und ich sah viele herzzereißende Szenen des Wiedersehens. Kinder trafen ihre Eltern wieder, durch den Tod getrennte Liebende fanden sich erneut. Es war unglaublich, all dies mit anzusehen. Ich schaute mich um, ob Marcos irgendwo sei, aber ich konnte ihn nicht entdecken. In allen Räumen des Schlosses wurden nun mit Speisen und Getränken gedeckte Tische aufgestellt, an denen man sich niederließ. Auch Zoe und ich setzten uns an eine der Tafeln. Mir gegenüber saß ein Herr unbestimmten Alters, etwas altväterlich im Stil des alten Europa gekleidet, mit hoher Stirn und einem durchdringenden Blick aus klaren blauen Augen. Seine etwas weichen, aber milde verklärten Züge verrieten sowohl ein tiefes Leid, das er erfahren hatte, als auch den Triumph darüber. Er ergriff einen Weinpokal, hob ihn mir feierlich entgegen und trank daraus. Ich sah an dem bläulichen Schimmer, der von ihm ausging, dass er ein Toter war, und dachte: Diese Gelegenheit muss ich ergreifen! Nachdem ich all meinen Mut zusammengenommen hatte, sprach ich ihn an:

„Dürfte ich Sie fragen, woher Sie kommen und wer Sie sind?"

Er lächelte und antwortete höflich, aber in merkwürdigen Worten: „Gewiss kann ich Euer Wohlgeboren Auskunft geben. Ich wohne im Schoße der großen Weltamazone, der Magna Mater Roma Anthusa, auch Flora Saturnia geheißen, der Ewigen Stadt, die noch viele weitere Namen hat."

Seine Stimme klang tief und voll, und er sah mich unverwandt an, ohne dass seine Augenlider sich bewegten. Dann beugte er sich leicht vor und fragte mit altertümlicher Grandezza:

„Und woher kommen Euer Wohlgeboren?"

„Aus einem Land in Mitteleuropa, das zerstört worden ist. Vor langer Zeit wurde es Deutschland genannt."

„Oh, welch ein Zufall, auch ich lebte früher im südlichen Teil jenes Landes, das zu meiner Zeit vor dem großen Kriege noch reich und mächtig war, obwohl auch damals schon die schwarzen Lemuren des Untergangs sein Herzblut saugten und schlürften. Überall herrschte bereits der Ichfloh, der aufgeblähte Massenmensch; selbst auf den Königsthronen spreizte er sich in falschem Prunke. Und doch weilten noch immer Sonnenkinder unter uns, deren Glanz auf unsere Schatten fiel. Das reinste unter ihnen war eine Kaiserin im alten Wien, aber es gab noch weitere – manche waren nur einfache Handwerksburschen mit schwieligen Fingern." Er rieb seine Finger ein wenig aneinander und lächelte ein bißchen schalkhaft. „Doch all das ist lange verweht; es war die Zeit der letzten welken Blüte der alten Menschheit. Ich bin übrigens Alfredus Scolarius – man nannte mich auch den letzten Römer oder Ultimus Paganorum, den Letzten der Heiden. Einen bürgerlichen Beruf hatte ich glücklicherweise nicht, ich war Mysterienforscher. Zuweilen hielt ich Vorträge über das offene Leben der Urzeit und das geschlossene der geschichtlichen Periode, oder ich dichtete kosmogonische Fragmente."

Ich verstand nur wenig von dem, was er sagte, aber was wussten wir schon vom alten Europa lange vor der Zeit, die wir noch „die goldene" nannten?

Er fuhr fort und lächelte milde:

„Ich sehe, dass mein junger Freund nicht allzu unterrichtet ist von den Verhältnissen unserer beiden Welten. Erlauben Sie mir, Ihnen diese Gabe des Wissens zu reichen: Die Lebenden sind die Toten, und die Toten sind die eigentlich Lebenden, ja die eigentlich Liebenden. Wer dies versteht, hält den Kelch des Lebens in geweihten Händen."

Dann lehnte er sich wieder etwas zurück und stimmte ein Lied in seltsam getragener Melodie an. Nach einer Weile verstand ich seinen Gesang:

Wir Toten, wir Toten sind größere Heere
Als ihr auf der Erde, als ihr auf dem Meere!
Wir pflügten das Feld mit geduldigen Taten,
Ihr schwinget die Sicheln und schneidet die Saaten,
Und was wir vollendet und was wir begonnen,
Das füllt noch dort oben die rauschenden Bronnen,
Und all unser Lieben und Hassen und Hadern,
Das klopft noch dort oben in sterblichen Adern,
Und was wir an gültigen Sätzen gefunden,
Dran bleibt aller irdische Wandel gebunden,

Und unsere Töne, Gebilde, Gedichte
Erkämpfen den Lorbeer im strahlenden Lichte,
Wir suchen noch immer die menschlichen Ziele –
Drum ehret und opfert! Denn unser sind viele! *

Ohne Unterlass lächelnd, fuhr er fort zu sprechen: „Ich weiß, dass es Ihnen unerhört erscheint, aber seien Sie versichert, dass wir die eigentlich Seienden sind und dass unser Reich ein einziges großes Dasein ist, Ihre Lebensfrist aber nur eine kurze Ausnahme. Jeder von Ihnen kehrt eines baldigen Tages zu uns zurück. Leider ist es heute jedoch so, dass die Lebenden uns vergessen haben und kaum noch an uns denken." Plötzlich sah er etwas bekümmert aus. „Eigentlich ist es gleichgültig, was die Lebenden in der kurzen Spanne ihres Daseins tun, wir brauchen ihre Andacht oder Verehrung nicht. Aber sie haben das Band zwischen den Welten, jenen Samenkanal, durch den der Segen der Totenwelt rinnt, zerschnitten und sind deshalb unglücklich. Es ist, als würde eine ferne Kolonie die Verbindung zu ihrem Mutterland abbrechen. Diese Kolonie wird hungern und darben und womöglich zugrunde gehen. Wir erstreben nichts mehr, denn wir trinken aus dem ewigen Füllhorn des Seins, aber ihr bedürft unserer Liebe und unseres Segens. In alten Zeiten wurden die großen Feste des Lebens auf den Gräbern der Ahnen gefeiert, die Jünglinge und Jungfrauen tanzten ihre Reigen und Ringtänze; man spendete den Toten Blumen und Wein, Brot und Salz, und hieß sie voller Dank, an den Mählern mitzuspeisen. Später glaubte man, auch ohne sie essen und tanzen zu können, aber der Springquell der Freude versiegte, und zurück blieben nur hohle Larven, die sich im Takt der Maschinen bewegten. Wer die Toten ehrt, empfängt ihre Kraft aus einem ewigen Reich."

Ich starrte ihn an wie gebannt: „Was ist das Totenreich? Wo ist es?"

In diesem Moment stand Lazaro auf, sprach bewegende Worte des Abschieds, grüßte noch einmal und schritt aus dem Saal hinaus. Ihm folgten die Priester mit dem Gefäß und die lange Reihe der Unsterblichen. Auch der seltsame Herr Scolarius nickte mir noch einmal lächelnd zu, erhob sich, verbeugte sich auf seine altmodisch-galante Art, und war verschwunden. Der Capitan winkte uns zu, machte eine Bewegung, als wollte er sagen: Wir sehen uns bald

---

*„Chor der Toten" von Conrad Ferdinand Meyer

wieder, und schloss sich dem Zug an, so wie auch alle anderen, die aus dem Kelch getrunken hatten. Kaum hatten sie das Portal durchschritten, wurden ihre Gestalten transparent und schwebten auf die lange schmale Brücke zu, wo sie immer kleiner wurden, bis sie verschwanden. Die Zurückgebliebenen verweilten noch lange stumm in sich versunken, einige schluchzten. Dann setzte die Musik wieder ein, und neue Lieder wurden gesungen; das Fest ging weiter. Ich hörte von Ferne einen Hymnus an die Toten:

> Heilige zwölfte Stunde der Nacht:
> Mein Bruder, er wurde stumm
> Im Schlafe der Ewigkeit,
> Gott im Himmel, der Dich rief.
> Ein Uhr des Morgens:
> Mein Bruder, er wurde stumm
> Im Schlafe der Ewigkeit,
> Gott im Himmel, der Dich rief.
> Zwei Uhr des Sonnenaufgangs:
> Mein Bruder, er wurde stumm
> Im Schlafe der Ewigkeit,
> Gott im Himmel, der Dich rief.
> So viele Jahre, die du gelebt
> In der Welt der Illusion.
> Ich bitte Gott im Himmel,
> Dass er Dir Heilige Vergebung schenkt.
> Denn der Göttliche Stern kam,
> Um Dich zu erleuchten.
> Ich bitte Gott im Himmel,
> Dass er Dich an einen guten Ort bringt.
> Denn die Jungfrau Herrin kam,
> Um Dich zu begleiten.
> Ich bitte die Jungfrau,
> Dass sie Dich an einen guten Ort bringt.

Zoe war bei mir. Wir begaben uns in einen der kleineren Nebenräume und setzten uns auf ein Sofa. Ich hielt ihre Hand, und nach kurzer Zeit begann der Vinho, den wir getrunken hatten, zu wirken. Wir sahen uns an, aber es gab nichts zu sprechen. Wir befanden uns jenseits der Welt der Sprache. Mein Geist beschleunigte sich, und ich fühlte, wie eine ungeheure Kraft von mir Besitz ergriff. Ich schloss die Augen, und im selben Augenblick explodierte ein Licht in mir. Ein fast unerträglicher Druck stieg von der Körpermitte nach oben, gleichmäßig und unerbittlich. Ich glaubte fast, ich müsse sterben.

„Ich sterbe", presste ich hervor. Sie antwortete: „Du stirbst nicht, du verlässt nur deinen Körper – für eine gewisse Zeit."

DIE EWIGE STADT

Der Druck wurde stärker, als würde ich in einer Rakete sitzen, die abhebt in die Stratosphäre. Energie, die aus der Körpermitte aufstieg, erreichte mein Herz, dann das Zentrum des Gehirns, wo lautlose Lichtblitze explodierten. Etwas zwang mich, die Kontrolle aufzugeben, als würde mein ganzes Wesen von einer überlegenen Macht an sich gerissen. Auch wenn ich schreckliche Angst empfand, wusste ich, dass ein Widerstand vollkommen zwecklos war. Ich fühlte, wie sich irgendwo oben in meinem Kopf etwas öffnete und die Energie aus mir hinausschoss. Der Druck wurde unerträglich, aber genauso schnell war er wieder vorüber: Ich schwebte nun wieder losgelöst in einer Welt ohne Schwerkraft, flog durch Tunnel aus Farben und vorbei fliehenden Bildern. Ich wurde schneller, Reihen von Mustern und Figuren zogen an mir vorüber. Manche waren schön und verführerisch, andere erschreckend, aber ich nahm kaum Notiz von ihnen. Ich verlor jedes Raumgefühl wie auch das Gefühl für die Zeit. Die Bewegung war gleichzeitiges Aufsteigen und Fallen, und die Zeit stand still. Ein Rauschen erfüllte meinen Geist. Ich dachte: der Sturmwind des Geistes. Ich rief Zoe, aber sie antwortete nicht. Ich war allein in einer zeit- und ortlosen Welt und hatte keine klare Vorstellung von dem, was kommen würde. Die unbekannte Kraft zog mich weiter voran, dann sah ich unter mir wieder die endlose rote Wüste, durch die der schnurgerade dunkelblaue Strom floss.

Ich folgte ihm, bis ich Pilgerzüge bemerkte, die über die Ebene zogen. Ich näherte mich einer der Kolonnen, die in Richtung auf den großen Abgrund unterwegs war. Über ihr kreisten schwarze Schatten wie Aasfresser. Da hörte ich einen traurigen Gesang aus Hunderten von Kehlen. Als ich näher kam und den endlosen Zug von Gestalten betrachtete, die wie in Trance vorwärts wankten und dabei ihren Choral sangen, erblickte ich unter ihnen Marcos' Gestalt. Er sah so aus, wie ich ihn tot in seinem Hause aufgefunden hatte: sein Gesicht bleich, mit einer blutigen Schusswunde am Kopf. In der rechten Hand trug er immer noch den Revolver, mit dem er sich erschossen hatte, oder ein Abbild davon. Ich verstand nun, warum ich hierher geführt worden war. Schon war ich bei ihm, aber er erkannte mich nicht, war wie betäubt, abwesend. Immer wieder rief ich seinen Namen und versuchte ihn zu berühren. Ich wusste, dass nur ich ihn retten konnte, sonst war er verloren. Er würde direkt in den Abgrund taumeln und niemals wiederkehren.

Ich rief: „Marcos, geh nicht weiter! Ich bin hier, Lukas, dein Freund. Komm mit mir weg von hier!"

Er beachtete mich nicht. Andere drängten hinter ihm nach, es waren schrecklich entstellte Gestalten unter ihnen, mit aufgedunsenen blauen Gesichtern, andere mit Schlingen um den Hals und mit zertrümmerten Köpfen. Waren sie alle Selbstmörder? Schließlich schrie ich ihn an: „Marcos, ich bin hier, um dich zu retten!"

Langsam wandte er seine Augen in meine Richtung. Blicklos und leer sah er mich aus unendlicher Ferne an. Ich rief immer weiter seinen Namen, und es gelang mir, seine Hand zu fassen. Da zuckte er und kam langsam zu sich. Er starrte mich an, dann den Revolver in seiner Hand, dann die Wüste in der Umgebung. Er ließ die Waffe fallen und stammelte mit ungläubigem Blick:

„Lukas? Wo bin ich? Was ist das für eine Gegend?"

Er versuchte, sich zu erinnern.

„Was habe ich getan? Habe ich geschossen? Auf wen?"

Ich antwortete:

„Komm weg von hier, Du wirst alles erfahren. Wir müssen von hier verschwinden."

Ich zog ihn mit mir, und er folgte. Nun war er erwacht und löste sich aus der unheimlichen Karawane der Selbstmörder. Wir flogen nun in Richtung auf den hellen Horizont. Er blieb neben mir, und ich fühlte, wie sich sein Geist erholte. Ich kann nicht genau sagen, ob wir sprachen oder Gedanken austauschten – es war gleichgültig. Langsam begriff er, was geschehen war, und fragte mich, warum ich hier sei.

Ich schickte ihm ein Bündel mit Bildern und Gedanken: die Flucht nach Transilvania, das Schloss in den Wäldern, das Fest der Toten. Er verstand nicht, bis ich ihm erklärte:

„Ich bin ein Besucher, und ich werde wieder zurückkehren in die andere Welt. Du hast deinen physischen Körper aufgegeben und wirst hier bleiben. Wir fliegen nun zusammen zum Licht. Hinter dem Horizont sollen die seligen Länder liegen."

Marcos wollte mir danken. Erst jetzt begriff er, welcher Gefahr er entronnen war. Ich sagte:

„Es war göttliche Fügung, dass wir uns trafen. Danke den Göttern, nicht mir."

Unter uns segelten die Schiffe und Barken auf dem immer breiter werdenden Nil der Unterwelt dem Licht entgegen, während Reihen von Pilgern an seinen Ufern weiter zogen. Sie waren voller Freude, manche sangen, andere rasteten an den Ufern.

Es wurde heller, goldenes Licht leuchtete gleichmäßig am Horizont und spiegelte sich im blaukristallenen Wasser des Flusses. War es wirklich Wasser? Es sah ähnlich aus, bewegte sich aber viel langsamer und glänzte in den Farben von Edelsteinen. Entfernt sah man Nebel, wie dichte Wolken, die von heißen Seen und Gewässern aufstiegen. Wir kamen nun durch eine Krater- und Geysirlandschaft, durchsetzt mit schwarzen Felsen. Von allen Seiten kamen die Züge der Pilger und vereinigten sich auf breiten Straßen, die alle in eine Richtung führten. Ich sah Marcos neben mir an, der verklärt ins Licht blickte. Keine Wunde und kein Blut waren mehr an ihm zu sehen. So glücklich wie in diesem Moment hatte ich ihn noch nie gesehen. Die Einöde verschwand, und das Licht nahm uns auf wie ein warmer Ozean.

Weiter trug uns der Sturmwind des Geistes, die lichten Nebel teilen sich, es wurde heller, unter uns floss der Strom durch eine paradiesische Landschaft. Er lag nun in Helligkeit, das Licht spiegelt sich in ihm so hell, dass es blendete. Alles war Licht und Farbe, wir flogen dahin über unaussprechlich herrliche Landschaften. Uralte Baumriesen, größer als alles, was ich je gesehen hatte, ragten herauf. Der Himmel leuchtete golden und seltsam raumlos, wie der Hintergrund mittelalterlicher Gemälde. Er schien Hitze auszustrahlen, von der ich aber nichts spürte. Unter uns lagen in gleißender Helligkeit wunderbare Gärten, Wälder, Seen und Flüsse, aus denen Pyramiden, Tempel und Paläste leuchteten. Auf die Wälder folgten Hügel und Berge, tausendfarbige Gärten, Wasserfälle und Palmenhaine. Der Strom hatte sich nun in viele Arme verzweigt, auf denen Hunderte von Schiffen ruhig flussabwärts glitten. An den Ufern leuchteten weiße Schlösser und Städte in alten Mauern, geschmückt mit bunten Wimpeln und Fahnen. Auf Hügeln standen bizarre Gebäude, die wie Pflanzen und Blätter geformt waren. Weiße Vögel stiegen um uns auf und beäugten uns mit großen, wissenden Augen.

Vor uns lag unter einem goldenen Himmel, der wie die Membran einer höheren Sphäre wirkte, eine gewaltig große, weiß leuchtende Stadt. Es war die schönste Metropole, die ich jemals gesehen hatte, schöner als alle Städte der Erde. Wir flogen niedriger und staunten über all die Pracht und Herrlichkeit.

Breite Avenuen, gesäumt von Denkmälern, Statuen und Obelisken, liefen schnurgerade auf ihr Zentrum zu, in regelmäßigen Abständen gekreuzt von Kanälen. In der Ferne sah ich Hügel mit großen Bauwerken wie Zitadellen. Hinter ihnen am Horizont glitzerte ein silbriges Meer. Diese Stadt mussten Engel erbaut haben. Sie war die Göttin unter den Städten, so zeitlos wie das Astral selbst. Zahllose Brücken führten über die schimmernden Arme des Stromes, der sich in Hunderte von Flussarmen und Kanälen verzweigte, deren Wasser so durchsichtig war, dass man bis zum hellen Grund hinab sehen konnte. Dort spielten Schwärme goldener und roter Fische, Delphine und weiße Wale.

Sprachlos staunend und voller Ehrfurcht betrachteten wir das Panorama der Ewigen Stadt. Die schönsten Weltstädte der Erde waren nur ihr Abglanz, die Zikkurate Babylons, die Tempel Athens, das ewige Rom, die Kuppeln von Byzanz, die Pyramiden von Angkor und Mexiko. Viele Gebäude erinnerten an klassische Bauwerke der Erde, aber ein anderer Teil der Architektur war organisch und pflanzenhaft geformt, in einem Stil, den es niemals gegeben hat. Es gab Türme wie spiralförmige Halme und hohe Bauten, die in zwiebel- und blütenförmigen Kelchen endeten. Rautenförmige Strukturen bauten sich zu langen schlanken Gebäuden auf, die auf der Erde so niemals hätten errichtet werden können. Die meisten Bauwerke waren mit Stauen und Figuren geschmückt: mit Heroen, Atlanten, geflügelten Tieren. In dieser Stadt mischte sich die Architektur aller Zeiten und Länder der Erde und vielleicht auch anderer Planeten in unbegreiflicher Harmonie. Ich erkannte Türme und Fassaden im romanischen und gotischen Stil, orientalische Paläste, römische Stadien und Zirkusse, ägyptische indische und griechische Tempel, mittelalterliche Dome und Kathedralen. Andere Bauwerke stammten aus verschollenen Epochen, von ungekannten, längst vergessenen Zivilisationen. Überall ragten schlanke weiße Türme mit vielen Öffnungen empor, von denen Menschen abflogen, um sich in eleganten Schwüngen in die Lüfte zu erheben. Auf weiten Plätzen standen Denkmäler, die in wild bewegten Szenen mythische Siege darstellten.

In der Mitte der Stadt erhob sich eine turmartige Stufenpyramide, groß wie ein Berg, die sich nach oben verjüngte, wo ihre Spitze in Wolkenschleiern verschwand. Ihre Fundamente waren aus zyklopischen Steinen errichtet, wie von atlantischen Monumenten. Darüber gab es Gärten, Säulenhallen und offene Umgänge. Alles war riesenhaft, und jede Stufe des Bauwerks hatte die Größe einer kleinen Stadt. Auf den einzelnen Stufen des Turms waren Gärten und Parks angelegt, Hunderte von Eingängen führten in sein Inneres.

Um den Turm herum lagen Foren und Säulenhallen, Tempel, Paläste, Akademien und Museen. Weiter zum Meer hin begann eine arabische Kasbah mit engen, verwinkelten Gassen, die zum Hafen und Strand hin abfielen. Hier herrschte die orientalische Atmosphäre eines Basars mit schmalen Gassen und kleinen ummauerten Gärten. Direkt am Meer stand auf einer hohen Klippe eine Kathedrale, erbaut aus durchsichtigem grünen Meerstein. Der Stadt vorgelagert glänzten mehrere Inseln im Licht. Auf einer von ihnen ragten die Säulen eines Ruinentempels in den Himmel.

Wir standen nun mitten auf einer der Straßen. Erst jetzt konnte ich ermessen, wie breit sie wirklich war: Die Gebäude an den Seiten waren weit entfernt. Meine Füße traten auf farbige Steine, die wie Marmor, Porphyr und Onyx glänzten und in leuchtenden Farben zu Mustern gelegt waren. Staunend gingen wir weiter, vorbei an Villen und kleinen Palästen, die umgeben waren von Wäldern und Gärten. In den Straßen und auf den weiten Plätzen herrschte buntes Leben und Treiben unzähliger Menschen aller Zeiten und Länder. Viele von ihnen waren gekleidet im Stile längst vergangener Epochen.

Wir näherten uns nun den Tempelbezirken alter Religionen. Manche waren mir bekannt vom Mittelmeer, aus Indien oder Ägypten, andere fremdartig wie eine zeltartige Basilika, die von riesigen Stoßzähnen getragen wurde und in der ich eine lange Reihe vergoldeter Elefanten sah.

In der Stadt gab es keine geschlossenen Gebäude, alle Räume waren durch unzählige Tore zugänglich, denn Mauern oder Türen waren hier keine physischen Hindernisse. Hier war nichts verborgen, und jeder Gedanke oder Impuls war nach außen hin sichtbar. Viele Gebäude bestanden aus langen Saal- und Zimmerfluchten, die immer offen waren. In ihnen sah ich große Gruppen, meist in angeregter Kommunikation. Anscheinend wurden hier ständig Erfahrungen und Gedanken ausgetauscht, es wurde gelehrt und gelernt. Es herrschte eine festlich gehobene Atmosphäre, viele der Bewohner schienen auf etwas Wichtiges zu warten. Aber worauf? – Andere vertrieben sich die Zeit mit komplizierten Spielen. Auf den Straßen bewegten sich seltsame Vehikel, auf Rädern, auf Kufen, mit Segeln, Propellern und Flügeln. Ballons schwebten in der Luft. Sie hatten hier eine seltsame nichtmechanische Technologie, die altmodisch anmutete, verschnörkelt und wunderlich.

Plötzlich wurde ich emporgehoben und flog hoch über der Stadt wie ein Vogel. Ich bekam Angst, immer höher zu steigen, und geriet in Panik, doch im nächsten Augenblick wurde ich wieder nach unten gedrückt und bewegte mich, von einer unbekannten Kraft gezogen, direkt auf den Turm zu. Stufenförmige Ebenen mit Treppen führten außen herum und Tore in sein Inneres. Dann stand ich in einem der hängenden Gärten und sah aus der Nähe, wie sich der Turm über mir erhob, groß wie ein Berg.

Da kam Zoe lächelnd auf mich zu. Auch der Capitan, Sandor Csoma und andere Psychonauten begrüßten mich. Sie trugen farbige Gewänder, wirken jünger und schienen sehr fröhlich. Ich fühlte einen Strom der Freude und küsste Zoe. Sie sagte:

„Wir haben auf dich gewartet. Wir alle haben gebetet, dass du es schaffst. In der Zwischenzone warst du auf dich allein gestellt. Du hast Marcos gefunden und hierher gebracht. Das war eine große Tat des Herzens."

Nun war auch Marcos bei uns. Der Capitan sah ihn an, schüttelte den Kopf und sagte: „Marcos, alter Junge, was für eine üble Methode, um hierher zu kommen. Schau uns an: Wir sind elegant gereist und ganz ohne Blutvergießen. Nun ja, du konntest nicht ahnen, dass es noch andere Möglichkeiten gibt."

Marcos sagte traurig: „Ich wusste nichts …"

„Du hast dich in deiner dunklen Welt vergraben."

Zoe und ich wollten allein sein, und wir wandelten durch die Gärten unter fremdartigen Bäumen, die bevölkert waren von zahllosen bunten Vögeln. Wir sahen hinab auf die Stadt und das glänzende Meer in der Ferne. Der Himmel leuchtete gleichmäßig in goldenem Licht. Ich fragte Zoe, wie ihre Reise hierher gewesen war, und sie erzählte, dass sie und die anderen Psychonauten in einer dunklen Hafenstadt festgehalten worden waren. Düstere Gestalten hatten ihnen angeboten, sie auf einem Schiff den Styx hinab zu geleiten. Doch das Schiff hatte eine Besatzung von Toten, die nicht in die Länder der Unsterblichen segeln wollten, sondern hinaus auf den Schwarzen Ozean, zu den Inseln ohne Wiederkehr. Aber darauf ließ sich niemand ein, worauf die Toten zornig wurden und sie bedrohten. Doch ihre Macht war gering. Während wir sprachen, wanderten wir weiter durch die Haine und Gärten, die sich um den Turm erstreckten.

„Was für eine unfassbare Herrlichkeit und Pracht! Ich wünschte mir, für immer hierbleiben zu können und nie wieder dorthin zurückkehren, von wo wir kamen." Sie sah mich seltsam an und schwieg. Dann fragte ich:

„Wer hat diese überirdische Schönheit erschaffen?"

„Vor unvordenklich langer Zeit haben Engel das Astral erbaut, aber Menschen erhalten es aufrecht, jedenfalls diesen Teil, der unbeschreiblich groß ist und ständig weiter wächst. Man sagt auch, die Grundfesten dieser Stadt seien von Engeln und Unsterblichen errichtet worden, später haben Menschen an ihr weitergebaut. Alles, was du hier siehst, wurde im Laufe vieler Zeitalter von Menschen und ihren Ideen geformt. Hier werden ständig neue Formen erschaffen, auf der Erde spiegeln sie sich wider, denn die Ideen der Menschen auf der Erde sind nichts als Erinnerungen an ihre hiesige Existenz. Der Turm soll zuerst da gewesen sein, alle Epochen haben an ihm gebaut. Deshalb hat diese Stadt Hunderte von Namen in den Sprachen der Engel und der Menschen: Atlantis, Babylon, Jerusalem, Roma, Saturnia, Marina, Heliopolis, Valentia, Flora, Anthusa. Und doch ist sie nur eine von ungezählten kosmischen Metropolen. Sie ist die Ewige Stadt, die man durch tausend Tore betritt und niemals wieder verlassen will. Aber hier gibt es keine Zeit, nur das endlose Jetzt."

„Wer sind die Menschen, die hier existieren?"

„Hier im hellen Plasma leben gerechte und gute Menschen, die das Leben errungen haben. Sie brauchen keine Materie zu bearbeiten. Wunsch, Wille und Traumkraft reichen aus, um jeden beliebigen Gegenstand aus dem Plasma zu formen. Jeder kann sich hier durch die Kraft seiner Phantasie ein Haus erschaffen, Kleidung und alles, was er will und wie es ihm gefällt. Die materiellen Prinzipien der Arbeit und des Geldes existieren hier nicht. Es gab Denker, die das auf der Erde einführen wollten, doch es konnte natürlich nicht funktionieren. Aber auch Traumarbeit muss gelernt werden, die Traumkraft muss ausgebildet und mit Disziplin geschult werden. Wenn in der Vorstellung nur ein kleiner Fehler liegt, kann das Produkt nicht vollendet werden. Es wird hässlich oder lückenhaft erscheinen. Deshalb gibt es auch hier Experten, die verschiedene Dinge besonders gekonnt und vollendet herstellen: Bauten, Kleidung, Kunstwerke. Der Unterschied zur materiellen Welt ist, dass alles aus Plasma geformt wird. Gute Träumer genießen hier denselben Ruf wie Künstler auf der Erde."

„Und die Menschen hier nennt man auf der Erde die Toten?"

„Es gibt keinen Tod, nur ewige Wandlung. Selbst die, die in die Unterwelt gehen und in den tiefsten Abgrund, kehren einmal wieder zurück. Hier ist die wahre oder größere Erde, die eigentliche Heimat der Seelen. Die Erde ist ein

Abbild dieser Welt, in dem sich alles mischt, das Helle und das Dunkle, das Gute und das Schlechte. Hier ist die Heimat der Seelen, jenseits von Geburt und Tod."

Wir standen vor einem großen Tor, das in schattige Säulenhallen führte. Zoe sagte:

„Dies ist der Eingang zur Academia, dem Zentrum der Wissenschaften und Künste."

Die Academia war ein Teil des mittleren Turmes, ein Bau für sich, so groß, dass ich ihn nicht überblicken konnte. Wir standen vor dem Eingang zu einer titanischen Halle, getragen von turmhohen Säulen. Hunderte von Gestalten strömten an uns vorüber, niemand beachtete uns. Auch hier herrschte die festliche Stimmung, die ich überall in der Stadt bemerkt hatte. Niemand war hier gleichgültig, niedergeschlagen oder erschöpft wie im physischen Dasein. Auch sah ich nirgends den bewusstlosen und orgiastischen Irrsinn der dunklen Stadt am Eingang zum Hades. Hier war Harmonie und Freude. Konnte es überhaupt Missklänge geben? Zoe antwortete auf meinen Gedanken:

„Natürlich gibt es auch hier Meinungsverschiedenheiten, aber keinen Hass. Denn der Raum hier ist unbegrenzt, jeder kann in seiner eigenen, von ihm erschaffenen Welt leben. Das wichtigste hier ist nicht das so genannte Überleben oder der Kampf ums Dasein, wie in der physischen Welt, sondern die Mehrung von Schönheit, Erkenntnis und Weisheit. Hier gibt es keinen Neid und keine Zwietracht, denn alle sind lebendig, und das für immer. Das Ziel besteht darin, die Mysterien des Seins zu verstehen, das Wesen des Geistes und seiner Schöpfungen zu erforschen. Und vielleicht irgendwann in eine der höheren Welten aufzusteigen, von denen es viele gibt. Zum Lernprozess gehören zeitweilige Ausflüge in das große Theater der Materie voller wüster Abstürze, Fehler, Gefahren, Tragödien und moralischer Prüfungen. Aber wir kehren immer wieder zurück."

Wir gingen nun durch die weiten Hallen. In Steinblöcke waren goldene Inschriften gemeißelt, die an große Dichter und Denker erinnerten. Brunnen sprudelten, und farbige Vögel flogen singend durch die Lüfte. Überall standen und saßen Gruppen von Menschen beisammen, die angeregt debattierten. Einige lauschten einzelnen Rednern, die ihre Ideen vortrugen; andere saßen abseits, still in Meditation versunken. Ich bemerkte:

„Dieser Ort erinnert mich an das berühmte Bild Raffaels von der Akademie von Athen."

„Vielleicht ist er hier gewesen und hat dann gemalt, was er sah. Die großen Künstler sind hier oft zu Gast und bringen ihre Erinnerungen später in die untere Welt mit. Viele träumen und handeln unbewusst, aber das ist gleichgültig. Andere lesen und studieren in ihren Träumen Werke des Wissens, und wenn sie zurückkehren auf die Erde, versuchen sie, ihre Erinnerungen wiederzugeben. Einigen gelingt es besser, anderen nicht so gut."

Wir stiegen einige Treppen empor und durchquerten eine lange Galerie mit Karten, Panoramen und Gemälden. Hier standen merkwürdige Sessel, an deren Vorderseite ein Apparat angebracht war, der aussah wie ein Bildschirm. In einigen saßen reglos Menschen, die den Schirm vor ihre Augen gezogen hatten. Zoe sagte:

„Hier kann man sich holographische Rollen ansehen. Du siehst, hörst und fühlst gleichzeitig. Die Rolle überträgt in hoher Geschwindigkeit Informationsquanten in deinen Geist, so dass du später das ganze Wissen nach und nach in deinem Gedächtnis wiederfindest."

Wir waren in einem Innenhof angekommen, der eingerahmt war von einer Flucht von Galerien, viele Stockwerke hoch, von denen Hunderte Türen abgingen.

„Man kann hier bleiben, so lange man will. Es ist wie ein Hospital oder Hotel, man kann in einer dieser Zellen ausruhen und sich sammeln – eine Art Heilung nach einem schweren Leben."

Dann sagte sie feierlich: „Nun wirst du einem Menschen begegnen, den du niemals wirklich kennenlernen konntest, aber der sehr wichtig für dein Leben war. Jemand, der lange auf dich gewartet hat und den du unbedingt sehen solltest."

Sie wartete ab, aber ich hatte keine Idee, wen sie meinte.

„Du kannst jetzt deinem Vater David begegnen. Er ist in den Archiven der Academia einer der herausragenden Spezialisten für die Geschichte des Astrals. Ich werde dich nun allein lassen, denn er erwartet dich bereits. Wir sehen uns später wieder!"

Mit diesen Worten verschwand sie, und ich war allein in der gewaltigen Säulenhalle. Links und rechts zweigten hohe Galerien ab, von denen breite Treppen in verschiedene Richtungen aufstiegen, die offenbar zu neuen labyrinthischen Hallen führten. Nicht weit entfernt vor mir sah ich einen großen Globus. Ich beschloss, ihn mir näher anzusehen. Es war eine Kugel, die die

Erde darstellte, allerdings nicht so, wie ich sie kannte. Die Kontinente lagen völlig anders als in der gegenwärtigen Epoche. Neben Australien lag noch ein anderer großer Kontinent im Pazifik. Amerika war nicht mehr als eine Kette größerer und kleinerer Inseln, die sich quer durch den Ozean zog. Eine Stimme hinter mir sagte:

„Ja, so sah die Erde einmal vor zehn Millionen Jahren aus. Es gab damals noch andere Kontinente und Ozeane: Die Thetys und der Rheische Ozean schieden Avalonia und Baltica vom Südkontinent. Indien war noch eine Insel, und im Pazifik lag der Kontinent Moa. Aber seitdem ist viel passiert."

Ich drehte mich um und erblickte einen lächelnden jungen Mann. Er hatte dunkelblonde Haare, blaue Augen und war gekleidet nach der Mode des zwanzigsten Jahrhunderts. Er trug eine karierte Jacke mit Lederflicken auf den Ärmeln. Er sah mich voller Liebe an und sagte:

„Ich habe lange auf dich gewartet, Lukas. Drüben ging alles so schnell, und ich konnte dich nicht lange begleiten. Damals wünschte ich mir nichts sehnlicher, als so schnell wie möglich zu meiner Familie zurückzukehren. Doch es kam anders."

Es war mein Vater David. Ich hatte das Gefühl, wir seien gleich alt, fast wirkte er jünger als ich und irgendwie auch alterslos. Sein Blick verdüsterte sich kurz, dann fuhr er fort:

„Es war eine andere Zeit, ein Traum, den ich fast vergessen habe."

Ich entgegnete: „Der Traum wurde zum Albtraum", und vermittelte ihm Bilder der jüngsten Ereignisse. Er wurde nachdenklich, doch schien es ihn nicht sonderlich zu beunruhigen.

„All das sind nur Träume, die keinen dauerhaften Bestand haben. Hier ist die echte Wirklichkeit" – er machte eine Pause und sah mich lächelnd an – „was man schon daran erkennen kann, dass sie niemals endet."

„Aber für die Menschen, die dort unten existieren müssen, sind die Träume grausame Wirklichkeit", sagte ich.

„Nun gut, solange sie dort sind. Aber es sind flüchtige Spiele, vielleicht Tragödien oder Satyrspiele, aber es ist nur ein Theater, keine Wirklichkeit. Träumer glauben, ihr Traum sei wirklich, bis sie erwachen. Physische Leben sind wie Reisen, die viele neue Erfahrungen mit sich bringen. Wir gehen gerne auf abenteuerliche Reisen, aber ebenso gerne kehren wir auch nach Hause zurück. Hier sind wir wach und bestehen aus unzerstörbarem Plasma. Dort vergeht alles so schnell wie es kam, es ist flüchtig und zerfällt wieder in die Teile, aus denen es sich zusammenballte. Der Stoff dagegen, aus dem diese Welt besteht, kann niemals vergehen." Nach einer Pause fuhr er fort:

„Trotzdem erinnere ich mich an damals. Bevor meine letzte Existenz endete, konnte ich noch einen Brief an deine Mutter und dich schreiben und hoffte, dass ihr ihn bekommen würdet …" Ich unterbrach ihn und sagte:

„Ich habe deinen Brief erhalten, wenn auch viele Jahre später, aus den Händen des alten Landauer. Er müsste auch hier sein, denn er starb vor einigen Monaten." Ich fügte schnell hinzu: „Ich meine, er kam herüber."

„Ja, ich habe ihn getroffen, er ist wohlauf."

„Wie drückt man sich hier aus?"

„Wir sprechen von Rückkehrern. Auch deine Mutter kehrte zurück, aber sie ist bereits wieder aufgebrochen in eine neue Existenz dort unten." Ich wurde etwas traurig, dass ich sie nicht sehen konnte.

„Mach dir keine Sorgen, sie wird ihren Weg weiter gehen. Sie ist nun eine Künstlerin in Kalifornien, wo sie in einem schönen Haus am Meer lebt. Zurzeit erinnert sie sich nicht an uns beide." Ich dachte an ihren Lebenstraum, einmal eine Reise nach Kalifornien zu machen. Sie hatte oft darüber gesprochen. Ich fragte ihn:

„Ist sie noch dieselbe, die wir kannten, oder ist sie nun eine andere?" Er antwortete:

„Sie ist beides. Jede physische Existenz ist Vorstufe der nachfolgenden, und die nachfolgende enthält immer etwas mehr Substanz, in einer höheren und erweiterten Form. Die alten Formen und das neu Erworbene werden zu einer neuen Existenz, in der alle vorhergegangene aufgehoben sind. So schreiten wir voran. Wenn wir hierher zurückkehren, ist unser Selbst jedes Mal etwas weiter gewachsen."

„Aber was ist mit all jenen, die den Weg hierher nicht finden? Unzählige irren durch dunkle Bereiche und versinken in der Unterwelt."

„Sie haben auf der Erde durch eigene Schuld viel Substanz eingebüßt, deshalb verlieren sie ihren Weg und verirren sich in jenen Bereichen. Aber auch sie kehren irgendwann zurück in neue Existenzen, um weiter zu lernen. Denn alles geistige Leben ist ein großer Lernprozess – und hier ist die Universität." Er sah mich forschend an:

„Du bist kein Rückkehrer, sondern ein Besucher, wie ich annehme. In letzter Zeit kommen viele zu Besuch. Früher kehrten alle zurück nach unten, aber immer mehr bleiben jetzt hier. Was wirst du tun?"

„Ich werde zurückkehren auf die Erde …", sagte ich wenig überzeugend. Ich wünschte mir plötzlich das Gegenteil, nämlich für immer zu bleiben. Diese überirdisch schöne Welt mit ihrem Zauber und ihrer Schönheit erfüllte mich mit grenzenlosem Staunen, und ich schauderte bei dem Gedanken, zurückkehren zu müssen in eine trostlose physische Existenz. Mein Vater verstand:

„Du kannst frei wählen zu bleiben oder zurückzugehen. Nur kannst du mit dieser Entscheidung nicht lange warten. Die Frist zur Rückkehr ist begrenzt."

„Ich wünschte mir nichts mehr, als für immer hier zu bleiben", sagte ich leise.

„Es ist allein deine Entscheidung, und niemand wird dich dabei beeinflussen. Aber vielleicht kann ich dir helfen. Wer sich entscheidet, eine neue physische Erfahrung zu machen, tut dies, um seine geistige Widerstandskraft zu stärken, weil er eine wichtige Mission zu erfüllen hat oder weil er einfach Freude hat an dem dramatischen Spiel des physischen Daseins. Dein Leben dort ist noch nicht beendet, und du hast noch wichtige Aufgaben vor dir. Wenn du hier bleibst, wirst du langsam zurückfallen und musst später doch in eine ganz neue Geburt gehen."

„Und wer entscheidet das?"

„Du selbst natürlich. Wenn du fühlst, dass du ein neues Leben willst, wirst du eingeladen in das Ministerium, das du vielleicht schon gesehen hast, oben auf der Zitadelle. Dort wird dir ein Leben vorgeschlagen, mit allen Chancen und Risiken. Es ist nicht so, dass eine neue Existenz geplant und festgelegt wird. Im Gegenteil: Es gibt Punkte, an denen sie durch freie Entscheidungen in ganz verschiedene Richtungen gelenkt werden kann. Man kann allerdings die Spanne zwischen den besten und schlechtesten Möglichkeiten festlegen."

„Wirst du lange hier bleiben?"

„Ja, denn ich habe viel zu tun. Ich studiere Geographie und Geschichte des Astrals und korrespondiere mit anderen Wissenschaftlern aus nah und fern. Wir arbeiten gemeinsam an der großen Enzyklopädie des Astrals. Es gibt zahllose andere Kontinente, Länder und Städte mit Bewohnern aus allen Teilen des Universums. Wir erforschen diese Vielfalt. Wenn ich fortgeschritten bin, will ich weite Reisen machen zu entfernten Orten im Astral."

„Wird man denn hier niemals älter?"

„Auch wir altern, aber sehr langsam, in einem geistigen Rhythmus, der dem Verlauf der astralen Zeit entspricht. Und irgendwann gehen wir, gesättigt mit Wissen und Erfahrung, in die zweite Geburt – keine Geburt in die Materie, sondern in die höheren Sphärenstufen."

Ich hatte noch tausend Fragen, aber er nahm mich am Arm und sagte fröhlich:

„Komm mit, wir machen jetzt einen kleinen Rundgang. Ich zeige dir mein Reich."

Wir kamen durch eine lange Wandelhalle, die bis zu Decke angefüllt war mit Karten, Atlanten und Folianten. Gestalten eilten umher, die so etwas wie Schriftrollen trugen; woanders standen Männer und Frauen, die lebhaft debattierten. Manche trugen Togen und Tuniken aus römischer Zeit, andere mittelalterliche Mönchsgewänder, viele auch Anzüge des neunzehnten und zwanzigsten Jahrhunderts. Ich schnappte Gesprächsfetzen auf:

„… die Entfernung zum weißen Licht werden wir niemals exakt berechnen können, da das Astral sich ständig ausdehnt …"

„… wenn Raum und Zeit Illusionen sind und allein der Geist existiert, dann existiert das Astral im Geist …"

„… wenn ich mich im Astral unendlich weit in eine Richtung bewege, komme ich natürlich wieder an meinem Ausgangspunkt an, während zugleich unendlich viel und unendlich wenig Zeit vergangen ist …"

Er führte mich durch weitere hohe Hallen, bis wir an eine breite Marmortreppe kamen, die sich spiralförmig um einen gewaltig großen kreisförmigen Schacht nach oben wandte. Ich blickte erst nach unten, dann nach oben, aber ich konnte kein Ende erkennen. Der Schacht verlor sich in Hunderten von Stockwerken.

„Wir haben das Zentrum des Turmes erreicht. Nun steigen wir in das nächste Stockwerk hinauf und besuchen die holographischen Archive", sagte David, während ich ihm staunend folgte. Das nächste Stockwerk sah ähnlich aus wie das vorige, überall zweigten Säulenhallen ab, geschmückt mit gigantischen Statuen unbekannter Heroen. Helles Licht fiel durch die Arkaden und Bögen und ließ die farbigen Steine in Hunderten von Farben glühen.

„Wir sind hier eigentlich wieder in Alexandria angekommen", sagte David lachend, „denn wir haben die Schriftrolle eingeführt. Die Rollen bestehen jedoch nicht aus Papyrus, sondern aus dem unzerstörbaren Material Orichalkos, das Millionen von Daten, Zeichen und Bildern speichert, die ohne Unterbrechung abgerollt werden können. Dies funktioniert entweder mithilfe unserer Sichtapparate" – er deutete auf die altmodischen Sessel mit Bildschirmen, in denen man die Rollen betrachten konnte – „oder die Rolle wird rasend schnell direkt gelesen und in den Geist projiziert. Dies geschieht übrigens häufig, wenn Reisende von unten im Traum heraufkommen, um Informationen zu sammeln, aber nur wenig Zeit haben. Die Aufnahme geht so schnell, dass der Empfänger fast nichts davon bemerkt. Erst später werden ihm die Datenpakete in seinem Geist zugänglich. Dies ist die schnellste Art zu lernen."

Er zog eine Rolle hervor, öffnete sie und zeigte sie mir. Sie rollte blitzschnell ab, und ich empfing eine Flut von Informationen und Bildern, die ich nicht verstand.

„Was Du eben gesehen hast, war die ‚Beschreibung der Zweiundsiebzig Heiligen Städte von Gondwana', diesem Teil des Astrals. Diese Rolle ist nun in deinem Geist gespeichert. Wenn du wieder unten bist, wirst du dich wundern, woher all die seltsamen Träume und Bilder kommen …" Er lachte. Dann zeigte er mir eine Rolle, die älter, größer und schwerer war:

„Dies ist eine antike Rolle mit der Beschreibung des Astrals in der vorzeitlichen Sprache der Senoi. Ich studiere sie schon seit langem, und habe trotzdem bisher noch kaum etwas verstanden." Ich fragte:

„Wer sind die Senoi?"

„Sie sind eine alte kosmische Rasse, die zur ersten Generation des Lebens im Universum gehört. Sie waren die nächsten Nachbarn der Menschheit im All und sind uns ähnlich. Sie bewohnten einen Illusionsplaneten, der größer war als die Erde, aber sie haben ihn vor langer Zeit aufgeben müssen, weil er immer heißer und schließlich unbewohnbar wurde. Sie suchten neue Lebensräume und kamen vor langer Zeit zur Erde. Dort gründeten sie vor der Sintflut verschollene Reiche, die längst vergessen sind. Später erforschten sie das ganze Astral und auch andere Dimensionen."

Ich wollte mehr wissen und die Gelegenheit nutzen, weiter zu fragen:

„Wie groß ist das Astral? Ist es begrenzt oder unendlich?"

„Soweit wir wissen, hat das Astral kein Ende, aber es ist begrenzt durch höhere Dimensionen. Wir befinden uns nicht auf Planeten oder Himmelskörpern, sondern wahrscheinlich auf einer im Unendlichen gekrümmten Oberfläche. Wir vermuten, dass das Astral das physische Universum umgibt oder umschließt wie eine Schale. Es ist wie die Oberfläche eines Ozeans, auf dessen Grund die physischen Welten liegen. Das haben auch die Physiker auf der Erde herausgefunden. Die unbekannte dunkle Materie, die sie im Universum gefunden haben, ist nichts anderes als die Rückseite des Astrals."

„Und was liegt jenseits des Astrals?"

„Über uns liegen höhere Ebenen oder Schalen, die aus reiner Energie bestehen. Wir sehen sie hier als goldenes Licht durchscheinen. Im physischen Universum sind sie sichtbar als Sterne und Nebel."

Er schwieg und dachte nach. Dann fuhr er fort:

„Du fragst, was jenseits unserer Dimension ist? Wir wissen nicht viel, denn aus den höheren Dimensionen kehrt niemand zurück. Nur Engel und andere göttliche Boten erscheinen manchmal von dort. Was über unserer Dimension liegt, ist unbegreiflich und so nah dem Zentrum des Seins und dem ewigen Licht, dass wir es nicht ertragen können. Es sind körperlose Reiche, in denen Dimensionen höchster Fülle und Leere nebeneinander existieren. Unsere Weisen nennen sie die Sphärenstufen. Es gibt Engel der Sphärenstufen, nur die der unteren sind uns zugewandt. Die Höheren schauen ins Zentrum und beachten uns nicht. Die Engel nannten uns einst vier Stufen: die Unendlichkeit des Raumes, die Unendlichkeit des Bewusstseins, das absolute Nichts und den höchsten Bereich jenseits von Sein und Nichts, jenseits von allem, was erkannt werden kann."

„Auch im Astral gibt es Raum, Zeit, Kraft und Bewegung. Aber welche Physik erklärt das?"

„Hier herrscht eine komplett andere Physik als in der physischen Welt. Raum ist hier nicht Ausdehnung, sondern so etwas wie ein leitfähiges Medium der Gedanken. Und Zeit vergeht nicht, sondern sie ist eher wie ein Informationsspeicher. Und was Bewegung ist, hast du wahrscheinlich selber schon festgestellt: Sie ist reine Schwingung, Frequenz. Körper und Kräfte drücken wir hier in Feldern aus."

Wir durchschritten die große Halle bis zum Ende und betraten nun eine langgestreckte Galerie, die abgedunkelt war. Links und rechts waren helle, von innen erleuchtete Kugeln zu sehen. Sie stellten Himmelskörper dar, es waren Planeten.

„Sind dies die Planeten unseres Sonnensystems?" fragte ich ihn. Ich hatte allerdings schon Bilder von Mars, Jupiter oder Neptun gesehen und konnte keine Ähnlichkeiten feststellen.

„Nein. Du siehst hier die Heimatplaneten all der Wesen, die sich in diesem Teil des Astrals aufhalten. Wir nennen sie auch Illusionsplaneten, weil auf ihnen die verschiedenen Illusionen gespielt und durchlebt werden. Sie gehören zum ‚Bund der sieben Sonnen‘ und sind Heimat unsterblicher Rassen, wie zum Beispiel hier, der Calydon" – er deutete auf das Bild eines rot schimmernden Planeten, durchzogen von grün irisierenden Meeren – „unser Zwillingsplanet, der nicht weit von der Erde entfernt ist. Andere liegen Tausende von Lichtjahre weit, wie Varuna, der Wasserplanet, der von einem einzigen großen Ozean bedeckt ist."

Das Wort ‚Calydon‘ berührte mich seltsam. Ich hatte es doch schon einmal gehört. Lange betrachtete ich das Bild des Planeten und fühlte etwas wie eine starke Sehnsucht. Irgendetwas beschäftigte mich im Innersten. David sah mich von der Seite an:

„Es scheint, du bist auch ein Calydonier. Sie kamen vor langer Zeit zur Erde, gerieten im Götterkrieg der alten Ära in Gefangenschaft und durchleben nun dort eine lange Kette von Existenzen. Calydonier sind ewig Heimatlose auf der Erde; diejenigen, die hinweg streben, die Unglücklichen und die Rätselhaften."

Wir gingen langsam weiter, vorbei an großen, herrlich leuchtenden Welten, von denen jede einen absolut einzigartigen Charakter hatte.

„Jeder Planet, der intelligentes Leben hervorbringt, ist selbst ein hoch entwickeltes Lebewesen. Er schafft Leben, und er kann es auch wieder zerstören. Hier siehst du den berühmte Planeten der Senoi: Er wurde zum Opfer seiner Sonne, die sich zu einem roten Riesen ausdehnte und so den Planeten langsam erhitzte und zum Glühen brachte. Seine Bewohner waren gezwungen, ihn aufzugeben."

Ich sah einen rot glühenden Ball, von dem Eruptionen ins All schossen. Dann kamen wir in eine andere Halle mit einer langen Reihe von Bildern, auf denen ein gleißend helles Licht im schwarzen All zu sehen war, jedes Mal größer als auf dem vorhergehenden Bild.

„Dies ist das mysteriöse weiße Licht, das uns schon seit Jahrhunderten beschäftigt. Du siehst auf den ersten Bildern, die vor langer Zeit aufgenommen wurden, ein weißes Objekt am Himmel, das wie ein entfernter Nebel erscheint. Auf den nächsten Bildern kann man deutlich sehen, dass es immer größer wurde. Unsere Kosmologen haben berechnet, dass das weiße Licht auf uns zukommt. Es scheint sich langsam zu bewegen, aber das liegt nur an seiner unendlichen Entfernung. In Wahrheit rast es mit Lichtgeschwindigkeit auf uns zu. Und es ist gigantisch groß, wir schätzen es auf Hundert Lichtjahre im Durchmesser."

Ich sah mir das letzte Bild in der Reihe an und erinnerte mich, dass mir die Seher im Observatorium es in ihrem Teleskop gezeigt hatten: ein Objekt, heller als tausend Sonnen, das schon recht nah erschien, denn es nahm den Großteil des Horizontes ein. Seine Form war seltsam regelmäßig, erinnerte entfernt an einen Schwarm von Zugvögeln, der übers Meer fliegt. David erklärte:

„Diese Bilder wurden von der Spitze des Turmes aus aufgenommen."

„Was passiert, wenn es näher kommt?"

„Die Kosmologen vermuten, dass das weiße Licht nicht aus Sternenmaterie, sondern aus Lichtwesen besteht, aus Myriaden von Engeln, die von höheren Sphärenstufen zu uns herabkommen. Sie bewegen sich seit undenklichen Zeiten mit Lichtgeschwindigkeit in unsere Richtung, aber sie sind noch immer weit entfernt. Sie müssen aus unermesslichen Fernen kommen. Wenn sie ins Astral eintauchen, werden die Unterwelten einstürzen und die Dunkelheit ganz verschwinden. Auch auf den äußeren Planeten wie der Erde wird dann ein neues Zeitalter beginnen."

„Das jüngste Gericht?"

„So sahen es die alten Propheten in ihren Visionen. Aber es wird nicht schmerzen, im Gegenteil, es wird das Ende aller Schmerzen und Leiden sein. Die höchsten Wesen haben beschlossen, dass dieser Teil des Universums gereinigt und erhöht werden soll."

„Wann wird das sein?" fragte ich.

„Nach unserer Zeit, die langsamer verläuft, in naher Zukunft, nach irdischer Zeit in einigen Jahrhunderten."

Wir kamen in Hallen, deren Wände von großen Gemälden bedeckt waren.

„Diese holographische Galerie zeigt historische Ereignisse, die im Astral stattgefunden haben. Es sind große Mythen, Theomachien, prähistorische Dämonenkämpfe und planetarische Kriege, die sehr lange zurückliegen."

Wir gingen weiter und kamen zu einem gigantischen holographischen Fresko, das die Wand einer ganzen Säulenhalle füllte. Schon von ferne hörte ich Lärm, das Donnern und Grollen der Elemente, unmenschliches Brüllen, dumpfes Hämmern und Explosionen.

„Dieses ist das größte Bild, das wir haben. Es stellt das bedeutendste Ereignis in der Vorgeschichte des Astrals dar: den Götterkrieg der alten Ära. Er liegt schon sehr lange zurück, aber er ist eingebrannt in die Erinnerungen aller Wesen, denn es ging um Sein oder Nichtsein. Auch auf der Erde existieren viele Erinnerungen an ihn. Aber sieh selbst."

Ich trat an ein Riesenfresko heran, in dessen Zentrum der Weltberg und seine Ringgebirge aufragten, mit den Palästen der Götter an seinen Seiten und auf den Gipfeln. Eine unüberschaubare Masse von Monstren, aufrecht gehend, mit Körpern wie Reptilien, belagerte die Berge. Dort schwebten leuchtende Wesen, Götter in fliegenden Tempeln, und Engel in prismatisch leuchtenden Strahlenpanzern, die den Weltberg verteidigten. In der roten Wüste kam es zur großen Schlacht: Der Boden brach auf, und die gewaltigen Echsen stürzten in die Spalten und Abgründe. Engel kamen herab und tauchten die Länder in gleißendes Licht. Wo die weißen Blitze hinfielen, war kein widergöttliches Wesen mehr zu sehen. Sie lösten sich einfach auf. Der Anführer der Engel, eine riesenhafte Gestalt wie aus durchsichtigem farbigem Edelstein, durchbohrte mit einem leuchtenden Flammenspeer die größte der Echsen, die sich krümmte und in den Abgrund rollte, während eine schwarze Fontäne aus dem wankenden Körper schoss. Ich ging näher heran, und das Bild begann sich zu bewegen. Der Lärm der Schlacht war ohrenbetäubend, und ich war so nah, dass David mich zurückriss.

„Zurück! Es ist das pure Inferno!" rief er mir zu. Ich blieb stehen und betrachtete das gewaltige Geschehen, das offenbar seinen Höhepunkt erreicht hatte. David erklärte es mir:

„Es war lange vor der Ära der Menschen: Außerhalb des Astrals, in der Finsternis, existierten die Titanen. Aber sie fanden Eingänge, kamen durch die Unterwelt herauf und errichteten gewaltige Städte und Festungen in der roten Wüste. Sie wollten alle Macht erringen und so sein wie die unsterblichen Götter. Sie schufen die Rasse der Lemuren, reptilienhafte Kriegersklaven, und sandten die Heere der Unterwelt herauf. Das war der Beginn des furchtbaren Götterkrieges, von dem Legenden und heilige Bücher aller Länder noch heute voller Schrecken erzählen. Lange belagerten die Lemuren das Reich der Götter, den Weltberg, und durchstreiften alle Länder des Astral. Auch auf der Erde lebten sie Millionen von Jahren. Schließlich erschien eine Streitmacht der Engel und Götter, abgesandt aus den höheren Seinsstufen, und schlug die Dämonen in einer gewaltigen Schlacht, die das Astral erschütterte. Auf der Erde glaubt man, dass die Riesenechsen und gefiederten Schlangen durch einen Kometen ausgelöscht wurden. In Wahrheit war es der Blitz der Götter. Das Land verbrannte, und die Lemuren wurden wieder in die Unterwelten verbannt. Seitdem hausen ihre Herren, die Titanen, in der Finsternis am Rande des Nichts in den schwarzen Löchern, aus denen sie niemals wiederkehren können. Aber sie sinnen auf Rache. Ihre Sklaven, die Lemuren, hungrige Geister, die das Licht scheuen, sind Seelenfresser, die Verwirrung und Chaos schaffen, um dann reiche Beute zu machen – auch auf der Erde. Früher ließen sie sich als Blut trinkende Götter und Dämonen feiern, heutzutage als Führer in eine scheinbar goldene Zukunft. Sie lieben den Geruch verbrannten Fleisches und vergossenen Blutes. Die Leichenberge können ihnen gar nicht hoch genug sein. Diejenigen Menschen, die ihnen dienen, werden selbst irgendwann zu Lemuren und irren als vampirische Geister auf der Erde umher. Immer wieder nahmen solche Geister Besitz von Menschen, mit denen sie furchtbare Bündnisse schlossen. Nur wenige solcher Besessener genügen, um die Welt in ein Inferno aus Hass, Mord und Blutrausch zu stürzen. Wenn sie dann mit ihrer Beute abziehen, ist es, als sei ein böser Spuk aus der Welt verschwunden. Ihr Gesetz ist die Lüge, ihre Kraft ist der Hass. Sollte es den Lemuren jemals gelingen, die Erde ganz in ihre Gewalt zu bringen, so sind die Menschen verloren."

Mich schauderte, ich wandte mich ab von dem schrecklichen Geschehen und sah David an.

„Es gibt also dunkle und grausame Mächte im Astral!"

„Natürlich, auch das Astral ist eine Welt der Dualität, auch hier gibt es Kräfte, die einander ewig widerstreiten. Nur durch die Gegensätze wird die Existenz, das Sein, aufrechterhalten."

Ich stellte David die wohl älteste Frage der Menschheit:

„Und woher kommt das Böse?"

„Wir nennen die zwei Seiten nicht gut und böse, sondern innere und äußere Kraft. Als das universale Wesen am Beginn aller Dinge aus sich heraustrat, teilte es sich in zwei polare Kräfte, denn sonst hätte es sich niemals manifestieren können: in Geist und Wille. Beide sind gleich starke und gleich alte Aspekte der höchsten Kraft. Wenn sie wieder eins werden, wird die Welt aufgehoben und verschwindet im Einen: Nirvana. Die innere Kraft ist der Geist, das Bewusstsein, Erkenntnis, Liebe, Vereinigung. Die äußere Kraft ist der Wille: Getrenntheit, Individuation, Unbewusstheit, Macht. Aus dem Kampf beider Kräfte entstand das Universum: Licht und Gravitation, Ausdehnung und Zusammenballung, Magnetismus und Kernkraft, Leben und Zerfall, Plus- und Minuspol, Yin und Yang, das Helle und das Dunkle. Die ewige Dualität. Ihr werden wir nicht entrinnen, solange wir denkende Wesen sind."

Ich verstand sehr gut, was er meinte. Es sprach aus allen philosophischen und poetischen Werken der Menschheit.

„Also wird das Gute niemals siegen?"

„Das Helle kann nicht endgültig siegen, genauso wenig wie das Dunkle, denn dann würde alles aufhören zu existieren. Im ständigen Kampf entwickelt sich das Leben immer weiter. Dabei hängen astrale und physische Welt untrennbar zusammen: Wenn auf der Erde das Dunkel zunimmt, wie zurzeit, werden im Astral die Lemuren zahlreicher. Wenn das weiße Licht das Astral erreicht haben wird, dann wird auch auf der Erde ein neues Zeitalter beginnen. Diese Wechselbeziehung macht beide Dimensionen voneinander abhängig. Deshalb wurde der Bund zwischen den Welten geschlossen und immer wieder erneuert. Wir senden dauernd Botschafter zur Erde, und Menschen wie du kommen herauf, um Erkenntnis zu gewinnen."

Ich verstand nun den Sinn eines Bundes zwischen den Welten. Es gab einen Krieg im Astral und sein Abbild auf der Erde.

Ein Klagen und Grollen erfüllte plötzlich die Luft, wie von vielen Stimmen. Sie wurden lauter, kreischten und brüllten in unbekannten Sprachen, fürchterliche Schreie ausstoßend. Mich schauderte wieder. Das Geheul hörte nicht auf. David hatte es plötzlich sehr eilig, winkte mir zu, ihm zu folgen, und zusammen liefen wir durch die endlosen Hallen der Academia. Er deutete auf eines der großen Fenster: Der goldene Glanz des Himmels war verfinstert, und etwas wie ein schwarzer Sturm kam auf, der sich schnell ausdehnte.

„Es naht eine dunkle Stunde. Diese Momente treten hin und wieder auf, eine Verfinsterung des Himmels, eine Erstarrung des Lebens, begleitet von einem kalten Wind und schrecklichen Stimmen in den Lüften. Alles verliert seine

Farben und erkaltet für Augenblicke, doch meist ist es schnell vorbei. Früher passierte es sehr selten, kaum dass sich jemand daran erinnern konnte. Nun wird es immer häufiger und auch stärker. Die Weisen forschen nach den Ursachen, sie halten es für ein böses Vorzeichen. Viele glauben, dass der Abgrund einen neuen Angriff vorbereitet. Wir haben keine Zeit zu verlieren."

Ich erinnerte mich an meine frühere Vision vom Angriff der Lemuren und erzählte David davon. Er entgegnete:

„Das war der erste Sturm, der die Stadt heimsuchte − aber das ist lange her."

„Ich sah es erst vor wenigen Monaten", sagte ich.

„Das liegt daran, dass hier die Zeit anders verläuft als bei euch. Ist dir nicht aufgefallen, dass hier lange Zeiträume zu vergehen scheinen, aber wenn du zurückkommst, nur einige Stunden vergangen sind? Und dass man dort unten ein ganzes Leben erlebt, das hier nur wie eine kurze Reise erscheint?"

Ich sah hinaus auf die Stadt. Die Menschen waren beunruhigt, schauten zum Himmel, deuteten in die Höhe. Es war dunkel geworden, der Himmel wirkte fahl. Es war ähnlich wie eine Sonnenfinsternis, obwohl es hier keine Sonne gab. Die Menschen hasteten hin und her. David wurde bleich:

„Wir müssen ins Pantheon fliehen, denn nur dort stehen wir unter dem Schutz der Unsterblichen."

In diesem Augenblick kamen uns Zoe, der Capitan und Marcos an der großen Treppe entgegen. Zoe sagte aufgeregt:

„Draußen kommt ein schrecklicher Sturm auf!"

Ich nahm sie an die Hand und wir liefen eine endlose breite Marmortreppe hinauf, immer höher und höher, während die schrecklichen Stimmen um uns jaulten und kreischten. Endlich erreichten wir ein Portal zwischen mächtigen Säulen. Hier hatten sich schon viele Menschen versammelt. Es war der Eingang zu einem Tempel, der von Säulengängen umschlossen war, geschmückt mit Statuen und Malereien in überwältigender Fülle. Doch es war keine Zeit, um die herrliche Kunst zu betrachten, denn der Strom von Menschen schob uns voran. Wir näherten uns dem Eingangstor in den inneren Raum. Es schien aus purem Gold, getragen von hohen Säulen. Dahinter tat sich ein gewaltiger Innenraum auf, ein unermessliches Rund, das sich in alle Richtungen erstreckte. Darüber wölbte sich eine Kuppel, weit wie der Himmel und so hoch, dass sie sich im dämmernden Zwielicht verlor. Der Raum war erleuchtet von tausenden von Lichtern, seine Wände ahnte ich im Dämmerlicht. Ferne Tore waren als helle Ausschnitte zu sehen. An den Seiten ringsum standen Figuren in Hunderten von Nischen oder Kapellen, darunter menschliche, halbtierische, dämonische und vollkommen bizarre Ausgeburten der Vorstellungskraft. Hier waren die Götter, Halbgötter, Dämonen und Seelenherrscher der Welten versammelt. Eine unübersehbare Menge von Menschen bevölkerte die Halle. Viele beteten allein oder in großen Gruppen vor ihren Idolen, andere klagten ängstlich, einige sangen heilige Lieder oder murmelten Beschwörungen. Schrecken hatte die Menge ergriffen. David sagte:

„Die Götter, die auf der Erde und auf anderen Planeten verehrt werden, waren niemals bloße Phantasien. Sie offenbarten sich den Menschen in inneren Bildern. Sie sind geistige Wesen höherer Ordnung, die zu den Menschen sprechen, aber unter Masken. Sie wollen Verehrung und Opfer, die schwachen unter ihnen ernähren sich regelrecht davon. Hier sind sie alle versammelt. Sie tragen unzählige Namen: Sie treten auf als Tiere und Naturwesen, als Staatsgötter von Städten und Ländern, als Engel und Dämonen, eifersüchtig, zornig, verschwenderisch, großzügig. Sie sind weiblich, männlich, androgyn, Halbtier und Tier, Naturkraft oder Lichtgestalt. Hier sind sie versammelt: Alle Götter der Geschichte, die friedfertigen und kriegerischen, die barmherzigen und grausamen. Man sagt, sie leben auf den Gipfeln des Weltgebirges, in den Paradiesen und Himmeln zwischen den Sternen und in den Eruptionen des Lichtes. Aber sie alle, ihre vielfältigen Geschlechter und Hierarchien, sind nur Spiegelungen des Einen, des Höchsten. Das Höchste hat keinen Namen, es ist Ursprung und Quelle von allem."

Im Zentrum der Halle schwebte eine Flamme aus transparentem blauem Licht hoch über dem Boden, vollkommen still und ebenmäßig.

„Das ist die ewige Flamme", sagte David, „sie ist unzerstörbar, ein Zeichen des Höchsten, ein Buchstabe der flammenden Schrift, mit der er einst das erste Wort in die Nacht schrieb. Prophezeiungen sagen, dass Gondwana untergeht, wenn sie erlischt."

Überall brannten Kerzen und Lichter, die Besucher beteten und flehten, flüsterten und rezitierten. Ihre Stimmen hallten wider in tausendfältigem Echo. Wir schritten entlang der Reihe göttlicher Gestalten: Geflügelte und Gehörnte, Figuren mit Löwen- und Vogelköpfen, menschliche Gestalten aller Art mit Flügeln, Krallen, Dämonenköpfen. Große Göttinnen und Götter schauten voller Würde und Schönheit streng oder lächelnd auf uns herab, und Dämonen mit vielen Köpfen und Gliedmaßen bleckten ihre riesigen Zähne im Scheine der Fackeln.

„Die Statuen sind Masken, durch welche die Unsterblichen zu uns sprechen", fuhr David fort, „in Formen und Bildern, die wir verstehen können, doch sie sprechen nicht immer und nicht zu jedem. Man muss seinen persönlichen Gott finden, und nur der wird antworten …"

Wir kamen zu einem Felsen, an den ein geflügeltes insektenhaftes Wesen geschmiedet war, die vorderen Gliedmaßen ausgestreckt. In der Mitte seines Körpers befand sich ein großes Loch.

„Dieser ist der Erlöser eines weit entfernten Planeten. Er kam zu einem Zeitpunkt, als die Völker dort noch äußerst primitiv und grausam waren, verstrickt in unablässige Kriege. Er war der Bote des Höchsten, die Verkörperung seines Wortes. Doch sie hörten ihn nicht. Sie glaubten nicht, dass er von Gott gesandt war, und schließlich nahmen sie ihn gefangen. Er, der nur Gutes getan hatte und reinen Herzens gewesen war, wurde in einem alten grausamen Ritual lebendig geopfert, indem man ihn an einen Felsen schmiedete und ihm sein Nervenzentrum herausschnitt. Doch am nächsten Tag war er davon geflogen, um niemals wiederzukehren. Erst danach begannen die Wesen dort zu begreifen, wer er gewesen war, und was sie getan hatten. Sein Leben wurde aufgezeichnet und daraus entstand das Buch der Gesänge vom Höchsten. Sein Name wird bis heute dort verehrt. Ein Bund war geschlossen worden, Anfang einer neuen Zeit. Der Höchste sendet zu jedem Planeten einen Abgesandten, der Geist von seinem Geist ist, aber nur ein einziges Mal."

Wir schritten durch die gigantische Halle. Prediger prophezeiten das nahe Ende der Welt und riefen zum Marsch in die große Wüste auf. Ihre Anhänger formierten sich zu langen Zügen, um die Stadt zu verlassen. Poeten und Sänger brachten Klagegesänge dar, Gelehrte und Philosophen diskutierten über die Ursachen des Sturmes und der Stimmen. Einige von ihnen behaupteten, es habe sich nur um ein reines Naturereignis gehandelt, das aus dem Zusammenfluss heißer und kalter Ströme im Meer entstand und keine Bedeutung habe.

Ich wanderte weiter unter den Göttergestalten umher. Ein großes Bild zog mich magisch an. Es zeigte eine Steinkammer mit einer dunklen Öffnung. So hatten die Grabkammern im alten Orient ausgesehen. Das Tor stand offen, eine Gestalt trat ans Licht. Sie war ganz in weißleinene Binden eingewickelt und konnte daher nicht gehen. Trotzdem bewegte sie sich langsam vorwärts. Es war ein Toter, der aus einem Grab kam – und er wurde gerufen. Draußen stand der, der ihn rief, neben ihm zwei reich gekleidete Frauen. Sie waren in tiefer Trauer, verhüllt und verschleiert, und weinten, da der Tote ihr Bruder war. Aber nun wandelte sich ihre Trauer in ungläubiges Erstaunen. Ich hörte nun, was der Mann rief:

„Lazarus, komm!" Und Lazarus kam heraus. Seine Schwestern Maria und Martha wurden Zeuginnen eines großen Wunders. Ich blickte gebannt auf die Szene, die ich kannte und die mich schon immer tief berührt hatte. Ich trat näher, und sie wurde lebendig. Da wandte sich Lazarus zu mir um und sagte:

„Fremder, tue es mir gleich und kehre zurück ins Leben. Denn deine Zeit ist noch nicht gekommen. Ich weiß, du hast noch viel zu tun auf der Welt, so wie ich noch vieles zu erfüllen habe."

Martha wandte sich zu mir und sagte:

„Sieh her, mein Freund, der Gottessohn zeigt uns den kürzesten Weg zu seinem Vater. Du irrst durch unzählige Leben und Tode und durch viele Existenzen, bis du vielleicht imstande bist, dich selbst zu erlösen. Aber du kannst unmittelbar aus dem Tod ins Leben treten – in einem Augenblick, so wie mein Bruder Lazarus."

Ich hörte wieder die andere Stimme, die sprach:

„Willst du leben?" Ich war verwirrt, aber dann sagte ich:

„Ja, ich will."

„Dann taufe ich dich mit dem Wasser des Geistes, dem Licht. Gehe hin in Frieden!"

Liebe durchfloss mich. Ich musste weinen vor Glück, weinen auch um die Welt, um die Millionen von leidenden Wesen, die doch alle aufgehoben waren in der Liebe des Einen. David stand neben mir. Er sagte leise:

„Jetzt hast du unter allen Göttern deinen persönlichen Schützer und Verbündeten gefunden."

Da hörte ich jemanden sagen:

„Der Vielgestaltige von Gondwana wird gleich zu uns sprechen."

Menschen strömten aus allen Eingängen herein, einige schwebten empor, andere sprangen hinauf zu den Giebeln oder segelten hoch droben in der Kuppel. Der große Raum war erfüllt von einer unübersehbaren Menschenmenge. Es schien, als habe sich die ganze Stadt hier versammelt. Die meisten standen still, manche saßen, andere schwebten. Da ging ein Murmeln durch die Menge, dann verfielen alle in Schweigen, wie auch wir. Ein Tor zu einer Halle öffnete sich, in der ein schlichter Thron stand, auf dem eine Gestalt zu sehen war. Wir bahnten uns einen Weg durch die Menge, um näher zu kommen und genau zu sehen, was nun passierte.

Der Thron schien zu schweben, und das Wesen, das auf ihm saß, wandelte sich ständig: Zuerst schien es auszusehen wie ein asiatischer Khan, dann wie ein einfacher tibetischer Mönch in roter Robe, ein schwebender, fast durchsichtiger Heiliger. Ich versuchte, genaueres zu erkennen, aber die Gestalt blieb unscharf und verschwommen, während sie nun mit deutlich hörbarer Stimme zu sprechen begann:

„Habt keine Angst. Die Titanen schmieden finstere Pläne in ihren schwarzen Löchern, aber sie sind dort gefangen. Deshalb schicken sie Lemuren, die uns erschrecken sollen. Aber die Unsterblichen, die alles sehen, verkünden Euch durch mich: Der Sturm wird schnell vorüber gehen. Das weiße Licht scheint in der Dunkelheit. Der Geist wird alle Wunden heilen. Das Heer der Cherubim wird bald erscheinen und das unendliche Astral in gleißendes Feuer tauchen, das die dunkle Energie erleuchtet. Die lemurischen Dämonen und Schlangen werden zurück in die Finsternis gestoßen und die Durchgänge versiegelt werden."

Während er sprach, verwandelte er sich: in eine verschleierte Hohepriesterin, einen Heerführer in schimmernder Rüstung, einen nackten Asketen, einen düsteren, furchteinflößenden Schamanen, einen Bischof, einen indischen König. Hinter ihm sah ich eine Flucht von Sälen, sie sich bei jeder Wandlung mit Gestalten füllten, die mit der Figur im Vordergrund verbunden waren: Jungfrauen in weißen Gewändern, Ritter, Märtyrer, Zauberer, Kleriker, Hetären, Kinder.

Der Capitan trat nun vor, verneigte sich und sagte:

„Heiligkeit, Herrscher der drei Indien und der Zweiundsiebzig Königreiche von Gondwana, Vielgestaltiger Juramidam, höre uns an!"

Er nickte und verwandelte sich in ein kleines Kind in einem blauen Mantel, der mit goldenen Kreuzen bestickt war. In seiner Linken hielt das Kind eine Kugel, die wie die Erde aussah. Hinter ihm standen unzählige Frauen und Männer, die so aussahen wie die wunderschönen Toten, die uns im Schloss von

Mondor besucht hatten. (War es tatsächlich erst vor einigen Stunden gewesen?) Auch den Propheten Lazaro erkannte ich wieder. Der Capitan fuhr fort:

„Wir sind von Arqa gekommen, wo wir den Bund der Welten erneuert haben, und bitten Euch um Rat und Hilfe. Unsere Länder werden bedrängt und zerstört von alten Feinden. Wenn nichts geschieht, werden die Menschen dort in Flucht und Verzweiflung enden. Wir sind gekommen, Euch um Hilfe zu bitten."

Das Kind sah ihn aus großen unschuldigen Augen an und sprach:

„Wir wissen, was dort unten in der physischen Welt passiert, besonders im Alten Reich, unserer geliebten Arqa. Wir sehen, dass Millionen leiden und eine alte Kultur stirbt. Jetzt verlöschen die Lichter, aber nach einer Zeit der Dunkelheit wird ein neues Zeitalter des Lichtes anbrechen. Niemand kann von hier aus helfen; wir dürfen nicht in die Geschehnisse dort eingreifen, denn Arqa ist eine Zone des freien Willens. Schon oft mussten wir mit ansehen, wie dort Herrlichkeit zerstört wurde und die Barbarei siegte."

Nun wandelte sich das Kind zu einer überirdisch schönen byzantinischen Kaiserin in purpurnem Ornat, geschmückt mit Edelsteinen und Gold.

„Nicht nur Atlantis, sondern auch Persepolis, Roma und Byzanz gingen unter, als ihre Zeit erfüllt war. Diesmal geschieht es aus eigener Schuld, denn die schönäugige Europa hat darin versagt, das Heilige zu erhalten. Sie hat es weggeworfen und dem Verrat die Tore geöffnet. Für die schöne Europa gibt es keine Hilfe mehr, doch dem Bund der Welten steht eine große Zukunft bevor."

Dann sah sie Zoe und mich direkt an. Ihre dunklen Augen durchbohrten uns wie Flammen.

„Ich sehe hier zwei Menschen, die die Aura tragen. Sie sind die Auserwählten, auf die wir gewartet haben."

Die Kaiserin wurde zu einem jungen Mädchen mit langen braunen Haaren und grünen Augen, die denen Zoes ähnelten. Es trug einen langen grünen Mantel aus Seide, und in der Hand hielt es einen weißen Kelch, in dem ich glaubte, die opake Essenz Amrita zu erkennen. Hinter ihm standen nun Hunderte von Gestalten, von denen einige wie Europäer, andere wie Asiaten und Inder aussahen. Alle hatten lang herabfallendes Haar, manche trugen grüne Seidenmäntel, andere schwarze und braun gefleckte Fellmäntel und große geschnitzte Trommeln. Der Capitan drehte sich zu mir um und flüsterte:

„Habe ich es nicht gesagt – du bist der Auserwählte! Respekt, mein Freund, und in so jungen Jahren!" Er begann wieder, ansteckend zu lachen. Konnte er eigentlich nichts ernst nehmen? Das Mädchen vor uns kam mir so merkwürdig bekannt vor, dass ich es immerzu anstarren musste. Zoe ging es nicht anders. Da sagte es:

„Ja, seht mich nur an – gleich werdet ihr wissen, wer ich bin. Doch vorher frage ich euch, ob ihr bereit seid, zurückzukehren in die untere Welt und eure Aufgabe zu erfüllen?"

Ich wollte nicht zurück. Die materielle Welt bedeutete mir nichts mehr, ich wollte hier bleiben für immer, bei meinem Vater, und meine Mutter erwarten. Hier gab es noch so ungeheuer viel zu lernen und zu sehen, hier fühlte ich mich zuhause. Das Mädchen sagte:

„Es ist dein letztes Leben als Mensch, danach bist du frei. Wenn du hier bleibst, musst du später noch einmal durch neue Geburt in ein anderes Leben gehen. Wenn du jetzt zurückkehrst, wirst du ein Auserwählter sein."

„Was bedeutet ‚ein Auserwählter'?" fragte ich.

„Sieh selbst und dann entscheide", antwortete sie lächelnd, und ich hatte eine Vision: das Schloss in Transilvania im Schnee. Viele Menschen drängen sich dort zusammen und leiden Hunger. Immer neue Flüchtlinge aus den westlichen Gebieten kommen an. Später wird es besser: Nahrungsmittel werden angebaut, die Arbeiten in den Katakomben gehen weiter. Jahre später bin ich so etwas wie ein geistlicher Führer, ein Padrinho; Zoe ist die ganze Zeit bei mir. Wir haben ein Kind, ein Mädchen. In den Jahren danach entwickelt sich das Schloss zu einem Zentrum für Besucher aus vielen Ländern. Ich reise zu einer Zusammenkunft nach Zentralasien, wo ich Schamanen aus Sibirien und Mönche aus Tibet treffe. Es wird beschlossen, den Bund der Psychonauten in einen weltweiten Orden zu verwandeln, und ich werde zu dessen Oberhaupt gewählt. Danach reise ich viele Jahre durch die Länder Asiens und begründe die Regeln des Ordens. Ich schreibe Bücher, unter ihnen das „Dritte Testament", die Quintessenz der Lehre der Psychonauten. Westeuropa ist verloren, aber im Osten liegt die Zukunft. Die kalten Länder Sibiriens und Zentralasiens erwärmen sich, und der Orden verbreitet sich überall in Asien und den Americas. Unsere Tochter Marcia wächst heran, sie ist eine perfekte Psychonautin. Sie wird meine Nachfolgerin sein – und sie sieht so aus wie das Mädchen, das vor mir sitzt!

Der Orden gründet eine Akademie im Altai. Aus ihr erwächst später die Hauptstadt des Ordensstaates Agartha, der die dunklen Jahrhunderte überdauern wird. Hier werden die Künste und das Wissen des Ostens und des Westens, des Diesseits und des Jenseits bewahrt, gelehrt und gelernt. Marcia heiratet und gründet eine Dynastie. Hoch betagt ziehen sich Zoe und ich in das Schloss von Mondor zurück, wo wir beim Großen Fest das Amrita zu uns nehmen und unsere Körper für immer verlassen. Fast war es wie eine Erinnerung, obwohl ich wusste, dass es eine mögliche Zukunft ist. Wie konnte das sein? Marcia lächelte kokett und sagte:

„Ihr werdet meine Eltern sein. Wenn ihr mir dieses Leben auf der Erde nicht gönnen wollt, dann bleibt hier, und ich suche mir andere Eltern!"

Zoe und ich sahen uns an und mussten lachen. Zoe sagte:

„Also gut, wir kehren zurück und erwarten dich dort."

„Versprochen!" sagte Marcia und war schon verschwunden. Nun saß ein alter Kaiser mit schlohweißem Bart auf dem Thron. Er sprach: „Sorgt euch nicht, denn das weiße Licht, auf das wir alle warten, wird bald unsere Sphären erreichen. Dann wird Arqa wieder erstehen, herrlicher als zuvor, und ein neues Zeitalter und neue Menschen werden erscheinen. Die Unsterblichen werden wieder die Erde besuchen, so wie in der Vorzeit. Bis dahin ist es eure Aufgabe, die Pforten zwischen den Welten offen zu halten. Ihr seid Sterbliche, deshalb müsst ihr nun nach Arqa zurückkehren, es bleibt euch nicht mehr viel Zeit. Ihr anderen, die ihr Bewohner unserer Welt geworden seid, dankt den Göttern!"

Nun wurde der alte Kaiser immer durchsichtiger, bis er verschwand. Der Saal hinter ihm, der am Ende seiner Rede ein Hochplateau gezeigt hatte, auf dem silberne Raumschiffe landeten, war plötzlich leer.

Es war Zeit zum Abschiednehmen. Der Capitan wandte sich uns zu und sagte:

„Meine Zeit auf Erden ist beendet. Ihr aber werdet die Gemeinschaft weiter führen, so steht es im Buch der Zukunft geschrieben. Zoe wird eine Tochter haben, von der eine neue Linie ausgehen wird. Trinkt das Soma an den heiligen Tagen, bittet die Unsterblichen um ihren Rat, helft allen, die bei euch Aufnahme suchen, verschließt die Grotten und behütet die Schätze. Bald sehen wir uns wieder."

Er versprach, in zweiundfünfzig Jahren in der Nacht der Toten zum nächsten Mysterium zu erscheinen – wo auch immer wir dann wären.

Nun kam Marcos zu mir und sah mir in die Augen. Er leuchtete von innen, und seine frühere Traurigkeit war verschwunden. Er sagte:

„Wir bleiben Freunde für immer, auch wenn wir nun in verschiedenen Welten existieren. Du hast mich vor dem Abgrund gerettet." Wie umarmten uns gerade, als sich die Szene schon auflöste und uns ein stürmischer Wind erfasste, der uns davontrug. Zoe und ich standen auf einem fernen Hochplateau am Rand des Astral. Vor uns wölbte sich dunkelblauer Raum, durchgleißt von hellen Strukturen wie Straßen aus Licht. Nicht weit entfernt lagerten in langen Reihen große silberne Schiffe. Ich wusste, die Unsterblichen waren hier, es waren ihre Raumschiffe. An einem der Schiffe öffnete sich ein Eingang, aus dem Licht strahlte, und wir hörten in unseren Gedanken die Aufforderung einzutreten. Es war so hell, dass wir geblendet waren und stehen blieben. Eine Stimme sprach zu uns:

„Fürchtet Euch nicht, wir sind die Navigatoren der Raumzeit. Da ihr die Zeit zur Rückkehr überschritten habt, werden wir euch zu eurer Raumzeit-Koordinate bringen. Seid willkommen auf unserem Schiff."

Wir gewöhnten uns langsam an das Licht und nahmen nun den Raum wahr. Die Stimme fuhr fort:

„Wir werden uns nun in einer Gestalt manifestieren, die wir in eurer Vorstellung gefunden haben und von der wir glauben, dass sie euch gefällt. Wir werden die Reise gemeinsam machen. Sie dauert nicht sehr lange, denn wir werden durch das Klare Licht kreuzen. Da die Raumzeit im Unendlichen gekrümmt ist, gelangt jeder Reisende irgendwann wieder an seinen Ausgangspunkt. Aber wir können niemals gegen den Zeitstrom navigieren, deshalb durchqueren wir den Hyperraum, um die Zielkoordinate zu erreichen. Wir kommen also in der gleichen Zeit an, die ihr verlassen habt, und doch ist es nicht dieselbe, denn sie liegt für euch in unendlich ferner Zukunft – und ist doch identisch. Dies ist das große Geheimnis der Zeit, das Paradox der Ewigen Wiederkehr. Wir werden dabei auch eure Vergangenheit berühren. Der Sturmwind wird euch schnell vorübertragen, aber ihr habt einige wenige Augenblicke, um Personen aus eurer Vergangenheit zu besuchen und ihnen eine geistige Botschaft zukommen lassen. Dies trägt zu Heilung und Trost bei."

Schon wurden wir schneller und rasten durch unermessliche Räume voller leuchtender Sonnen und galaktischer Nebel. Dann überschritten wir die Lichtgeschwindigkeit, so dass wir das Licht wie einen Kometenschweif hinter uns zurückließen. Das Schiff tauchte in gleichmäßiges blaues Dämmerlicht ein, in eine Zone absoluter Stille. Hier schien alles in Ewigkeit erstarrt. Unser Navigator, den ich nur undeutlich als Lichtform erkennen konnte, sprach wieder:

„Wir sind jetzt in der blauen Zone angelangt, genannt ‚Akasha‘, der Nicht-Raumzeit, einer kosmischen Sphärenstufe, die das Astral umgibt."

Raum und Zeit existieren hier nicht. Im Astral hatte es einen Raum gegeben und eine subjektive Zeit. Hier dagegen sahen wir nur noch ein gleichmäßiges blaues Medium, das kein Gefühl der Räumlichkeit mehr vermittelte und in dem die Zeit stillstand. Der Navigator sagte:

„Was euch blau erscheint, ist für andere Wesen etwas völlig anderes. Die Nicht-Raumzeit oder der Hyperraum befindet sich außerhalb eures Geistes, der nur Objekte begreifen kann. Er zeigt sie euch daher als das ewige Blau, auch genannt ‚das Klare Licht‘."

Das nächste, was ich wahrnahm, war, dass sich unser Flug wieder beschleunigte und wir die blaue Zone verließen. Wir rasten nun durch einen anderen Teil des Universums, und ich wusste, dass wir auf dem Weg zur Erde waren. Sogleich sah ich den herrlich leuchtenden blauen Planeten im Raum vor uns schweben.

„Wir tauchen nun wieder in den Zeitstrom ein, jeder in seinen eigenen. Erst am Zielort werdet ihr euch wieder sehen. Vorher werdet ihr Besuche machen, so wie sie euer Geist ausgewählt hat."

Und schon tauchte ich in eine schwefelgelbe dichte Wolkenschicht ein. Unter mir sah ich riesige Schlachtfelder an einem dunklen Wintertag. Das Land war eine Kraterlandschaft, bis zum Horizont verbrannt und zerfetzt. Hier stand kein Baum mehr, kein Haus, es gab nur noch verkohlte Überreste. Ich kam näher und sah nun Gräben, die kreuz und quer das Gelände durchschnitten. Ein ununterbrochener infernalischer Lärm erfüllte die Luft, überall waren Explosionen und Feuer zu sehen. Es war das Jahr 1916. In den Gräben saßen Männer in grauen Mänteln und zitterten vor Angst und Kälte. Viele waren bereits tot und erstarrt, andere drückten sich in den Schlamm und erwarteten die Befehle, die durch die Gräben gebellt wurden. Nun war ich unten und sah einen kleinen mageren Mann, der dem Ende nahe war. Er zitterte und weinte, seine Gedanken waren eine Mischung aus grenzenloser Verzweiflung, Angst und dem letzten Rest Willen zu überleben. Ich wusste, er war einer meiner Vorfahren, der im Ersten Weltkrieg als Soldat in Frankreich gekämpft hatte. Ich sah, dass er nicht mehr lange zu leben hatte. Wenn er sterben würde, könnte er seine Frau nie heiraten, und mein Urgroßvater würde nie geboren werden, wie auch alle nachfolgenden Generationen. Ich war nun ganz nah bei ihm in dem schrecklichen Inferno aus brüllendem Kanonendonner, Blitzen und Schüssen aus allen Richtungen. Ich näherte mich seinem Geist, und in diesem Moment war es, als ob eine Verbindung hergestellt würde: Ein Strom von Wärme, Licht und Liebe ging von mir auf ihn über. Er hatte sich schon aufgegeben, als diese helle, klare und übermenschlich starke Kraft ihn erreichte und durchdrang. Ich wusste, er hatte vor kurzem gebetet und glaubte nun, sein Gott habe ihn erhört und ihm einen Engel gesandt. Die Kraft schoss in seinen Geist, und er erwachte aus der schrecklichen Starre der Verzweiflung. Ich fühlte seine Gedanken ganz nah: Er dachte an seine junge Frau und sein Vaterland. Ich sagte ihm klar und deutlich, dass er noch lange leben werde und unbesorgt sein solle, denn er werde gesund nach Hause kommen und zwei Kinder haben. Er antwortete mit überschwänglicher Freude und Dankbarkeit. Sein Körper war wieder von Leben erfüllt, er fasste seine Waffe fester, erhob sich geduckt und lief einige Meter weiter. In diesem Moment schlug ein Granatsplitter an der Stelle ein, wo er gerade noch gesessen hatte.

Und schon war ich am nächsten Schauplatz:

Ich kam in ein Krankenhaus. Alles war sauber und glänzte von Wohlstand. Vor dem Gebäude parkten gepflegte Limousinen. Im Inneren sah ich hochentwickelte, teure, wenn auch etwas altmodische Apparate und Schränke, die von Medikamenten überquollen. Dies musste die Goldene Zeit sein! Es war eine Intensivstation. Ein Mann lag bewusstlos, angeschlossen an Apparate. Ich wusste, es war der Sohn des vorigen. Er hatte einen Selbstmordversuch unternommen. Er lebte mitten in der Goldenen Zeit, aber die Verzweiflung hatte ihn von innen ausgehöhlt. Damals begannen die Familien zu zerfallen, so auch seine. Seinen Glauben hatte er schon lange verloren. Es war die Zeit, als Selbsthass und Zynismus ihren Siegeszug antraten, der später alle in den Abgrund reißen sollte. Seine Tochter, damals noch ein Kind, wurde meine Großmutter. Er lag im tiefen Koma, aber gerade deshalb fiel es mir leicht, seinen Geist zu erreichen, der ganz still und weit entfernt vom Körper die Entscheidung treffen wollte, ob er zum Körper zurückkehren oder ins Astral gehen würde. Ich sprach lange mit ihm, und wir erwogen alle Möglichkeiten.

In seinem Zustand der Losgelöstheit fühlte er sich glücklich, erlöst von dem Druck, der auf ihm gelastet hatte. Ich verstand ihn, aber ich sagte ihm, dass er erst später ins Astral gehen solle. Er habe noch viele Jahre vor sich, und es wäre traurig, wenn er seine Familie jetzt verließe. Es wäre für ihn schöner, wenn er seine vier Kinder noch heranwachsen sehen könne. Er, der seine Familie mehr liebte als alles andere, stimmte mir schließlich zu. Er fragte, wer ich sei, und ich antwortete ihm, ich sei einer seiner Nachkommen aus der Zukunft. Das brachte ihn zurück in seinen Körper.

Und ich raste weiter durch die Zeit. Ich war immer noch in der Goldenen Zeit, wie ich unschwer an den luxuriösen Häusern und Wohnungen erkennen konnte. Ich sah einen Zwanzigjährigen, der eine Dosis der damaligen Modedroge LSD genommen hatte. Er war ein Sohn des vorigen. Ich sah auch, dass er nicht zum ersten Mal diese Reise machte. Er war schon einige Male im Astral gewesen, ohne sich dessen bewusst gewesen zu sein. Für ihn war es einfach das Eintauchen in schöne Farben, Bilder, Gefühle der Glückseligkeit und Erleuchtung. Diesmal aber hatte er eine giftige Substanz genommen und war schon kurz darauf in einen psychotischen Zustand gefallen. Er wurde von schrecklicher Angst gepeinigt, gegen die er sich nicht wehren konnte. Er glaubte, entweder zu sterben oder wahnsinnig zu werden. Ich sah flatternde dunkle Schatten, die sich näherten und versuchten, in seinen Geist einzudringen. Er wehrte sich verzweifelt. Er war stark, aber immer mehr Schatten umringen ihn wie riesige Motten, ein großer Schwarm. Ich sah seinen Geist als ein helles, flackerndes Licht, dass die Wesen aus der Dunkelheit anzog. Wenn sie seinen Geist überwältigten, würde er für lange Zeit seinen Verstand verlieren, vielleicht für immer. Seine Kraft schien zu erlahmen. Er lag auf einem Bett, schwitzte, geriet immer mehr in Panik. Er will weglaufen, aber er kann nicht vor sich selbst flüchten. Er fühlt die Angriffe einer kalten unbekannten Macht, wie Messer, die seine Psyche durchschneiden. Er weiß, dass er kämpfen muss, sonst wird er verloren sein, man wird ihn den Psychiatern übergeben. Da bin ich bei ihm, und die Schatten flattern davon. Sie lauern in einiger Entfernung, während ich mit ihm Kontakt aufnehme. Ich sage ihm, dass er niemals aufgeben dürfe, dass sein Geist stärker sei als alle dunklen Kräfte, dass Gott noch vieles mit ihm vorhabe. Sein Licht wird wieder stärker, es beginnt zu pulsieren. Er weiß nichts von außermenschlichen Wesen, aber er kennt die göttliche Kraft. Er glaubt, es sei sein eigenes Selbst, das mit ihm spricht. Ich gebe ihm Kraft, so dass sein Geist sich wieder stabilisieren kann. Die Wesen verschwinden, und ich bin überrascht von der Kraft seiner Reaktion. Ich weiß, dass er jetzt eine tiefe visionäre Ekstase erlebt. Ich sehe seine Energie, die nun weit in den Raum bis zum Astral aufsteigt. Von dort fließt ein ununterbrochener Strom von Bildern in seinen Geist.

Und nun kam ich in ein Zimmer, das ich nur zu gut kannte. Es war mein eigenes in Metrocity Grande. Es war Nacht, ein Mann lag auf einem Bett und war in einen Schlaf der Erschöpfung gefallen. Er trug die schlichte graue Uniform eines Beamten Austrasias. Auf der Brust das Emblem der Rest-EU, eine blaue Fahne mit dem Kreis goldener Sterne, im Zentrum ein goldener Halbmond. Er war deprimiert, denn er hatte gerade den Tod eines Unschuldigen mitansehen müssen. Und er fühlte sich mitverantwortlich für das System der Unterdrückung, weil er zum Apparat gehörte, der die Freiheit zerstörte. Ich war es selbst in jener Januarnacht nach dem Autodafé, am tiefsten Punkt des Ekels und der Verzweiflung. Ich sah mich selbst und wusste, dass ich mich bald ebenso ins Feuer stürzen würde, wie der alte Mann es gerade getan hatte. Der Mann, der dort ruhte, war bereit, alles hinzuwerfen und zu beenden. Ich näherte mich ihm und gab ihm zu verstehen, dass sein Leben noch nicht vorüber sei. Es werde gerade hier und jetzt neu beginnen. Nun war auch Zoe da und sprach mit ihm. Er träumte, aber ich konnte seine Träume sehen, denn ich war in ihnen. Bei mir waren nun auch die beiden Vorfahren, die ich vorher besucht hatte, und auch deren Frauen. Über uns stand das silberne Raumzeit-Schiff, mit dem wir gekommen waren, und wir brachten ihn hinauf. Ein heller Lichtstrahl zog seinen Geist sanft nach oben. Er, der ich war, wurde erwartet von Unsterblichen, die ihm seine erste wichtige Lektion erteilen wollten, um ihn auf seine Aufgabe vorzubereiten. Sie heilten seine Energie und sagten ihm, er sei auserwählt. Ich erinnerte mich genau an den Traum, den ich gehabt hatte, und wusste, was als nächstes passieren würde. Der Kreis hatte sich geschlossen.

Der Sturmwind trug mich rauschend davon, und ich kam wieder in ein Haus, das ich kannte. Es war eine verfallene Villa in einer schwülen Sommernacht. Nicht weit entfernt blitzte Artilleriefeuer, und das dumpfe Grollen naher Kämpfe erfüllte die Luft. In einem Arbeitszimmer mit vielen Büchern und gerahmten Stichen düsterer antiker Ruinen an den Wänden saß ein junger Mann allein an seinem Schreibtisch. Vor ihm lagen Papiere und ein Revolver.

Dieser Mann war Marcos, und er hatte mit seinem Leben abgeschlossen. Ich fühlte, wie seine Verzweiflung wich und sich in ruhige Gewissheit wandelte, nun seinem Leben ein Ende zu machen. Es war die Nacht der Invasion. Ich näherte mich seinem Geist und sprach zu ihm. Aber er hörte mich nicht, wollte nicht hören. Sein Entschluss war gefasst – schon lange. Ich sah, wie er ein Schriftstück in einen Umschlag steckte, auf den er schrieb: Für Lukas. Als er meinen Namen schrieb, erreichte ich seine Gedanken für einen Augenblick. Doch schon zog mich der Sturm weiter. Ich versuchte, noch einen Moment bei ihm zu bleiben, und rief ihm zu: „In einigen Stunden werde ich hier sein, warte auf mich! Ich lasse dich nicht zurück! Dein Leben geht weiter!" Marcos, der schon zum Revolver gegriffen hatte, zögerte. Ich sah, dass er an mich dachte, hoffen wollte, aber nicht mehr konnte. Ich konnte mich nicht mehr in seiner Nähe halten, denn es riss mich fort von ihm. Das letzte, was ich sagte, war: „Marcos, du bist müde, schlafe nun! Schlafe bis zum morgigen Tag!" Und er, der den Revolver schon ergriffen hatte, ließ sich auf sein Sofa fallen. Als ich die Szene verlassen musste, rief ich noch: „Etwas Wunderbares wird passieren!"

Dann tauchte das Schloss Mondor auf, mitten im dichten Geisterwald, eingehüllt von Herbstnebeln. Es war Morgen, ich sah meinen eigenen Körper auf einem Sofa liegen und leicht atmen, neben mir lag Zoe. Im nächsten Moment schon schlug ich die Augen auf und war zurück in der schweren Materie, zurück auf der Erde. Zoe regte sich und sah mich an. Wir waren plötzlich von einer unbändigen Heiterkeit erfüllt. Sie lachte minutenlang, so wie ich; es war ein kosmisches Lachen, das aus höchster Höhe kam.

Zuerst war es seltsam, wieder einen Körper aus Fleisch und Blut zu bewegen, aber es ging bald wie von selbst. Ich fühlte mich noch etwas ungelenk, als mein Gehirn schon überschwemmt wurde mit den Bedürfnissen, die diese ausgeklügelte Maschine nun mit Recht anmeldete: Flüssigkeit, Nahrung, frische Luft, Bewegung und so fort. Wir standen auf und wanderten langsam durch die Säle des Schlosses, die goldene Herbstsonne schien durch die Fenster, und draußen sangen die Vögel. Wir küssten uns lange. Ich sagte:

„Glaubst du wirklich, wir sind durch die Unendlichkeit gegangen und in einer für uns unendlich fernen Zukunft angekommen? – Oder war das alles nur eine phantastische Vision?"

„Was macht das für einen Unterschied? Die Zeit ist ein Kreis, so wie der Raum. Wir sind an unseren Ausgangspunkt zurückgekehrt."

„Wenn aber ein winziges Glied in der Kette sich änderte, entstünde ein anderes Universum. Würden wir den Unterschied je bemerken?"

Da sah Zoe mich lange und seltsam an. Nun fiel es auch mir auf, als ich sie betrachtete. Irgendetwas war anders. Sie sagte es zuerst:

„Du siehst so aus, wie du sonst im Spiegel ausgesehen hast." Und ich stellte nun auch fest, dass sie verändert aussah. Wir nahmen unsere Körper wie Spiegelbilder wahr. Und ich, der ich Rechtshänder gewesen war, hob meine linke Hand und griff schnell in die Tasche, um das Gedicht von Marcos herauszuholen, aber es war in der anderen Tasche. Und die Schrift erschien mir spiegelverkehrt. Zoe begann zu lachen, ich war entsetzt. Ich starrte auf das Stück Papier mit Marcos' spiegelverkehrter Schrift – und da passierte noch etwas: Es war, als würde ein Schalter in meinem Kopf umgelegt, und die Schrift sah wieder normal aus. Waren wir durch die Unendlichkeit gegangen wie durch einen Spiegel und zurückgekehrt in eine Welt, die die unsere – und doch auf unbegreifliche Weise eine andere war?

Ich ging, um mich im Schloss umzusehen. Es war Mittag, und die warme Herbstsonne schien durch die Fenster. Es war die Welt, die ich kannte. Ich war dankbar und froh, endlich wieder auf der Erde zu stehen, die Sonne zu sehen, die Schwerkraft zu spüren und die Schönheit eines ganz gewöhnlichen Daseins auf diesem Planeten zu spüren.

Die meisten Besucher und Gäste waren schon wach. Ich ging in die oktogonale Halle, in der einige Menschen an den Tischen saßen, aßen und tranken, während andere dabei waren aufzuräumen. Vor dem großen Wandbild mit der fernen Meeresküste sah ich jemanden stehen, dessen Anblick mich entfernt an Marcos erinnerte. Ich wurde traurig und dachte: Warum ist er nicht hier, das Fest hätte ihm sicher gefallen! Von einem seltsamen Gefühl bewegt, trat ich neben den Mann. Da drehte er sich zu mir um, begrüßte mich beiläufig und sagte:

„Hallo, Lukas, weilst du auch wieder unter den Lebenden? Ich kann es immer noch kaum glauben … ich meine, was hier gestern Nacht geschehen ist."

Kein Zweifel, er sah aus wie Marcos, er sprach wie Marcos – er war Marcos! Ich war wie vom Donner gerührt und muss ihn völlig entgeistert angestarrt haben, denn er begann laut zu lachen.

„Ja, ich bin es, Marcos, nicht der steinerne Gast."

Ich stotterte irgendetwas unverständliches, bis ich herausbrachte: „Aber wie kommst du denn hierher?" Er lachte wieder:

„Du scheinst ja unter ernsthafter Amnesie zu leiden, mein Lieber. Wir haben hier gestern einem großen Fest beigewohnt – und du erinnerst dich an nichts? Ich für meinen Teil werde das nicht so bald vergessen!"

Ich stammelte: „Ja aber der Revolver … das Gedicht …" Ich fühlte das Papier in meiner Tasche. Er sah mich nachdenklich an, als machte er sich Sorgen:

„Ja – der Revolver … ist nicht hier, und das Gedicht – wenn du das meinst, das ich für dich schrieb – gab ich dir, nachdem wir hier ankamen. Ich hoffe, du hast es nicht verloren?"

Mir wurde klar, dass sich die Ereignisse verändert hatten. Marcos hatte sich nicht umgebracht, ich hatte ihn am nächsten Tag offenbar lebend angetroffen, und wir waren zusammen hierher gelangt. Die gesamte Kausalkette hatte sich gewandelt. Nun passierte etwas Merkwürdiges: Blitzschnell stellten sich die dazugehörigen Erinnerungen bei mir ein. Ich sah alles deutlich vor mir: Wie ich ihn in seinem Haus geweckt, er schnell das Nötigste zusammengepackt hatte, wir durch die Katakomben geflohen waren, Zoe und die anderen getroffen und dann zu dritt den Zug bestiegen hatten. Auch hier im Schloss hatten wir viel Zeit zusammen verbracht. Jetzt fiel es mir wieder ein: Marcos hatte mir den Umschlag mit dem Gedicht gegeben, nachdem wir hier angekommen waren, mit den Worten: „Dies habe ich in Austrasia geschrieben. Ich dachte schon, ich hätte es verloren. Gestern fand ich es in meinem Koffer wieder."

Das war die Wirklichkeit. Die Erinnerung an eine andere Realität verblasste und war wie die Erinnerung an einen schlechten Traum.

Als ich mit Zoe allein war, erzählte ich ihr alles und fragte sie, an was sie sich erinnerte. Sie lächelte:

„Auch ich erinnere mich daran, dass wir mit Marcos zusammen hierher gekommen sind. Du hast die Ereignisse verändert und nun sind sie zur Wirklichkeit geworden – rückwirkend! Eine andere Wahrscheinlichkeit hat existiert, aber sie trat in diesem Universum nie ein – vielleicht in einem anderen. Sie besteht noch in deiner Erinnerung und wird vergehen. So leben wir alle von Tag zu Tag. Wir wählen ein Ereignis aus und stoßen Hundert andere ins Dunkel des Vergessens."

So kehrte ich zurück ins Leben. Zoe war bei mir. Unsere Aufgabe war es, den Bund der Psychonauten weiterzuführen, die Essenz unserer Kultur für die Zukünftigen zu bewahren und bleibende Zugänge zum Inneren Reich zu finden, neue Schlüssel, die seine Pforten öffneten, neue Chiffren und Bilder für seine unergründlichen Geheimnisse.

Was die ersten Schamanen in eiszeitlichen Höhlen, die Priester und Magiere in Pyramiden und Tempeln oder die Propheten in Wäldern und auf Bergen erlebt hatten, war auch das, was wir gesehen hatten: Drei Sphären umgeben das Zentrum des Seins – eine obere Welt der Götter und Unsterblichen im Glanze des Lichtes, eine mittlere Welt der Lebenden, in der helle und dunkle Mächte auf ewig miteinander ringen, und Unterwelten titanischer Urkräfte, die zum Lichte drängen und es doch nie erreichen. Und die kosmische Schlange der Zeit umfasst das All im unendlichen Kreis. Und das All ist das Eine, das von Weltalter zu Weltalter ein- und ausatmet.

Aber der Flügelschlag eines Schmetterlings oder ein bloßer Gedanke vermag jede dieser Welten zu verwandeln. In unserer mittleren Welt ist jede Stunde wertvoll und muss voller Verantwortung genutzt werden, denn sie kann den unendlichen Lauf der Dinge verändern. Hier werden die schwersten Kämpfe ausgefochten, und uns Menschen, die wir sterblich und unsterblich zugleich sind, ist dabei die wichtigste Aufgabe zugedacht.

Weitere Veröffentlichungen im Telesma-Verlag

Belletristik

Björn Clemens: Pascal Ormunait. Ein deutscher Justizroman, Treuenbrietzen 2013, geb. mit Schutzumschlag, 372 S.
ISBN 978-3-941094-07-9

Rolf Schilling: Lingaraja. Treuenbrietzen 2012, geb. mit Schutzumschlag, 318 S.
ISBN 978-3-941094-06-2

Anton Aigner: Flächenspannung – Gedichte. Mit CD. Gelesen von Anton Aigner, musikalisch begleitet von Tobias Kleinert. Schwielowsee 2011, Klappenbroschur, 46 S.
ISBN 978-3-941094-04-8

Alfred Schuler: Gesammelte Werke, hrsg., kommentiert und eingeleitet von Baal Müller, München 2007, Hardcover, zahlreiche Abb., 644 S.
ISBN 978-3-9810057-4-5

Arno Müller (Hg.): Fallende Sterne. Die Natur und ihre Zerstörung im Spiegel der Dichtung, Schwielowsee 2007, geb. mit Schutzumschlag, 248 S.
ISBN 978-3-9810057-6-9

Literaturwissenschaft

Till Röcke: Radardenker – Traktat über Gottfried Benns Prosa der „Phase II", Treuenbrietzen 2013, Klappenbroschur, 160 S.
ISBN 978-3941094-11-6

Baal Müller: Kosmik – Prozeßontologie und temporale Poetik bei Ludwig Klages und Alfred Schuler: Zur Philosophie und Dichtung der Schwabinger Kosmischen Runde, München 2007, geb., 416 S.
ISBN 978-3-9810057-3-8

Karl-Heinz Schuler: Alfred Schuler Bibliographie, München 2006, broschiert, 180 S.
ISBN 978-3-9810057-2-1

Philosophie

Michael Beleites: Umwelt-Resonanz. Grundzüge einer organismischen Biologie, Treuenbrietzen 2013, Hardcover, 688 S.
ISBN 978-3-941094-13-0

Reinhard Falter: Natur prägt Kultur – Der Einfluß von Landschaft und Klima auf den Menschen: Zur Geschichte der Geophilosophie, München 2006, Hardcover, 608 S.
ISBN 978-3-9810057-1-4

Reinhard Falter: Ludwig Klages – Lebensphilosophie als Zivilisationskritik, München 2003, broschiert, 168 S.
ISBN 978-3-9810057-8-3

Politik

Hartmuth Becker: Politische Lageanalyse und Kulturkritik. Essays aus den Jahren 2007 bis 2011, Treuenbrietzen 2013, eBook, 106 S.
ASIN B00E8FMGB4

Religion

Friedrich Hielscher: Die Leitbriefe der Unabhängigen Freikirche mit einer Einführung herausgegeben von Dr. Peter Bahn, Schwielowsee 2009, Klappenbroschur, 108 S.
ISBN 978-3-941094-02-4

Psychologie

Monika Hauf: Bollingen – C. G. Jungs „steinernes Symbol der Wandlung",
Treuenbrietzen 2013, broschiert, 288 S.
ISBN 978-3941094-09-3

Gerhard Wehr: Carl Gustav Jung. Leben – Werk – Wirkung, Schwielowsee
2009, geb. mit Schutzumschlag, 512 S.
ISBN 978-3-941094-01-7